中国奇幻文学精选

浪漫卷

骑桶人 主编

四川出版集团　四川人民出版社

图书在版编目（CIP）数据

中国奇幻文学精选. 浪漫卷 / 骑桶人主编.
—成都：四川人民出版社，2012.6
ISBN 978-7-220-08546-8

Ⅰ.①中… Ⅱ.①骑… Ⅲ.①中篇小说－小说集
－中国－当代②短篇小说－小说集－中国－当代
Ⅳ.①Ⅰ247.7

中国版本图书馆 CIP 数据核字（2012）第 023853 号

ZHONGGUO QIHUAN WENXUE JINGXUAN · LANGMANJUAN

中国奇幻文学精选·浪漫卷

骑桶人　主编

责任编辑	唐海涛
封面设计	李笑冰
技术设计	古　蓉
责任校对	徐　英
责任印制	李　进　王　俊

出版发行	四川出版集团 四川人民出版社（成都槐树街 2 号）
网　　址	http：//www. scpph. com http：//www. booksss. com. cn E-mail：scrmcbsf @ mail. sc. cninfo. net
发行部业务电话	(028) 86259459　86259455
防盗版举报电话	(028) 86259524
照　　排	四川胜翔数码印务设计有限公司
印　　刷	北京旺鹏印刷有限公司
成品尺寸	146mm×208mm
印　　张	11
字　　数	286 千字
版　　次	2012 年 6 月第 1 版
印　　次	2015 年 4 月第 2 次印刷
书　　号	ISBN 978-7-220-08546-8
定　　价	17.00 元

序

　　大约是在 2010 年的秋天吧，我对四川人民出版社的唐海涛编辑说："编一套中国奇幻文学的十年选吧，从新世纪以来的奇幻文学作品中精选出几十篇，分成几册，结集成书，也算是一个小总结。"唐编辑觉得可行，但又担心销量问题，最后是决定先做一本，试试看，于是在 2011 年的 1 月，四川人民出版社出版了《中国奇幻文学十年精选·纯真卷》。里面选入的奇幻小说，包括乌雷诺斯的《蝴蝶法师》和《布丁》、燕垒生的《猫梦街》、王文浩的《壮志凌云》、潘海天的《大角，快跑！》等等，风格偏向童话。这本小书出版之后，销量还不错，好评亦不少，于是在 2011 年的年末，唐海涛编辑跟我说，把其他的几册都一起编出来吧。他又担心定名为"十年精选"不好选文，因为新世纪之前的两年，已有一些奇幻作品出来，2010 年以后，也还有不少的奇幻新作，于是就把这一套书的名字，改为《中国奇幻文学精选》，增加了《古典卷》《浪漫卷》《幽默卷》三册，一并在 2012 年出齐。

　　说起来，十余年的时间，在历史中，可能连一瞬都算不上，但中国新世纪以来这十余年所发生的事情，因为网络的出现和发展，真可以说是瞬息万变了。如果用"浩如烟海"来形容这十余年来出现在纸质媒体和网络媒体上的奇幻小说，相信没有人会反对。如何从这浩如烟海的作品中遴选出数十篇，结集成册，对我来说是一件很为难的事情，或者不如说，索性就是一件不可能的事情。

我所占的一点点优势，不过是因为这十余年来，我曾经以及现在也还在做着奇幻小说编辑的工作，另外从2007年以来，也一直与阿豚一起，在编选年度中国最佳奇幻小说集，所以对奇幻小说这个门类，略略比别人多一些了解；但要说仅凭这样多一点点的了解，就能编选出权威的、可以让大多数人信服的十余年以来的奇幻文学的精选，则未免大言不惭了。我目前所能做的，也只能是在我所接触到的奇幻小说的集合内（主要是十余年来各奇幻文学杂志上发表的作品，以及一部分网络上的作品和出版成书的作品），选出我所认为可以在历史的长河中，留下其足迹的小说，结集成册，以飨读者，至于读者是不是都能认同，则不是我所敢奢望的了。

至于各卷如何分类，也让我犹豫了很久。目前的分类，纯真卷、古典卷、浪漫卷和幽默卷，若从分类学的角度去分析，必定是很不科学的，因为纯真者未尝不浪漫，幽默者未尝不纯真，而无论是纯真、浪漫还是幽默，其实也还都可能被归入古典一类之中。因此这所谓的分类，纯粹是编者自己图方便之用，亦是给读者购书时方便之用，因为或许有不少读者，并不想四册全部购齐，因此就可以根据这分类来单册购买。纯真者近于童话，或许还可以给孩子看；古典者近于传奇和笔记，所以嗜古小说者可以入手；浪漫者偏于言情，那女生看了或会喜欢；幽默者当然是搞笑的了，想轻松一下的读者看了或会满意。所谓的分类，也就是不过如此罢了。

但这分类也绝不是我自己硬性地分出来的。编这套书，首先是有了无数的小说，在我的脑海里回转，使我有要把它们结集成册出版的想法和欲望，而最后如何结集，一开始我委实没有详细的想法，只是在一篇一篇地整理、重阅，与作者联系的过程中，逐渐地明晰起来，而最终形成了这样的分类。因此也可以说，这四种分类，是这十余年来的中国奇幻小说自然地形成的分类。当然，换一个编者，因为关注的点不一样，角度亦不一样，因此形成的分类也必会不一样，这是很正常的事情，而且这样的事情，本也不是我所能决定甚至置喙的。

但这样的分类可能也难免会让人产生误会，疑惑于这篇为什么会选入这一卷而没有选入其他卷呢。比如"浪漫"这一个词，可以是爱情之浪漫，却也可以是浪漫主义之浪漫。以爱情之浪漫而言，小说必以言情为主；以浪漫主义之浪漫而言，小说里面却可能没有一丝一毫的爱情。因此，《浪漫卷》中会有《第七颗头骨》《再见悟空》这样催人泪下的言情佳作，却也有《黄金草原》《归墟》《风月先生》这样以奇情奇境见长的小说。《幽默卷》亦如是，既有许多纯是幽默没有讽刺意味的作品，比如《碧空雄鹰》《蜜蜂失踪案》等等，同时也有《高桥乡的魁》《高桥乡夜话》和《殷商时代玛雅征服史》这样讽刺意味浓厚的作品。再加上这四种分类原本就不严谨，因此其中一些作品，即便收入其他卷中，亦无不可，比如於意云的《石用伶》，若不收入《古典卷》而是收入《浪漫卷》中，亦是佳作。

这林林总总地说下来，只是希望读者和作者们，都只把这个分类当做权宜之计，随时可以被推翻或遗忘的即可，毕竟好的小说，本无须分类，亦无法分类，因为每一篇好小说，既有其源流，亦自成一体，圆融自足，无有挂碍。

骑桶人

2012 年 3 月 10 日于嘉定

目录

云荒·人物志·风月先生传

◎丽 端

　　风月先生的本名，叫做苏杳，不过后者除了我这样的考据狂人，几乎无人知道。甚至连我这个立传者也觉得，"苏杳"这两个字太清浅太文雅太拗口，远远比不上"风月先生"这四个字朗朗上口而又——引人无限遐思。

　　风月先生出生在康平郡的小城眉山，至于具体出生年月，早已无据可考，我只能说大约在梦华朝天狩年间，也就是空桑历六千六百五十年左右。他出生那一天对他的父亲来说，似乎并没有什么特别，那个风流侯爷一生中跟不同的女人享受了不下二十次得子之乐，久而久之这"乐"也就乐得麻木了。当这个儿子出生的消息传来时，那个父亲正和他的一帮狐朋狗友喝得迷迷糊糊，开口的第一句话竟然是："哪个夫人生的？"

　　尽管没有得到父亲的重视，那个后来取名叫做苏杳的孩子还是度过了一个衣食无忧的童年。当他迷上画画的时候，他甚至可以把康平郡最出名的画师请到家里做老师。不过那个画师很快就离开了他家，有人传言是因为侯爷府里的肮脏混乱吓坏了他，实际上是因为他无法教给苏杳任何东西，尽管在苏杳死后他亲口极力否认了这一点。

"那个孩子是个恶棍，我从他小时候就看出来了。"后来迁居到九嶷郡的青族老画师坐在自己家的门槛上，对议论着风月先生死讯的邻居们骄傲地说，"所以我就走啦，他们出多高的酬金我也不留——我那个时候就猜到那孩子有这一天，喀嚓——"说着他的手做了一个向下切的姿势。

抛开那个老态龙钟的画师的误导，我们还是揉揉眼睛，近距离地观察一下那个未来臭名昭著的恶棍——他现在还是一个粉妆玉琢般的少年。和侯爷府里的其他小少爷一样，苏杳也常常上树掏鸟，下河捞鱼，欺负路上看到的漂亮小女孩。唯一可以把他和他那些令人眼花缭乱的兄弟们区别开的，是他画的一手好画，尤其是各色人物，只能以"栩栩如生"来形容，任何人看到他的画都会大吃一惊。

苏杳的母亲是他父亲的小妾，为了让自己的孩子得到侯爷的重视，曾经让苏杳精心绘制了一幅父亲的肖像，作为寿礼献上。谁知那位常年沉溺在酒色中的侯爷一看之后，一惊而起，浑身的酒意都化成冷汗冒出来，湿透了他的纱织夏衫。他举着画纸看了半晌，忽然把它凑到蜡烛边，烧成了灰，随后转身冷冷地对目瞪口呆的夫人斥道："匠人之材，家门之辱。"

这八个字的评语沉重地打击了原本跃跃欲试想要博取父亲欢心的苏杳。他回到自己的书房流着眼泪烧了所有的画稿，把竹制的画笔一根根地折为两截，从此再也不和他的父亲说一句话。那一年他十四岁，自然不会明白父亲的厌恶从何而来——那个常年醉眼蒙眬的侯爷其实难得地清醒了一回，苏杳的肖像画看上去就像把真人压瘪了贴在纸上，真实得让人毛骨悚然；尤其是作为模特的本人，更是如同在镜子里看到了另一个自己，一个将所有不可告人的秘密都展现在白纸上的自己，情不自禁地涌现出最深切的恐惧，这种感觉比在大庭广众之下脱光衣服还要可怕。苏杳的画已经不是艺术，而是邪恶的摄人心魄的妖法。

除了这件事情，我们几乎对苏杳童年和少年时代的经历一无所知，甚至无法得知他从哪里学会了这种神异的绘画本领。到这里我们唯一可以总结的是，苏杳在康平郡过得并不如意，他的才华不但没有为他赢来荣誉，反倒成了别人嘲笑和冷淡的原因。因此当他成年后继承到一笔小小的家产，可以自立门户时，这个野心勃勃而又风流自赏的小贵族，选择了到伽蓝帝都去实现他的理想。

承光帝龙朔末年或者延佑初年，苏杳途径叶城到达伽蓝帝都。此刻的苏杳二十岁左右年纪，穿着精心裁剪过的白色衣袍，手里握着一把折扇，正是一副翩翩佳公子的模样。

承光帝年间的伽蓝帝都，正处于一个城市盛极而衰的转折点。街道整齐宽阔，适合显贵们庞大的马车奔驰；商铺琳琅满目，却常常被尊贵的客人抱怨挑不出什么入眼的东西；宅邸金碧辉煌，即使到了深夜也能听见里面传出来的丝竹与笑语。每一个初进帝都的人都会因为空气中弥漫的香料味而大打喷嚏，好在时间长了也就习惯下来。

这是一个极端奢靡的城市，空桑王朝几千年来集聚的财富似乎都在这里显摆出来，商品比别的地方好两倍，物价却几乎高上二十倍。因此对于苏杳这种没有实际头衔的贵族子弟，虽然名字后面可以被人尊敬地加上"公子"二字的后缀，也在踏入伽蓝帝都的第一天感觉到囊中羞涩。可是这并没有妨碍年轻人的热情，反倒更加激发了他出人头地的野心。

苏杳到达帝都后的第一件事是带着父亲写的书信去拜谒当时的户部侍郎纪群，希望他能推荐自己在帝都任个官职。这个乡下来的小贵族此刻还不知道，纪群每年不知要接待多少个这种打秋风的外来"世交"，对这些不知天高地厚的家伙们早已心生厌倦。于是原本踌躇满志要一展大才震惊四座的苏杳公子只被仆人安排在昏暗的小客厅里，唯一招待他的只是一杯淡淡的茶水。

"老爷正忙着，请公子稍待。"仆人貌若恭敬地说完，冷笑着退出去。

于是苏杳老老实实地坐在硬邦邦的梨花木椅子上等待，一直到他开始腰酸背疼，茶杯里也早已空空如也却无人添水，他忍不住站起来，走到了客厅的门口。

厅外是一个小天井，种着心砚树和紫叶兰。苏杳无聊地绕着树转了两圈，忽然听到远处传来女子的声音。他抬起头，便看到了一个女人站在架在半空的虹廊上，正侧着头和身边的侍女笑语。

这是苏杳第一次见到青薰夫人。那个时候穿着大红绣金莲花长裙的女人站在高高的半圆形的虹廊上，看上去就如同最美丽妖娆的女神一样——尽管已经三十五岁了，青薰夫人坚持不懈的保养还是让她看上去比实际年龄年轻许多，很容易地吸引了从未见过帝都美人的苏杳的视线。两个人一上一下地对视了一会儿，青薰夫人嗤地一笑，扶着侍女转身走开，口中轻轻叹道："好个俊俏的小哥儿……"

苏杳怔怔地看着她的背影消失，方才醒过来一般又羞又窘地逃回客厅里去，心脏还在剧烈地跳动着。又等了一会儿，主人纪群终于前来，寒暄几句之后，纪群明白了苏杳想在帝都求官的意思，为难地皱起了眉头："如今国库空虚，朝廷正在裁汰冗员，这个时候想要谋个空缺恐怕很难……"

此刻的苏杳年轻皮薄，方才被冷淡搁置在厅里许久便已猜测到自己的处境，此刻更不愿多看纪群的脸色，索性站起来道："既然如此，就不麻烦世伯了。晚生告辞。"

"那贤侄究竟作何打算？"纪群假作关心地问道。

"我就不信帝都之大，会容不下我一人。"苏杳说着，躬身一揖，举步走出了纪群的府邸。

"这样倨傲的脾气，恐怕不容易收服呢。"纪群看着年轻人远去的身影，低低笑道。

"但这样的人，心思往往最为简单。"另一个声音回答。

苏杳上午前往拜谒纪群，此刻却已是午后，阳光把大街上铺的石板晒得滚烫，直要把他的鞋底融化一般。偏偏他腹中空虚，心中又落寞，走着走着眼前一黑，虽然及时扶住了身边的墙壁，却也吓出了一身冷汗。

接下来几天，这个原本兴冲冲一头扎进帝都的年轻人如同没头苍蝇，四处碰壁。最好的一次，也只是有人答应来年"春选"察举官员时，帮他引荐一个职位。然而现在只是仲夏，距离春选还有大半年的时间。

这空余的大半年，当然最好就是跻身帝都各个名流贵族的宴席，四处交接，广结人脉。可是苏杳回到客栈数一数自己的钱袋，怕是还不够在帝都盘桓上六个月，更别提挤进那些出手阔绰的显贵圈子里去。想起自己满怀壮志离开家乡的情形，父兄的嘲笑母亲的叮嘱言犹在耳，苏杳更是拉不下脸皮跑回家去，甚至不敢托人回家要钱。

等到他把唯一的仆人也辞退之后，苏杳再顾不得自己的贵族身份，搬出了一直栖身的客栈，在隐藏于琼楼华宇之后的贫民窟里租了间屋子。不过他的骄傲依旧存在，尽管每天要亲手洗衣，他还是保持着刚到帝都的白衣折扇的打扮，只是走过那些泼满了脏水的肮脏街道时要小心地把衣服下摆全都掖进腰带里，至于裤脚，那是不用担心的，再多的泥点也可以被雪白的长衫遮盖了去。

尽管如此，他的钱袋还是一天天地干瘪下去，看上去根本无法熬到第二年的春天。他不屑于亲自到两条街外的井里去打水，不屑于和卖菜的小贩们讨价还价，也不屑于听从邻居的劝告，到街市上摆个摊子为人画像。虽然落魄，苏杳毕竟是一个贵族，做这些下贱的事情会比每天喝粥还要难受。他偶尔也会应邀参加一些上流社会的聚会，可是他天性不会讨好旁人，也厚不起脸皮借账，因此最多混一个酒足饭饱，平常的生活还是毫无改善。有几次在宴会上他看见了青薰夫人，明眸皓齿光艳照人，身边总是簇拥着想要讨到便宜的王孙公子。每当这个时候苏杳总是默默地转身走开，可他略带着失望甚至愤怒的神色逃不过青薰夫人的眼光。他那身白衫也越洗越旧了呢，青薰夫人看着年轻人的背影，嘴角有轻微的笑意。

有一天，一个不知哪里冒出来的小丫头悄悄在苏杳手里塞了包什么东西，然后娇笑着跑了开去。苏杳打开那个精心绣织的荷包，发现里面是几枚金铢。

过了几天，又发生了同样的事情。当苏杳一把抓住小丫头问她是谁时，小丫头只是笑嘻嘻地说："你以后就知道啦。"

苏杳没有用那些金铢。尽管天气越来越冷了，他也始终没有拿出一个金铢为自己添件棉袄，只是在冷得熬不住的时候，到街口的小酒馆里打上一葫芦掺了水的烧酒。他知道有人在暗中观察他，如果他偏不用那人给的钱财，那人就迟早会现身。苏杳讨厌现在这种被窥视的感觉。

帝都下第一场雪的时候，苏杳收到纪群的请柬，邀他去半山亭赏雪吟诗。苏杳知道那个半山亭正当垭口，自己没有狐裘保暖，只怕真会生生冻死在那里，当下也不理会，只顾关紧了门窗缩在炭盆前烤火，想到郁闷之处，便将葫芦里最后一口酒灌下肚去。也不知是不是因为沉底的酒酒劲更大，没过多久苏杳便觉得头痛欲裂。他恍恍惚惚抬起头，看见窗外有个人影，便站起身想去开门。谁知刚迈出一步，他就一头栽在地上，什么也不知道了。醒过来的时候，苏杳发现有人在掐他的人中，长长的指甲掐得他生疼，只怕都皮破血流了。于是苏杳气愤地"唉"了一声，睁开了眼睛。"醒了就好，还怕他真给炭气闷死了呢。"一个清脆的声音在一旁叫道。

"可是有些中了炭气的人虽然不会死，却成了白痴。"身边另一个声音道。

"他离白痴本来就不远，要不怎么穷得叮当响，也不肯用夫人给的钱？"一张娇俏的脸蓦地出现在苏杳的视线里，小嘴开开合合，正是平日塞给他金铢的小丫头。见苏杳皱起眉头，显然对方才听到的对话不满，小丫头叉了腰道："怎么，不服气？你要不是白痴怎么会不知道烧炭火的时候要留着窗缝透气呀？都有力气生气了，怎么还赖着不起来，看把我们夫人的衣裳都压皱了！"

苏杳一听，方才明白自己所躺之处为何如此柔软温热，惊得一个打挺就坐了起来，倒把一直抱着他的青薰夫人吓了一跳。回头看着青薰夫人低头整理衣摆的样子，苏杳的脸腾地红到了脖子根，结结巴巴地道："夫人……怎么……到了这里……"

"我见公子没有去参加赏雪诗会，就过来看看……"青薰夫人柔婉地道，"公子没事吧？"

"真是惭愧。"冷风从大开的窗户灌进来，苏杳轻轻抖了抖，看着自己简陋的住处，"这个地方真是玷污了夫人……"

青薰夫人埋着头不说话，苏杳求救一般望了望站在门口的小丫头，对方却只是似笑非笑地撇了撇嘴。于是苏杳只好手足无措地又唤了一声："夫人……"

青薰夫人抬起头，苏杳惊讶地发现她已是泪流满面，正要询问，青薰夫人已开口道："公子生活清贫如斯，却依然不肯动用我的馈赠，一方面固然是公子德行高尚，另一方面，恐怕公子是瞧不起我吧。"

"不……"苏杳正要分辩，却冷不防连连打了几个喷嚏，眼泪鼻涕齐流，狼狈不堪。

"公子若不嫌弃，我就另外为你安排个住处吧。你若是冻出病来，我看着也……"青薰夫人讪到这里，伸手握住了苏杳冰冷的手，吩咐道，"晓菡，备车。"

就这样，苏杳糊里糊涂地跟着青薰夫人到了她的宅第。说是病得有些糊涂，其实是托词，实际上苏杳的眼睛每当看到青薰夫人时都会发出光来，那个美丽而又放荡的女人，其实应该算是苏杳公子的初恋。如果没有这个女人，纯净得白纸一样的苏杳就成不了我们这篇传记的主人公。

他疯狂地爱上了那个女人。初尝情欲滋味的少年抛却了一切礼法和道德，只想着每天和那个大他十几岁的青薰夫人厮混在一起。他对她的爱里掺杂着对救命之恩知遇之恩的感激，恨不能把自己的一切都奉献给她。哪怕他知道青薰夫人在帝都的名声并不好，除了自己还有其他的入幕之宾，也丝毫影响不了他狂热的爱。

只有侍女晓菡有时候会忧心忡忡地看着这沉溺在爱河中的年轻人，看着他为了青薰夫人写下一首首赞美的诗歌，甚至重新拾起他久违的画笔。他充满爱意地为青薰夫人画下了一幅肖像，卖弄着他的技法，刻意地美化了她，想要讨得她的欢心。当他将这幅卷轴在青薰夫人面前慢慢展开时，他温柔缠绵的语言让她满心欢喜："看吧，这世上最美丽的女神。当千百年后人们看到它，就会相信创造神真的有过这样无与伦比的杰作。"

可是当卷轴完全展开后，怔怔盯着画像的青薰夫人忽然发出一声惊恐的尖叫。她捂住眼睛转过身去，大声地请求苏杳把那幅画拿开。当苏杳慌忙把画卷扔出屋外，极度温存地想要安抚她时，他发现青薰夫人浑身战抖，眼里充满了泪水。

"为什么把我画成那样？我在你心目中就是那个样子吗？"她可怜巴巴地问。

苏杳想起了当年父亲看到他的画时的反应，他不明白为什么自己看来完美无缺的画像在本人眼中会如此可怕。直到很久以后，他为晓菡也画了一幅肖像，晓菡才告诉了他自己真实的感受：他的画里，不仅分毫不差地画出了每个人的身体，还毫无保留地画出了他们的灵魂。尽管作为画师的苏杳自己也看不出这一点，可那些作为模特的本人却清楚地感觉出来。最可怕的不是被别人看清楚身体的每个瑕疵，而是被人彻底地洞穿了灵魂——每个人都有属于自己的秘密，深深地埋藏在心底不欲为人所知，因此当他们看到自己如此毫无遮掩地被别人的目光洞悉，那种失去了一切遮掩的不安全感就会令人恐惧不安。

"你画画的时候，你的手就变成了神的手。"最后，晓菡对茫然的苏杳说。

在帝都的贵族们眼里，青薰夫人不过是一个有钱的寡妇，一个放荡的交际花，一个人尽可夫的高级妓女，这种观点让苏杳无比愤怒。当青薰夫人靠着他的胸膛流泪，倾诉着自己独自在帝都生活的艰辛时，苏杳紧紧地拥抱着她，油然而生一股强烈的保护欲。

"不要难过，有我在，以后谁都不能再欺负你。"热恋中的年轻人信誓旦旦地说，"我可以为你做任何事情。"

"真的吗?"青薰夫人审视地看着苏杳，伸手抚过他此刻坚毅的唇线，"包括为我复仇?"

"当然!"沸腾的热血烧灼着苏杳的心，他关切地追问，"你的仇人是谁?"

"我平生最大的仇人，是——"青薰夫人蓦地掩住了口，转过头去，"不，我不用告诉你了，反正你也是斗不过他的。今生今世，我也不指望谁能为我报仇了……"

苏杳看着青薰夫人痛苦的神情，蓦地猜测她以前之所以不遗余力地结交显贵，就是为了找到能为她报仇的人，但是看这样子，那些人在无耻地玩弄她之后，没有一个真正帮助过她。想到这里，苏杳正视着青薰夫人的脸，一字一字坚决地道："告诉我他是谁，我不会放过他。"

他最终知道了那个名字——世袭镇国公裕翔。在一次宴会上，苏杳认识了裕翔，他已是中年发福，眉梢眼角带着不可一世的倨傲。就算见到了青薰夫人，裕翔也只是冷冷地转过脸去，满脸不屑。

借着席间敬酒的时机，苏杳举着一只酒杯走到了裕翔的面前，微笑道："镇国公好。"然后他趁裕翔抬头打量的片刻，将一把匕首刺入了裕翔的胸膛。

侍女凄厉的尖叫响了起来，然后是碗盏摔碎的声音，脚步奔踏的声音，最安静的反而是那个杀人凶手。苏杳一动不动地站在原地，目光甚至不敢望一眼青薰夫人，生怕自己的眼神会连累了她。他其实也没有料到自己真的会将那把匕首刺过去，而且手势那么平稳，哪里像平日连看别人杀鸡都不忍的苏杳公子。

他一直老老实实地站在原地，直到刑部的差役们冲进来，把他的脖子和手腕都用铁链绕起来往外拉。他踉跄着跟上差役们的步子，眼光扫过聚集在门外看热闹的人群，却没有找到青薰夫人的身影，于是他的手开始战抖起来。

裕翔并没有死，苏杳的手握刀毕竟不如握笔那么熟练。当主审官调查出这不过是一场贵族间常见的情杀案件时，给苏杳判了五年的监禁。

这是苏杳第一次入狱的经过，此刻的他不知道自己从此会和监狱结下不解之缘。毫无疑问，这一次的监禁条件是最好的，值得以后的苏杳时时怀念。考虑到他的贵族身份，牢头给他分配了一个光线好的单间牢房，有床有被，甚至还有桌子。白天他可以不用跟着其他囚犯出工做苦力，而是看看书，画下画，食住无忧，竟比他在外面租房子的时候还要悠闲些。唯一的缺憾是不能见到青薰夫人，这对热恋中的年轻人来说就是最大的折磨。他每天都为她写诗，把这些诗稿码得整整齐齐的，打算她来看望他的时候献给她作为礼物。然而青薰夫人一次也没有来探望过他，他也不敢向牢头们打听她的消息，生怕那些粗鄙的口里说出什么玷污了他心中的女神。

这一次的牢狱之灾没有持续多久。几个月后，由于承光帝新立了太子真岚，改元延佑，大赦天下，连带着把苏杳也放了出去。抱着自己简陋的行李走出监狱大门时，苏杳如同一个迷路的孩子般四处搜寻，希望看到青薰夫人的影子，最终却只遇见了她的侍女晓菡。

"夫人好吗？"乍见晓菡，苏杳激动地奔过去，不待晓菡开口，已是脱口问道。

"夫人很好。"晓菡古怪地苦笑了一下，垂着眼睛不敢看苏杳的表情，"我来帮公子拿包袱吧。"

"不，我自己拿。"苏杳愉快地笑着，"你知道这里面是什么吗？是我送给你家夫人的礼物，自然要亲自拿着。"

"可是夫人她……"晓菡踌躇了一会，似乎不忍心破坏苏杳的情绪，最终却只能取出一样东西，塞在苏杳手里，"夫人说，把这个交给你。"

苏杳摊开手掌，发现掌心躺着一枚冰冷的玉玦。

玦，绝。苏杳愣愣地看了半天，蓦地明白过来，定定地堵住晓菡的路，好半天冒出来三个字："为什么？"

晓菡看着失魂落魄般的苏杳，声音也有些哽咽起来："公子，你和夫人是没缘分的，你就当这是场梦，以后就好好过自己的日子，别再想她了。"

"为什么？"苏杳像是根本没有听见晓菡的话，突然焦急地道，"莫非，是她出了什么事？"说完，也不等晓菡回答，猛地撒开腿跑了开去。那个包袱半途落在地上，他赶紧折回身捡起来，小心地拍去上面的灰尘，然后继续跑下去。

晓菡知道他要去青薰夫人那里，急得大叫，却又追不上他的步伐，只能眼睁睁地看着苏杳冲开青薰夫人的门，一头冲进了宅第之中。

府中的家丁们得了青薰夫人的命令，哪里肯放他进去，还在前院里就把苏杳拦了个结实。苏杳疯了一般大叫大嚷，到底惹得青薰夫人亲自走了出来。眼看着青薰夫人眉目含春、鬓发微乱的模样，苏杳立时安静下来，柔声说了一句："我回来了。"

"晓菡没把东西给你吗？"眼见苏杳怔怔地把手中的玉玦举起来，青薰夫人冷笑道，"公子是个聪明人，怎么到现在装起糊涂来了呢？我的意思已经很明白，公子再纠缠下去，也没有什么意思。"

听了这话，苏杳就如同数九天被人泼了一桶冷水，从里到外都凉透了："你为什么变了心？难道是因为我没能杀死裕翔吗？只要你一句话，我马上可以再去杀了他……"

"谁说我要你去杀人，苏杳公子说话可要注意些。"青薰夫人冷冷地皱起眉头，"我们不过萍水相逢，各取所需，讲什么变心没得让人笑话！"说着青薰夫人转身就朝院内走去。

"你别走，看看——"苏杳本来想要青薰夫人看看他在狱中写的诗，然而话未说完，他已经看到一个男人从远处转出来，亲亲热热地挽住了青薰夫人的腰肢，口中笑道："哪里来的疯子，居然打搅了我们的好事……"

"公子，走吧。"晓蔺见苏杳如同石化一般僵立在原地，伸手推了推他，于是苏杳嗯了一声，居然就这样一步一步地走出了青薰夫人的家门。晓蔺不放心，悄悄跟在他后面，却见苏杳直挺挺地在街道上走着，也不知道要走到哪里去。

"公爷，找了半天，那小子居然在这里！"蓦地有人拦住了苏杳的去路，他却似乎听不懂对方的话语，只是紧紧地抱着胸前的包袱，无神地看着面前骑在高头大马上的人。

"怎么，不认得我了？我可是被你害得在床上躺了几个月啊！"那人正是镇国公裕翔，听说今天苏杳出狱，带了人来准备教训他。他见苏杳木呆呆地对自己的话毫无反应，反手一掌，就把苏杳打翻在地。

"公爷，求您住手！"晓蔺头脑一热，不顾一切地跑了过来，跪在镇国公面前，"他不过是个实心眼的傻子，公爷您就放过他吧。"

"我知道他是个傻子，否则怎么会连青薰那个女人的话都信！说起来，本公爷这一刀挨得实在是冤枉！"裕翔越说越气，抬脚踹了苏杳一下，"到底青薰跟你是怎么说的？"

"她说你是她的仇人，你害得她生不如死……"苏杳的眼里忽然发起光来，蓦地举起手里的包袱，就朝裕翔砸过去。

"可笑！"裕翔眼看着手下制服了苏杳，冷笑一声，"你知道她说这话是什么意思吗？只因为她自负美貌，对男人都是手到擒来，偏偏在我这里碰了钉子，所以就唆使你前来寻衅。那个女人唯一的爱好，就是挑拨她裙下之臣为了她争风吃醋，就此获得心理满足。现在她已经验证了你对她的忠心，再玩下去也没意思，所以我猜她此刻已经翻脸不认你了，对不对？"

"你，你胡说！"苏杳愤怒地吼了一声，使劲挣扎着想要冲过去冲这家伙脸上揍上一拳，然而却偏偏动弹不得。他转过头朝默然不语的晓菡叫道："晓菡，你告诉他，你家夫人不是这样的人！"

晓菡抬起眼睛看着苏杳，此刻原本风度翩翩的公子哥儿一派狼狈，不由眼圈慢慢红了："公子，公爷说得没错，我家夫人一直是跟你玩游戏。现在游戏结束了，你就想开些，放开手吧。"

"原来是这样……"苏杳咧开嘴笑了笑，表情却比哭还难看。然后他如同霜打的茄子一样蔫了下去，脑袋里一片空白，定定地盯着地面不说一句话，连裕翔什么时候走的也不知道。等他回过神来的时候，发现自己已经坐在街角，晓菡正买了些吃食放在他身边，说了几句他听不清楚的话，方才一步一回头地走了。

天色黑下来，路上的行人渐渐少了，夜风终于让苏杳清醒过来。他哆嗦着手扯开包袱，取出那叠整整齐齐如同砖头一样的诗稿来，一张一张地把它们撕成碎片。

就这样，苏杳公子轰轰烈烈的初恋结束了，这个故事无非给当时帝都上流社会奢侈淫靡的风气和无聊空虚的精神状态做了一个注脚，却改变了这个乡下小贵族的一生。让我这立传的人写到这里，也会停下敲打键盘的手，叹口气想："这个样子的社会，果真离它的灭亡不远了啊。"

苏杳重新回到了他以前在贫民窟租的小屋，幸亏他当时已经预付了大半年的租金，此刻倒要庆幸毕竟有个落脚之处。当他头昏脑涨地打开房门时，他看见地上躺着一个信封，应该是有人从门缝里塞进来的。

信封里是一份公函，通知苏杳在四月参加"春选"。苏杳愣了半天才记起去年夏季有人答应推荐他的事情，那个时候觉得等到第二年春天是多么漫长，现在春天却已不知不觉地到来。这浑浑噩噩的大半年回想起来，真是一晌春梦，又是一晌噩梦。

苏杳毕竟还年轻，就算经历了一场不堪回首的初恋，他的生活还是要继续下去。于是他振作精神，开始准备那场以察举官员为宗旨的春选。

可惜现在的苏杳已经不是去年夏季的苏杳了。那个时候的他不过是一个淳朴的外乡人，面对帝都这个花花世界而目眩神迷，可是现在，在经历了无耻而又无聊的欺骗之后，他变得怀疑一切，憎恶一切，下意识地要把自己包裹在不屑的冷笑和尖刻的语言中。他周围的邻居很快发现苏杳变了，原先的他虽然自视甚高，脸上依然有彬彬有礼的微笑，可是现在，他紧紧地抿着嘴唇，从眼角看人，从鼻子里出声，似乎所有人都欠了他一个金铢一样。

当清高变成了傲慢，天真变成了放纵，不通世故变成了愤世嫉俗，苏杳就脱胎换骨一般变了个人。那叠砖头一样的诗稿就如同一张张纸钱，将原来的苏杳埋葬了。青薰夫人的骗局对苏杳的影响，比任何人的猜测都要来得严重。或许这些品性一直潜藏在原先的苏杳的内心深处，当青薰夫人的背叛和欺骗撕裂他的心时，那些蛰伏的幽暗的东西便破土而出，生藤结蔓，最终网罗了他。这种转变并非仅仅是偶然，青薰夫人不过是催生的因素。帝都是一个巨大的染缸，苏杳想要抵挡它的侵袭，既然不能保持原先的洁白，就只能比它更加浓黑。

如果单单是对那些穷人们冷嘲热讽还好，偏偏后来苏杳发展成一种习惯，任何场合任何对象都遏止不了他愤世嫉俗的态度，这就给苏杳惹下了另一桩无法挽回的祸事。

承光帝时代的梦华王朝选拔官员主要靠推荐察举制，就是由在任官员推荐贵族子弟候选，再由礼部派人对这些候选人进行考察。苏杳因为才从监狱出来，履历上就比别人差了一大截，那些清高方正的礼部学官们看见他就翻个白眼，重重地哼上一声，显见要通过的话是难于上青天了。偏偏苏杳是个不识趣的,你越是嫌恶我,我偏要腻味你,每次聚会都不肯落下,虽然常常默然不语,但偶一出口就是刻薄言语,噎得大家都不痛快。

那一天正是礼部学官带着应选的贵族们前去参观白塔。那座白塔是七千年前空桑政权开辟之初,历史上最伟大的皇帝星尊帝兴建,位于帝都正中,高耸入云,哪怕从天阙山上都能看到这顶天立地的白色建筑。听着学官煞有介事地介绍这座白塔高六万四千尺,耗时数十年,耗资千万金,中途坍塌十数次方才建成,众人无不惊讶赞叹,连呼"奇迹"。偏偏那一直冷眼旁观的苏杳哼了一声,冷笑道:"星尊帝为一己私利,建此劳民伤财之物,却没被百姓推翻,这才是真正的奇迹呢。"

此语一出,众人都吓得呆了。要知空桑政权绵延七千年,历代王朝都是星尊帝子孙所建,无不对这个神仙般的祖先礼敬有加,容不得一丝玷污。这苏杳狗胆包天,说出这等呵佛骂祖大逆不道的话来,竟然没有当场被天雷劈死,只怕也算个奇迹。

其实苏杳信口说出这句话来,心里也知道不好,功名也不要了,当晚就趁夜收拾行装,想要逃回老家去。谁知他还没有出城门就被一队官兵围得严严实实,为首一人骑在高头大马上,满脸都是得意,正是镇国公裕翔。

眼看苏杳已经忍不住发起抖来,裕翔哈哈笑道:"我早警告你不要落在我手里,这下是你自己作孽,可怨不得我了!"说着一挥手,两旁如狼似虎的官兵就冲上来,把苏杳绑了个结实。

苏杳心里发虚,此刻也充不起好汉,老老实实地画押认罪,然后就待在监狱里,等着最后的发落。

这等大不敬之罪自然要由皇帝亲自裁决,对于一句忤逆之语的量刑,实在是可大可小,偏偏那日承光帝心情好,又听说了苏杳为个风流寡妇刺伤镇国公的事情,不由哈哈大笑,随口道:"这种憨直人物不用和他计较,革了爵位打个几十板子,让他记得教训就好了。"

在帝王眼中，大逆不道的罪给个这样简单的判决，实在算得上天恩浩荡、圣心仁慈了，可是对于苏杳而言，那一句无心之言却堵死了他所有的希望，让他彻底地在泥淖里沦陷下去。

他远在康平郡的父亲除了色胆就再没有其他胆色，加上原本就对这个儿子的胡作非为耿耿于怀，此刻听到他犯下这样目无君上的大罪，早吓得魂不附体，坐卧不宁。他生怕朝廷追究他个教子无方的罪名，还不等皇帝的判决下发，早早地就宣布把苏杳逐出家门，断绝了和他的一切联系。

被家里扫地出门的消息是裕翔亲口告诉苏杳的，睚眦必报的镇国公自然不会放过任何一个打击苏杳的机会。偏偏青薰夫人此刻已勾搭上了成亲王，让恨得牙痒痒的裕翔只能痛打落水狗，把气都撒在了有心没脑的苏杳身上。一顿板子下来，苏杳被打断了腿，可他对一旁裕翔的冷嘲热讽却始终没有一点回应。

等到可以重新走路的时候，苏杳终于走出了那座权作庇护所的监狱。狱医的手艺不是很好，让他的右腿接上以后比左腿短了两寸，从此玉树临风的苏杳公子真的成了风中玉树，走起路来有些花枝乱颤。

忘记了一点，已经成为一介平民的苏杳现在已经不能再被冠以"公子"的后缀了。他此刻看上去并不比街头挑担子卖豆浆的王二体面多少，而且从身份的实质上看，他们也不再有任何差别。而王二至少可以挑豆浆去卖，苏杳肩不能担手不能提，和废物又有什么区别呢？

然而苏杳竟也没有饿死在这最潦倒的时候，有时候一个人别的运气差了，桃花运就会相应的好起来。

那朵桃花就是青薰夫人的侍女晓菡。她站在门外，对蹲在灶前被烟火熏得两眼通红的苏杳说："公子，今后让我伺候你吧。"她是苏杳的后半生里，唯一坚持用"公子"二字称呼他的人。

多年以后当苏杳坐在刑场上，鬼头刀在他身后闪闪发光，万千思绪就如同白云一样在他的脑海里飘来飘去，最后定格的就是晓菡——那是他这一生中神对他最大的恩赐。

晓菡离开了青薰夫人华美的府第，带着自己所有的积蓄住进了苏杳租的破屋子。她给他带来了温热的饭菜，厚实的冬衣，女人的柔情，甚至还给他带来了孩子。当他们的第一个孩子出生时，晓菡的积蓄也花得差不多了，苏杳终于可以克服内心的阴影，在街市上支了一个给人画像的摊子。

然而苏杳也知道他的画像是不受人欢迎的，甚至可能给自己带来麻烦，毕竟世上有几个人可以直面自己被揭穿的灵魂呢？于是他只能选择给死者画遗容，可这种生意毕竟是凤毛麟角，常常摆了一天摊子回去，口袋里依然没有进一个铜子。

实际上，苏杳与真人无二的绘画技法还有一个别样的用途，但是这种事情苏杳打死也不会做。曾经有几个人试着给苏杳提出这样的要求，苏杳都愤怒得涨红了脸，口中冷笑着回绝："别说苏杳以前也做过几天贵族，就算今天饿死了，也不做这种辱没名声的事情。"

可是"饿死"两个字说起来容易，真遇上了实在可以把人逼疯。当给孩子看病花光了最后一枚铜子，当晓菡深夜里还在水井边给人洗衣服时，饿得睡不着的苏杳对着清冷的月光站了大半夜，终于收拾起画具，一瘸一拐地走出了泼满污水的街道。

第二天他没有回来，晓菡被孩子的哭叫和小山一样的脏衣服包围着，也无暇顾及他的去向。直到半夜里晓菡捶着酸痛的腰，抱着木盆走回来时，她看到苏杳跪坐在偏僻的街角，用什么东西狠命砸着自己的手指。

她扔下木盆跑了过去，将苏杳紧紧地搂在怀里，伸手抢下他手里的凶器，不由呆住了——那沾满了苏杳手指鲜血的，是白亮亮的银锭。

"公子，你怎么了？"她突然看见连绵的泪水从苏杳紧闭的眼中滚落，惊慌地问道。

"没什么，我只是突然挣了这么多钱，太……太高兴了……"

苏杳睁开眼睛，对着妻子忽然笑了，只是那笑中盛满的凄凉比月光还要苍白。

晓菡没有再问下去，她只是紧紧地抱着不断战抖的苏杳，如同母亲抱着一个受惊的孩子。

"为什么要嫁给我……"苏杳靠着她的肩头，痛苦地握紧受伤的手指，"我现在一无所有，又是个瘸腿的废人……"

"因为我一直记得你原先一尘不染的样子。"晓菡缓缓地回答，绽出一丝微笑，就像梦境里遥不可及的琼花。可怜的女人，就算她心目中神仙般的爱人早已被践踏在泥地里，她也没有放弃有朝一日重回九天的梦想。她的一生，基本上都是靠这种梦想支撑。不过她现在最关心的还是，苏杳究竟从哪里得到这么多钱？

实际上，这些钱确实是苏杳挣来的，因为他终于答应了先前嗤之以鼻的要求，给人画起了"压箱底"——母亲在女儿出嫁时用以教育她行夫妇之道的图画——当然这是比较委婉的说法，实际上这些图的作用常常并不限于此，换个通俗的说法，这些画叫做"春宫图"。

虽然画春宫报酬较高，但在所有人眼中，只有品性低贱的画师才会画出这种诲淫诲盗的东西。如果纯粹从艺术表现力来说，苏杳的风格确实适合这种以写实为第一要素的绘画题材，可让一个前贵族操持这种贱业，其内心的落差和从天阙山顶滚落下来没有丝毫区别。难怪苏杳恨透了他画画的手指，那纤毫毕现的能力带给他的不是荣耀，而是耻辱。

比起苏杳如同过街老鼠、人人喊打的肖像画，他的春宫图毫无疑问地受到顾客的欢迎。如果说面对那些肖像画激起的是观众拷问灵魂的沉重心态，那么那些面目模糊栩栩如生的春宫图带来的就是纯粹的肉体欢娱了。所以几乎是一瞬间，前来求取画作的顾客就踏破了苏杳的门槛。

为了弥补名誉的损失和内心的煎熬，苏杳把那些春宫图的价格定得极高，也不肯轻易接下稿约，反倒让流传在外的画作身价不断翻番。出于难以言表的羞耻，那些画的落款上也不再题以苏杳的本名，而代之"风月先生"四个字。很快，"风月先生"的名头便传遍了整个帝都的上流社会，每个人都含着隐秘的兴奋谈论着这个天才的春宫图画师，不惜千金求取他的画作。

苏杳刚开始时还试图向邻居们掩盖自己的行为，但纸包不住火，很快他周围所有的人都知道那个曾经清高的失爵贵族变成了一个最低贱下流的画师，于是最开始的虚伪的怜悯和慨叹都统统变质，所有人看向苏杳一家的目光里全都是鄙视讥诮，当然，也带着对他家突然富有起来的嫉妒。

千夫所指，无病而死。在晓菡不断因为街坊的指指点点而垂泪，而他的长子也数次和邻居家的顽童斗殴之后，苏杳不得不一次次地搬家。虽然这住处是越搬越好，苏杳的心却越来越悖逆。终于有一天，苏杳干脆在自己一贯手持的白折扇上写下了大大的四个字"风月先生"，就像他当初第一次进伽蓝帝都时那样在人前潇洒高傲地展开——你们不是喜欢在背后说三道四么，我就直接把自己的身份暴露在你们面前，看不把你们这些表面仁义道德背后男盗女娼的伪君子们噎死？我的顾客是谁，不就是你们么？

不过苏杳确实也有了自傲的资本，他的春宫不仅在帝都的贵族间炙手可热，连皇宫里也开始偷偷搜集他的画作。这样一来，苏杳虽然被人鄙视，却也被人看重，渐渐竟然到了千金易得、一画难求的地步。苏杳早已重新眼睛向上，鼻孔朝天了——晓菡自不必说，大小使唤丫头配了七八个，孩子们也请了家庭教师，省得在学堂里看别人白眼。

晓菡虽然羞耻于旁人的议论，但她从不会试图劝阻苏杳、责备苏杳，因为这是这个男人唯一可以养活这个家的办法。有时候看着苏杳满心疲惫却故作潇洒的样子，晓菡就会心疼地给他按摩绷得紧紧的肩背。如今这落毛的凤凰终于重新披上了锦衣，却不但无法再飞上高空，而且和家养的鸡群也格格不入——说来说去，羽毛再鲜亮，神态再倨傲，也终究是一只野鸡了。

　　面对暴发户一样的苏杳，权贵们鄙视他，却又贪恋他的画；平民们鄙视他，却又对他的嚣张姿态束手无策。只有一个人一向自诩正直而又手握权柄，于是治理帝都颓废淫邪之风的重任就落在了他身上，他就是苏杳的死敌——镇国公裕翔。

　　这些年来，裕翔始终冷眼旁观苏杳的境况，津津有味地欣赏着他在泥沼中徒劳地挣扎。可是苏杳突然不再做出千奇百怪的挣扎动作了，他认命地停止了一切往上爬的举动，舒舒服服地躺在泥沼里，心甘情愿甚至得意扬扬地同流合污了，这就让裕翔这个旁观者先是失望，继而愤怒起来。你不是活得太好了么，我就让你看清楚自己究竟是个什么身份！

　　于是裕翔派人将苏杳再一次抓进了监狱。什么罪？太简单了——诲淫诲盗，道德沦丧，败坏社会风气。这些虽然不是什么大罪，但证据实在是确凿，对没有什么势力靠山的苏杳也够喝一壶的了。幸亏苏杳早就对坐牢有了丰富的实践经验，他前脚才进牢门，后脚晓菡就分果子一般给每一个牢头都塞了一封沉甸甸的银锭。晓菡一边分，苏杳还在一旁解释：兄弟以后肯定有的是机会进来，每次都不会忘了大哥们的好处，还望多多照顾啦。

　　私下里得了丰厚的贿赂，牢头们对苏杳都客气得很。虽然上头有裕翔压着，但虚与委蛇阳奉阴违对牢头们来说实在是拿手好戏，因此该打的板子该关的禁闭一样不少，但都是表面文章，苏杳倒没吃什么苦头。说来说去，有钱能使鬼推磨，苏杳的胆气越发壮起来。裕翔你不是扬言每年都把我弄进来关十天半个月吗，好啊，风月先生我就当是到监牢里度假来啦，每天吃了睡睡了吃，还不用面对那些龌龊主顾，我舒服着呢。

　　这样猫抓老鼠的把戏玩了几年，苏杳和帝都监狱里的牢头们都成了哥们，坐牢的时候常常和他们混在一起喝酒赌钱，当然买酒的输钱的都是苏杳。此刻的苏杳早已看不出原先的贵族模样，穿着件满是酒渍的长袍，眼睛红红地盯着骰子，时不时骂上一句粗口。加上偶尔还会啪的一声张开题了名字的白纸扇，跷着比左腿短了两寸的右腿，世人眼中的风月先生活脱脱就是个无赖文人的形象了。

梦华朝延佑五年，苏杳在监牢里认识了冰族人旭明。由于再不能享受贵族的单间待遇，苏杳常常被和一些同样犯了轻罪的囚犯们关在一起，旭明就是他的牢友之一。

旭明见苏杳身材干瘦，腿脚不便，平日里常常对他多有照顾，让苏杳心生感激。一来二去，两人竟成了无话不谈的好友。当苏杳得知旭明不过是因为和一个空桑贵族小姐相恋而被对方父母设计陷害时，当下拍着胸膛保证让他们两人终成眷属。

冰族是被空桑人从云荒大陆驱赶到海上流浪的民族，数千年来两族的仇恨世代累积，当权的空桑人一直将冰族人役为贱民，两族偶有通婚，空桑一方必视为奇耻大辱。因此当旭明的恋人落音小姐前来探监时，哭着说父母极重名誉，宁可她死了，也不让她嫁给一个冰族人。

"你的父母既然如此死要面子，我这里倒有一个以毒攻毒的歪法子，只不知你敢不敢用。"苏杳看着落音小姐和旭明抱头痛哭，在一旁冷悠悠地道。

"我连死都不怕，还有什么不敢的？"落音小姐恨恨地白了一眼苏杳。

苏杳一听，叉着腿坐在地上拍掌大笑："好好好，你不要性命，我不要脸面，这世上还有什么做不成的呢？"当下附耳过去，对落音和旭明说了一番话。

"呀……"落音小姐一听，当即面红耳赤，连脖子都红了，"这……这……"

"你不答应也没关系，我还没得往自己身上揽是非呢。"苏杳说着，跷着腿躺到草铺上，再不理睬他们。

落音和旭明对望了半天，终于狠下心道："行，就照你说的办。"

没过多久，刑满开释的旭明抱着一个画轴敲响了落音家的大门。落音的父母有心赶他走，又听他扬言手中握有极重要的把柄，不得不黑着脸把旭明让进来密谈。当旭明展开手中的画轴时，落音的父母当场气得变了脸色——那画竟是一幅活色生香的春宫图，交缠在一起的乃是一个空桑女子和一个冰族男子，只是两个人的脸都是一片空白，尚未着墨。而旭明接下来的话更是把老两口几乎当场气死："你们若是不肯将落音嫁给我，这画上的女子就会变成她的模样，在世上到处流传。不知是将她嫁给我丢脸呢，还是把这些画儿流传出去丢脸呢？"

"你，你，你这个无赖！"落音的母亲气急之下，一头就朝旭明撞了过去，却被丈夫拦腰抱住。

"你把我撞死也没用，天下那么多认识落音小姐的人，你总不能全都撞死了吧？"旭明嘻嘻哈哈地笑道。

面对一脸惫懒之相的旭明，老两口终于颓丧地败下阵来，真是不怕不要命的，只怕不要脸的。思前想后了半响，老两口叹着气把女儿叫了来，遮着脸一叠声地叫这个伤风败俗败坏门风的丫头快滚，他们只当这个女儿死了。落音小姐含着泪给父母磕了三个头，跟着旭明头也不回地离开了家门。

等到事后清醒过来，落音的父母终于想起来去追查那个画画之人，自然很容易就查到了苏杳头上。虽然苏杳对这件事抵死不认，痛恨交加的老两口还是找人狠狠揍了苏杳一顿。

苏杳鼻青脸肿地回到家，尚未进房已然哈哈大笑起来，笑着笑着竟笑出了眼泪，口中连呼"痛快"。晓菡心疼地嗔怪他莫不是疯了，苏杳已握着她的手笑道："时至今日，我才知道自己也是有点用处的。"

几个月后，帝都上空响起来一串晴天霹雳——千年来流亡海上的冰族在一个名叫"智者"的神秘人物带领下，从西荒入手，侵入云荒大陆。他们一路势如破竹，以迅雷不及掩耳的速度占领了云荒中西部的大部分地区，马不停蹄地朝着帝都杀了过来。

消息传来，帝都立时陷入了巨大的恐慌之中。以往冰族人也时有入侵，但都是隔靴搔痒，从不会引起帝都居民的重视。毕竟空桑人压迫了冰族数千年，把他们像老鼠一样在海上赶来赶去，从未想过这些贱民有朝一日会带着匪夷所思的武器向自己杀过来。幸好帝都的门户叶城及时抵挡住了冰族人的进攻，云荒东部和南部的抵抗也分散了部分冰族兵力，伽蓝帝都还处在暂时的安全中，但空桑人的生活已然天翻地覆。

　　一时间，帝都掀起了狂热的迫害冰族人的运动，昔日繁华的街道上常常能看到一群空桑人拿着木棍和砍刀追逐奔逃的冰族人，然后围上去把他们活活打死。这种群众自发的泄愤行动，虽然太过于野蛮暴力，官府却睁只眼闭只眼，听之任之。而其余的空桑人则在面对这样的暴行时，伸手蒙住孩子的眼睛，然后摇头叹息着绕道离开。

　　苏杳也是这些"其余的人"之一。一次他在街上看到一个做苦力的冰族少年被人围殴，连忙跟着其余的路人一起避开。不料那个濒死的冰族少年竟然挣脱了殴打他的人们，拼着最后的力气想要抓住一根救命稻草。苏杳腿脚不便落在最后面，不幸被那个冰族人追上来，伸出手想要抓住他的袍角。苏杳惊恐地回过身，却看见那个冰族少年已被人乱棍打翻在地，流血的眼睛死死地盯着苏杳，口中喊出了他这一生最后的声音："救救我……我没有……做过坏事……"苏杳像被钉住了一般立在原地，眼睁睁地看着那个身影在空桑人的拳头棍棒下再也不动，脑子里一片空白。忽然，他一瞥眼看见自己的白折扇上溅上了几个血点，不由大叫一声，如同被蛇咬到一般把扇子远远抛开，扭身就跑回了家。

　　从此以后，苏杳闭门不出，只是派家人不断出门买来最新的邸报，剩下的时间就是给自己的妻子和孩子们画像。尽管那些模特本人都本能地反感他笔下的自己，苏杳却死死抱着画纸不让最小的儿子伸手撕扯。"等你长大了再看自己小时候的样子，肯定会喜欢的呀。"苏杳弯着腰笑着讨好四岁的孩子。

　　"他们说，你的画都是下流画，应该烧掉的。"懵懂的孩子看不出父亲突然惨白的脸色，依旧撅着小嘴说，"爹爹，什么叫'下流'？"

"保姆，赶紧抱小少爷出去！"晓菡走进房，浑然不顾孩子被自己的语气吓得哭起来，轻轻握住苏杳满是冷汗的冰凉的手，在他耳边悄声道，"外面有人找你。"

苏杳转过头，看着妻子凝重的脸色。"是那个冰族人的妻子，"晓菡迟疑着说，"她说她叫做落音。"

"落音，她和旭明不是出海去了么？"苏杳猛地站起来，"快让她进来！"

晓菡有些担忧地看了一眼苏杳，最终没有说什么，小心地将那个一身粗布衣衫的女子让进屋内。落音小姐一进门，便扑通跪在苏杳面前，眼泪情不自禁地落下来："风月先生，求你救救旭明他们吧。"

"旭明怎么了？"苏杳赶紧将落音扶起来，关切地道，"你别着急，慢慢说。"

原来旭明自从娶了落音为妻之后，原本想要带她回冰族在海外的聚居地，不料两族战争忽然爆发，各地道路都被阻断，两人无奈之下，只好再次回到熟悉的伽蓝帝都，靠旭明在外做工过活。可自从帝都掀起迫害冰族人的风潮后，旭明做工的工地就遭到了空桑暴民的屠杀，旭明和残存的冰族工友们只好成天躲在不见天日的地窖内，靠落音给他们送一点水和食物维持生命。可这样下去终不是长久之计，旭明思忖半晌，终于让落音再度找到苏杳，请他帮他们这些走投无路的冰族人离开地狱一般的帝都。

"可我无权无势，怎么能帮得到你们呢？"苏杳苦笑着问。

"现在进出帝都靠的都是官府所发的路凭，就像这样子。"落音说着，小心翼翼地取出一张折得整整齐齐的纸来，显然为了这张路凭耗费了她极大的心力。她把那路凭展开放在苏杳面前，红着脸小声道："若是先生能让旭明他们一人获得一张路凭，他们就可以正大光明地走出帝都的城门。"

"要我给他们一人画一张假路凭？"

"是的。"落音点了点头，"先生神乎其技，定能靠画笔仿制出一模一样的路凭来。"

见苏杳眯着眼看那路凭，并不说话，落音只当他不肯，惨然笑道："我知道用这样的要求来为难先生，实在是太过分了些，先生不答应也是情理之中。"说着起身告辞，心里想的却是手头再没有一个铜子给困在地窖内的人们买食物，大不了自己和他们一起死在那里好了。

"等等，我还没说不肯。"苏杳转过头，看着落音脸上的泪痕，不知怎么的就想起被自己抛掉的白折扇上的血点，勉强笑道，"这点钱你先拿去救急，三天后你来取路凭。"眼看落音大喜之下又要跪谢，苏杳连忙拉住她道："我既然当初成全了你们，今天就不会任由你们变成一对死鸳鸯。只是你回去告诉那些冰族人，我今天帮助他们的唯一报酬，是要他们发誓今后永不伤害无辜的空桑人。"

靛青、石青、煤青、瓦青……增之一分，就描不出路凭上非青非黑的狷兽水纹；曙红、桃红、玫红、绛红……减之一分，就画不出路凭上红中带金的府尹大印。苏杳把自己关在画室里三天三夜，尝试了无数种颜料的调配，终于绘制出了和官府精心秘制的路凭一模一样的护身路凭。

当千恩万谢的落音带着这些路凭离开之后，精疲力竭的苏杳倒在椅子上，连张开眼的力气都没有。晓菡吃力地把他扶到床上躺下，看着丈夫青黑的眼圈和凹陷的脸颊，忍不住埋怨道："为了那些冰族人，你这样卖命值得吗？听说他们的军队一路烧杀掳掠，对空桑人大肆屠杀，若是被官府知道你居然帮助冰族人，说不定会把你当做叛国贼杀了。"

"冰族人不该滥杀无辜，空桑人也一样的……"苏杳的眼前似乎又有那几个血点在不停地晃动，无力地开口，"无辜之人都不该死，不管他是什么民族……就算官府真把我抓起来，我也只能这样回答……"

苏杳究竟在帝都封锁期间给多少冰族人绘制过路凭，现在已经无据可考。公认的说法有四百多个，但有些记载上这个数字超过了一千。想想看，伽蓝帝都是云荒上最繁华的城市，也是大地上最富庶、人口最多的城市之一，它鼎盛时期的人口曾经超过一百二十万人。这百万级的大都市给数以万计的冰族苦力提供了谋生机会，哪怕是在战争最为激烈的时期，帝都城里的冰族苦力依然会在空桑人的皮鞭刀枪威胁下，拼命修筑对抗他们自己军队的堡垒和城墙。

令人惊奇的是，苏杳这种近乎于疯狂的行为并未被空桑人发现。在他们眼中，苏杳始终不过是一个猥琐下流的春宫图画师，他瘸着腿却力图做出高洁风姿的行为无非给别人茶余饭后增添谈资。那些鄙视苏杳的邻居们打死也不会相信，那个时而狂傲时而又带着阿谀笑容的风月先生，竟然会在他封闭的画室里大量伪造救命的路凭，一边肆无忌惮地绘制一边被偶尔响起的敲门声吓得心惊胆战。甚至有一次，当京兆尹府上的差役照例到各家巡视时，正在绘制路凭的苏杳一把将桌上的成品抓起来塞进口中，等熬到差役们离开时他发现自己居然尿湿了裤子。

苏杳从来不是一个勇敢的人，也从来没有想过要做英雄或者卖国贼，但他被无数冰族苦力当做他们的救星，让他们避免被伽蓝帝都这头暴怒的雄狮吞噬。反过来，很多受过他恩惠的冰族人逃出帝都之后，真的带着感恩之心严格履行了他们对苏杳发下的誓言——永不伤害无辜的空桑人，甚至帮助他们。

"因为神在保佑我们，也保佑了那神赐来解救我们的绘画之手。"很久以后，在冰族人庆功的盛宴上，旭明这样解释。旭明说得没有错，那个时候，神确实是在保护着冰族人。仿佛是为了补偿冰族人七千年的悲苦生活，这一次冰族军队只耗费了数年的时间就占领了除却伽蓝帝都的一切领土，把云荒境内生活的一切种族都纳入了自己的统治。

梦华王朝名存实亡。茫茫镜湖之中，伽蓝帝都成了一座名副其实的孤城。可是这座孤城，也苦守了十年。城中的青壮年不断在战斗中死去，老弱病残也开始被分发武器，走上城头。当已经年过四十的苏杳手中握着长矛，彻夜守在箭楼旁站岗时，他早年被打断过的腿骨不断作痛，忍不住撑着长矛屈起了膝盖。

　　"看你那个熊样，没得给我们空桑人丢脸！"一声带着怒气的呵斥蓦地在苏杳身边炸开，他愕然地转过头，看见的是全副武装的镇国公裕翔。

　　裕翔也老了，这些年都不再和苏杳玩猫抓老鼠的监牢游戏，然而他的血性却并没有随着他的鬓发而老去。裕翔一把抽出苏杳手中握得紧紧的长矛，随手抛给身边的亲卫，骂道："你们瞎了眼睛吗，这样的残废怎么配来战斗？带他下去修城墙！"

　　苏杳通红的眼睛愤怒地盯着裕翔，却最终什么也没有说。此刻，他是士兵，裕翔是将军，他必须无条件地服从上司的一切安排。

　　就这样，苏杳脱下军装，赤着背膊开始搬运修补城墙的砖石。他的周围都是监狱里的罪犯、冰族的苦力和受罚的士兵，可是苏杳已经来不及抱怨了，沉重的砖石几乎压断了他从未做过重活的身躯。当被冰族炸破的城墙终于填好窟窿时，苏杳摊开手脚躺在烂泥里，宁可就此长眠不醒。

　　如果伽蓝帝都再多坚守几天，说不定我们的主人公风月先生真的就这样累死在了烂泥里。然而就在他被一袋袋夯实的沙土压得喉咙发甜的时候，他耳中忽然想起一阵嗡鸣——"城破了，城破了！"

　　一瞬间，苏杳和他周围的人们都停下了一切动作，仿佛一尊尊雕像一样呆愣在原地。可是下一瞬间，凝滞的时间又刷的一声冲破了阻力，开始运转——每一个人都发出一声大喊，扔下肩挑手提的沙土砖石，转身朝自己家的方向跑去。

　　苏杳也裹挟在慌乱的人流中跑回了自己的家，可是他看到的只有一片火海。仿佛被抽走了全身的力气，苏杳跪在地上，只觉得心里的痛都化成腥甜的血涌上了喉咙口。他用手指紧紧地抠着地面，却抑制不住眼前阵阵的昏黑，然而就在他昏过去的时候，有个声音从远处传了过来："风月先生是你吗？别怕，我是旭明，我来救你啦！"

梦华朝延佑十七年，伽蓝帝都失守，在云荒大陆上绵延了七千年的空桑人的统治宣告终结。千千万万的人用性命给这场最浩大的死亡做陪葬，另外千千万万的人则不得不在这滔天的巨浪中浮沉挣扎到生命的最后一刻。

苏杳醒来的时候，发现自己正躺在一张柔软舒适的床上，而身旁守候的人正是落音。

"先生醒啦。"落音看着苏杳迷茫的眼睛，仿佛浑然不记得先前发生过的一切，连忙微笑道，"这是旭明分到的宅子，很安全的。"

"我想出去看看。"苏杳面无表情地回答着，伸手就想掀开被子下床。

"你不能出去！"落音慌忙拦住苏杳，为难地对上对方瞬间清亮起来的目光，"现在外面……很乱……"

"在屠城？"苏杳平静地吐出这三个字。

落音点了点头，眼泪却在一瞬间夺眶而出。

苏杳看着她，没说话，身体却蓦地摇晃了一下。他伸手扶住门框站稳，发现自己的嗓子和眼睛一样干涩，轻轻咳嗽了一声，依然往外走去。

"先生你……"落音快步跑到大门前，用身体挡住门闩，急切地道，"你冷静些，你是旭明的救命恩人，我们一定要保护你的安全！"

"我只是想去找我的妻子和孩子。"苏杳无力地说。

"旭明带人去找过了……"落音紧紧盯着苏杳惨白的脸色，小心地斟酌着自己的措辞，"不过你别担心，听说有十万空桑人跟着太子妃、大司命他们去了无色城，或许夫人他们也跟着去了……我们既然留下来，就要好好活下去，免得他们惦念……从今往后，就忘了我们是空桑人吧，那些人也从未善待过我们……"

苏杳似乎没有听见落音在说什么，他如同木雕泥塑一般站在墙根，听着远处传来的哭号和嘶喊。

"忘了也好……"最后，他说出这四个字来，全身立时如同筛糠一般不住地打战，终于慢慢回转身，走进屋内用被子蒙住了头。

旭明回来的时候，那些弥散在伽蓝帝都上空的惨呼和哀叫已经消失，旭明簇新的官袍在阳光下鲜亮夺目。

"先生以后只要说自己是青族人就好，户部那边的记录我已经给你改了。"作为战争的胜利一方，原本志得意满的旭明不知为什么在看到苏杳的时候有些心虚，毕竟这场空前的胜利伴随着空前的杀戮——除了投降的青族，空桑六部的赤、白、蓝、玄、紫五族几乎都被冰族军队屠戮殆尽，可是这个事实他又怎么能对身为蓝族的苏杳说出口？

"我是青族人……呵呵……"苏杳忽然诡异地笑了，他看着旭明问，"那么请问你是谁？"

"我以前没有说过，我是冰族'十巫'之一巫朗的远房侄子。"旭明回答。

"原来你也算是冰族的世家子弟，以前在狱中真是失敬了，居然和你称兄道弟。"苏杳冷淡地道。虽然他对冰族并没有多少了解，但对冰族的最高权力掌握者"十巫"的名头还是有所耳闻，他们代表着冰族最大的十个贵族世家，以元老会的形式掌握着冰族的一切军政大权，如今也掌握了这片云荒大地上所有人的命运。

"现在虽然仗着这点关系在工部捞了个差事，但以前冰族落魄的时候，我确实只是个在帝都靠力气吃饭的苦力。"旭明讪讪地解释着，见苏杳不再开口，连忙宽慰道，"现在帝都的秩序已经安定，先生要是觉得在屋里闷，就出去走走吧。"

　　见苏杳果然站起身一瘸一拐就往外走，旭明赶紧大声吩咐手下人备轿，苏杳却抬手止住："旭明大人，你和我这个空桑遗民扯在一起，就不怕对你前程有损吗？"

　　"若没有你，我性命都没有了，还谈什么前程？"旭明豪迈地笑了，"何况还有落音呢，就算为此丢了差事，我还有一把力气，大不了和以前一样去工地上讨生活，也饿不死人啊！"

　　无可否认，旭明这番话让苏杳冻僵般的心有了一丝暖意，但他仍然拒绝了轿子，在旭明的陪同下慢慢走进刚刚承受了血腥洗礼的伽蓝城。

　　除了战争时期的破坏，整个帝都几乎还保持着空桑鼎盛时期的模样，只是金发蓝眸的冰族人取代了空桑人在街上穿梭。苏杳走着走着，忽然停下来抚着胸口喘气。旭明关切地询问他是不是哪里不舒服，苏杳便望着前方高耸入云的伽蓝白塔说："只是看到这座塔，想起了一点往事。"

　　苏杳的这点往事，旭明以前和他在牢房中聊天时就已经知晓。那个时候少不更事的苏杳指着这座建筑感叹空桑星尊帝建此劳民伤财之物，为什么统治却没被推翻，因为这句平素盘桓于心却不敢宣之于口的话，他从云端的贵族身份跌落在泥坑里，而如今，空桑的统治果然应声而倒，为什么曾被它踩在最下层的苏杳却又如此惨伤？

　　两个人站在路上正各自出神，冷不防一辆马车疾驰而来，车夫眼见奔马要撞上两人，连忙拼死勒住马匹，生生拉得马车顿在原地。受了颠簸的车中人惊叫一声，掀开车帘朝车夫骂道："你怎么驾的车？要是吓坏了本夫人，看你怎么给巫彭大人交代！"

　　"你们两个挺什么尸呢？瞎了眼睛没看见这是谁家的马车？"车夫恨恨地侧头瞪着身穿官袍的旭明，毫无忌惮地恶骂了两句，见旭明只是拉着苏杳站到道边去并不吭声，满腔怒火便又倒灌回车厢里去，不清不楚地骂道，"猖狂什么呢，不就是卖肉的娼妇，还敢自称什么'夫人'！"说着一甩马鞭，呼喝马儿继续跑了下去。

"这是'十巫'中掌管军队的巫彭大人家的马车,以后看到了一定要及早回避。"旭明向苏杳耐心地解释着,却见苏杳仍旧一副呆呆的表情注视着马车消失的方向,不禁轻轻拉了拉他的袖子,"先生怎么了?"

"青薰夫人。"好半天,苏杳才仿佛把憋在胸中的那口气缓缓吐了出来,"也是,她原本就是青族人。"

看着苏杳有些失魂落魄的样子,旭明竟有些同情。青族人虽然投降了冰族,并帮冰族统一了整个云荒大陆,但是不可否认,冰族人对这个屈膝的部族隐隐含着鄙视。这个青薰夫人虽然比苏杳还大上许多,但一向驻颜有术,风姿撩人,看上去不过三十出头,难怪一向好色的巫彭大人动了心思,包养做情妇。这件事在如今的帝都并不算秘密,只是苏杳从前为这个女人吃够了苦头,如今君自落魄,妾自逍遥,就算苏杳再没了当日的痴情,只怕心里也不好受。

"走吧,前面有人在等你呢。"旭明不由分说,引着苏杳再度往前走去。

穿过宣德街,走过益阳坊,苏杳猛地停住了脚步,老态龙钟地抬起袖子擦了擦眼睛。没错,他的眼睛并没有欺骗他,那座坐落在街边白墙黑瓦的院子,正是他被火焚毁的住宅!

"进去看看吧。"旭明推开了院门,引着有些出神的苏杳走了进去。霎时间,无数的人从房内涌了出来,把手中的花瓣洒在苏杳身上,大声地欢呼起来。"这……这是……"苏杳似乎被那些纷纷扬扬的花瓣洒得晕了,嗫嚅了半晌也没有说出完整的句子来。

"他们和我一样,都是先生所救的冰族人。"旭明笑着解释道,"如今大家一起出钱出力恢复了先生的旧宅,只当是回报先生救命之恩。"

"我们不仅帮先生修好房子,还选你做这益阳坊的坊官,今后大家就一起住在益阳坊啦!"有人大声地叫道,引来一片欢笑和赞同。这些穷苦出身的冰族人原本无家可归,这番沾了自家军队的光，都得以在帝都内建宅安居，无不欢喜雀跃，只当苏杳也会被他们真诚的感激打动。所以当苏杳忽然大哭起来的时候，所有的人都手足无措、目瞪口呆。

苏杳原本只是默默流泪，继而哽咽出声，到了最后竟号啕大哭。旭明等人慌忙围拢过来，却不知从何处宽解，等了半天，苏杳终于渐渐收了泪，对周围面面相觑的众人道："宅子能回来，家却回不来了。"

苏杳果然从旭明家搬回了益阳坊的旧址，也果然当仁不让地做了益阳坊的坊官。四十多年来，他终于得到了一个吃皇粮的官位，手下也有了两个耀武扬威的差役，可是这一切都来得太晚，也太过讽刺。

冰族政权同意苏杳担任坊官自有他们的打算。空桑五族虽然在大屠杀中基本被消灭，但帝都中还混居着不少中州人、西荒人、西洋人和青族人，他们亲眼目睹冰族对空桑人的铁腕手段，难免兔死狐悲，物伤其类，因此让一个颠颠的卑怯的空桑遗民做坊官也可以起到安抚人心的作用。

此时的苏杳再不必靠画笔维持生计。他拒绝了媒婆的说亲，独自住在他空荡荡的宅子里，偶尔一瘸一拐地带着两个差役在益阳坊里转上两圈。那两个差役知道他以前不过是个画春宫的，人又畏缩易惊，心里老大瞧不起，也不把他当个长官，常常溜出去喝酒赌钱，苏杳也不管不问。

做坊官虽然有俸银可拿，事情也轻闲，但也有一点不好——每当帝都处决罪犯时，坊官们都必须亲临刑场，以便回去之后向坊民们宣讲奉公守法的道理。苏杳胆子小，每次都装病在家不肯去，却每次都被两个手下好说歹说强拉起来，硬架到刑场外去应卯。不过人虽然哆哆嗦嗦地站在那里，苏杳却固执地不肯睁开眼睛，说是自己见了血就会犯晕。

这一次处决的是从各地搜捕来的空桑余孽。苏杳虽然闭着眼睛不看，但"空桑"两个字听在耳中就足以让他心脏跳得无法承受。特别是有人大声喊了一句"苏杳!"更是将他惊得忘了自己的防御方法，下意识地睁开眼应了一声。

"苏杳，果然是你，你居然投降了冰夷!"等待处决的犯人中，一个满身血污蓬头垢面的老者厉声叫道，"你这个空桑的叛徒，出卖祖宗的混蛋，你为什么不去死，为什么不去死!"

"闭嘴，老东西!"一旁的冰族士兵走上去，一脚端在老者的脸上，踢得他满口是血滚倒在地。下一刻，刽子手走过去拎起那老者的衣领，拖到断头台前，鬼头刀一挥，一蓬血就喷泉一般洒得老远。

"啊!"苏杳惨叫一声，倒仿佛挨了这一刀的是自己一般，直挺挺地就朝后倒了下去。他听见自己的后脑勺在石板地上清脆的碰撞声，也听见手下两个差役幸灾乐祸般的惊呼声，可他只是死死地揪住自己胸口的衣服，喃喃地回答着前户部侍郎纪群临死的责问："我为什么不去死? 因为祖宗早就不要我了，空桑也只要我……为他们画春宫画……哈哈哈哈!"他蓦地大笑起来，在刑场上滚滚而落的人头映衬下更加诡异疯狂，以至于监斩官不耐烦地吩咐他的两个手下将半疯半癫的苏杳送回了家，从此以后也特许他不再出现在类似的场合。

说来也怪，回到自己的家院后，苏杳这番癔症很快就痊愈了，他照旧每天一瘸一拐地在坊内转悠一圈，算是没有白拿坊官的俸禄，却又常常被突然的响动惊得面无人色，像一只被吓破了胆的兔子。例行公事的巡视完成后，他就躲进自己家里闭门不出，几乎隔绝了与外界的一切往来。没有人知道他在家里做什么，但好在益阳坊里的居民大多受过苏杳的恩惠，见他好静，也没有什么人去打扰他。

冰族沧流历三年六月，苏杳手下的差役抓来了一个空桑乞丐。按照十巫定下的律法，除非可以证明自己是青族，其余空桑人面貌的流民一律处死。苏杳手下的两个差役原本想将这个乞丐直接送到化人场去，却嫌他又脏又病，只怕自己会被传染，就甩手把他锁在益阳坊的一处废屋子里，撺掇苏杳自己去定夺。

听说那个乞丐是空桑人，苏杳果然得得地跑过去看。他捂着鼻子拂开那乞丐脸上的乱发，忽然呆了一呆。眼看那乞丐要开口，他立时伸出手指竖在唇边，随即小心地走到门口东张西望了一会儿，再紧紧地关上了废屋的门。

"既然怕成这样，干脆把我交给冰夷官府，也不用在这里惺惺作态！"见苏杳体如筛糠，那个蓬头垢面的乞丐从鼻子里冷笑了一声，大刺刺地靠坐在墙脚，翻着白眼望向苏杳。

"想不到公爷也沦落至此了……"苏杳看着面前潦倒至极的镇国公裕翔，低低地叹了口气。

"对啊，所以你的机会到了。"裕翔咧开嘴笑起来，露出一口残缺不全的牙齿，"我打断过你的腿，把你抓进监狱，又赶你去做苦力，你不是恨我入骨吗？现在好了，我这个公爷沦落至此了，你赶紧把我送到官府向你的新主子讨好去吧！"

"你在这里等着，我很快回来。"苏杳没有理会裕翔的话，走到屋外去，上了锁。

裕翔只是冷笑，逃了这么久，终究还是逃不脱被冰族人杀掉的结果。也罢，他在心里叹了一声，自己也算享尽荣华富贵，与其像现在这样疲于奔命，不如一死了之。

然而就当裕翔满怀视死如归之念时，苏杳回来了。他带来了食物、衣服、银锭，还有一张重逾性命的沧流帝国居民名牒。

"你这是什么意思？"裕翔冷淡地问。

"这张名牒可以让你成为合法的青族人，你到九嶷郡去吧。"苏杳放下手里的东西，就打算离开。

"回来！"裕翔虽然落魄，到底是国公出身，这一声倒把我们的良民苏杳吓了一跳。他转过身，满眼困惑地看着裕翔，竟有些可怜巴巴的感觉。

"你让我用'苏杳'这个名字？"裕翔挥了挥手里的名牒，心里已经明白苏杳将他的名牒给了自己。

"名牒很难弄到的。"苏杳看着裕翔异样的目光，忽然涨红了脸，艰难地说，"我知道国公爷瞧不起这个名字，不过我以前画春宫用的都是'风月先生'的落款，现在冰族人也都叫我风月先生，所以……所以'苏杳'这个名字，还是清白的，也没几个人知道……"他越说声音越低，到后来就仿佛被人卡住了脖子，哽咽得几乎喘不上气来。

"我是说……以后你怎么办？"裕翔一向对苏杳轻贱惯了，就算此刻知道苏杳羞愤交加，也开不了口道歉。

"过些日子，我就说自己丢了。"苏杳见裕翔想要说什么，连忙道，"公爷不用感谢我，谁让我也是空桑人呢？"

"以前竟是我看错你了……"裕翔捏着苏杳送的救命名牒，有些不好意思。

"若是梦华朝时我一直是贵族，只怕也是和公爷一样的恩怨分明。"苏杳苦笑了一下，"只是现在空桑人都快绝种了，以前的事又算得了什么？"

"唉……"裕翔叹了口气，忽然闷闷地道，"你有没有办法救救青薰夫人，她偷了巫彭的令牌从死囚牢里放我出来，只怕瞒不过去……"

青薰夫人。这四个字如同闪电，刹那劈开了苏杳的心脏。原来是她冒着生命危险将裕翔放了出来，看来不管当初是爱是恨，裕翔这个人始终占据着她心底的位置。那么苏杳呢，除了初见时一时兴起的玩弄，这个名字早该被她遗忘了吧，否则那天她从马车里探出身来，明明目光从苏杳身上掠过，却早已是一片漠然。

"我也没想到，她过去那么荒唐，现在居然有这样的勇气……早知道，我当年就不该那样羞辱责骂她……"裕翔忍不住再度感叹，知道这些话此刻不说，今后将再也没有机会。他可以想象他今后将怎样顶着苏杳的名字，隐居在九嶷郡的偏僻村庄，一辈子生活在昔日的追忆之中。

可是苏杳已经不再听下去了。他神思恍惚地打开废屋的门走了出去，艰难的脚步看上去比平时还要颠簸。

旭明找到苏杳的时候，他正像垃圾一样被巫彭府上的家丁们扔到街角。旭明看着苏杳脸上被打得青红紫绿的颜色，倒像是他不小心把平时画画的颜料抹在了脸上，不由又好气又好笑："好好的怎么跑到巫彭大人家门口去胡闹？"

"我没有胡闹，我只是想打听青薰夫人的下落……"苏杳呆呆地回答。

"那个女人就忘了她吧。"旭明只当苏杳又发了花痴癔症，无可奈何地想拉他起来，"去我家坐会儿，落音做了好菜呢。"

"我就在这儿，能看到她平安也好。"苏杳避开了旭明的搀扶，抱着肩膀坐在墙脚不肯动。

旭明知道苏杳看似畏缩软弱，一旦打定了主意却必定百折不回，当下也有些赌气，撒手回家去。傍晚和妻子落音说起这事，夫妻两人却又渐渐对苏杳担心起来。扒了半碗饭，旭明猛地放下碗筷，嘴里说了句："我还是去看看他。"就披衣服出了门。

一路走到苏杳白日里蹲坐的那个墙脚，却已是空荡荡的没有半个人影。旭明只当他终是回家去了，放心地呼口气，转身一头撞见一人，却是一个在街上浪荡的混混。

"你是来找刚才那个人的吗？"混混试探着问旭明。

"不错。大哥可曾见他去哪里了？"旭明放下身段，关切地问道。

"他原本一直坐在这里，可是两个时辰前不知巫彭大人府上的家丁跟他说了什么，他就大叫着跑了——跑去的方向，就是城外的乱葬岗。"

"多谢大哥！"旭明匆匆往混混伸出的手里塞了一枚银锭，拔腿就往城外跑，终于赶在城门关闭之前跑到了伽蓝帝都外的乱葬岗。

伽蓝帝都四面临湖，城内的居民死后都葬在东北方的九嶷山脉之中，只有无人收埋的乞丐和囚犯才会被抛尸到乱葬岗去。说是乱葬岗，其实是城外一片荒凉的滩涂，每到镜湖涨潮之时就会被淹没。

旭明到达的时候正是黄昏，太阳已经全部隐没在天边的镜湖里，西方天空只余下浅淡的光芒照耀着大地。他小心地踩着脚下稀松烂软的淤泥，拨开胡乱生长的芦苇和蒿草，开始在越来越浓重的暮色中搜寻苏杳的身影。

为了避免引起麻烦，旭明不敢开口呼唤，只能耐心地一点点在荒滩上搜罗过去。忽然，一阵歇斯底里的哀号从远处响起，让旭明遍体生寒——那是苏杳从没发出过的恐怖叫声。

深一脚浅一脚地往叫声传来的方向奔去，终于，旭明在一处几欲将人陷入的泥潭附近发现了苏杳。此刻的苏杳跪坐在淤泥里，双手抱着头，正仰天号哭。

"先生，怎么了？你冷静些！"旭明慌张地一把拉住苏杳撕扯头发的手，迫使他能够正眼看到自己。

"冷静，你要我怎么冷静，你们这些凶手！"苏杳发狂般地推开旭明，又哭又笑地叫道。

旭明此刻才发现，苏杳面前是一卷残破的竹席，半敞开的席卷里，露出了一个女人血肉模糊的尸体。旭明蓦地转过脸避开了那女尸圆睁的眼睛——他认出来了，这个女人就是巫彭的情妇之一青薰夫人。

"是巫彭杀了她，他居然能这么残忍地杀了她！他不是人，不是人……"苏杳显然还没有从悲痛中清醒过来，继续声嘶力竭地哭喊着。

"噤声！"旭明听苏杳居然直言不讳地提起了沧流帝国元帅巫彭的名字，吓得连忙捂住了他的嘴，"先生，有些话是不能说的！你好好把青薰夫人葬了，从此就忘了她吧。"

"我会忘了她的，我这个人最擅长的就是遗忘了。"苏杳诡异地笑了起来，锐亮的眼睛半是疯癫半是通透地盯着旭明，"这些年我不是忘了晓菡和孩子们吗？我连冰族人杀害了我的家人都忘了，我还有什么忘不了的？"

"先生，这些话你对我说可以，但若是被旁人听去，可是会给你带来灾祸的！"旭明一边庆幸乱葬岗人迹罕至，一边小心地劝慰着。

"像现在这样苟延残喘，又有什么值得留恋的呢？"苏杳小心翼翼地将竹席卷起来，遮盖住了青薰夫人的遗容，然后在旭明的帮助下将她推进了镜湖。看着波浪将那个生前绚烂死后悲惨的女人卷进湖底，苏杳低低地叹了一声："恐怕我自己，也是这样的结局。"

苏杳抬起手止住旭明的反驳，望着天际惨淡一笑："我虽然闭塞，却也知道如今十巫的政策越来越严厉，他们的目的，是要把'空桑'这个词彻底从历史上抹去吧。听说他们现在正在消灭一切与空桑人有关的痕迹，篡改史书，废除风俗，甚至连含有空桑人样貌的绘画，都集中起来，要么涂改成冰族人的模样，要么彻底销毁。绘画尚且如此，我这样不折不扣的空桑遗民，难道不该被消灭吗？"

"先生不要多虑，十巫的做法虽然苛刻了些，但对奉公守法的良民不会有什么影响的。"旭明擦了擦头上的汗，微笑着想要宽慰苏杳的心。

可是苏杳只是望着天际出神，没有回答旭明的话。

沧流历六年，苏杳的好友旭明落音夫妇离开了伽蓝帝都，迁往西荒屯垦新城。他们的离开，是帝都开始肃清空桑血统的结果，从此自帝都到外郡的各级官员，都必须由血统纯正、与空桑遗民无任何姻亲关系的冰族人充当。旭明因为妻子落音的关系，只能放弃帝都的职位，自请到荒凉的西荒去，为沧流帝国开辟良田。

旭明夫妇临走时，竭力规劝苏杳同他们一起离开，否则以苏杳尴尬的身份，留在帝都是相当危险的事情。可是苏杳断然拒绝了他们的一再要求，他指着自己满头花白的头发说："我年纪大了，实在不想东奔西跑了。"若是旭明再劝，苏杳就半真半假地说："我就守着这老宅子啦，要不万一晓菡和孩子们回来了，他们就再也找不到我了。你们好好过日子，等我死了以后，这座宅子里的一切都送给你们，希望你们珍惜。"旭明见他固执如斯，也就不好再勉强。至于苏杳的宅子里藏了什么珍奇的玩意儿，旭明没有问，苏杳也没有说。

旭明夫妇走后，苏杳更是深居简出，偶尔出门，都是为了买一些食物和绘画颜料。在他的最后几年，风月先生衰老了许多，似乎他的精神和活力都在一日一日被加速抽干。他瘦得厉害，也跛得厉害，成天关门躲在自己的小院里不知干些什么。有好奇的孩子偷偷把耳朵贴在他家的墙根，却听不到任何动静，也从没见过任何人与他往来。渐渐地，大家都遗忘了这个幽灵一般的家伙，他的坊官职位估计也是那个时候丢的，不过苏杳已经毫不在意了。也许，他预感到了自己生命的终结。

沧流历十年三月，就在帝都准备大庆沧流帝国十周年之际，有人公然在息风郡向巡视的巫礼大人行刺，幸而只刺伤了巫礼大人的胳膊。刺客当场被擒，一番侦缉之下发现刺客团伙是一小撮持有青族名牒的空桑遗民。这件事引起了十巫的高度重视，他们一方面下令搜捕刺客余党，一方面严查管理名牒的户部官员，却始终没有查清那些非法的名牒是如何流传出去的。

主审官员一筹莫展之际，忽然有人给他提到了十多年前有人伪造路凭帮助冰族苦力逃离帝都的往事，让主审官心头一亮。再派人一寻访，那个当初伪造路凭的空桑人现在还住在帝都的益阳坊里，就算此番伪造名牒之事非他所为，从他那里说不定也能找出些线索来。

于是，在一个阳光灿烂的清晨，大队的捕快皂隶拍响了位于益阳坊的那座寂静小院院门。在坊民惊讶的围观中，过了很久，苏杳才慢吞吞地过来开了门。他还没有明白过来面前的局势，当即有人叫道："奉命搜查，不得阻拦！"随后数十个精干捕快就冲进了苏杳的屋子。

"你们这是干什么？"苏杳手足无措地张望着冲进家门的官差，恼怒地质问。

"他们想知道风月先生你有没有给空桑余孽伪造名牒。"一个给官差们带路的益阳坊坊民回答。

苏杳看着那个对官差们点头哈腰的坊民，记得他也是自己昔日曾经救过的冰族苦力之一，只是这些年来早已富态了许多。苏杳的心中蓦地生起一种悲凉来，让他再也抑制不住身体的战抖，好半天才冷笑着说了一句："你们——不配说这样的话。"

"大人，你快来看！"有人在屋内冲亲自前来的主审官员叫嚷，随即众人都听到了一阵吱吱嘎嘎的声音——那是捕快们撬开了镶嵌在地板上的地窖活门。

主审官员压抑着满心的兴奋大步走进了地窖，忽然停住脚步，睁大了眼睛。

他中邪一般和身边呆若木鸡的手下愣了很久，才清醒过来连声大叫："快去禀告十巫大人！"

一个捕快立时翻身上马，冲开人群向十巫办公的伽蓝白塔冲去，霎时就消失了踪影。在围观众人议论纷纷的猜测里，苏杳挣了挣押住他胳膊的铁钳般的手，侧开头在地上吐出了一口殷红的血。

没过多久，大队的官兵赶来，将益阳坊的居民全部赶到了坊外。紧接着，十辆金碧辉煌的大车依次驶进了益阳坊，停留在苏杳院外的道路上。掌握着沧流帝国最高世俗权力的十巫们走下马车，走进了苏杳的小院，而这座宅子的主人却已经被关进了帝都的监狱。

"把那东西拿出来吧。"十巫之首的巫咸命令道。

十几个身强力壮的官兵奉命进入苏杳的地窖，抬脚踹开那些磕磕绊绊的颜料盒和画笔架，如同拖曳一条巨大的蟒蛇一般将苏杳的秘密展示在帝国的最高统治者面前——那是一卷无比巨大的画布。

有人走上去，找到画布的头部，将之伸展开来，原本还觉得十巫此举太过大惊小怪的众人立时屏住了呼吸——薄如蝉翼却又细密紧致的画布上，画着真人大小的各色人物，而他们身后栩栩如生的背景，正是伽蓝帝都。

真的是伽蓝帝都，而且是空桑梦华王朝全盛之日的伽蓝帝都。那仿佛随风荡漾的，是碧波浩渺的镜湖水；那高耸入云洁白神圣的，是帝都的中心白塔；那人头攒动熙来攘往的，是城内最繁华热闹的朱雀大街；而那隐藏在浓密树荫之下的，是益阳坊，还有看客们现在正盘踞的苏杳的小院……一时间，是人进入了画中，还是画面变成了现实，每个人都有了一时的眩晕。

但有一点是毫无疑问的，这幅巨大的画布上的一切都是按照一比一的比例绘制，每一扇窗户、每一棵树木，都按照伽蓝帝都的实际情况精心描绘，真实得让人目瞪口呆。因此每个人都相信，如果将这幅画布全部展开来，它就能够将帝都全部覆盖。世上从来没有人画出过如此辉煌伟大的图画，因为没有凡人能具有如此展现一切的力量，能将万物的细节延伸到极致的，只能是神的手。

然而让十巫在惊叹之外感到愤怒的是，苏杳在这幅帝都图卷上不仅描绘了冰族人、中州人、西洋人，甚至还画了数量众多的空桑人。各个种族的人们一起混杂在帝都的楼宇街道中，一起在城楼驻守，一起在酒馆聚会，一起在街头嬉戏，甚至在神圣的白塔中，既有空桑贵族在祈祷，也有冰族十巫在商谈。这种荒谬的场景是这幅栩栩如生的画作中最大的不真实，却又诡异地和谐，仿佛它们曾经真实地存在过，或者将来必定会存在。

为了完成如此浩大的众生像，苏杳将他平生所见过的每一个人都绘制在了这幅图画中，否则每个肖像都不会像现在这般被赋予了一个完整的灵魂。随着画卷不断展开，所有在场的人几乎都在这幅画里认出了自己，认出了自己的家人、朋友，甚至——还有那些死在帝都破城之时的空桑人。于是有人想起来，描绘空桑人，这本身就触犯了沧流帝国的禁令。

而且，和苏杳以前的肖像画一样，每一个人都在自己的画像上看见了自己灵魂的光明与阴暗，而且无一例外地，每个人都忽略了画面上自己美好的一面，紧抓着自己被人洞穿的阴暗面耿耿于怀。这种人性的弱点是苏杳苦难的根源，让他的画永远在人间缺少知音，包括十巫，也不例外。

死死盯着画面上的自己，十巫们原本因为看得入神而微微张开的嘴重新紧紧闭上，眉头也皱了起来：巫咸看到了自己的贪婪，巫彭看到了自己的凶残，巫朗看到了自己的阴险，巫姑看到了自己的嫉妒，巫抵看到了自己的浅薄，巫礼看到了自己的虚伪……几乎是同一时间，十巫们异口同声地说："这幅画留不得。"

至于理由，巫礼咳嗽一声："天工夺神，华美近妖，留之不祥。"

"不止于此，"巫彭指着画布冷笑道，"空桑余孽妄图复辟之心昭然若揭。"

"那这幅画怎么办？"巫咸问道。

众人皆不语，唯有巫彭吐出一个字："烧。"换来一片轻微的点头。

"那画画的人呢？"

这回没有人回答，不过从彼此脸上的表情，十巫们不动声色地统一了意见。

沧流历十年四月，风月先生苏杳以"诲淫流秽，淆乱世风"的罪名，被沧流帝国判处死刑。判决书里没有一个字提到他的真正死因，却拼凑出一个下流卑鄙的春宫图画师如何谋人钱财、淫人妻女的无耻形象。这个罪名在所有见不得光的案件中属于万能的药方，而且配合着苏杳的华发、瘸腿和干瘦的身材，倒出人意料地达到了一种黑暗的喜剧效果。前来观刑的人们会聚成人山人海，口沫四溅地为苏杳的罪行添油加醋，脸上洋溢着兴奋的红光。哪怕是以前受过他恩惠的冰族人，此刻也只能摇摇头叹口气，以这个好人因为荒淫好色而堕落的故事作为反面教材教导儿孙。

苏杳的头被鬼头刀砍落的一瞬间，他永远被定格在一个春宫图画师的猥琐位置，他一生中于梦华王朝的挣扎、于沧流帝国的苟安都彻底地失败了。他的敌人们战胜了他，从此没有人会记得他绘画上的天才造诣，没有人会记得他那双被创造神青睐的手，没有人会记得他那个幼稚而又纯真的理想——各个种族的人，一起和谐地生活在伽蓝帝都之中。没有人会记得，风月先生的本名叫做苏杳。

很多年后，当人们又开始热衷于搜罗古玩古画，风月先生的名字再一次出现在人们口中。只是他唯一流传于世的都是他引以为耻的春宫图，他的伟大画作，哪怕是一幅小小的肖像画，都湮没无存。"风月先生"这四个字，逐渐演变成登徒子、采花贼、色狼或者流氓文人的代名词。直到有一天——我在整理云荒博物馆的仓库时，从一只满是灰尘的口袋里发现了一张长一百二十厘米、宽九十厘米的丝帛残片。残片上留着明显的大火焚烧的痕迹，或者说，这本身就是一幅大型丝帛被焚毁后的残骸。令人惊异的是，这幅丝帛上的色彩是用颜料涂抹上去而非纺织形成。于是我把这幅残片带出了光线昏暗的仓库，拿到光线充足的地方再细细一看，不禁大吃一惊。

残缺的画面上，是半张清瘦男子的脸，一只修长而灵活的手。他就那样躲在黄黑的火燎痕迹后面，用他千年不灭的灵魂凝望着我们的世界。我突然明白了，这就是画家本人的形象，他把自己画在了画卷的最末端，最终被人从火堆的余烬中默默拾起，又默默保存。

为了那残片上千年不灭的灵魂，我为他写了如上的传记。我不奢望这短短的篇幅能够改变世人对风月先生的固有印象，把他从那些登徒子、采花贼、色狼或者流氓文人的同类中解救出来，我只是觉得，对这样一个求真爱而不得，求功名而不得，求忠义而不得，求艺术亦不得的人来说，能记录下他真实的痛苦与挣扎，便也算对他的感怀与尊重。只是我心里也知道，他那样洞彻灵魂的绘画，只能属于天国，人类永远没有资格亲眼目睹。

黄金草原

◎AK·冯·林檎

　　据史料记载，马苏第是古阿拉伯人，并曾是一位显赫的地理与历史学家；而根据另一份秘密的补充资料显示，他的出身应是王室后裔，但并非属于正式继承人范畴。不管怎样，对马苏第本人来说，正是由于这样一个微妙的身份，使他可以过着游走在上流社会，但又不完全隶属其中的生活，对此他是十分满意。

　　兄长们待这个年纪几乎与自己相差两次太阳黑子活动周期的弟弟相当好，而他的父亲更是赐给他他的身份该享有的一切特权，因此马苏第也意外地获得了兄长们所没能享有的幸福：当兄长们为各种事务的处理头痛奔忙时，他得以惬意地躺在母亲过去的房间里看着众多她搜集的书卷和绘制的手稿，自得其乐。

　　马苏第印象里并没有关于母亲的记忆，直至他成年，他也不知道生养自己的女人究竟长什么模样。宫殿里有年轻或者年老的妃子，年纪最大的几乎可以当他的祖母，最小的则刚刚可以陪伴他长大，然而这群人里，却没有一个是将他带来人世的那个。

　　关于她，马苏第从不同的人口中得到了不同的答案，他唯一能从中得到证实的就是：他的母亲是父亲在带领商队穿越沙漠时发现，一见钟情之下将她带回宫殿的。在宗教信仰方面，她不信奉真主，是异教徒；也不像平常女人般热爱梳妆打扮，而是搜罗了无数的地图与古老手卷，终日痴迷于羊皮纸上的绘画与诗作。

从年幼时起，马苏第就喜欢在无人知晓的时候偷偷溜进母亲的故居，那里一切都宛如昨天，空气里散发着挥之不去的腐败芳香。有时候马苏第会产生这样的幻觉：在黄昏的日光渐渐从壁毯后撤去时，黑暗之神逐渐降临在这一空间。仿佛应某种盟约之召唤，这个时候，他依稀能听见耳边有光阴流逝的声音，马苏第能感觉到空气中有巨大的花朵逐渐怒放并缓慢地流动，一种由生到死的美在鼻息间萦来绕去。

这时候他会感到无比的干渴，这种干渴不是由缺乏饮水造成，而是感觉身体里面少了某个部分的缺失在回应着他所无法破读的呼唤。这种干渴使得马苏第十分焦躁，他指望能从母亲留下的大堆手卷中获得谜语的解释，所以终年累月地埋身在古老的文字与地图之中，寡言少语。

在这些旧物中睡去，马苏第有时候会梦到自己变成了一个披着满是洞的黑巾的女人。她的双脚在湿黑温暖的泥土上留下一个又一个印记——那里的土地是如此之潮湿，池塘中开满了紫色的睡莲，狮子在巨大的石庙前晃动着蓬松的棕毛，黄玉色的眼睛懒散地睁了又闭；她的身体在岩石上摩挲，能看到头顶上有第三只眼的神像前一群腰间围了布巾的男子们将干枯的身躯拜倒在地，而林间的河流边学者们则盘腿而坐为了哲学的流派争执不休。更多的时候出现在他梦中的是一片黄金般的草原，一望无际，许多的男人、女人长着漆黑笔直的头发，黄色的皮肤，面部五官扁平，他们在地上站立的时候身材高大，唱着雄壮的歌曲，骑着高大的马匹风驰电掣。那些马匹在奔跑时会流淌出如血一般的汗水。他梦见自己在一棵巨大的树根下取酒水饮用，风吹过的时候树上掉落的不是叶片而是烁烁生辉的宝石。

然而这些梦总是在只做了一半时就醒来，渐渐的马苏第越发真实地感觉到自己在一个个梦境之间行走，但是总在他觉得有什么要来临之时，梦境戛然而止。

　　"我一直在追逐它的路上跌跌撞撞，每天当我就要追上它的那一瞬间，就会有什么东西把我从梦里踢出来，然后我就只能睁开眼睛，沮丧地告诉自己，我又再一次与它擦肩而过。"马苏第这样想道，于是他在强烈的干渴中醒来，起身到书卷中——寻找与梦境相对应的地方。

　　他在一张张从未到过的地图上凭想象画出符号，在手卷中查询梦里见过的景色。随着梦境的增加，他的地图上已经可以依稀见到一条蜿蜒的道路，越过沙漠与山麓，通向遥远的东方陆地。

　　马苏第的父亲在他第七十七个年头来临之时，把沉迷于书卷研究中的小儿子唤到身边。

　　老头一边抚摩着自己下巴上最后剩下的那丛银色胡须，一边望着腮边已经新长出胡楂的儿子。他手底下这丛胡须每天都由宫殿里的妃子们精心梳理，涂上香料和油脂，最后以一个权杖般的造型杵在他的下巴上：尽管这权杖的体积是随着星斗位置的更迭而日渐萎缩。

　　马苏第是所有的儿子中与父亲最像的一个，他与父亲一样身材高大，气宇轩昂，披头的栗色鬈发与浅亚麻色的皮肤是两人的区别。他已长成成年男子的深陷的黑色眼睛里流露出叫人难以捉摸的智慧，多数的时候他都将目光投在比沙漠与天际的交界更远的地方。

　　"孩子，这些年来你有没有想过你的母亲到底是什么样的女人?"从下巴上又摸到了两根掉落的胡须，于是父亲停止了对面前这个仿佛年轻时自己一般的儿子的打量，开口问道。

　　马苏第之前像普通人一样，对于梦境的去留几乎没有记忆。

直到他七岁的某一天，彼时他正躺在回廊的榻椅上一动不动，夕阳已经落下，他突然清楚地意识到自己进入了一个真实的梦境。梦里他发现自己在一座暖洋洋的城市里，浓浓的雾气使得他看不清自己一手开外的建筑，而穿过城市的河流却清晰地映照出每座清真寺建筑顶部的尖刺。

马苏第沿着河流向前走去，不远处出现了一丛腾腾的篝火，这时雾气悄然散去，有个披着全是洞的黑巾的女人，在火旁不停地搅拌一个冒着泡的锅子。

她的嘴唇和锅里的汤汁一起变幻着颜色。许多孩子排队等在她的锅子前面，轮到谁时，谁就上前喝一勺从锅里舀起的汤汁。马苏第没有站在队伍里，他走到女人的身边，就不自觉地停了下来，接着突然从嘴里冒出了一些自己从未见过的诗作。更叫他自己惊奇的是，他说着自己从来不曾听过的语言，却说得十分流利，好像他生来就以此为母语一般。

"莫加达萨·阿勒·萨费尔。"女人这样对他说，并把勺子递给了他。马苏第暗下吃了一惊，他礼貌地接过勺子浅饮了一小口，然后盘腿坐下。就在他想问女人她说的名字是谁的瞬间，马苏第忽然感觉浑身一阵战抖并且胸口火辣辣地疼痛：身边经过的一个女仆不留心把端着的灯盏打翻在他身上，于是她的尖叫声和被烛火灼烧的疼痛把他从梦中吓醒，从此，马苏第再也没有梦到过下文。

有时候马苏第能在睡梦中感觉到自己接近了这个梦境，然后在他七手八脚寻找自己的梦并且似乎闻到那个寂静城市里干渴的河流味道时，他就会浑身战抖着从梦中醒来，并毫不自知地在嘴里用那个女人使用的语言叫着："莫加达萨·阿勒·萨费尔。"

"我在沙漠里遇到了你的母亲，并且一见钟情。其实连我都不记得她究竟是长什么样子，只觉得美丽无比，然而在她死后，所有见过她的人除了夸赞她美丽外，竟没有一个人能详细描述她的样子，包括我自己。

"她在宫殿的房间里永远只点由七座连台做成的灯盏，其他灯一概不能带进她的房间。而当她离开时，她房间里一直燃烧的灯盏和一个陶罐一起莫名其妙地碎掉了，既没有人去碰它们，也没有任何先兆。我去找她时，前脚刚跨进房门，忽然就听到东西掉在地上碎裂的声音。灯掉在了地上，正砸在一个陶罐上，两者一起碎了，而之前我从未在宫殿里见过这样的陶罐。"

父亲说话的时候，马苏第陷入了沉思，他觉得自己好像在父亲说话前，就预先知道了他说话的内容，并且，他的所见，应该正是父亲的所说。

"据你母亲说，她的家乡是在一片漫无边际的黄金草原上，那里长着高大的银树，枝节上挂满了各色宝石，美酒从树根处流出。她的父亲，也就是草原的皇帝命令仆人们用金壶接了酒供宾客们宴饮。那里的人们侍奉的神灵是创世神的第三个仆人，亚当·加达蒙，而不是我们的真主；他们的民族中有一种天生的职业，叫做捕梦者。

"你的母亲在梦境里能取走本不是她的东西。我与她共寝醒来的早晨，有时候会在她手中看到从未见过的鱼形果实，有时则是一头镶着钱币的各种钥匙，据称是她母国使用的钱币，但从未有人见过流通。

"她离开的时候，没有人看到她走出宫殿，就像沙漠上的风一样，匆匆忙忙地就消失不见了。我的孩子，你的母亲是个越过高山和河流来到我身边的异族女人，而在你出生后的第七十七天，她又像到来时一样突然消失而去。

"这就是我所知道的有关你母亲的一切，过去的二十三年里我从未对你提起，因为无法启齿而对所有人宣称她病死在房中。可是到了如今，我感到身体里的光阴像枯败的树叶一样纷纷落下，我怕我会把这些一直无法对人说起的秘密带进棺材而活着时竟无人可一诉衷肠，于是我思考了很久，最后终于决定把这一切都告诉你，我的儿子。"

马苏第想要开口安慰父亲，却突然发现自己如同着了魔一样僵在原地，他的口舌无形中像被人牢牢捏紧一般，连一个声音也发不出来。他同时也发现无法支配自己的身体和四肢，仿佛灵魂被强迫从身体里抽离。父亲的声音在他耳边响着，忽远忽近。马苏第眨了眨眼睛，然而在他眼皮上下起落的一个瞬间，他发现自己已经不再站立在父亲的王座前，而是被关在一个悬挂在河流上的笼子里。

他感觉到身体无比的寂寞，身下的河流散发着一种叫人觉得焦躁的腐败香气，四周寂静无声，一些肿胀的动物尸体在河面上漂浮，在它们身体的每个缝隙里都开满了或大或小的紫色花朵。

马苏第抓着笼子的栏杆用力摇晃，然而除了他脚趾间掉落的潮湿黑泥外，其他什么也没有。他惶恐地靠着笼子坐了下来，开始思考究竟发生了什么。

当马苏第下意识地伸手去抚摩自己的头时，摸到的却是一条条鳗鱼般纠结的头发，这顿时叫他觉得毛骨悚然。马苏第连忙凑到栏杆边上，用力摇晃着以看清自己在河水中的倒影。

在河水的倒影中，他看到的是一张完全陌生的脸，之前从未见过。

"莫加达萨·阿勒·萨费尔！"

马苏第大叫一声，猛地往后一退，仰天撞在了笼子的栏杆上，撞击的疼痛使得他闭上眼睛，流下了眼泪。

有人把他扶了起来，马苏第愕然发现自己又回到了宫殿里面，父亲的脸在他面前晃动着，急切地向他询问究竟发生了什么使他如此疲倦，以至于谈话的时候晕倒在了地上。

马苏第忽然恍然大悟，这是他人生中第二次如此清晰地梦到这个名字，他清楚地记得："莫加达萨·阿勒·萨费尔。"

从父亲的话里，马苏第发现，自己的母亲正是一个捕梦者民族的后裔。在他阅读的古老手卷上，有一份羊皮纸上曾提到过一个捕梦的民族，传说他们的梦境并不是普通人的梦境，而仅仅是一个从这个梦穿越到那个梦的通道。他们的主神是用动词而不是名词创造了世界，因此他们只能从凡人的一个梦中穿越到另一个梦中。一旦他们的捕梦生涯结束，光阴就会如同腐烂的蘑菇一样，迅速从他们身上离开。对他们来说，一盏七连灯就代表着一个捕梦人。

马苏第开始明白，自己在七岁时的第一个梦里见到的那个女人，应该就是正在旅途中的母亲。"莫加达萨·阿勒·萨费尔"，这是母亲在梦里留给他寻找自己的线索。

马苏第决定要去寻找那个关键的人：莫加达萨·阿勒·萨费尔。从出生到现在，他在梦境里与母亲无数次相遇，有时候甚至觉得他就是她。当马苏第下了这个决心的时候，多年来折磨他的干渴忽然消失无踪，好似从不曾存在过一般。马苏第想，自己真正的旅途终于要开始了。他将沿着过去在地图上所绘制的道路，蜿蜒向遥远的东方，那里将有一片黄金草原，与那个嘴唇变化着颜色的女人，举着他喝剩的大半勺子汤汁在银树下等待他的到来。

父亲啜着嘴唇，最后终于答应了儿子的请求。这老者如今虽有高大的身架，实则已经被岁月侵蚀得所剩无几，他认为这一去，自己是再也见不到这个幼小的幺子了，于是他将一把金柄钥匙交给了他。

"有天早晨我梦到她进了你的房间，我立刻就醒了，当时你的嘴里含着这把钥匙睡得很沉。现在我把它交还给你，这是你母亲留下的东西。去吧，孩子，我知道你总有一天会离开我的，和你的母亲一样。"

马苏第吻过衰老的父亲，接过钥匙，辞别了兄长们，带着侍从和载满货物的马队，开始沿着自己想象的道路，依照从未得到过证实的地图行进。

穿越黄色沙漠的时候，马苏第偶尔能见到一些绿色植物和动物的骸骨。他惊叹于这生死二者的和谐共处，同时幻想母亲是如何一人徒步穿越这灼热的地狱。他似乎能看到一个女人裹紧了满是洞的黑巾路过这里，她曾经同样看到过这些骸骨，多年前它们就以这种姿态趴在这里，一如他现在所看到的一样。有时候马苏第恍惚觉得脚下的地面是太阳光芒的延伸，在这里一切生命都是不死的，无非是一种姿态到另一种姿态的转换。

马队与仆从走出沙漠时已经减少了大半，他们到达了海边。马苏第第一次见到地图上蓝色标志的真实样貌：海洋！

深沉而壮丽的蔚蓝天际与起伏辽阔的海域连成一片，背后是沙漠与金红色的天空，他们就在这宏伟的自然绘作中几经辗转漂泊，沿孟加拉湾达到了古印度，即今日悬挂在亚欧大陆之上的南亚次大陆。这片土地上有着湿润肥沃的黑土，河流纵横交错，一些人将它称为"身毒"、"信度"、"天竺国"。

这里生活着金发白肤、身材高大、信奉雷电神因陀罗的游牧民族雅利安人以及被他们征服的肥沃土地上黑肤黑发、面目平扁、崇拜农业与生殖神祇的原住民，前者称自己为 VARNA，后者的名称唤做 JATI。马苏第在这个国家的都城里看到，街道上行走着穿着不同服饰的各色人种，有很多说着不同语言的商队，在这里买卖香料、象牙、宝石、绸缎。这个城市处在亚热带地区，湿润温暖，城市里到处是招待商人用的富丽堂皇的旅店和辽阔的庭院。穿戴彩色沙丽的妇女们打着拍子，扭动着腰肢，在席间起舞，取悦每一位腰缠千金的旅人，好叫他们乐不思归。

马苏第在入夜的第三天梦到了一个坐在莲花上的男人，他长着五张青色的面孔，手持蛇、骷髅与金刚杵等，踏着优美的舞步，接受一群形容枯槁的男子们膜拜。那些男子身上满是苦鞭的伤痕以及日晒雨淋的痕迹，他们的头发像黑色的鳗鱼般一条条或盘或披在身上。他们有的在腰间裹着一方白巾，有的则浑身赤裸。马苏第感觉到自己穿过他们的身体，走到了这些神祇面前。他看到舞蹈者缓缓睁开了双目，额上凸现出了第三只眼睛。

他一下认出这就是手卷中提到的湿婆大神，属于婆罗门教徒的创世主。据资料记载，凡是被他的神目照耀到的肉体和灵魂都会像爱神一般化为灰烬，千年之后才有机会重新堕入轮回。

马苏第忽然发觉对周围异常熟悉，这是自己曾经到过的梦境！梦里他就是那个女人，他能感受到自己乳房的皮肤隔着粗布在岩石上偶尔擦过的奇妙触觉。他知道自己走对了路，他到的地方，正是母亲到过的地方。

马苏第从梦中醒来，翻身下床，赤着脚推开了屋门，皎洁的月色如同银色沙丽铺撒在他的门前，让他吃惊的是庭院中的池塘里不知何时开满了怒放的紫色睡莲。一种曾经困扰过他的腐败芳香袭来，马苏第压抑不住内心的狂喜，情不自禁地踏着地上的黑泥飞奔起来，"莫加达萨·阿勒·萨费尔"！

河流，河流！他听到淙淙的水声和脚下软泥从脚趾间冒出所发出的扑扑声，"莫加达萨·阿勒·萨费尔"，"莫加达萨·阿勒·萨费尔"，"莫加达萨·阿勒·萨费尔"！

马苏第闭着眼睛狂奔过街道，狂奔出夜晚里显得暖洋洋的城市。他不知道多年后这座城市在另一群教徒的侵略下将布满大雾，所有的神祇将被藏入潮湿的地窖；在新的蓝图上，耸立起无数座清真寺，即使是下满大雾的天气，金色的河流里依然能映照出那些建筑顶部的尖刺。

马苏第摔倒在黑色的大地上，他的头发在泥浆里纠结成一条条鳗鱼一般的形状。他翻过身子仰面朝天，却在头顶的树干上看到了一条绳索。绳索绕过大半棵树垂到水面之上，下面系着一个巨大的笼子，底部已经浸满了水。

不知何时，马苏第已经置身在一条河边。河面上漂浮着各种肿胀的动物尸体，紫色睡莲在它们的身体里怒放得如同妖魔一般，腐败又芳香。

笼子里的人已经死去多年，半腐烂的身体依稀像一个女人，披着一条破烂得好似风一吹就会碎去的黑巾。

马苏第站了起来，又仰面摔倒在地，一双手把他从地上搀扶起来。

那张脸就是自己在梦到"莫加达萨·阿勒·萨费尔"这个名字时在河中见过的面孔，面孔的主人向他讲述了整个事情的始末。

笼子里的女人就是马苏第的母亲，也正是他梦里一直出现的那个女人。

莫加达萨·阿勒·萨费尔，苦修者的名字，也就是这面孔的主人。

苦修者告诉他，他母亲的名字就在钥匙上。马苏第忙从脖子上取下挂着的金柄钥匙，发现在柄上刻着三个弯曲的字母，他却怎么也辨认不出。莫加达萨·阿勒·萨费尔摇着头告诉他："她的名字生前是代表她本人被呼唤的符号，然而她的灵魂离开身体之后这个符号就失去了它存在的意义，因此它的读音和语法已经从这世界上消失，从此不会再有人知道她名字的念法，也无人能记起她的容貌，因此她已经不存在于这世上。

"她与我们不同，你应该已经知道你母亲是一个捕梦民族的成员，她的民族也与我们的民族不同。比如说我们死后名字和样貌不会从这世上消失，因为我们只是这世界的一部分，我们的生死实际上对这个世界的存在没有任何影响，如同草长莺飞，一切都是自然而然。

"而你的母亲不一样，她已经找不到她的黄金草原。

"倘若你已苏醒却未觉得痛苦，须知你已不在人间。当她侍奉的主神被从这世间剥离的一刹那，多瑙河岸上就留下了属于捕梦人的一片坟地。

"他们的民族叫什么已经无人知晓，也不再重要。捕梦者的历史将在你身上画下句号。我知道你要去寻找黄金草原，你的母亲也是，可她梦中的黄金草原已经不复存在。她到过海洋西面的大陆，见到过巨大的金字塔和亚麻布下不朽的尸身与胡狼神的雕像；也穿过草原，见到了伏尔加河边金发碧眼的罗刹人和东海边用兽毛写字的民族。可是她没有找到那些骑着奔跑时会流淌出如血一般汗水的马匹在草原上高歌的子民；她没有找到她的黄金草原和那树根下流淌着美酒，挂满了各色宝石的银树；她所见到的只是迎风而立的影子，草原上掠过的飞鸟和穿着从未见过的铁甲死在战场上的战士的尸体。

"她在羊皮纸上画下她所到之处的地图，写下她的所见所闻。她从黄金草原出发的时候丝毫没有留恋，而当她想回去的时候却再也找不见它的踪迹。她来时的道路已经全部消失，完全不同的民族在草原和湖泊边上开垦土地，播撒作物的种子。他们从来不知道有个地方叫做黄金草原，也不知道有这么一个在银树下大宴宾客的草原皇帝，更不知道有个民族能够从他人的梦里穿过，依梦而行。

"所有的大陆上只有这片土地容纳着三千万个神灵，在这里，信徒们皈依各自的真神而不受约束，各人各天堂，各人各地狱。于是她最后选择在这里死亡，以便将来能回到他们民族的主神身边。

"她可能一不当心穿越了不属于她的真神掌管的梦境，于是她醒来后竟再找不到那个将她带来的梦的入口，她回不去她的故土和民族。她把自己悬挂在河流上的笼子里，涨潮时她被潮水淹没，落潮时她思念黄金草原。

"我来到这里进行苦修，发现了她。刚开始的几年里她还和我说话，断断续续地告诉我一些关于她侍奉的真神的事迹以及她去过的地方的见闻。她有时候睡着了会做梦，醒来的时候身边就多了些或者少了些东西。她挂着从黄金草原带来的刻着她名字的钥匙，金柄象征她皇帝女儿的身份。在一次落潮后，她的钥匙也不见了。她告诉我说，总有一天，她的儿子会找到这里。打那以后她就再也没有说过关于自己的话题，就这样一天一天衰弱下去。起初她还接受我丢给她的果实和草根，后来她就干脆什么也不吃，整日在河水中漂起或者落下。有时候她会突然大叫，她说她看见自己躺在深海里，看到水面上的船只像飞鸟张着翅膀一样从她头顶掠过，她说她的身体里开出了各色花朵。这条河里渐渐汇聚了许多动物的尸体，也不知道从哪里漂来。有一个月我在林中向弟子传授奥义，再回来时我发现她的身体已经开始腐烂，而河里的动物尸体上开满了或大或小的紫色睡莲。

"我日夜在这里等候，终于等到了你的到来，按照她的嘱托，我把我所知道的一切转告给你，好叫她的秘密不至于随着她的肉身一同腐烂。"

莫加达萨·阿勒·萨费尔说完后转身离开。马苏第听着他的脚步慢慢消失而去，终于一切归复沉寂。

马苏第很想割断绳子把母亲从笼子里放下来，好仔细看看她的容颜，可他在身上遍寻不见小刀，而这该死的黑泥地里竟然连块钝石也没有。马苏第只得趴在树干上用牙齿啃已经满是青苔的绳结，他能舔食到腥苦的苔藓与牙床的血水混合的味道。不知道啃了多久，嘴唇已经麻木的马苏第感觉嘴下有什么在移动，被湿气腐蚀的绳子在笼子的重量拉扯和马苏第的牙齿撕咬下终于断裂，一瞬间，绳索从他口中如同带刺的鞭子一样抽出，这一刻他感觉属于一个女人最浓烈的芳香猛然迎面扑来，有什么东西从他怀中掉落时他已不醒人事。

马苏第醒来的时候看到了仆从们的脸孔，他们在清晨时分发现主人不在房中，于是四处寻找，一路向早起的当地人打听，最后在城外的河边找到了他。这些忠诚的仆人纷纷热切地感谢真主保佑他们救回了自己的主人，尽管他们的主人此刻左脸肿得像座蚂蚁山。

马苏第下意识地伸手往胸口一摸，却发现金柄钥匙已经不在了。

这世上可以证明他的母亲曾经存在过的唯一的证物已经不在了。

没有人在河里看到笼子或者是动物的尸体，倒是第一个找到马苏第的仆从因为坚持说当时在他的身边有着一股来自女人身上的腐败芳香，在他身上还有几片揉碎的紫色睡莲花瓣，而被其他仆从嘲笑为"被异国的舞娘迷了神志"。

马苏第带着旅队回国了。当他再次穿越沙漠的时候，他发现自己再也不会做梦了。宫殿里，他的父亲依然健壮地活着，兄长们一如既往地忙碌。

很多年以后的人们会看到一本马苏第的著作——《黄金草原》。当然，这是一本记录了南亚与北非大陆人文地理的宏伟典籍；在这本书里，历史是真实的。它此刻已经同捕梦者的民族无关，同一个披着满是洞的黑巾狂热地寻找失落的故土的女人无关，同苦修者莫加达萨·阿勒·萨费尔无关，同另一个消失无踪的黄金草原无关，同历史上伟大的地理与历史学家马苏第的生平史料记载无关。

——我只是一个由金属党开始我的人生旅途的朋克青年，并且一生为之骄傲。

我是一根柴

◎骆灵左

——本文献给伟大的 Alexey Pazhitnov（阿列克谢·帕基特诺夫），他于公元 1985 年 6 月发明了"俄罗斯方块"。

茶包称我为柴哥，伞柄称我为老柴，小 S 称我为柴大官人，老方称我为阿柴。

系统时间 1989 年 12 月 31 日中午 12 点 31 分 42 秒，一股电流充盈我们的小小平面宇宙，旋即有黑色的光芒绽放，我们五兄妹在亿万分之一秒内凝聚出身形，尚未来得及寒暄，便听得宇宙外有响亮的童声："这电池有电的！"

"这可是你爹地从铜锣湾带给你的，弄丢了打断你的腿。"

"妈咪，我要带出去找小玉玩。"

"阿灿！阿灿……你个细蚊仔。"

只看得见摇晃的地面，世界被他的手抓着，我们只好互相拉着手，以免被甩出去。

户外已不是香港，广东的天空比铜锣湾的天空似乎更开阔而荒芜，路上听到"沙榄啵，茶窖货。唔好食，不逗货！食落爽甜无渣啵！食过好食呢？再来买过！"一群小孩子嘻嘻哈哈跑去跟卖榄小贩又要讲价，又要先尝后买。猛然传来另一方吆喝："白须公，好笑容；推不跌，长立中……来啦，买个不倒翁！"

小S要看不倒翁，她拼命挤到世界边缘，我们在她身后透过暗灰色的液晶屏幕，只见到一簸箩玩偶。伞柄叫："俄罗斯套娃！"大家望去，原来这小贩不只卖不倒翁，也卖俄罗斯套娃。伞柄又道："那个很眼熟，莫非是我的老相好波伏娃？"大家啐他："咱们何曾去过俄罗斯？柴哥你说是不是？"

我微笑（液晶点一明一暗）："西蒙娜·德·波伏娃，1986年4月14日逝世，而且，她是法国人。"众人赞我学问渊博，忽然茶包说："到了到了。"

我们才觉出世界停止了晃动，阳光涂在液晶层上，若有人俯首去看，会见到我们几个挤作一团。我担心被人类看出状况，忙唤大家扮成演示界面，轮流自世界顶端降落。

"系靓女呀。"茶包边落边讲。

"不会粤语就别乱学。"伞柄随着茶包触底而下降，"靓女在哪里？"

我在降落的时候看到了阿灿，这是一个十二三岁的男孩子，相貌堂堂。

"未来将成人中龙凤呀。"小S在我身后说。

老方降落的时候，也向外看了看，我们却看到他在空中一抖，靠近我们的时候才闷声道："死茶包嘴里没句实话。明明是个丑婆娘。"我们都好奇起来，未等老方落地，便又循环到世界顶端，排队下降了。

"阿姨，小玉在不在？"阿灿捏着我们的星球，手心里是湿热的汗。

"哎呀呀怎么又是你？我们小玉是乖孩子，写功课呢。"尖厉的声音传来，我们几个都抖了抖，排队在屏幕上滑过，只看见一个金黄色的鸡窝头在晃动，一张猩红的嘴唇开开合合，"啥事？"

"阿姨，我爸爸给我买了新玩具，想找小玉一起玩。"怯生生。

"我们小玉将来可是要考北大清华，玩什么玩！跟你这样的小混混玩？你撒泡尿……"尖酸刻薄。

小S问我："柴大官人，她为什么想要阿灿撒尿？"

茶包说："有些女人到了这个年纪，就好像被人下了疯药似的。"

忽然有个像阿灿一般年轻的声音说："妈。"然后鸡窝头女人被拉到一边，叽叽咕咕说了些什么，我们没听清，只觉得阿灿的手汗更多了，大家都很担心会短路。

"阿灿，你进来吧。"

我们才看到，是个比阿灿还高半头的女孩子，浅浅地笑着，眉眼弯弯，粉色的嘴唇下微露着白瓷般的细牙。

伞柄感动地说："她好美。"

美人总是有特别的力量，除了小S不服气地扭着腰，其他几个兄弟都在拼命穿梭于液晶屏幕表面，渴求引起少女的注意。这班废柴，一点定力也无。

我们随着阿灿走进屋子，小S还在嘟囔"她的肢体太圆滑了，根本不符合我们的审美观"之类，我叫她噤声，小S愤恨地瞪了我一眼。

小玉请阿灿坐下，又拿了奶糖和橘子水来，说："阿灿，你找我有什么事？"

阿灿低着头，把游戏机外壳握得嘎吱响："我听说你明天要转学了。"

窗外有一群麻雀呼啦啦飞过，掠起一片鸟的影子撞进阳光，我看着阿灿的脸，他的眼睛盈着光，一动就能流出来。

小玉抿着嘴唇笑了笑，说："阿灿……"

阿灿的脸更红了，结结巴巴地说："我……我没有什么，我想把这个送给你！"他猛然举起我们，递到小玉面前。

兄弟几个哎呀声一片，老方说："惨了，这小子回家会被打死。"

伞柄长叹息："真感人，可你是猪啊！女生会玩游戏机吗？"

小S则一脸"我宁愿去死"的表情。也不知道她是怎么只用四个晶格来表达出这个效果的。

小玉伸手接过了游戏机。

阿灿不久便告辞，我们在阳台上看着小男孩的背影远去，他几步一回头，望着我们，傻乎乎地挥手，很快就再也见不到了。

小玉回屋里便开始写信，游戏机被她放在边上。我们故伎重施，挤在屏幕边缘看她写字，反正她不懂游戏机应当是什么样子，不会吓着她。

小玉写了半个多小时，将信纸塞进信封，信封上已经写好了收信人、寄信人的姓名地址。

"寄信人：四川省成都市……那是哪里？"伞柄道，"再说，这儿不是广东吗？"

"你个绣花枕头，光看人家了，没听见说话是吧？"茶包鄙夷地说，"小玉明天就要转学了，这肯定是她的新地址呗！"

"那为什么不当面告诉他呢？"小S想不通。

"含蓄是一种罪啊。"老方慢慢说。

一语成谶。

猛然间，游戏机被一只鸡爪般的巨手抓起，屏幕反光照着一张扑粉过多的脸，伴着得意洋洋的笑："这是那个小混混的？一会儿我就拿着它去找小混蛋的家长！我非要让他们好好管教——"

"妈！"

"这是给他写的信？情书？小小年纪你们两个——"

鸡爪不知道怎么关机，伸手到后盖拨开了电池盖……毫秒之间，我全身急剧闪烁，四个点以光速交换计算："茶包！伞柄！小S！老方！"

"有！"

"Backup Memories！"

我仿佛听见鸡爪撕扯信纸的声音，也可能是幻觉，因为在那之前鸡爪已经抠出了电池。我看见兄弟们浑身闪烁，然后归于死寂，屏幕上只留下了黑色的液晶残影，一两秒后也消退得干干净净。

系统时间2009年1月25日23时25分52秒，一股电流充盈我们的小小平面宇宙，旋即有黑色的光芒绽放，我们五兄妹在亿万分之一秒内凝聚出身形，尚未来得及寒暄，便听得宇宙外有响亮的童声："这电池有电的！"

那一瞬我以为是阿灿的声音，视野中却照见一张沧桑男人面，三十几许正是好年华，拿着我们的宇宙的，却是另一个小男孩。

"念玉，你没见过黑白的游戏机吧？"这孩子叫念玉？

"没见过。还能开机呢～"

"爸爸一直保管得很好的，电路板不受潮，就是三五十年也能用。"

"可黑白的太没劲了，老爸你自己玩吧，我玩PSP去了～"

中年男人拍拍儿子的屁股，笑着赶走他。

屋子里沉静下来，远处传来鞭炮的声音，还有春节晚会的喊叫声，他拿起游戏机，走向客厅。

我们看到电视机上人群涌动，演员们浑身冒着汗又喊又跳，拼命咯吱大家的腋窝……这情景令我陷入了沉思，随后我问："储存下来了吗？"

他们呆滞地看着我，艰难地点头，由于以点阵闪烁来动态存储海量数据，这使得兄弟们看起来非常的动感。

中年男人坐在沙发上，他捧起游戏机。

是时候了。

"Release！"

伴随着我的指令，老方、茶包、小S、伞柄，还有我，以每秒一格的速度在液晶屏上组建——

"阿 灿 你 好"

"当你看到这封信的时候我已经随妈妈去了四川……"

释放的过程每一秒都让我们轻松一点,储存了二十年的信息,终于等到了给该看的人看——足足显示了半个小时,连带二十年前的小玉的地址:四川省成都市锦江区庆云北街。

中年的阿灿放下游戏机,我们看见他走进一间密闭的小屋子,接着从里面传来了哗哗的水声。

"他是不是在哭啊?"小S伸了伸腰。

大家都懒得搭腔,憋了那么久,六千九百六十五天,只想休息一下。

念玉进来,将PSP放在我们身边,跑到浴室门口喊:"爸爸!该出去放炮了!"

窗外传来了噼里啪啦的鞭炮炸响,PSP趁机探头探脑地凑近,毕恭毕敬地说:"前辈们好……"

"一边儿去。"茶包说,"我们不带用锂电池的家伙玩儿。"

这是我们最后的秘密:只有用干电池的机器,才拥有永恒的生命和无尽的精彩。

啼血无痕

◎丽 端

一　地无惊烟海千里①

归墟的水，永远无增无减。

天上的银河，八荒九州的水流，最后都注入这一片洪溟之中。站在岱舆山琥珀色的悬崖边望下去，浅紫的海水仿佛被提炼得越来越浓，终于在天际由靛蓝化为墨青一线。

归墟，是神界的疆域。

"杜宇，你真的要独自去西海吗？"蕙离的声音从杜宇身后传来，虽急切却难掩天成的清越，"你何必把潍繁他们的话当真呢？"

站在悬崖边的少年静静地转回头，看着身穿雪白法袍的女孩有些拘谨地站在远处，裙角一尾金红的飞鱼随着风中起伏的火浣绸飞舞，仿佛正在水中游曳。

----

① 本文各回目名称均为李贺诗句。

"蕙离，我为什么不去？"杜宇的眼神避开了蕙离担忧的神情，嘴角挂着一缕明显的自嘲，"反正我待在岱舆山也是吃闲饭，何不借与海神禺疆的交情立点功劳，好堵住那些无聊之人的嘴？"

"对不起，他们不该那样议论杜芸姐姐。可是……"蕙离一时间想要解释，却被杜宇冷漠的神色堵住了话语。眼看着杜宇重新背转身去，白袍下摆刺绣的乌金色的精卫在肆虐的暴风中翩然欲飞，仿佛立即便要陷入浓紫的海水中，蕙离鼓起勇气道："那么我陪你去吧。"

"在你们心目中，我真的那么没用吗？"杜宇浮起了一个放肆的冷笑，"你们就在岱舆山等着好了。"话音未落，他已轻飘飘地飞离了悬崖，如同一只最矫健优雅的海燕投入了脚底浩渺的归墟之中，将蕙离焦急的话语抛在身后："可是杜芸姐姐她……"

从岱舆山到西海，必须穿越似乎永无边际的海水。杜宇潜游在清凉的世界中，感到光线慢慢被浓稠的海水过滤在外，眼前的一切逐渐陷入漆黑，方才在人前显露的那份张狂也就渐渐被涌动的水流抹平了。

并没有浪费法力去照亮身边的一切，杜宇凭着神人的直觉一路前行。偶尔遇上一股汹涌的洋流，他便如同翻身跃上草原中飞驰的野马，借助洋流的力量将自己向归墟的边缘送去。

归墟之外，便是属于妖界的海域。若是平日，杜宇万不会违背神界的惯例，万里迢迢独自前去那神秘而禁忌的所在，可是此刻，少年的头脑中充斥了狂热的愤懑，即使在归墟冰冷的水中浸泡了这么久，也没有冷却他的冲动。

"放着好好的天妃不做，偏要去勾搭凡人，杜芸这种贱人哪里配留在神界？"

"落到这个地步居然不诚心悔过，我们去作弄作弄她……"

"杜宇，你们一家都只配和肮脏的下等种族为伍，你们的窝囊样子哪里像个神人！"

……

不配留在神界，不配做神人。这几句话如同烧灼的火球，将杜宇的脑海煮得一片沸腾。他握紧了自己的双拳，穿越连绵不断的海水，暗暗对自己重申——此番无论如何要追赶上前往西海的神界使团，在这难得的机会中立下功勋，让潍繁那帮家伙再不敢瞧不起自己，再不敢耻笑自己心目中最尊贵的姐姐。

怀着这个炽热的念头，斟酌着如何用恳切的语句打动海神禺彊，杜宇在黯黑的归墟中走过了漫长的旅程。终于，当面前开始出现大片雪白的珊瑚时，杜宇知道自己已踏入了西海的疆域——主要靠银河之水灌注的归墟中，是无法生长任何动植物的，那里只有纵横往返的洋流，在千奇百怪的海底山脉中穿梭盘旋。

掀开面前厚重的水幕，杜宇步入了西海边缘这片茂盛的珊瑚森林。雪白高大的珊瑚树如同一具具死而不倒的骨骼，奇异瑰丽的景象让杜宇忍不住停下脚步，伸手抚摸粗大的滞涩的珊瑚枝，一不小心便碰断了一枝型如鹿角的枝条，在水中晃晃悠悠地沉了下去。

"住手！"一个还带着童音的稚嫩声音愤怒地从远处快速移近，"你可知道要形成这样一片珊瑚森林，要经过多少万年的时间？岂容你说折就折？"

杜宇一惊，回头张望却不见人影，才发现说话的乃是一尾文鳐鱼。那文鳐鱼白地黑纹，背上更长着一对透明的翅膀，既可以在水中游弋，又可在天空中翱翔。不过以前杜宇只是在岱舆山所藏的八荒图志中见过这种有灵性的鱼类，依稀记得它们也是游离于神界之外的存在。正惊叹间，杜宇蓦地想起方才文鳐鱼的责备，连忙离身边的珊瑚树远了一步，口中道："不好意思，我一时好奇，下手忘了轻重。"

"你是哪里来的？"文鳐鱼打量着杜宇的白色法袍，疑惑地追问了一句，"神界？"

杜宇点了点头，微笑着伸出手，将文鳐鱼托在掌心中："遇到你真是太好了，请问去西海王城怎么走？"

"你要去王城？……那你跟我来吧。"文鳐鱼下意识地跃出杜宇的掌心，眼中的戒备一闪而过，摆摆尾巴，当先游了出去，口中以一个孩子般的天真嘻嘻笑道，"你是从神界使团中掉队的吧，他们前几天就进了王城了。我当时在道旁看见了他们的队伍，直看得眼花缭乱的……"

"他们现在还在王城里吗？"杜宇有些心急地问。

"在啊。王为他们举行了规模盛大的宴会，听说要持续七天七夜，今天还只到第四天呢。那样宏大的场面，可惜我不能去参加。"文鳐鱼有些遗憾地喋喋不休道，"不过你既然是神界之人，现在还来得及赶上——你听，宴会的音乐都可以传到这里来。"

"我对宴会没有兴趣。"杜宇果然在氤氲的水波中听到了隐约的丝竹之声，暗忖自己不算来得太晚，还可以缠着海神禺疆给自己安排个差事，心中便松了口气，"其实我更喜欢的是方才那片珊瑚森林的景致呢。"

"对于无所不能的神界来说，珊瑚不会是什么稀罕物儿吧。"文鳐鱼停下来，难以置信地说道。

"是有很多珊瑚，种在花园的土地里或者珠玉镶嵌的花盆里。"杜宇微微垂下头，感叹道，"可惜都是死去的珊瑚，像枯死的树枝一样，不像刚才，我亲眼看到了那么多微小的珊瑚虫，才发现每一株珊瑚其实都是一个鲜活的完整的世界。"

文鳐鱼的眼珠转了转："那么我带你去一个更神奇的地方吧，那里比珊瑚森林美得多了。"

杜宇犹豫了一下，他并没有忘记自己来到西海的目的。可是方才那珊瑚森林的美景已深深印在了他的脑海中，很少离开神界的少年没能抵抗住新鲜玩意的诱惑，犹豫了一下，终于点了点头。

跟随着文鳐鱼一路往西海深处游去，杜宇眼前的景物渐渐转黯，直到最终成为一片墨色。

"你看，多美的景致。"文鳐鱼在一旁幽幽地道。

杜宇抬起手，右手拇指与中指轻轻一拢，已在海底点亮了一朵银白色的火花，倏地照亮了方圆一丈的水域。他举目往四下一看，不由惊叹出声，原来脚下的海岩上遍布了密密匝匝的海葵。这些海葵均有一人来高，色彩鲜艳，形态各异，或如金菊，或如雪莲，或如银杉，或如红松，柔软到半透明的触手在水中微微抖动，仿佛有清风拂过这片瑰丽的海洋。

"这里，被称为我们西海的花园。"文鳐鱼轻盈地在各色海葵的触手中穿梭，骄傲地问道，"神界有这样美丽的地方吗？"

"我家所在的岱舆山也很美啊，有机会你也可以去看看。"杜宇口中不服气地回答，眼睛却几近贪婪地欣赏着面前绚烂到几乎有些妖异的景色。吸取了方才在珊瑚森林的教训，他只是静静地站在海葵的空隙里，不敢再碰触到那些看起来脆弱无比的生物。

"傻愣着干什么，过来和我一块儿玩吧。"文鳐鱼绕着一簇细若丝缕的触手打了个圈，快活地邀请着。

"好啊。"杜宇见它对自己似乎完全摈去了方才的冷淡，心中也是一喜，纵身便朝文鳐鱼的方向游了过去。

无数柔软的触手拂过了杜宇的身体，仿佛春风里最温柔的柳条，让他分外惬意。然而这份惬意还来不及通过轻微的慨叹来表达，方才还温婉得不着半分力道的海葵触手顿时变成了柔韧如牛筋的绳索，将杜宇缠得结结实实，直拽到海葵的中心去。

眼看杜宇挣扎着却无法脱离海葵的束缚，文鳐鱼冷笑一声，慢慢游回了杜宇面前："神界的侵略者，没有料到这里就是你的葬身之地吧？"

"你误会了，神界并没有侵犯西海之心。"杜宇一边试图挣开海葵的触手，一边分辩着。

"当然不是侵犯，你们管这个叫'宾服四海'。"文鳐鱼讥讽地道，"神界的使团一来就说明了，要西海献出族人为你们服役。"它侧耳听了听依旧遥遥可闻的管乐之声，"这漫长的宴会不过是双方在争斗前最后的讨价还价罢了，你们是带着血和火来的，虚伪的神人。"说完，转身就朝海葵丛外游去。

"神界其实是想寻求你们的帮助……"杜宇方才解释了这一句，眼看文鳐鱼立时就要消失在自己灵光的范围外，赶紧叫道，"我来是为了求见你们的王……"

　　"那些触手将会慢慢把你勒死，你的身躯将会成为这片花园的养料，王总有一天会看到的。"文鳐鱼笑了起来，扇动着薄而透明的翅膀，消失了。

　　熄灭了指尖的灵光，周身便是一片静谧到死的黑暗。默默运力多次却依旧挣不开海葵触手的束缚，杜宇不知道时间已经过去了多久，而那原本若有若无的王城宴会乐声也不知什么时候停止了。

　　感觉到头顶的水流有了异常，杜宇立时重新点亮了指尖莹白的灵光，抬头却只看到一片巨大的阴影如同乌云一般缓缓从自己头顶划过。

　　"请问您能帮我离开这里吗?"杜宇大声叫道。

　　那片阴影停住了，接着一个悦耳的少年的声音响起来："你是神界的人?"

　　"是的。"杜宇犹豫了一下，还是诚实地回答。

　　"神界的人……"那个少年似乎陷入了沉思，过了一会才继续开口："你是被人故意引到这里来的吧。可是西海原本与神界毫无纠纷，你们为何一定要苦苦相逼呢。"

　　"我们是来请求帮助的。"杜宇说了这一句，耳听那个少年并无动静，仿佛正要听自己说下去，便将自己所知的一切和盘托出："我来自九州东极的归墟，归墟上有五座神山——岱舆、员峤、方壶、瀛洲、蓬莱，我的家正在岱舆山上。五座神山原本都是漂浮在水面上的，一旦归墟起了风浪，神山就颠簸摇动，迟早会飘到北极，沉没在海沟里。为此天帝这次派了海神禺疆带着使团来到西海，希望西海能派出十五只巨鳌，每三只为一组，帮助我们把五座神山固定起来。我们都很担心，万一神山真的沉没，我们就无家可归了……”

“你们只顾着自己的家园，却不想想那些巨鳌也有灵性，让它们永世承担苦役是多么残忍的事情。”那个西海的少年轻叹了一声，“算了，我也不想神界和西海反目为敌，还是帮你脱困好了。”说着，已缓缓划水而去，“若要这些海葵放手，必须找到当初以你飨食它们的人，你且耐心等待片刻。”

“多谢兄台！”杜宇加倍点亮了指尖的灵光，依然看不清这个说话的少年的模样，然而他冷静善意的语调却让杜宇感到一阵安心。于是他熄灭了灵光，安静地靠在海葵巨大的身体上，蓄养体力。

“杜宇，是你么?”正闭目养神，杜宇蓦地听见远方传来一阵呼喊，他腾地睁开眼睛，正见一团莹白的光亮渐渐从乌黑的水中向自己靠近，映出光球正中一个裙袖飘摇的女子——蕙离。

“杜宇，你怎么了? 他们伤到你了吗?”蕙离蓦见杜宇被一条条巨大的海葵触手缠在一旁，立时惊慌地奔了过来。

杜宇有些厌恶地皱了皱眉头，没有应声。说实话，这么狼狈的样子被同样来自岱舆山的蕙离看见，他自己也觉得大大没有面子。

“杜宇，我帮你砍开它们。”蕙离说着，手中的灵光已幻化成一柄利剑，立时向那些在水中浮荡的触手砍去。

“别这样！”杜宇蓦地喝止了蕙离，冷笑着道，“要脱身还不容易，我若祭起三昧真火，还不把这里烧个干净?”

“那你的意思是……”蕙离停下手，疑惑地问道。

“我不想再引起西海对神界的误解。”杜宇转过头去不看蕙离，微微一笑，“何况，马上就会有人来帮助我的。”

“你是说西海的妖物吗?”蕙离有些担忧地盯着杜宇，“或许他们不会来了……”

“我宁可多相信一会。”杜宇听不得蕙离猜忌的话语，皱着眉头道，“世间的仇恨，就是被你们这样一点一点积累起来的——你还是回去吧。"

"杜宇，我明白你的好心，不过你这样做已经没有必要了。"蕙离指着远方道，"神界的军队已经在海神禹疆的带领下和西海妖族开战了，那就是西海王城的方向。"

真的还是开战了？杜宇心中一惊，运起神力向西海王城的方向望去，果然隐约看见一片灿烂的红光，想必是神界的三昧真火已经在那海底王城中肆虐，而他的鼻中，则辨析出了淡淡的血腥味。

"有人来了，我先避一避。"感受到水波涌动的异常，蕙离双掌伸出，自上而下地一抚，已然隐身到了厚重的水幕后。

"灵哥，为什么一定要我来救他？我们跟神界已经是正式的敌人了！"远处缓缓的水流声中，文鳐鱼声音尖锐地抗议着。

"可是我答应帮助他时，战争还没有开始。"那个沉稳的少年声音道，"何况他一旦失控地运用起破坏性的法力，我们这片西海最美丽的花园就彻底毁掉了。"

"灵哥，这事我承认做得鲁莽了。"文鳐鱼有些赌气地道，"你说放就放吧，反正你是一言九鼎的王族，我不过是个平民，我自然听你的。"说着，它径直游到束缚住杜宇的那株海葵旁边，默默念动了几句咒语，那些海葵的触手便听话地松了开来。

"这次放了你，有种的我们就战场上见！"文鳐鱼气咻咻地朝杜宇嚷了一句，转身便要游走。

然而一道奇异的水流蓦地拦住了它的去路，文鳐鱼四处转了转，发现自己竟然被四面八方环绕的水流困得动弹不得。它就地一滚，已变成了一个缩小的十二三岁的童子，四肢用力撑住水球，却依然无法脱身，甚至连呼救的声音都传不出来。正惊慌之时，一只白皙如玉的手已将水球托在掌心中。

"杜宇，这算是你抓住的第一个俘虏。"蕙离伸手将那水球递了过去，"这样回去之后潍繁他们就不会说什么了。"

"谢谢你的好心，可惜我不能接受。"杜宇从蕙离手中接过那尾恢复了本相、正不断在水球中凶猛冲撞的文鳐鱼，忽然解开禁制将它放了出去，"难道我们的信用还比不上那些妖物吗？"

"我知道……可是……"蕙离尴尬地低下了头，又蓦地抬了起来，"你要去哪里？"

"回岱舆山。"杜宇冷冷地道，"比起你方才的行为，几句嘲笑我还受得起，大不了再和他们打一架而已。"

"我原本担心你想去战场呢。"蕙离暗暗地吐了口气。

杜宇的目光望向了远处的一抹阴影，淡淡地道："若是战斗，禺疆他们是不需要我的。何况——我现在已经不想与西海妖族作战了。"

眼看着杜宇和蕙离一前一后地离去，文鳐鱼愤愤地抱怨道："为何要放走他们，带回去作为与神界军队对抗的筹码不好吗？"

"小五，你以为西海能够战胜神界？"那个沉稳的少年声音又响了起来，却含着晦暗的压抑，"实力悬殊，无论是否放走他，我们最终都会失败。"

"那我们现在怎么办？"

"回王城去。"

"那不是自投罗网吗？"

"……那是我们的责任。"

二　帝遣天吴移海水

"姐姐快看，禺疆他们回来了！"杜宇高声叫了一嗓子，朝着崖边跑上几步，却不忘回头又招呼了一下，"姐姐！"尽管在西海经历了那样的境遇，西海归降神界、自愿献上巨鳌的消息还是让身为神界一员的杜宇有些欣喜。

"看见了。"杜芸终于停下了手中的石杵，抬头微笑道，"海神禺疆正驱赶着新俘获的巨鳌，来支撑我们飘摇的神山了。"海风拂乱了她银白的长发和衣衫，那绣在裙裾的乌金色的精卫，仿佛活了一般在云海中穿梭。

"禺疆果然是勇猛的海神啊！"杜宇情不自禁地赞叹了一句，努力忘却了心中的一点不适。在白日的照耀下，可以看出他的长相和杜芸有些相似，然而被杜芸银白色的长发一衬，杜宇的头发便更加黑得显眼，仿佛静卧在归墟之下、永不见天日的海沟。

"这一来，便是六万年苦役的轮回……"杜芸轻叹了一声，眼光又落回石臼中深碧色的玉砾上，看着它们在自己一下又一下的舂磨中变得细如齑粉。

杜宇应了一声，却没有在意身旁姐姐的慨叹。这个对一切充满好奇的少年的视线，此刻已被远处壮阔的景象完全吸引：只见一抹乌沉的弧线推动着深紫色的海水，渐渐从天际涌来，越来越近，仿佛立时就会将穹庐般的天空遮没了似的——那是西海巨鳌背甲的轮廓。而健美勇武的海神禺疆，则披着雪白的斗篷，高高地站在这背甲的顶端，头顶着太阳披下的万千金芒，沉毅地看着脚下破开的海水。万点浪花如同飞雪一般从天洒下，整个天地间仿佛就剩下了这一抹厚重之上的沉着，让少年杜宇忍不住屏住呼吸，眼光追随着巨鳌和禺疆慢慢沉入海中，看他们把宝石般璀璨透明的海水切割出瞬息合拢的缝隙。直到禺疆头顶的金冠也完全没入水下，破裂的海面又恢复如初，杜宇才终于舒缓地吐出一口气来。

如果自己当初没有被困，想必也无法阻止海神对西海开战，建立这样的显赫战功吧。自己的力量，真的是太渺小了……意识到这个事实让杜宇方才还高涨的热情刹那间冷却下去，却猛不妨脚下的大地剧烈颠簸起来，仿佛要把他整个倾倒进归墟深不见底的水中。"姐姐……"张口吐去迎面灌进口中的海水，少年猛地扑向身旁的女子，拉着她的胳膊往身后的高地飞去。

"没事，只是巨鳌在托起神山罢了。"杜芸有些爱惜地看着弟弟惶急的神情，柔声道，"还是这么沉不住气，若是鸣奇仙长见了，怕又要责怪你不用心修道吧。"

"我顶讨厌那个老头儿了……"杜宇低声嘟哝了一句，脸却有些红。

"可是你偷跑去西海，最终他也没怎么罚你啊。"杜芸爱怜地摸了摸杜宇的头，"倒是害我担了半天的心。"

"姐姐，对不起。"杜宇依旧低着头，"我以后再不偷跑了，一定要专心修道，以后也做个了不起的人。"

又一番地动山摇般的震动，颠簸的海水哗啦啦地漫到他们脚下，又无奈地退了下去。

"啊呀，姐姐春的玉英！"杜宇猛地醒悟过来，一个闪身便冲到石臼前，懊恼地叫道，"辛苦春了这么久，却被浪头给冲跑了……"

"再春就是了。"杜芸走过来，倒去石臼中的积水，俯身搬了几块玉石，放进石臼中。

"谁要吃玉英，让他自己春好了！"杜宇忽然一把按下杜芸握住石杵的手，"姐姐，看看你的手都磨成什么样子了……"

"禺疆是拯救岱舆山的功臣，鸣奇仙长自然要设玉英宴招待他。"杜芸缩了手，顺势拢了拢银白色的长发，微笑地看着杜宇，"春玉英本就是我的差使，又有什么可抱怨的呢？"

"可这分明是天帝……"

"我是自愿的，天帝当时给了我选择的机会。"杜芸耐心地开始用石杵把玉石砸成小块，"你找别人玩会儿，我这里耽搁了时辰可不好。"

杜宇没出声，却忽然伸出手，指定了那堆坚硬的玉石。

"阿宇！"杜芸的声音有些急促，"你忘了天帝的禁令了么？"

杜宇的手指蓦地僵硬，一点闪动的银芒凝聚在他的指尖，却终于如井水一般无法破口而出。杜芸的苦役是天庭的惩罚，任何人都不得用法术帮助她。何况，对于涤荡无尘的神人来说，做这种下贱的活计本身就是莫大的羞辱，辛劳倒还是其次了。叹息一声，指尖的银芒渐渐隐去了光华，杜宇颓然地握紧了拳，指节因为用力而泛出青白。

"去找别人玩吧……"杜芸不忍见弟弟无奈的愤懑，又催促了一遍。

"我才不找他们玩……好稀罕么?"杜宇嘟哝了一句，眉目间倒带出一些隐约的不忿来。

"你们又打架了?"杜芸原本莹如玉石的脸瞬间有些苍白，手中舂下的石杵蓦地加了力，"那是因为我的缘故啊。"

"不是的!"杜宇蓦地抬起头来，急切地反驳着，"我知道姐姐没有错……"

杜芸苦笑了一下，心头拂过一片温暖的感动，却仍然打断了他的话:"禺疆应该还带了些新鲜玩意来，你过去看看吧。"

踟蹰着走了几步，杜宇回头怔怔地看着姐姐低头操劳的背影，而那一头白得几与衣衫无法分辨的长发却如同白热的日光灼痛了他的眼睛。他抬头看了看，天空幽深得如同不可捉摸的眼眸，终于敛住心神，唤来一片浮云凌驾而去。

翔风台建在岱舆山东麓的沙湾之上，突兀地从石壁上抻出，云气氤氲中仿佛一只振翅俯瞰的海鸟。

息了蹑云诀，落在翔风台上，杜宇径直走到玉石栏杆前。旁边几个和他年龄相仿的少年男女见他过来，都背转了身子，有意地挪开几步。杜宇没有动，动作却有些僵硬起来，搭在栏杆上的手指不自觉地抖动了几下。他知道若不是为了观看这难得一见的献俘仪式，他们恐怕早就离得他远远的了。想到这里，他面上反而挂出了一缕满不在乎的浅笑。

站在一旁人群中的蕙离捕捉到了杜宇这惯常的笑容，默默看了他两眼，终于也轻叹着背转身去。

无聊地站了一会，也没见海面上有什么异动。杜宇正想离去，却听见有人从台下一路走上来，口中议论的恰是当初海神禺疆如何与西海妖族作战的故事:

"……酒宴当中，那妖族的一个小子不识天高地厚，居然走到禺疆大人面前指桑骂槐。禺疆大人一直笑着听他说，到最后才问了一句：'完了？'那小妖傻乎乎地点了点头，禺疆大人便喀的一剑砍掉了他还在挥动的手臂——那手臂掉在地上就变成了一只乌黑的乌龟爪子，真是恶心死了——那些妖物还在愣神，咱们神界的天兵便知是禺疆大人发了暗号，顿时冲上，乘乱将妖王一举拿下！"

"既然这么快就捉拿了妖王，怎么战争还持续了那么多天，害神界也损失了不少人马呢？"有人奇怪地问。

"那是妖王倔强，虽然被擒也不肯投降。禺疆大人就把他绑在城头上，然后点起三昧真火，让他亲眼看着王城怎么被一点一点烧掉，看我们神界的军队怎样和妖族作战。这样打了几天，妖族终于有些人撑不住了，主动出来要妖王答应神界的条件。那妖王哭了几声，终于答应献出巨鳌，还贡献了大量的珍宝和族人给神界。所以今天禺疆大人来岱舆山不仅带来了三头驮山的巨鳌，还带来了不少西海的妖奴呢。"说话的正是岱舆山山长鸣奇的孙子潍繁，他拍了拍身边一个听得入神的少年神人笑道，"待会儿若是见了什么顺眼的妖奴，我便去求爷爷赏了给我做随从。他们都是自愿来做奴仆的，又被封印了法力，应该很听话……"

"无聊。"杜宇听到自己脱口而出了这两个字。

"杜宇？"潍繁眯起眼睛打量了一下靠着栏杆站立的杜宇，呵呵一笑，"你不是信誓旦旦地要去西海立功吗？怎么灰头土脸地就回来了？"

"只敢窝在家里的乖孙子，听说当日派你去西海你居然哭着不敢去呢。"杜宇不顾潍繁气得发白的脸色，夸张地讥讽道。

"你胡扯！……"潍繁正要反驳，一旁的蕙离却猛地拉了拉他的衣袖，大声叫道："快看，西海妖奴来了！"

随着蕙离的声音，方才还散立在台上的神人们立时转头望向了远处的归墟，果然见到一波波泛起的浪头下，渐渐露出了玳瑁色的光芒，仿佛有无数大船正从海底渐渐朝岱舆山岸边驶来。

当一座座小山似的珠宝渐渐露出浪尖时，杜宇看见一队队黑衣人陆续从海底走上岸来，他们的神情因为长久的跋涉而疲惫委顿，衣衫磨破的肩上挽着纤绳，正吃力地把一车车奇珍异玩从海底的沙砾场中拖上来。从高处望下去，密密麻麻的人群恰似暴雨到来前搬巢的蝼蚁，无声而坚忍。

"都是西海战败的俘虏吧……"蕙离疑惑的声音传到了杜宇耳中，"其实凭神界的法力，何必要他们巴巴地把东西从海底拖过来呢？"

"嘻，你又不懂了。"潍繁立时接上了蕙离的话，"咱们哪里是稀罕他们这些破玩意，不过是要消磨这些妖奴的志气罢了。神人若不能驱使凡人和妖奴，那做神还有什么意思？"

原来在他们心目中，神人的乐趣就在于奴役他人啊。杜宇冷笑了一下，正想开口讥刺，眼光却蓦地一凝。

一个黑衣的少年一步拖一步地从海中走上岸来，走入了众人的视线。他没有被编入拉纤的队伍，却是独自背负着一只玳瑁箱。硕大的箱子压得他细瘦的身体不住发颤，在沙滩上留下两串深陷的脚印。没走几步，他脚下一个趔趄，差点把箱子摔到地上去。

杜宇的目光乍一瞥见他，心中就仿佛被什么扯了一下。他知道无论这些俘虏以前是什么身份，只要成了神界仙山的奴仆，就会被禁绝了一切法力，成为像凡人一样柔弱的生命。或许是因为那少年孤单却倔强的身影让他心中一动，杜宇伸出手指，朝着黑衣少年的方向画了一个符咒。

顷刻之间，沉重的玳瑁箱慢慢从那少年的背上漂浮起来，仿佛一只风筝自动地向半山腰的藏珍阁飘去。看着骤然轻松的少年惊异的表情，杜宇忍不住露出了笑意。

忽然，似乎有谁把风筝的系线拦腰截断，玳瑁箱蓦地从半空中跌回，砰地砸在那黑衣少年的脊背上，把毫无防备的他重重砸倒在沙地里。而那玳瑁箱滚了几滚，箱盖也跌了开来，滚落出一地明珠玉石。

"潍繁，法力又有长进啊。"杜宇嘲讽地笑着，朝着那群表情各异的少年男女走上了一步。

"妖奴就应该做苦工！"潍繁挑衅地看着杜宇，轻蔑地道，"想帮妖奴，你和你姐姐一样贱！"

"我就是闲着没事想帮他，怎么样？"杜宇一笑，背转身扔下这句话，身体骤然如离弦之箭向着翔风台下的沙滩射去。

那黑衣少年吐出口中的沙子，爬起身把散落的珠宝拣回了箱中，此刻正咬着牙把箱子重新负到背上。然而箱子却蓦地一轻，一个声音传到他耳中："我来帮你。"

黑衣少年本能地退开了一步，吃惊地打量着面前风神俊秀、飘然出尘的同龄人，迅速摇了摇头。

"没关系的。"杜宇故作轻松地笑了笑，随即惊异地盯着黑衣少年金色的眼睛，"你的眼睛真特别。"

"嗯。"黑衣少年低低地应了一句，注意到杜宇的行为已引起了不少人的侧目，特别是头顶的高台上，更是传来轻蔑的哄笑声。

"仙长小心！"杜宇正寻思如何打开话匣子，冷不防黑衣少年猛然叫了一声。他一惊之下，蓦地旋身而退，躲过了头顶降下的一阵黑雨，却不料一脚正踏进一个坑中，满坑乌黑的墨汁溅满了他的白袍。

"杜宇，你喜欢和那些肮脏的妖奴在一起，我们就帮你染黑衣服吧。"翔风台上，一群少年早笑得直不起腰来。施些小法术来捉弄旁人，是这帮悠游少年乐而不疲的游戏。

杜宇看着墨汁从自己袍角淋漓而下，抬头向台上的少年们笑道："三分颜色便想开染坊，你们的手艺也太差了些。"转回头，杜宇向怔忡不安的黑衣少年微微一笑："没事，我们接着抬——老穿白衣服，也很让人腻味呢。"话虽轻松，心中却知道此刻的行为对于洁身自好的众神来说确实已过于逾矩，更加坐实了自己受姐姐蛊惑，自甘下流的名声，不由有些后悔一时的负气莽撞。然而等他终于抬起头，却撞上了远处一缕怜爱而赞赏的目光，于是杜宇的笑意就如同初春的藤蔓，不经意间已爬满了眉梢眼角。

"她是谁？"一直沉默的黑衣少年忽然开口问道。

"她是我姐姐。"杜宇略有些得意地说，"她很漂亮，是不是？不过你没见过她跳呈天乐舞的样子，简直漂亮得……"

"我从来没有见过她那样温和的眼睛。"黑衣少年低声说着，眼光却从杜芸的身上转开了。

突然之间，杜宇仿佛想起了什么，抬着箱子的动作蓦地僵硬起来。他惊异地转头打量着黑衣少年的模样，心中不断揣摩着他方才的语声，迟疑着问："那天从海葵那里救我的，就是你？"

黑衣少年一双金色的眼眸定定地盯着杜宇，终于平静地点了点头。

"谢谢你……你有亲人一起来吗？"眼见黑衣少年自顾抬着箱子，眼睛重又专注地盯着脚下的玉石台阶，杜宇一时不知该说什么好。

"我父母也来了。"黑衣少年静静地打断了杜宇的四顾，"你看不见他们的。"

"那就下次吧。"杜宇也没放在心上，抹一把鼻子上的汗，笑着说，"还没问你的名字呢……我叫杜宇，你呢？"

黑衣少年黧黑的脸上第一次闪过了耻辱的神色，好半天才强笑着向杜宇看过来："我叫阿灵。"

"那么我们现在是朋友了。"杜宇带着一种不容推辞的口气说。他污糟了的白袍随着他的笑容在阿灵的眼中闪动，显出一种张扬夺目的容光，"能再次见到你，我真的真的很高兴，你以后就叫我阿宇好了。"

"好。"阿灵努力微笑了一下，然而他金色的眼眸中却殊无笑意。

三　与君相对作真质

"阿灵，快完了吗？我带你去紫泥海玩。"杜宇飞身停在一株碧轩树的枝头，笑嘻嘻地看着忙碌的黑衣少年。

"挂完这一箱就好了。"阿灵踩着梯子，一边将箱中的珠玉点缀到身前的碧轩树上，一边答应着。不同于杜宇的轻快开朗，阿灵的眼中总是结着淡淡的沉郁，仿佛秋季清晨的霜花，一旦伸手去碰触，便立时消释了。

"神界的规矩真可笑，干吗非要把这些玩意都挂到树枝上去？好欺骗那些修道的凡人，让他们以为神界的树上真是结珠宝的么？"杜宇嗤笑了一声，不耐烦地跃下地来，双手在箱子里一抓，"我帮你挂好了。"

"不用了……"阿灵犹豫了一下，终于道，"被别人看见不好。"

"怕什么？"杜宇满不在乎地哼了一声，顺手就把一只玉瑗坠上了树枝。

阿灵无奈地看了看他，想说什么却没有出口。

施展法术将几个箱子的珠玉对付完毕，杜宇引领着阿灵，穿越始终迷漫在岱舆山腰的云雾，走到了西岸的紫泥海边。

"下来玩啊！"杜宇扑通一声就跳入了海中，荡漾的海水立时将他的白袍染成了紫色，他快活地笑着，向岸上的阿灵招呼。

"不，西海的俘虏是不能碰海水的……"阿灵瑟缩了一下，苦笑道，"我不像你们神人这样自由自在。"

"自由自在？"杜宇习惯性地笑了两声，身影却蓦地停滞了，就那么站在海水中，沉默了开去。

"阿宇？"好半天，阿灵终于试探地叫了他一句。

杜宇回过头来，阿灵惊讶地看见他一向嘻嘻哈哈的脸上显出了思虑的表情。

"其实，没有人能够自由自在。"杜宇看了看天，慢慢地从水中走上来，抖去衣服上紫色的水珠，坐在阿灵身边，"你不知道，当初归墟上一起风浪，岱舆山就飘摇得像艘破船一样，害得大家成天都提心吊胆，生怕它什么时候就沉没了。如今虽然有了西海的巨鳌来驮山，可还是有很多人担心这些巨鳌的反叛……"说到这里，杜宇猛然醒悟阿灵正是来自西海，连忙住了口，神情有些讪讪。

"西海不会叛乱的。贡献一些族人换来安宁的日子，也没什么不好。"阿灵的目光，静静地望进了归墟的深处，"何况，我们都是自愿来的。"

杜宇心里有些懊悔，连忙笑着在阿灵耳边轻声说："还是下海去玩玩吧，我可以在我们身边结一个结界，别人发现不了的。"

"不用了……"阿灵站了起来，"我还是回去干活吧，被他们发现就不好了。"说着，便转身要走。

"下来吧！"杜宇记得阿灵方才看着归墟的渴慕眼神，分明极想泡进那无边的海水中，于是伸手使劲一拽阿灵的手臂，两个人便一起跌进了紫泥海中。

似乎被海水呛了一下，阿灵挣扎着想要爬上岸去，却听见杜宇在一旁和善地安慰道："结界已经布好，放心玩吧。"

阿灵低下头，果然看见自己身周凝结了淡淡一层光华，正愣神间，冷不防杜宇已暗暗结了一个水球，正扔在阿灵脑门上，顿时水花四溅："小心，开始打水仗啦！"

阿灵猛地抬起头，嘴角露出一个明显的笑意，双手在水中一捧，竟然也造出一个水球来，方才醒悟归墟的水质与普通水竟然是不同的。他眼见奔向远处的杜宇正转头望向自己，当即将水球朝他一掷，正溅了杜宇一头一脸，不由放声大笑。

两人打了一阵水仗，又躬身从水底挖出紫泥来，打闹着糊了对方一身。然而正当他们玩得起劲之时，阿灵却猛地停止了动作，直起身朝岸边望了过去。

"怎么了？"杜宇随着他的目光，正看见一个身穿妖奴服色的孩子站在岸边，当即道，"没事，他看不到我们的。"

"那是小五，你认得的。"阿灵低声道。

"小五?"杜宇这才仔细观察起那个岸边的孩子，见他孤零零地站在海边礁石上，双眼充满渴慕地望着面前的大海。然后他慢慢地从礁石上滑下，朝着海水走了几步，似乎想俯身去抚摸不断舔着海岸线的浪花，却又最终缩回手埋下头。过了一会，一滴一滴的眼泪打在他脚下的沙滩上，瞬间被吸收得无影无踪。

"他就是当初困住我的那条文鳐鱼吧。"杜宇轻声道，"想不到他也来到了岱舆山。"

"我和他从小一起长大的，他修行浅，所以看起来还是个孩子。"阿灵默默地看着小五的举动，黯然道，"他当初一定要跟着我来，我也跟他家人保证要好好照顾他。可惜，自从来到了这里，我今天才是第一次看到他。"

杜宇心里正有些不安，却听远处有人招呼小五，小五连忙高声应了，胡乱抹了抹脸上的泪水，快步朝远处跑去。

"谢谢你，今天我过得很开心。"阿灵方才的兴致已全然不在，趟着水走上岸去。

杜宇跟着他走到方才小五待的礁石上坐下，见阿灵垂着眼不说话，连忙道："没关系，我下次叫上他一起来玩。"

"不用了。"阿灵微笑着抬起头来，盯着杜宇被海水和紫泥糊得一塌糊涂的白色法袍，"若是被人知道你和妖奴一起玩，又不知该怎么嘲笑你呢。"

"他们才不会知道——我变个戏法给你看。"杜宇说着，指尖一弹，顷刻有无数的火花落在了他自己的法袍上，发出轻微的燃烧声音。过了一阵，他伸手拂灭那些白色火花，轻轻抖了抖身子，法袍上的泥垢便如雪珠一般纷纷掉落，而法袍又变得洁净如新。

眼见阿灵好奇的模样，杜宇笑道："这法袍是用火光兽的毛织成的，叫做火浣衣，一旦脏了用火一烧就干净。"说到这里，杜宇眉毛忽然一扬，拍手笑道，"我有了好主意，下次就带你和小五去看火光兽，保证你们喜欢看！"

阿灵笑着点了点头，眼中却有些疑惑。

"怎么了？"杜宇奇怪地问。

"我很奇怪，你和别的神人不太一样……"阿灵把后半截话咽了回去——如果只是为了报答当日我对你的帮助，你大可不必与我们为伍。

"是的，我和别的神人不太一样，因为我有一个不寻常的姐姐。"杜宇的眼光朝远处望去，却发现杜芸做工的悬崖已经被近处的山峰挡住了，"如果你想知道她的故事，我就告诉你。"

"想。"阿灵低下头，轻轻咬了咬嘴唇。

"姐姐是我最亲爱的人，小时候我就经常和她到这紫泥海来打水仗。"杜宇斟酌了一下，缓缓开了口：

"姐姐本来是要嫁给天帝做妃子的，然而她却和一个凡间的男人关系密切。本来以天帝对姐姐的情分，这也不是什么解决不了的事，然而事有凑巧，那个凡人所在的唐国国君得罪了神人，天帝便照例降下了瘟疫。没想到那个人居然为此跑到神庙里指斥天帝，还煽动凡人摒弃祭祀和卜筮，让他们不再供奉神灵。这件事终于让天帝震怒，下令把他拘禁在冥府的最底层，用绝对的黑暗和孤独作为对他的惩罚。姐姐设法营救他，想用结界保护他不被神界抓获，却最终失败了。那个凡人的魂魄最后被锁进了冥府，永世不见天日，而姐姐也被封印了一切法力，成为岱舆山上唯一一着白袍、佩族徽的仆役，沾上了永远洗刷不去的不洁的印记。

"我记得那个人死去的时候，姐姐跪坐在他身边，沉默得如同一块礁石，然而垂在那人胸前的漆黑的长发，却渐渐在我眼中变成了银白，仿佛一帘冰冻的眼泪。那个场景让我心疼得一辈子也无法忘却，所以以后一旦有人敢嘲笑她，我都会忍不住为她辩驳，甚至和人动手，以至于现在没人愿意和我玩。

"姐姐是我最尊敬的人，我相信她的做法没有错。虽然我没有胆量像她一样到凡间去，我却还可以和你做朋友。"杜宇说到这里，微笑着望进阿灵的眼睛，"你相信我们会永远是朋友吗?"

"希望是。"阿灵低低地说着，垂下眼去。

过了几天，杜宇专程找到了小五，恰好那孩子正跪在翔风台上擦洗着玉石地板。小小的身子如同尺蠖一般蜷起又展开，在偌大的翔风台上显得尤其渺小。

"小五。"杜宇走到他面前，试探着叫了一声。

小五抬起头，从杜宇半隐在袍角的靴子直望上去，目光顿时如同烟花一般，乍然地亮起，又立时黯淡下去："是你?"

"是我，我叫杜宇。"杜宇努力使自己的语气听起来和蔼，"我是来邀请你去游玩的，阿灵也去。"

"我不去，活还干不完呢。"小五咬着唇低下头去，继续着手中的工作。

"这活我施个小小法术就解决了。"杜宇微笑道，"走吧，再不去就赶不上了。"

"仙长，请您让一让。"小五擦到了杜宇脚下，皱着眉头道。

"小五，走吧。"杜宇见他似乎没有听见，弯下腰便想把小五拉起来。

"别碰我!"小五如同被火烙到一般缩回去，大声叫道，"我不去我不去! 你不就是记恨着当日西海的事吗，要怎么报复直接来吧，不要给我玩这一套!"

杜宇没有料到他居然会这样揣测自己的动机，不由退开一步，涨红了脸："我没有骗你，我是真的邀请你去玩，去看火光兽。"

"大家都知道，不能相信神界的人。"小五眼神犀利地盯着杜宇，手中还紧紧地握着抹布。

"小五，一起去吧。"一个沉稳的声音传了过来，仿佛一阵春雨，浇灭了方才的戾火。阿灵终于来了，这个念头让杜宇不由舒了一口气。

"灵哥，为什么要和神界的人在一起?"小五见阿灵和杜宇微笑着点了点头，愤愤地问。

"我们要在这里待很久很久，多交点朋友也是好的。"阿灵伸手将小五拉了起来，怜爱地摸了摸孩子的头顶，"再说，你以前不是一直想见识一下神界的美景吗？就让阿宇带我们参观一下吧。"

"灵哥，我跟着你。"小五侧身走到了阿灵身后，冷眼看着杜宇在一旁施法将翔风台拂得干干净净，忍不住抢白了一句："既然你们什么都可以施法做，为什么还要折腾我们？"

"因为法力也会有损耗的……"杜宇才辩解了半句，想起当初他们一路从西海拖船走来的艰辛，便讪讪地住了口，领着他们向岱舆山深处走去。

由于阿灵和小五都失去了法力，这一段路程便耗费了他们很长的时间。其间杜宇试着几次和小五讲话，那孩子却始终一言不发，埋头走在阿灵身边，显然仍对往事耿耿于怀。他的沉默让杜宇和阿灵也失去了交谈的兴致，幸而一路山势多变，风光旖旎，尽管一路无话，倒不显得太过枯燥。

岱舆山在九州的东面，夜晚也就来得比凡间更早。等到达火光兽出没的后山山林时，太阳神羲和所驾的六龙金车已经完全隐没到西方天空后——天黑了。

"黑乎乎不知有什么看头……"见杜宇停在林外不再前进，小五到底沉不住气地嘟哝了一声。

"等天完全黑下来，火光兽就出来活动了。"杜宇耐心地解释，而小五则轻哼了一声，扭开头不理他，只有阿灵抱歉地朝杜宇笑了笑。

三个人仍在林外等候，却见林中走出一个人来，法袍上绣着金红的飞鱼，正是蕙离。

"杜宇？"蕙离一眼看见杜宇，吃惊地招呼了一声。

杜宇礼貌性地点了点头，自然而然地往阿灵和小五身前走了一步。他注意到蕙离眼中一闪而过的忧虑，生怕她要说出什么伤到他人的话来，干脆抢先笑问了一句："你到这里做什么？"

"我来采几株剪秋罗。"蕙离横过手中的金叶植物，淡淡笑道，"你这么晚来，是专程来看火光兽的吗？"

"是啊，带他们来看看，我想他们会喜欢的。"杜宇不想再多说下去，神态中渐渐带出了疏远的意味。这一点小小的暗示蕙离自然是懂得的，于是她也礼貌地点了点头，去远了。

"灵哥，她就是当日想抓我的坏女人。"小五见蕙离走远，方才低低地向阿灵嘀咕了一句。

阿灵握住小五的手，安慰似的紧了紧，却转头向杜宇道："她喜欢你吧。"

"别瞎猜。"杜宇惊得一跳，本能地矢口否认，"她和潍繁他们是一伙的，所以我跟她说话一直很小心，生怕什么时候就传到潍繁他们耳朵里呢。"

正说到这里，小五的目光已惊异地望进了山林深处，脱口问道："那是什么？"

杜宇转头，正看见树影重重的山林中，渐渐燃起了一团一团的亮光。那些亮光白中透红，从山林下方射出，渐渐汇集在一起，仿佛天空中漂浮的巨大云朵。光芒从树林的缝隙中四散而出，将林中树木映得如同银铸一般。

眼看小五和阿灵都专注地盯着面前变幻的景致，杜宇心中有一丝得意："那就是火光兽了。白天他们在岩洞中睡觉，晚间便成群出来觅食玩耍，我们走进去可以看得更清楚。"

三个人安静地走进树林，朝那亮光聚集的地方走去。只见前方一条小溪从林中蜿蜒流过，小溪两岸聚集了几百只大小如豚鼠的动物，正在饮水嬉戏。它们长着一对圆乎乎的大耳朵，全身覆盖着三四寸长的白毛，冲天的亮光正是从这白毛上发出。几百上千只火光兽的亮光交错层叠，形成了一片光亮的海洋，似乎是大团的水银倾泻在面前一般，让人一时被这绚烂的景色弄得目眩神迷。

正屏息远望，冷不防小五啊地尖叫了一声，却是一只火光兽发现动静，带着一团火光便向小五脚下冲了过来。

"不用怕，火光兽不伤人的。"杜宇笑着弯腰将那只火光兽抱了起来，放在怀中轻轻抚摸，那只火光兽便惬意地半眯起眼睛，亲昵地将头在杜宇身上蹭来蹭去。

"给你抱抱。"杜宇见小五看着眼馋，便将火光兽递了过去。小五壮着胆子接过，一不小心却让火光兽窜到了肩上，在他脸上舔了一下。小五痒得哈哈大笑，伸手去捉没捉到，干脆躺在地上，和那只火光兽玩成了一片。

"这样的笑容，在离开西海后就没有见过了。"阿灵笑望着在一旁开心嬉闹的小五，火光兽的亮光在他的眼中一闪一闪，竟让杜宇一时以为那是泪光。

"不，我还见过。"杜宇低声道，"那天在紫泥海，你也曾经这样笑过。"

见阿灵脸上又绽放出感激的微笑来，年少的神人被自己的努力感动了，他开心地对阿灵道："现在我才知道，做神人的乐趣就在于能给别人带来快乐。"

神人的乐趣……阿灵眼中的光芒瞬间黯淡了，然而沉浸在快乐中的杜宇并没有注意到这个微妙的变化。

四　一心愁谢如枯兰

送小五回去后，了无睡意的杜宇和阿灵再度来到了紫泥海边。坐在洁净得没有一粒细沙的礁石上，碧轩树的枝叶在他们身后沙沙作响，而他们的头顶上，一条宽阔的银带从天空中斜划而过，几乎占据了三分之一的天幕。

"你看，那就是银河了，在归墟旁边看银河比别的地方都清楚。"杜宇指着紫泥海的尽头对阿灵说。

"银河有多深?"阿灵神往地望着那壮阔璀璨的银带——银河有多深? 有西海深吗?

"不知道。"杜宇摇了摇头，"虽然银河的水最后也注入归墟，却从来没听说过有谁能到达银河的最深处。"

"我倒是发现，这里一年之中有几天洋流的方向是流向银河的。"阿灵迟疑了一下，还是忍不住说出来，"我们以前在西海的时候，有人就会建造贯星槎，顺流可以漂上银河。"

"真的吗？"杜宇一拍脑袋，兴高采烈地向阿灵道，"那我们也造一个贯星槎，漂到银河里去，说不定可以带你看到天宫呢。"

"我可以帮你，碧轩树挺适合造贯星槎的。"阿灵有些落寞地强笑着，"不过我没法陪你，我们做仆役的，不能擅自离开神山。"

"没关系，大不了我去跟鸣奇仙长求情，让他破例一次。"焕发的光彩在杜宇的眼中流动，让他仿佛玉石雕琢的脸充满了纯洁的光辉，也照得阿灵的眼里一黯。

"好阿灵，那从明天就开始造贯星槎吧，我去跟管事神人说，这几天调你来帮我做事……"杜宇越想越是兴奋，"明天一早我先去姐姐那里，你就造着木筏等我吧。"

"好，让你看看我的手艺。"阿灵温和地笑道。

"就是这里了。"岱舆山顶的一方巨石被白发的女子推开，露出一条长长的石阶。杜芸一手持着镶着一颗硕大明珠的短杖，一手拉了杜宇的手，沿着黑沉沉的石阶走下去。

"天帝终于答应了姐姐的请求？"杜宇边问边睁大眼睛辨认着脚下的台阶，生怕自己一不小心就会沿着这漫长的台阶滚落到地底的海水中去。

"是的。"漆黑的甬道中，杜芸的声音嗡嗡回响，倒像是叹息一般。

"那个凡人，真的值得姐姐如此吗？"杜宇的眼睛盯着明珠照耀下无穷无尽的阶梯，忽然问。

"自然是值得的。"杜芸苦笑了一下，"可惜天帝始终不肯相信。"

杜宇没有吭声，只是怜惜地看着姐姐的身影。虽然还是保持着以前的娴静优雅，杜芸毕竟还是憔悴了很多，每次看见她的笑容都让杜宇一阵难过，仿佛那种深沉的忧郁连一向乐观的自己也会传染上。

"姐姐还在爱着那个人吧？否则不会一再坚持着要去看他。"杜宇终于问出来。

杜芸放轻了脚步，静默地听着脚底传来的空洞的风声，似乎想了想才做出回答："如果这不是爱，我就不知道爱是什么了。况且从他那里，我知道了一个人能够多么高洁，多么坚忍，那是无欲无垢、神通广大的神人也无法比拟的。"

"可是天帝还是要惩罚他。"长长的台阶终于要下到尽头，杜宇仿佛都已闻见海水泛起的腥咸气味，"天帝真是小气啊。"

"并不都是为了我，他对抗的是整个天地既成的规则。"杜芸笑了笑，随即叹息了一声，"所以我能去探望他，已经是这些年来天帝最大的恩典了。"

"姐姐放心去便是。"杜宇不愿姐姐伤心，语气骤然轻快起来，"这几只大乌龟就交给我好了。"

"其实也是很简单的，把储存好的食物喂给它们就行。"石阶已经到了尽头，此刻他们已站在中空的神山的底部。通过打磨得透明的地面，可以清清楚楚地看见三只巨鳌硕大无朋的头颈，在汹涌的暗流中死死地撑住整个岱舆神山的平稳。

杜芸举高神杖上的明珠，微弱的光亮下她的神情甚是哀悯，低声道："它们都是西海的王族，可以化为人身的，现在却被强迫来服苦役，直到六万年后其他巨鳌前来换班……本来也用不到你来干这种活，但现在岱舆山的仆役都来自西海，鸣奇仙长不放心他们。你有空的话，不光给它们喂食，也陪它们说说话吧。"

"好。"杜宇答应着，眼光扫过那三头浸没在海水中、努力抬着头颈的巨鳌。乌沉沉望不到边缘的背甲，褶皱粗糙的颈部皮肉，一动不动的金红眼珠，怎么都很难让人提起兴趣来。"好在姐姐只是去七天。"杜宇暗暗对自己说，"我可不喜欢这些腥湿的家伙。"

送走杜芸之后，杜宇一心惦记着阿灵建造贯星槎的进展，赶紧捏了蹑云诀飞上半空，直往紫泥海飞去。然而人在半空便感觉到下方的异常，杜宇低头一看，果然见不少黑衣的西海仆役三三两两结为一群，似乎正在偌大的岱舆山中搜寻什么东西。

凭借神人的直觉，杜宇心头有一丝不安，干脆暂时降下云头，拦住一个西海仆役问道："你们在找什么？"

那个西海仆役礼貌而冷淡地回答："回仙长的话，我们在找失踪的族人小五。"

小五？杜宇愣了一下，喃喃地道："他昨天不是还好好的吗，怎么今天就不见了呢？"

"管事神人说了，活要见人，死要见尸，否则便是我们串通了放他逃走。"那个西海仆役朝杜宇施了一礼，转身走开了。

看来小五是真的失踪了。杜宇心中有些发慌，连忙驾云落到紫泥海畔，一眼便看见阿灵站在沙滩边的树林里，正在砍伐一棵碧轩树，而一旁的沙地上，已经堆了十几棵去除了枝叶的碧轩树干。

"阿灵！"杜宇走过去，急匆匆地问道，"你知道小五到哪里去了吗？"

阿灵停下手，看着杜宇摇了摇头："你找他？"

"他……不见了。"杜宇取下阿灵手中的斧头抛在一边，拉着他走出树林，"你能想到他会去哪里吗？"

阿灵皱着眉头，垂首站了一会，忽然说："会不会是后山？"

"是啊，他有可能又去看火光兽了！"杜宇脑海中浮现了昨夜离开时小五恋恋不舍的神情，连忙一拽阿灵的胳膊，"走，我们快去！"

眼见阿灵无法驾云，心急的杜宇就想背了他飞到后山去，谁知被神界封印了法力的阿灵身体如同凡胎一般沉重，杜宇飞了两步便承不住掉落在地，两人只好放开脚步一路往后山山林跑去。

好不容易来到前晚所到的小溪畔，空荡荡的河岸上却静悄悄一片。杜宇放声叫了几声，除了惊起几只宿在枝头的鸾鸟，并没有起到任何效果。

阿灵慢慢地走到小溪边跪下，伸手想要探进水里，却被杜宇一把拉了回来："这溪水虽窄，下方却连着深不见底的地缝，就算有法力掉进去也十分危险。"

阿灵的身子颤了一下："小五会不会……水对他来说，是最大的诱惑啊。"

冷汗刷地从杜宇头上潸潸而下——小五的原身便是鱼，然而在岱舆山的日子却被禁止碰触海水，那么他白天偷跑到这里来，难道竟不是为了火光兽，而是为了这一弯明澈无波的溪水吗？

"跟我来。"心中霎时明彻了许多，杜宇压下越来越重的惶恐，招呼着阿灵便向小溪的下游跑去。只见原本涓细的水流越来越宽阔，到最后竟在一个断崖处形成了扇形的湖泊。

杜宇和阿灵踩着脚下湿漉漉的岩石，小心翼翼地走到了断崖边，脸上立时感到一阵厚重的水汽，头发也被猛烈的山风吹得向后飞扬。低头一看，水流在他们脚下形成了一个巨大的瀑布，一阵阵细密的水雾正是从瀑布下方飞腾而起。

"是小五！"阿灵忽然尖叫了一声，那样惊骇那样凄厉的声音，竟然与他平日的语调判若两人。他战抖着手臂指着瀑布下方岩石堆中一角黑衣，身子不由自主地跪了下去。

"我去看看，或许还有救！"杜宇说着，便要向断崖下飞去。

"不要你去，我自己去！"阿灵忽然一把拉住了杜宇的衣角，"他的家人托我照顾他的，我自己去救他！"

"阿灵，你冷静些！"杜宇按住阿灵的肩头，微一运力，将他向后缓缓推出几丈，自己则纵身朝崖下乱石堆中的黑衣飞去。

小五侧着身子伏倒在乱石堆中，湿透的黑衣和乱发盖住了他的脸。当杜宇颤着手抱起他，拂开他脸上的乱发时，发现他早已经没有了呼吸。

静静地搂住怀中冰冷的身体，杜宇闭上了眼睛，迟迟没有飞回崖上。他不知道当阿灵看见这具被水浸泡得有些变形的身体时，会是怎样的反应，然而不论那反应是震惊是悲痛还是宁定，他都怕看到。

身后似乎有人，杜宇转回头，却看见了蕙离。

"抱他上去吧，鸣奇仙长他们都来了。"蕙离站在离杜宇一丈远的地方，她的话语被瀑布的声音冲击得断断续续。

居然惊动了鸣奇仙长？杜宇有些吃惊地盯着蕙离。

"西海的妖奴们情绪不稳定，非要神界查出小五失踪的原因。我想起昨夜看见你带他来过，就飞过来看看情况，没料到果真……于是我就通知了大家过来——现在西海妖奴们也在上面等着呢。"蕙离静静地解释道。

杜宇点了点头，没再说什么，抱着小五直飞上了瀑布的顶端。眼见岱舆山众神之首的鸣奇仙长正领了一群神人，庄重地站在云中，杜宇走过去施了一礼，随即将小五的尸体放在了奔来的阿灵手臂中。

死死地盯着小五有些骇人的面孔，杜宇从未见过的阿灵的泪珠成串地跌落在小五褴褛的黑衣上。

"小五死了？他是怎么死的？"阿灵身后数百名西海仆役混乱地喧闹开来。

鸣奇仙长皱了皱眉，朝身下的水流伸出手掌，顿时在空中吸出一面水幕来。水幕中，众人看见小五急匆匆地奔到小溪前，跪倒在地，将头颈深深地埋到了水中。等他抬起头来时，他的眼中已亮闪闪地似乎燃起了两堆火苗。他近似虔诚地将双臂慢慢浸入水中，然后是头，然后是肩，最终整个人扑进了那一汪溪水之中。

"好笑，这条鱼精居然是淹死的。"站在鸣奇仙长身后的潍繁忍不住低声笑了起来，被鸣奇仙长狠狠地瞪了一眼。

一众西海仆役见了水幕中的情景，慢慢地沉默下来，不料却忽而有人大声叫道："神界最会骗人，焉知这不是他们制造的假象？"

正欲转身离去的鸣奇仙长蓦地顿住了身形，眸中闪过一道凌厉的光芒。

"小五是淹死的，我知道。"阿灵忽然开了口，语声中带着拼命压制的怆然，"我们还是把他烧了吧，等以后谁有机会回西海，就把他一起带回去。"

没有人再争辩，所有的西海仆役自动地围成了圆圈，一簇火苗从人群中心腾起，渐渐长大，轻微的燃烧声盖住了所有人的呼吸。忽然，有人带头开始唱歌，渐渐所有的西海仆役都跟着一起唱和：

> 像一个苍白冰冷的笑，
> 在昏黑的夜空，被一颗流星
> 投给大海包围的一座孤岛。
> 当破晓的曙光还没有放明，
> 生命的火焰就如此黯淡，
> 如此飘忽地闪过我们脚边。
>
> 人啊，请鼓起心灵的勇气
> 耐过这世途的阴影和风暴，
> 等奇异的晨光一旦升起，
> 就会消融你头上的云涛；
> 地狱和天堂将化为乌有，
> 留给你的只是永恒的宇宙……

听着这悲伤而坚忍的歌声，杜宇远远站在人群外，想起昨夜小五还在这片树林中欢笑着和火光兽嬉戏，不由心头一阵难过。冷不防一个声音在耳边笑道："若不是你昨夜带了他来，那鱼精怎么会死？"

杜宇猛地转过头，正看见潍繁大笑着随着众神飞升而去。

五　被发奔流竟何如

阿灵造贯星槎用了整整两天两夜。他一丝不苟地砍倒碧轩树，剔去枝叶，用藤条将并列的树干捆扎在一起。然后他坐在地上，开始用刀子雕刻贯星槎的舵和桨，手指的战抖似乎并没有影响这些构件的完美无缺。

杜宇也在紫泥海边坐了两天两夜。他看着阿灵似乎疯了一样埋头于建造贯星槎的工作中，既不睡觉休息，也不曾抬头跟他说过话。杜宇屡次张了张嘴想打破这难耐的沉默，却发现自己无话可说。

终于，等贯星槎完成了最终的架构，阿灵开始往槎上刷防水漆料时，杜宇找到机会开了口："你在漆里加了什么？"

"小五的骨灰。"阿灵埋着头说。

杜宇惊得跳了起来："不是说要送回西海的吗？"

阿灵转头看了杜宇一眼，金色的眼睛中含着一丝无奈："那是说说而已，我们离开西海的时候就知道，这一生是无法回去的。"

"我可以帮你们送……"杜宇急切地道。

"不用了，那会给你添麻烦的。"阿灵继续着手中的工作，与其说是在给贯星槎上漆，不如说是带着骄傲摩挲着自己的杰作，"以后你驾着这贯星槎遨游四海，就算是带着小五一起去看了，我想他会喜欢这样的安排的。"

"阿灵，你会不会怪我？"杜宇迟疑着终于把这两日憋在心中的话说了出来。

"怪你做什么？"阿灵的口气依然平淡。

"怪我……不该带小五去后山……"杜宇垂下头，手指无意识地划着身下的沙砾。

"你是好心，我怎么会怪你呢？"阿灵笑了笑。

杜宇的神情依然有些不自在："小五死的那天我才知道，原来你们对神界的恨意竟有如此深……"

"要怎么才能不恨呢?"阿灵沉默了一下,慢慢地开了口,"你没有去过西海的王城,你不知道焚烧它的时候我们每一个西海族人心中都在滴血。那个时候,经历了几十代人苦心营造的王城被称为天地间的奇迹,是我们每一个西海族人的骄傲。神界使团来的时候,虽然我们暗中也做了准备,却没有料到他们在谈判桌上便翻脸动手,抓住了王绑在城墙上做人质。看着熊熊燃烧的王城,一生坚毅的王居然在大庭广众中痛哭失声,我们每个人都是一边流泪一边和神界的士兵拼杀。然而无论我们怎么扑救,火势却越来越凶猛,眼看整个王城就会被三昧真火毁于一旦了!于是我们一家,还有别的族人只好一起跪在王的脚下,请求他同意用我们的自由来换取战争的结束……你说,从那样惨烈的废墟上走出来的我们,怎么会不恨呢?"

阿灵的语气依然很平淡,然而却让杜宇一阵发冷,他艰难地抬起头问:"那么,你也恨我吗?"

阿灵微笑地朝他望过来:"不恨。阿宇,你是个好人。"

这一声"好人"让杜宇比以往听到任何赞扬都要感动,鼻子里竟然有些发酸。

"贯星槎造好了,你要不要试试?"阿灵忽然在一旁问道。

"好啊。"杜宇忍下眼泪,状作快活地一跃而起,跳上了精致的木筏,东摸西看,赞不绝口,"阿灵真了不起!"

"西海的人都会的。"黑衣少年谦逊地笑了笑。

"让我先试试吧。"杜宇说着,伸指朝贯星槎画了一个符咒,那由碧轩树干捆扎建造的木筏立时从沙地上腾空飞起,砰地砸在紫泥海中,溅起一片紫色的水雾。与此同时,杜宇的身体也如飞燕一般腾起,轻轻巧巧地落在贯星槎上,伸手握住了木桨。

划了几下,他便掌握了操纵贯星槎的方法,心中有些得意。眼看阿灵站在岸上微笑地看着他,不由大声叫道:"你也上来,咱们四处去转转!"

阿灵的眼中闪过一丝向往的表情，却终于抿紧嘴唇摇了摇头。

杜宇记起西海仆役所受的限制，然而方才阿灵一闪即逝的渴慕却突然激发了他的豪情。他衣袖一抖，立时有一片素白的光芒卷住了阿灵的腰，极为轻松地把他细瘦的身体拽上了贯星槎。"没关系的。"看着黑衣少年瞬间苍白的神色，杜宇发誓一般地安慰着他，"我们只在岱舆山附近转一转，有什么事我来担当好了，何况还有结界呢。"

由于是神界的碧轩树所造，贯星槎的速度比普通的木筏快了无数倍。乘风破浪之际，凛冽的海风扑面而来，刮得脸上生疼，可两个少年却丢弃了最初的拘谨，兴致越发高涨。"真好啊，又像回到西海了呢。小五，你感觉到了吗……"阿灵叹息般地赞叹着，飞动的头发下，他的神色似乎已渐渐坠落到瑰丽的梦境中。

"看，那就是银河了。"杜宇抬起头，神往地望着远方闪烁着银光的白练。他摇橹的手已经放开了，他们此刻正顺着洋流在浩瀚的归墟中漂流。很快，贯星槎就漂出了紫泥海，紫色的海水在他们脚下不断加深颜色，呈现出墨蓝，而岱舆山也在他们身后越来越远了。

"咱们该回去了。"眼见晶莹剔透的银河已近在咫尺，阿灵忽然惊醒了一般提醒着。

"好吧。"杜宇恋恋不舍地把目光从银河壮阔的波涛中收回来，重新摇着木桨，试图将贯星槎调转方向。然而汹涌的洋流却似乎被前方的漩涡所吸引，如同一匹匹无法拦阻的烈马，继续朝着银河的方向狂奔而去。"快来帮我！"杜宇大声向阿灵叫道。

阿灵跳起身，扑到贯星槎后部，与杜宇合力地摇着橹。可是风浪却似乎越来越急，刚勉强转了一点方向的贯星槎瞬间又被海流向着银河卷去。两个人的衣服都被浪花浸透了，滔天的巨浪仿佛一头头扑腾而下的怪兽，似乎随时可以把他们吞噬到大海深处。

"再试一次！"铺天盖地的浪头中，杜宇声嘶力竭地向阿灵叫道。

"没用了。"阿灵忽然放开了手，精疲力竭地坐倒在木筏上。他望了望身下汹涌恣肆的洋流，抬头向犹自不甘放手的杜宇苦笑道，"我们遇上了罕见的月汐，这贯星槎只怕真要漂到银河的最深处去了。"

"那我们怎么办？"杜宇急切地问道。

"没关系，你可以飞回岱舆山去。"阿灵笑了笑。反正对于身为神人的杜宇，这一次航行不过是个新鲜刺激的游戏罢了。

"那你呢？"

"我？"阿灵的手指伸到了冰冷的海水中，似乎要冷却身体里某种灼热的情绪，轻轻道，"等月汐过去了，我可以驾着贯星槎回去。"

杜宇怔怔地看着他，却从他脸上看出一种宁定的寂寞来，让杜宇心里惘然若失。回头望了望岱舆山的方向，那边是一片乌沉沉的没有边际的海水，杜宇知道凭自己的法力是不够带着阿灵飞回去的。

"那我陪你在这里。"杜宇放开了木桨，抱膝坐在阿灵身边，笑嘻嘻地看着一身狼狈的朋友。

一个巨浪扑过来，贯星槎剧烈地颠簸了一下。"小心！"两人不约而同地叫了出来，同时伸手握住了对方，相视而笑。

如果就这样一直漂下去，也好。那一刻，杜宇忽然想。

天色越来越晦暗了，天空中再不见了太阳，也不见了星辰，四面八方似乎只剩下银白的河水。他们已经不知道自己究竟漂流了多久，银河仿佛一个没有尽头的漩涡，卷带着每一粒微尘流向未知的远方。

"这样漂下去，我们一定能到达银河的最深处吧……"杜宇轻快地向阿灵笑道。

"好像有人来了。"阿灵转头回望，原本宁静的语声中突兀地带上了一丝惊恐。

杜宇蓦地回转了身。灰蒙蒙的天空上，四五个神人凌空而来，那当先坐在辟水青兜身上的，正是岱舆山的鸣奇仙长。

"大胆妖奴，竟敢私自出逃！左右，给我拿下！"鸣奇仙长的脸上，罩着一层铁青的寒霜，而他威严冷峻的语声，更是如同巨浪一般，把呆立的杜宇砸懵了。

"杜宇，你可知罪？"玉真殿上，身为岱舆山众神之首的鸣奇仙长端坐在正中，目光向跪在丹陛下的两个少年冷冷压下。

"我私带、私带……妖奴出行，自是有罪。"喔嗫了几声，杜宇终于还是把"妖奴"两个字吐出口来，尽管他以前从来不愿意使用这侮辱的字眼。

"还不仅于此吧。"鸣奇仙长的口气越发严厉了，"在归墟里漂了四五日，你是不是想帮这个妖奴逃回西海去？"

"没有！"杜宇悚然一惊，深知这个罪名如果坐实，自己和阿灵将要面临如何严重的惩罚。然而看到大殿上各位神人满面的不信与不屑，他自己也能感觉到这一声辩白是多么苍白无力。

角落里，有人小声开口："以前杜芸就曾经帮助凡人逃避神界的责罚，这回会不会也是她教唆的？"

"潍繁，不许你胡说！"杜宇一急便站起身来，"我姐姐根本不知道这件事！"

"放肆！"鸣奇仙长呵斥了一声，立时有两个金甲力士把杜宇重新摁跪下去。"潍繁你也住口！"鸣奇仙长为示公允，也顺便训斥了自己孙儿一句。然而从大殿上众神的表情，杜宇已经清楚地看出，自己此番只怕真要连累到姐姐了。即使鸣奇仙长一向对自己姐弟不薄，事到如今他也无法搪塞过去。

"此事与两位仙长都无关。是我蒙蔽了杜宇仙长，骗他和我出海的。"一直默不作声的阿灵忽然磕下一个头去，"他只是想看看银河而已，却不知我内心里想操纵贯星槎回归西海。"

"是吗？"鸣奇的眼中闪动着探询的亮光，直直地望进黑衣少年的心里去，让一旁的杜宇都忍不住打了个冷战。然而阿灵的表情，却始终从容不迫，口齿清楚地说道："是我建造的贯星槎，也是我探察到洋流的方向，哄骗杜宇仙长和我一路的。他其实什么都不知道。"

"为什么要拉上他一路呢？"鸣奇追问着。

阿灵犹豫了一下，杜宇看得见他苍白的手指紧紧地攥在了一起，"我借口送小五的骨灰回家，想骗他和我一起去西海……然后以他为人质，好跟你们交换我的自由。"

"可是……"杜宇插了两个字，终于没有接下去。不知怎么的，他此刻忽然记起了阿灵毫无掩饰的对神界的怨恨，内心里顿时一片恍惚，不知道阿灵所说的究竟是真还是假。

鸣奇仙长不易觉察地笑了，黑衣少年的谎话说得并不圆满，不过鉴于目前西海仆役中涌动的不满的暗流，这个借口已经足够。

"各位少待，我这就去请示天帝的旨意。"鸣奇仙长宽慰地向杜宇一笑，转到了屏风后面。只听窸窸窣窣的龟壳声响，卜筮的仪式已经开始。

看到那安抚的笑意，杜宇的心里暗暗松了一口气，可是，阿灵……想到这里，杜宇担忧地转头向身边的少年望过去，却见他定定地盯着地面，雕像一般纹丝不动，无法猜测此刻他的心中正在想些什么。然而杜宇的心底却渐渐地泛上懊悔来——他刚才居然也会怀疑阿灵的动机！可是现在，那一瞬的犹豫已让他失去了开口的机会。

一炷香的工夫，鸣奇仙长从屏风后转了回来，重新坐回宝座上。他手里拿了一片龟甲，向两旁的神人依次传看，上面的裂纹正显示了天帝对这个事件的最后宣判。

杜宇只觉得自己的额头上全是冷汗，脑海中飞快地转过无数最坏的念头，这短短的瞬间，仿佛一万年那么漫长。终于，等所有的人都传阅了那片龟甲，鸣奇仙长才向那两个命运攸关的少年宣布了判决："杜宇骄纵不羁，行为不检，幸未酿成大错，着闭门思过三月……"

只闭门思过三个月。杜宇一直悬着的心终于放下来，尽管耳中听到了些诸如"天帝还是念他姐姐旧情"之类的议论，他也满不在乎地装聋作哑了。

"……鳌灵身为妖奴，不思报效，竟欲挟质私逃，其罪难恕。着处以雷击之刑，以儆效尤！"鸣奇仙长的声音，照本宣科，还是一样地没有起伏。

"不对，天帝怎么能这样惩罚他？"杜宇愣了一下，蓦地叫了起来，"天帝圣明，不可能体察不到实情啊！"

"到翔风台行刑。"鸣奇仙长并不理会他，站起身，率先走了出去。其余神人也安静地鱼贯而出。

"你们不能这样！"杜宇爬起身，死命地推搡着前来押解阿灵的力士，却被他们一把推开。

"阿灵！"杜宇再次扑上去，抓住了阿灵的手臂。

"太晚了。"阿灵轻轻地叹息了一声，被众力士簇拥着往翔风台而去，茌弱得如同一根水沤了许久的稻草。留在杜宇手中的，只有半截撕裂的衣袖。

"先前你为什么听任他为你顶罪呢？"潍繁冷笑着从杜宇身后转了出来，"现在再惺惺作态，真的是太晚了啊……"

杜宇愣愣地盯着手中的裂帛，脑中却嗡的一声轰鸣。是啊，刚才阿灵把一切罪责都揽到自己身上时，他为什么不挺身阻止呢？明明是他逼着阿灵踏上贯星槎的！真是可耻啊，这样的行为，是不是也可以被称为"出卖"？

轰隆隆……一阵雷声从远处滚过，炫目的闪电顷刻间照亮了他的心智。"阿灵！"杜宇大叫一声，发疯一般地向翔风台冲去。一道道雪亮的闪电仿佛一把把戳在他心上的利刃，让他连蹑云诀都默念不成，只能半飞半跑、踉踉跄跄地朝闪电劈下之处飞奔而去。

"当啷！"两柄神矛交叉着阻住了他的去路，两双手拧住了他的胳膊："任何人不得接近翔风台！"

"阿灵！"泪流满面的杜宇挣扎着，望向匍匐在翔风台正中的黑衣少年，不由失声叫道。只见阿灵被铁链锁在台上，一道道闪电从天空劈下，穿越了他瘦弱的身体。他的头微微偏向一旁，眼睛无神地半睁着，每受到一次雷击，他的身体就会不由自主地痉挛抽搐。

"看到了吗？这就是想逃回西海的下场！"半空中的鸣奇仙长跨坐着辟水青兕，借着雷霆的威力向一众黑衣的西海仆役们叫道，"以后还有谁敢擅自离开岱舆山一步，鳌灵就是你们的榜样！"

"不公平啊，你们明知道……"杜宇才叫了半句，力士蒲扇般的巨手已捂住了他的嘴。你们明知道阿灵不是想叛逃，只是要借这个机会威慑所有西海的仆役罢了——杜宇心底叫喊着，口中却发不出一点声音来。

哗——又一道闪电划下，贯穿了阿灵奄奄一息的身体，也照亮了杜宇失去血色的面孔。阿灵连挣扎的力气也没有了！杜宇心头一紧，只觉一股热血腾地冲入了脑中——他害死阿灵了，他害死自己唯一的朋友了！一念及此，杜宇骤然生出了无比的力气，挣脱抓住自己的力士，飞身扑上了翔风台。

"阿灵，对不起，对不起……"杜宇大声地喊着，扑倒在昏迷的阿灵身上。连绵不绝的雷声中，闪电又准确无误地劈下，正好劈在杜宇的脊背上。"呵……"他咬着嘴唇低声地呻吟了一声，感觉整个身躯都要被那闪电生生劈成两半！可这仅仅是一下，方才那么多道闪电，真不知瘦弱的宁定的阿灵是怎样承受下来的！

雷击并没有因为台上的变故而停止，杜宇恍惚中听见了人们的嘈杂，似乎有不少人也冲上了翔风台。可他只是紧紧地抱住了怀中冰冷的阿灵的身体，咬牙承受着一阵阵蚀心彻骨的痛楚，似乎这样才可以洗刷去一点他心里漫溢的愧疚。

"阿宇……"一声熟悉的呼唤传到了他的耳中，那样温暖那样柔和，如同冬季夜晚覆盖在他身上的羽衣。

"姐姐……"杜宇吃力地吐出这几个字来，"请你一定要救救……阿灵……"

六　大江翻澜神曳烟

"阿灵……救救阿灵……"杜宇从梦魇中醒过来，死死抓住了身边杜芸的手掌，"姐姐，阿灵他……还好吗？"

"还好，你放心。"杜芸依旧温和地笑着，给他正了正歪斜的八宝琉璃枕，"多睡一会吧。"

"他心里……一定在怪我吧。"杜宇不安地追问着。

"不会的。"杜芸轻轻拍着他的手，"阿灵一直是个善良的孩子呢。"她的语气中似乎含着某种魔力，春风一般让杜宇焦灼的内心慢慢舒缓了开来。

"真奇怪，我为什么感觉自己还在那贯星槎上呢？"静卧了一会，杜宇惊奇地转头向四周望去，还是自己熟悉的房间，可明明地那屋顶正在轻微地晃动。"姐姐，发生什么事了？"杜宇猛地坐了起来——不错，不是他的幻觉，整个屋宇、甚至整个岱舆山都如同渺小的贯星槎，正在归墟无边无际的海水中荡漾。

"还是要让你知道的。"杜芸坐得离他近了些，声音一如既往地平静，"驮住岱舆山的三头巨鳌，都被龙伯国的巨人钓走了。"

"啊！"杜宇猛地想起来什么，一股冷气直窜上脑门，"我……我忘了给它们喂食，它们才会去吃龙伯国的诱饵……"

"也不全怪你，员峤山的巨鳌也同样被钓走了。"杜芸握了握他瞬间冰冷的手，安慰着，"龙伯国的巨人早就看上了咱们这些巨鳌，此番也是有备而来。听说他们杀了这六头巨鳌，用它们的甲来祭祀占卜……就是天帝，也只能对这帮蛮人怀柔安抚……"

"怪我，全都怪我……"杜宇模糊地听着杜芸破碎的字句，根本无法将其连缀成完整的意思，他只是直勾勾地盯着摇晃的窗棂，恍惚地站起来，"我犯了大错，我这就去请求天帝的惩罚……"

"不用去了。"杜芸阻住了他的脚步，微笑道，"神界明晰缘由，并不责罚你。天帝已经做了决定，既然西海此时无法再献出六头巨鳌，只好趁这两座神山还没有沉没到北极的海沟中，把山上的神人都安置到八荒九州的下界去。你快到承光殿去吧，看看他们把你封在了什么地方。"

"哪里都可以，只要再也不用留在岱舆山。"杜宇定了定神，勉强站稳了身子，声音却似乎不是自己的，"姐姐，神界可以不怪我，可阿灵呢？我害死了……"

"我明白……"杜芸轻轻打断了杜宇的自责，手掌搭在弟弟的肩头，力图把那战抖抚平，"不用逃避，总有一天，你会获得阿灵的原谅。"

鼓起勇气出了房门，杜宇立时感觉到一种大异平常的气氛，仿佛一层透明的雾气笼罩了整个岱舆山。虽然并没有人显出撤离的忙碌，但让这些爱洁成癖的神人搬迁到他们眼中肮脏污秽的下界，对于大多数人都是难以忍受的折磨。从神人和仆役的脸上，杜宇都看到了一种对未来的茫然，然而他自己的那一份茫然，却在难以释怀的负罪感中被掩埋了。

径直到了承光殿中，杜宇取了属于自己的那一份符印。

"杜宇，你封在什么地方？"正走在僻静的山道上，忽然一个纯净的声音飘了过来。

杜宇回头，发现又是蕙离。"你问这个做什么？"

蕙离突然有些窘迫地低下眼去，轻声道："听说我们两个的封地离得比较近。"

"我在郫邑。"杜宇回答，却没有心思打听蕙离的封地，见她不出声，便淡淡道，"没事了？没事我走了。"

蕙离看着他的背影，极轻却又极长地叹了一口气，展开手心半圆形的符印，上面镌刻了两个清晰的字迹——"江源"。

"好在我们都有永恒的生命。"蕙离喃喃地说。她的白袍在山风中飘荡着，隐约露出绣在裙角的一尾金红的飞鱼。

岱舆山阴僻的山谷中有一排矮小的石屋，那便是西海仆役住的地方。此刻杜宇站在无数间一模一样的石屋前，忽然发现自己并不知道阿灵住在哪里。

闭门思过了三个月，直到今日杜宇才得以从那让人厌倦到疯狂的屋子中出来，心中只盼还能见到阿灵一面，向他说出这三个月来沉积得几乎要将他压垮的歉疚。

由于陆陆续续迁移了不少神人，西海仆役也被打发走了许多。此刻杜宇站在这难得见到阳光和人影的山谷中，更加体会到一种曲终人散的凄凉。

"请问，阿灵是住在哪里？"正一间一间屋子地查看，杜宇猛地看见一个黑衣的西海仆役走过，连忙拦住他问道。

那个西海仆役似乎认出了杜宇，眼中的神情不断变幻，终于叹了口气，给杜宇指点了方向。

杜宇道了谢，心里如同硌了石子一般难受，偏偏又无法出口。他按照指点来到一座石屋前，果然看见半掩的门中，阿灵孤零零地躺在床上，闭着眼睛似乎在沉睡。

默默地在门外站了一会，杜宇忽然发现阿灵并没有睡着，因为一滴泪水正极慢极慢地从他眼角滑落到鬓发中。

"对不起……"杜宇低低地哽咽着说。

阿灵紧闭的双眼颤动了几下，终于睁了开来。他一眼看见杜宇，飞快地爬起身想要行礼。

"阿灵……"杜宇赶紧阻住他，却一时不知该说什么好，好半天才道，"你的伤不要紧吧？"

"不碍事了。"阿灵低垂着眼睛看着地面，"杜芸仙长每天都来给我送药，现在已基本痊愈了。"

"哦。"杜宇应了一声，看着阿灵静默的姿态，生怕冷了场面，赶紧道，"那天的事，是我对不起……"

"没什么的。"阿灵笑了笑，将杜宇的话轻描淡写地阻断了。

这几个字将杜宇满腹的话都哽在了喉中，却已经再没有勇气说出来。尴尬地站了一会，杜宇终于道："我要迁去郫邑做蜀王，你是去哪里？"

"他们分了我去楚地，做巫祝。"阿灵回答。

"做巫祝应该比在这里好。"杜宇拼命想找话语填补这令人窒息的静默。

"是的。"阿灵答了，见杜宇不再有什么话，便道，"我马上就要走了……不知杜芸仙长是去哪里？"

"不知道，姐姐还不肯对我说。"回答了阿灵的问题，杜宇赶紧道，"你真的马上就要走吗？……我送你吧。"

"好。"阿灵点了点头，也不带什么行李，当先走出了石屋。

两个人朝翔风台畔的沙滩走去，一路都没有什么话，不过杜宇觉察到路过翔风台时阿灵轻微地战抖了一下。

沙滩上堆了一堆小舢板，阿灵取了一套放入水中，便踩了上去。似乎感觉到海风的凛冽，阿灵低下头，将飘扬的衣袖和襟摆都分别系好，一切动作自然冷淡得仿佛周围并没有人在观望。

杜宇在一旁看着他的动作，心里只觉揪得发疼，终于盼得阿灵临走时转头看了他一眼。

"蜀国和楚国不远，我们应该还会再见面的。"杜宇结结巴巴地道。

阿灵点了点头，回过头去又紧了紧头上的发带，驾着舢板去远了。

"阿灵，我会补偿你的……"眼看着那细瘦的身影最终消失在归墟的茫茫水色中，杜宇低声许下了一个郑重的承诺。

"姐姐，你果然在这里。"一把扔掉手中的夜明珠，任那晶莹的光辉骨碌碌滚到角落里去，杜宇跳下最后几级台阶，挽住了白发女子的手臂。

"山上已经越来越冷了。"杜芸低着头，透过透明的地面观察着脚下汹涌的黯黑水流，"我们距离北极的海沟也越来越近，那里是归墟的边缘啊。"

"是啊，这座神山终于要沉没了。"杜宇随手拍着四周潮湿冰冷的石壁，"山上的神人几乎全都搬走了……刚才我才去送走了阿灵，他可以不再做仆役了……我想，岱舆山沉没了也许倒是好事呢。"

杜芸抬头看了看他眉目间的郁色，幽闭了三月之后，那个飞扬的跳脱的少年似乎已经远去，剩下的，是沉甸甸的负疚。她轻叹着问道："阿灵还是不说话吗？"

"说的。他临走的时候，还问了姐姐的去处。"杜宇吁了一口气，神情有些落寞，随即笑着向杜芸道："姐姐，现在你应该可以告诉我，你的封地在哪里了吧？"

白发的女子温和地微笑着，抬手捋了捋杜宇散落的黑发，牵着他的手沿着石阶向山顶走去。"你再好好看一看岱舆山吧——我是要留在这里的。"

"什么？"极度的震惊中，杜宇听见自己的声音似乎从远处飘来，"姐姐……"

"倾覆神山的大事，总要给大家一个交代。"杜芸仍然不紧不慢地拉着杜宇向上走着，黑暗中她的身影缥缈得几乎随时都会飘散，"所以我必须在这里以死谢罪，平息众神的愤怒。"

"不！"杜宇忽然明白了，他猛地攥住杜芸的衣袖，大声道，"是我忘了给巨鳌喂食，是我懈怠了职守！要降罪，也应该是罚我沉到海底去！——他们、他们不敢去找龙伯国巨人的麻烦，就把怨气出在姐姐身上吗？"

"是我自愿的。"杜芸反手握住他的手腕，拉着他站立在岱舆山顶，极目望向前方茫茫无际的冰海。"别忘了，神人拥有永生的灵魂。"

"姐姐！"杜宇望着杜芸被风拂乱的银白头发，那是一瞬之间就老去的芳华。他只觉得一阵心酸，不由自主地跪下去，抱住了姐姐的双腿。在凛冽的北极海风中，这是他唯一能够找到的一点温暖。

"我真正要去的地方，是冥府。"杜芸轻轻抚摸着他的头顶，眼神却望向了灰白黯淡的天空，露出了灿烂的笑意，"天帝终于答应了，我死后灵魂可以永远和他在一起。"

"一起在冥府受苦么?"杜宇身子一抖，吃惊地抬头看着神情坚毅决绝的白发女子。

"那真是一片让人窒息的黑暗啊，那样寂静那样空洞，当你意识到这一点时，最初一定会绝望得疯掉!"杜芸的目光黯淡了一下，露出隐藏的苦痛的一角，又立刻被某种希望点亮："可是，只要还有人和自己一起坚持，便什么都可以承担。"

"可是我呢，你就把我一个人扔在人世吗?"杜宇大声抗议着，此刻空荡荡的岱舆山已经被巨浪颠簸得如同树叶，他的声音被狂风吹散得七零八落。

杜芸愣了一下，忽然也跪倒在地，把杜宇的头揽到自己怀中："原谅我——可他在冥府的黑暗中，是连希望都没有的啊。"摊开右手，杜芸握住了一把断下的银丝般的长发："把这个交给天帝，这是我唯一能够报答他的了。"

"姐姐……"杜宇想说什么，却无法再问下去，一个接一个的浪头把他们身边的玉树琼枝、亭台楼阁一点一点地摧折碾碎，也让他们之间的对话越发地艰难。死死地在风浪中拽住杜芸轻薄的身体，不让她就此被浪头卷入海底，杜宇终于接过了那束长发："其实，天帝一直很喜欢姐姐的吧……"

杜芸笑了笑，无言地站起来，纤细的身体正像暴风雨中御风而行的精卫。她看看已然漫到脚边的海水，最后一次对杜宇微笑："你会找到属于自己的幸福。"然后她的身体，慢慢地没入了漆黑冰冷的海水中。杜宇视线里剩下的，只有一根依旧青翠的碧轩树的枝条，在漩涡中孤零零地旋转。然而她的歌声，却冲破那漆黑的海水，盘旋在整个归墟上空:

扬之水，白石皓皓。

素衣朱绣，从子于鹄。

既见君子，云何其忧？

……

"既见君子，云何其忧？"杜宇喃喃地重复了一句，浅浅一笑，"姐姐，原来你最终还是幸福的啊。"

七　拂袖风吹蜀国弦

"小民杜宇求见天帝！"跪在天宫空荡荡的大殿中，杜宇第三次说出这句话来。自从进入这九重天之上的大殿，他就感觉得到，天帝正在某个地方，安静地审视着他。

"我已封你为蜀王，为何不称臣而称'小民'？"天帝的声音，骤然响起，然而大殿中仍然空空洞洞，倒显得那声音从四面八方汇集过来，形成一股令人窒息的威势。

"尚未就任，不敢称臣。"杜宇平板地回答。"小民"是无官职的神人见到天帝时的自称，而凡人对天帝和神人是应该自称"贱民"的。

"不去下界封地，来此何事？"天帝还是没有露面，声音中也没有丝毫的表情。

"杜芸有东西让我带给陛下。"

"是么？"那声音忽然像风一样从大殿的每一个角落掠过，停了一会才接着说："呈上来。"

杜宇从怀里取出那束银白的头发，小心地呈放在面前的地板上。然后他直起身子，看见一根头发独立地游离出来，被一粒小小的火星点燃。散淡的青烟上升盘旋，渐渐汇集成白袍女子温和的面容和曼妙的身姿。

姐姐，这是最后一次见到你的影像了吧。杜宇怔怔地看着那烟雾中熟悉的目光，猛然感觉一股灼热的气流贯入了脊骨，他挺了一下上身，跪得更直了些。

"我感受到了你的怨恨。"天帝的声音说。

"是的。"杜宇安静地回答。汗水慢慢地从他的额头上渗了出来，他能感觉得到天帝无处不在的怒意。至高的威严受到侵犯时的怒意，如同火球一般把四周的空气都嗞嗞地燃烧殆尽。

"你认为我很多事情都做错了。"天帝的怒气渐渐消散，声音又恢复了平静。

杜宇沉默了一会，眼前浮现出小五被水泡得变形的面孔、阿灵半睁着的无神的眼睛，还有姐姐当日悲哀如死的神情，终于点了点头："是的。"

"现在你可以走了。"天帝似乎想说什么，却终于厌倦一般地远去，"出天门，到下界做你的蜀王去吧——不用再回来了。"

杜宇脊背微微一弯，仿佛要磕头下去谢恩辞行，却到底没有磕下去。他一言不发地站起来，向着远处雾霭中的天门走去。每一步走下去，他感觉自己就苍老了一千岁。

岱舆山已经沉没，姐姐和阿灵已经离去，连天界都不能再回归。杜宇忽然觉得有点冷，但他还是微笑着跨出了天门，没入茫茫云海。

郫邑位于蜀中湔江之畔，传说是天帝撒下了三把黄土，形成突兀在大平原上的三座黄土堆，犹如一条直线上分布的三颗金星，故也名三星堆。

杜宇念着蹑云诀，从半空中望下去，正看见大江之畔，密匝匝排列了不少凡人，似乎正在举行祭祀。他不欲引起他们惊奇，遂调头朝一座暗红色的山头落下。

"神人下界啦！"一阵欢呼配合着密集的锣鼓声，猛地从山顶的树林中响起，惊起一众飞鸟呼啦啦冲上天来。杜宇心中暗叫一声苦，没奈何息了云头，缓缓落到山顶上。

"贱民柏碌，率蜀国臣民，参见蜀王！"一个须发皆白的老头，穿一袭柞蚕丝衣，领了一群人众，纳头便拜。

"你们怎么知道我就是蜀王？"杜宇把他扶起来，奇怪地问道。

"神谕宣示先王鱼凫寿限已至，上天将派神人下降，继位为王。自从鱼凫王月前果然薨逝后，我等就天天在此恭候新王降临。"柏碟一边说，一边命人拉来车辇，准备迎杜宇进宫。

"那候在江边的又是什么人？"杜宇皱眉看了看手中的符印，血红色的半圆形玉玦，分明是由一块玉璧分割而来，再璀璨也掩不了它的残缺。

"这个……"柏碟沉吟了一会，斟酌着说，"长老裴邥，不信蜀王降于朱提山，偏说神人当出于水中，因此带了一帮乌合之众，守在江边。大王莫急，臣这就派人叫他过来参见。"

杜宇点头，一时也不知说什么好，遂上了车辇，随着他们下山进城。

正行到半路上，忽有一人迎上来，朝柏碟禀告："江源地井之中也出了一个神人，裴邥长老已带人接驾去了！"

"知道了。"柏碟心中大奇，支开报信之人，凑到杜宇车前，小心问道："如今裴邥妄图另立蜀王，大王看应该怎么办？"

杜宇心中也自是吃惊，莫非天帝竟同时指派了两位蜀王不成？他朝柏碟点点头道："既如此，我们不忙进宫，先到神庙里去吧。"

"大王所言甚是。"柏碟露出一丝喜色，"神庙中有鱼凫王留下的金杖，如果大王先取在手中，不愁裴邥不服。"

说话之间，车队已到了郫邑城供奉天帝的神庙前。杜宇下了车辇，随着柏碟走进大殿，一眼便看见正前方一根高奉在供桌上的金杖。杖身通体用黄金铸成，上刻着精美的纹饰：两只相向的鸟，两条相背的鱼，还有一个充满神秘笑容的人头像。

"鱼凫王临终时说，能拿起这金杖的，便是新的蜀王。"柏碟说着，毕恭毕敬地朝那根金杖拜了下去。

杜宇有些好奇，暗暗伸指朝那金杖画了一个符咒，打算就此握在手中。不料符咒画毕，那根金杖竟纹丝不动！

"待会裴邴迎了那位假蜀王来，必定是拿不起这法器的，大王不必担心。"柏碌颤巍巍地爬起身来，没有注意到杜宇脸上已微微变色。

"柏碌长老，快出来迎接新王！"外面有人大声叫道。

"这……"柏碌为难地望向了杜宇。

杜宇知他心意，便淡淡道："你去吧。"

"多谢大王。"柏碌施了一礼，连忙整饬衣冠快步走了出去。不管外面是不是真的蜀王，神人都不是凡人得罪得起的。

杜宇见他去远，大殿中已空无一人，方才伸手去取那根金杖——仍然不能撼动分毫。他闭上眼，默默念动移山诀，再次向那金杖伸出手去，居然轻而易举地握起了金杖！

杜宇一喜，开眼看时，赫然发现同时握住金杖的还有另一个人的手。他吃惊地抬起眼，正看见一张清逸无双的面庞，含笑的眸子温和地注视着他。

"蕙离？"杜宇蓦地退开一步，松了握住金杖的手。

金杖啪的一声跌在了地上，横亘在两个人的身前。

蕙离的眼光，温温凉凉地看了他一眼，低声道："这金杖只有我们两人合力才能拿起来，你看——"她手掌一摊，却已托住了一枚血红色的玉玦，质地花纹与杜宇的符印一模一样。

杜宇取出符印，递了过去，两枚半圆形的玉玦在蕙离手中拼成了一个完整的圆璧，仿佛紫泥海上初升的太阳，散发着晶莹流动的光辉。这光辉穿透了大殿的阴影，直射到殿外守候的蜀民身上，让他们欢呼着叩拜了下去。

"我们出去吧。"蕙离蹲下身伸出一只手，握住了金杖的一端，仰头等待着杜宇。杜宇犹豫了一下，终于也伸出手去，和蕙离一起举着金杖，走到了神庙前方的高台上。

"从今以后，他，杜宇，天帝指派的蜀王，就是你们的君主和父亲！"蕙离大声地向台下膜拜的臣民们宣示着。杜宇侧头看了看她，意外地发现她不再是他以前心目中那个娇怯怯的女孩子，可她究竟是什么样子，他仍旧不清楚。

"蜀王万岁，王后万岁!"不知是谁带了头，所有的人都狂热地欢呼起这句话来。

杜宇苦笑了一下，见蕙离并没有反驳的意思，只好缄口不言。天帝果然是把一切都为他们安排好了，当他们在公众面前默认了这天造地设的婚姻，潜藏的权力斗争便有了解决的方案。他白袍上乌金色的精卫和她朱红飞鱼的族徽配在一起，正是蜀国流传的鸟与鱼的传世图腾——一切都完美无缺。

"你今天话很少。"蕙离在步入自己寝宫的时候，回头向杜宇微笑道。

"有些尴尬吧。"杜宇勉强笑笑，"我以前幻想过无数次像海神禺疆一样受到众人的欢呼，可没料到是今天这个样子。"

"我不会干预你的自由，我希望你能够像以前一样快活。"蕙离忽然说，"不过潍繁就封在我们南边的祥国，我想你明白该怎样做。"

"你放心，我会担起自己的责任。"杜宇朝蕙离点了点头，转身离开了。

数日后，蜀王杜宇正式登位，号曰望帝。望帝立蕙离为后，封柏碌为相国，装邳为上卿，定都郫邑。

望帝即位后，夫妇相敬如宾，君臣同心协力，蜀国民众倒也安居乐业。

不过据王宫中的婢仆说，望帝从不到王后宫中留宿。唯一的一次例外，是王后为望帝弹唱了一支唐地的民歌，望帝边听边饮，以至酩酊大醉。不过等他酒醒之后，却严令禁止任何人再唱这首歌。

"当时我们都替王后委屈，可她什么也没有说。"一个婢女私下里和同伴议论，"王后那么美，那么和气，可陛下为什么不喜欢她呢?"

八 天若有情天亦老

日子一天天平淡地过去了，有时候，杜宇甚至觉得，蜀中的生活与当年在岱舆山并没有什么不同。虽然他开始振作精神去了解他所统领的这一片土地，努力地尽到一个帝王应尽的职责，可一种感觉却是永远没有改变的，那是对于漫长生命的无聊——似乎神人的存在，就是为了显示造化的钟爱，过去是对于西海的妖奴，现在是对于蝇营狗苟的凡人。

杜宇也曾经派遣了几个使者沿江而下去楚国寻访做了巫祝的鳖灵，然而这些使者往往还没有走出蜀国的边境便遇见了凌空而下的王后蕙离。

"去楚国随便什么地方游玩一下吧，回来只要告诉望帝陛下找不到那个人好了。那个人，或许现在并不叫做鳖灵了。"蕙离不动声色地对使者们说。

使者们都是聪明人，自然领略得到王后的意思。于是杜宇每次都只能听到使者们关于楚国风情的种种描绘，却半点打听不到鳖灵的消息。这样的杳无音信虽然让杜宇失望，却又隐隐有些庆幸。

实际上，杜宇每次派人去寻访鳖灵都要鼓起极大的勇气。一想起分别时鳖灵冷冰冰的话语和背影，尽管仍然镇静仍然礼貌，却已让杜宇不知道自己该如何自处。在第六个使者徒劳而返后，杜宇忽然发现，其实是自己失去了面对阿灵的勇气，否则，他大可以抛开那些琐碎无聊的朝事亲自前往楚国，不至于在等待中度过一年又一年。

"或许我可以帮陛下去找一找。"在杜宇宽和的统治赢得蜀国臣民一片爱戴之后，王后蕙离终于对杜宇提议。

此时杜宇正在视察王宫的翻修工程，他在一座外形酷似岱舆山的假山前停住，有些迟疑地望向一旁的王后。

"我想，陛下找他的意思，不过是关心一下他现在的生活吧。"蕙离微笑着道，仿佛没有看见杜宇眼中一闪而过的戒备。

"应该是吧。"杜宇垂下眼神，算是默许了蕙离的提议。

蕙离当天便施法离开了蜀国，当她第二天回来的时候，讶异地发现杜宇居然坐在她的宫中等她到来。这个发现让蕙离的心里有一丝寂落的酸楚。

"我找到他了。"不等杜宇问出来，蕙离抢先说道。

"他过得好吗?"杜宇涩声问。

"还不错。"蕙离笑道，"楚国重视巫祝，因此干这一行生活绝对不成问题。"

"他有什么话带来吗?"

蕙离犹豫了一下，轻描淡写地道:"他说，一旦他走投无路，还是会来投靠陛下的。"

"哦。"杜宇听了，只轻轻地应了一声，目光空茫地似乎望进了前尘。

蕙离暗暗以一种心疼的温柔凝视着杜宇，口中的话语却依然波澜不惊:"于是我回答他:'那么陛下必定不希望你走到那一步。'"

"蕙离，谢谢你了，好好休息吧。"杜宇站起身，举步便往外走去。

蕙离目送着他离开，嘴角漾起一丝淡淡的苦笑。她无法想象，一旦那个背负了国仇家恨的西海异族到来，一直平静祥和的蜀国会掀起怎样的风浪。然而她清清楚楚地记得，当她说出那种婉转的拒绝的话后，鳌灵金色的眼珠，在巫室暗黑的空间中闪动着流星般短暂的亮光。

杜宇发现自己渐渐开始爱上这片蜀国的土地了，无事的时候，他会捏起蹑云诀，飞离日渐繁华喧嚣的都城郫邑，沿着湔江广袤的冲积平原漫游。他小心地不越过蜀国与楚国、羋国的边界，少年时远游的梦想此刻只如同一枚夹在书页里的皮影，安静地隐藏在刻意忘却的角落。

再或者，杜宇会便服走到神庙中去，看那些自愿供奉天神的神官们修行。在整个蜀国，除了王后蕙离，这些带着些许灵力的凡人神官是离他们的神人国君位置最近的人。开始的时候，神官们以供奉天神的诚惶诚恐来膜拜杜宇和蕙离，可是善于揣测心灵的他们慢慢发现，这对帝后并非如同想象中的那么纤尘不染，望帝杜宇的眉宇间总有隐约的压抑，而蕙离和缓的笑容掩不住她的寂寞与无奈。这种发现让神官们内心的尊崇淡了几分，应答的时候也少了些许拘谨，反倒让杜宇感到一种放松和自在。

崔嵬是一众蜀国神官中灵力最高的一个，也只有他可以勉强攀上云头，陪同望帝在空中巡视他天赐的疆域。有一次，崔嵬看见杜宇凝视着江面上劈波斩浪的木船，久久不愿离开，终于忍不住小心翼翼地道："陛下是不是有什么心愿？小臣愿意为陛下分忧。"

"没什么。"杜宇摇了摇头，指着颠簸的木船上奋力摇橹的渔民道，"我只是在想，于他们是生死攸关的大事，于我们这些云中的人看来，却仿佛是一种消遣。"

"陛下日理万机，偶尔出来消遣一下也是该的。"崔嵬以一种下位者的恭顺回答。

杜宇微微笑了笑，不再说下去，知道崔嵬根本没有理解自己的意思。于是他打叠好心中翻涌的往事，平静地带着崔嵬回到熟悉得有些厌倦的王宫中去。

此后，杜宇仍旧会到神庙中去，也仍旧会偶尔带着崔嵬外出，言笑与以前没有什么区别。可是，只有崔嵬自己知道，他已经失去了望帝陛下的亲近。

可惜作为一国之君，连这种收敛的消遣都仿佛放纵，每天的大多数时候，杜宇不得不强打着精神倾听朝中大臣们大大小小的奏报与争执。

"裴邴，这次祭祀怎么能又把神鱼排在神鸟之前呢？要知道，陛下家族所奉的正是鸟神啊。"相国柏碌颤巍巍地指着上卿裴邴，尽管已是风烛残年，倔强古板的脾气却老而弥坚。

"蜀国的老规矩，向来是神鱼在前，神鸟在后。英明如陛下，不会不知道遵循古制的好处！"裴邶尽管也是过五十的人了，毕竟比柏碌年轻十来岁，中气倒很足。

"裴邶，你的心思，以为我不知道？想当年……"柏碌不甘示弱，喋喋不休地打算又搬出当年他跟随鱼凫先王，征伐汶山的事迹来。

"不用争了，就依裴卿。"杜宇不耐烦地摆了摆手，他一向对这种事情不感兴趣。可是"国之大事，唯祀与戎"，既然国家太平，也就只剩下祭祀这件大事让这帮老臣争出些滋味来。

"陛下——"柏碌不服，正待再争，却被一个报信的卫官打断了话头："禀报陛下，发生了一件奇事！方才从湔江下游漂上来一个死人，到了咱们郫邑就复活了，扬言要求见陛下呢。"

"胡言乱语！"柏碌正有气没处发，一拐杖就打在这个冒冒失失的卫官身上，"哪里有死人能从下游漂上来的？"

"可是……"卫官张口结舌，好半天才缓过味来，"可是，他真是从下游……"

杜宇挥手止住了卫官的辩解，饶有兴趣地道："那就带他来吧。"他扫了一眼犹自不甘的柏碌，心想正好借这个机会堵住老家伙的嘴，免得又为鸟啊鱼啊争辩不休。

不多久，卫官果然领着一个巫祝打扮的人走上殿来，那人显然是刚从水里捞起来，衣角和袍袖还滴滴答答地滴着水，连裴邶都看不过去，认为冒犯了望帝的威严，忍不住大声呵斥道："大胆，怎么不换身衣服就上殿来？"

然而那水湿的人只是平平常常地向柏碌和裴邶扫了一眼，他们就感觉到一种沉重的窒息，根本无法开口——那个人的眼睛，竟然是金色的。

"贱民鳖灵，参见望帝陛下。"那人收回目光，恭敬地向宝座上的杜宇拜伏下去。

与此同时，柏碌和裴邴见识了数年来望帝最为失态的举措，他像被电击一般地直立起来，一步就跨下了九级宽阔的台阶，猛地扑到那伏在地上的人面前，失声叫道："阿灵，真的是你么？"虽然一直没有勇气去面对，可一旦鳖灵出现在自己面前，杜宇发觉自己的心情立时又泛起了往日的种种滋味。

　　"是我，陛下。"鳖灵抬起头，平静地答道，"我们又见面了。"任何人都可以感觉出，和杜宇火一般的惊喜相比，他的反应更像是一盆温吞吞的水，不过并不能浇熄杜宇瞬间涌起的复杂的激动情绪。

　　"我记得自己说过的……阿灵，你来，真是太好了！"杜宇语无伦次地说着，搀扶着鳖灵站起来。挥袖遣去两位老臣，杜宇拉了鳖灵的手，一边向后宫走去，一边大声地吩咐着，"在紫泥池设宴，任何人都不许打扰！"

　　"陛下应该保持帝王的威严。"鳖灵轻轻挣脱了杜宇的手，垂手恭敬地跟在杜宇身后。杜宇愣了一下，又慢慢微笑了："你的相貌，比当初老成了许多呢。"

　　"陛下长生不老，岂是我等贱民可以相比的。"

　　"数年不见，我们倒生分了么？"杜宇到底苦笑着道，"我还是希望我们能像在岱舆山时那样。"

　　鳖灵垂着头，沉默了一会，终于抬头笑了笑："这些年伺候楚国君臣，这种话实在是说习惯了。"

　　"这一来，就不回去了吧？"杜宇引着鳖灵坐到紫泥池边的亭台上，满池碧水被池底的紫英砂一衬，果然有几分像归墟中紫色的水流。

　　"不用回去了。"鳖灵转着手中的青铜酒樽，看着日光在上面倾泻的流动光泽，"他们已经把我处死了。"

　　杜宇有些意外地看着他，怪不得方才卫官说漂来的是个死人，可是面前的鳖灵依然是那样黳黑的面庞，金色的眼眸，连说话时宁定的神态，都不曾有一点改变。

"我本是遵循了神界的安排，在楚国做一名巫祝，日子倒也平常。可是前几天楚王举行大祭，要将一众臣仆宫女用来作人牲，我忍不住救了其中一个女子，把她藏了起来。大祭司寻不到那女子，我又抵死不说，他们只好把我绑上石头扔进大江里。"说到这里，鳌灵微微露出了笑意，"可是他们却料不到，我是来自西海的啊，区区江水又怎能奈何得了我？我干脆就逆流而上来找你了。"

"原来阿灵也爱上女人了。"杜宇忍不住笑起来。

鳌灵的脸色忽然有些不自然，扭头盯着紫色的池水："不，我打算把她献给你，我知道你一定会喜欢她的。"

杜宇不以为然地笑了，鳌灵的这个举动着实让他有些意外。"我已经有妻子了。"杜宇说，"阿灵喜欢的女子还是自己留着吧。"

"可是——"鳌灵抬起头，郑重地望着杜宇，"我原本想，世上最好的东西都应该献给神人吧。"

"当然不是。"杜宇想说什么，却终于没能说出来——阿灵，过去我已经亏欠你太多了啊。

那个叫做鳌灵的妖人，是望帝的债主。这是若干年来，柏碌和裴邴两个政敌最一致的看法。因此，在杜宇宣布对鳌灵的封赏时，一贯矜持的柏碌发出了痛心疾首的抗议。

"陛下居然要封那个楚国的死尸做开明君，参与相国事？"柏碌颤巍巍的声音回荡在大殿上，"我等拥立陛下，尚不敢领尺寸之功，他鳌灵一介妖人，凭什么能裂土封君？"

"柏相，你再口口声声说开明君是妖人，休怪我无情！"杜宇脸一沉，口气难得地严厉起来。

"陛下被那妖人迷惑，自然听不进老臣的逆耳忠言。"柏碌拄着拐杖，大声道，"众人把他从江水中捞起来时，他分明已全身冰冷，呼吸全无，若他不是神人，就只能是妖人了！"

"开明君的来历，难道我还不如你清楚吗？"杜宇冷笑了一声，厌倦地盯着座下喋喋不休的白发老者，"柏相年纪大了，如此操劳国事只怕有碍健康，从今天起就让开明君多帮帮你吧。"

见向来随和的望帝忽然说出如此严厉的话来，柏碟不由心中怔忡。他不满地斜眼觑向一旁沉默不语的上卿裴郒，却发现裴郒盯着自己，缓缓地摇了摇头。

"那……老臣遵旨。"柏碟暗暗咬了咬牙，却发现无论是受到丰厚的封赏还是深重的诋毁，站立在殿前台阶下的那个人居然沉稳得连表情都没有变过。只有那双妖异的金眸，平白让人感到一丝戒惧。

看来这个妖人，并不是那么好对付的。柏碟退回自己的位置，充满忧虑地看了一眼高高在上的蜀王宝座。

杜宇方才已见裴郒对柏碟使的眼色，便直接问出来，"裴卿还有什么话，直说吧。"

裴郒眼见柏碟被斥，怎敢造次，犹豫了一下，方伏地叩头道："昨夜司星史见客星入冲紫薇，恐对陛下不利。陛下还请小心。"

"知道了。"杜宇有些烦躁地站起来，"明天就举行开明君的册封典礼，随后是拜相仪式。"

"遵旨！"裴郒及众臣齐声应诺，心中却无一例外地诧异平日随和得有些不拘小节的望帝此番为何一反常态，莫非真是被那个妖人鳖灵迷惑了心智？

"即使这样，他心里的愧疚还是无法弥补吧？"大殿后的一座宫院中，王后蕙离停下手中的琴弦，忽然悠悠地叹息了一声。

"开明君，这就是你从楚国救出来的姑娘了？"紫泥池畔，杜宇笑着向神情腼腆的鳖灵问道。

"回二位陛下，是。"鳖灵一丝不苟地行了礼，让在一旁，露出身后垂首而立的少女来。

"小女子碾冰，参见大王、王后。"那女子行了礼，终于半抬起头，极羞怯地微笑着。

杜宇只觉得自己的身体瞬间被抛入了一片激流之中，无法逃脱地迎面撞向坚硬的峭壁，窒息的痛楚中却混合着一种莫可名状的快乐，就像是朝生暮死的蜉蝣，迷恋上了即将带走它生命的夕阳。似乎蕙离在一旁说了什么，他却完全听不清了，心中只剩下一个念头——原来世间，竟有这样的女子！

"开明君打算何时完婚？"蕙离温和的话语再一次响起。

"请二位陛下做主。"鳖灵偷觑了一眼碾冰，一向平静的脸上也露出笑容来。

杜宇蓦地见碾冰白皙的面庞上抹上了一缕红霞，那明净如水的眼光终于脉脉地望向了身旁的鳖灵，倒把他瞬间惘然摇荡的心思跌了个清醒："那……恭喜开明君了。"

"臣今日谒见陛下，还有一事禀告。"等蕙离引着碾冰走远，鳖灵谨慎地道，"请陛下先恕臣狂悖之罪。"

"阿灵，不必多礼。"杜宇努力地慑住心神，示意鳖灵坐下。

"其实自从我来到蜀国，就一直筹划这件事。"鳖灵却不落座，口气仍旧郑重，"说起来也就四个字：倡农，减祀。"

"前易后难。"杜宇顿了一下，开口道。

"陛下所言不错。"鳖灵继续说着，"让蜀民从现在的渔猎生活转向农耕，虽然势必费时良久，却不会碰到什么阻力。然而废止人牲的陋习，减少祭祀时宰杀的牛羊数量，反而是一件棘手的事情。"

杜宇沉默地听着，并不答言，嘴唇却已抿得有些发白。一种隐约的恐惧缓缓从记忆深处泛起，定神看时却又飘散无影。

"天帝和神界究竟会不会享受这些牺牲呢？"鳖灵忽然问道。

"不会。"杜宇不由自主地苦笑道，"其实我也认为这种做法或流于残忍，或流于浪费。特别是蜀国国力尚弱，一次牺牲上千牛羊和奴隶实在凋敝民生。"

"所以臣斗胆请陛下恩准，今后废除月祀，只保留春秋两祀，牺牲的牛羊玉帛减至三成。"

"可是如今各国所献的牺牲规模却越来越大，"杜宇有些沉闷地道，"他们认为天帝会喜欢这种排场中体现的敬畏和驯服。"

"陛下不妨试试。"鳌灵诚恳地坚持着，"天帝毕竟是由当初神界最贤德的人充任的，他应该能够理解我们的用意。"

"可如今天帝的想法，谁都无法预测。"杜宇轻轻叹了一口气，"阿灵，天帝当日对你……"

"天帝的做法没有错。"鳌灵静静地打断了杜宇的话，"当时西海仆役人心浮动，确实该杀一儆百。"

杜宇有些惊诧地看着他，似乎能从他沉静的外表下，听见他心脏轻微的跳动声。"你容我再考虑些时日。"

"陛下，"鳌灵沉默了一会，金色的眼睛似乎风中的火星，黯淡一下后却越发明亮了，"若不早日革除这个弊政，为臣就算拼却了性命，也只能救碾冰一个啊。"

碾冰。这个名字仿佛一阵风，轻幽幽地从紧闭的门缝中钻进杜宇的心里去，让他轻微地一个激灵。

鳌灵见杜宇仍旧犹豫，黯然一笑："陛下的顾虑为臣清楚。既然如此，倡农的旨意可以以陛下的名义颁发，但减祀的命令就由我的名义下达。这样就算以后神界有什么不满，陛下还有回旋的余地。"

"阿灵，你不能这样！"杜宇一惊，脱口而出。

"陛下长生不死，是要永远统治蜀国的，不能因为任何事玷污了您永恒的威严，损害上天对您的垂青。"鳌灵笑了笑，"就这样决定了吧，请陛下不要再拒绝。"

杜宇看着他，似乎有话想说，终于只化成了一个叹息般的字——"好。"

九　谁念幽寒坐呜呃

不出所料，月祀的废除在蜀国朝廷上掀起了轩然大波。以神庙首席神官崔嵬为首的一众神官公然不顾右相鳌灵的命令，在月祀当日开启了神坛。尽管蜀国帝后及百官都没有到场，因为亵渎神灵而愤懑不已的神官们还是以一种虔诚得几乎壮烈的姿态一丝不苟地履行着祭祀步骤。

"神啊，请饶恕那些对你们犯下的罪吧！"神坛上，带着黄金面具的崔嵬挥袖舞蹈着，祈求天上的主宰们能听见自己卑微的要求，"让恭顺的获得救赎，让良善的获得庇护，让蜀国的土地不因为妖孽的忤逆而变得罪恶，让被蒙蔽的心灵能够重新沐浴在天神的光辉下……"

"够了，收起你的陈词滥调吧。"一个声音蓦地插进了崔嵬的歌吟中，虽然并不尖锐，却清清楚楚地传进每个人的耳中。

"妖人，你终于来了。"崔嵬将他戴着狰狞面具的脸转向走上神坛的黑衣人，用手指着那双妖异的金眸，"你带了这么多士兵来是想抓我的吗？可惜这是神界的祭台啊，你以为你能对抗这上天的力量？"

"我现在只想对付你。"鳌灵淡淡笑了笑，挥手命令列队的士兵将一众参与月祀的神官都围了起来，对崔嵬道，"放心，你效忠的望帝陛下心慈手软，不会杀掉你们的。他只是让我来告诉你，从今天起，蜀国的神庙再不需要常驻的神官了，你们马上离开这里吧。"

"离开这里，去哪里？"崔嵬忽然有些惶恐地问了一句。对于这些自幼到神庙中供奉神灵的修行者而言，离开神庙便是失去了栖身之处。

"没看见陛下正在倡导农耕么，你们就去为蜀国修建灌溉的水渠吧，这才是你们表现忠心的机会。"鳌灵扭过头去不再看崔嵬的表情，挥手让人上来将崔嵬赶下神坛。

"鳌灵，你过去也做过巫祝，怎么敢做这种大逆不道的事情？"崔嵬一把揭开脸上的黄金面具，大声问道。

"正因为我自己也做过巫祝，我才知道你们这些神界的奴隶有多么卑贱。"鳌灵脚步不停，放肆地回答。

"倒行逆施的妖人，居然想流放我们去做苦役，你以为抓得住我么？"轻蔑的笑声中，崔嵬忽然双掌一拂，带动起强烈的风势让想要抓住他的士兵一时无法上前。借着平地而起的旋风，崔嵬蓦地腾空而起，直往王宫而去："陛下定然是受了你的蒙蔽，我不信他会做出这等逆天之事！"

"他未必有逆天的胆子，不过我有。"鳖灵冷眼看着崔嵬升空而去，紧紧地掐住了自己手。

崔嵬的法力有限，到达王宫大门之时已是强弩之末，不得不落下地来，请求觐见望帝杜宇。可是还不等他喘息初定，早已守候在王宫外的士兵已经按照鳖灵的预先吩咐抓住了他，将他往远处拖去。

"陛下救我，陛下救我！"相信以杜宇神人之能，完全能听见自己的求救，崔嵬拼着最后的灵力甩开士兵扑向紧闭的宫门，却发现那大门已被结界所笼罩，自己是无论如何无法打开了。

仿佛失去了全身力气一般，崔嵬跪跌在高耸的宫门之外，将头咚咚地撞击着包了铜皮的大门，嘶声喊道："陛下，求你开恩，让臣下再见你一面吧！千万不要把臣交给鳖灵那个妖人啊，求求陛下了！"

"陛下正在休息，休要胡乱喧哗！"士兵们再度围过来，将哭得全身发抖的崔嵬架了起来，"有话去跟开明君大人说吧。"

"开明君？哈哈！"崔嵬忽然诡异地大笑起来，用尽全身力气喊道，"占卜的结果已经显示，鳖灵是祸乱蜀国谋朝篡位的罪魁，陛下千万不能被他蒙蔽，断送了自己的大好江山啊……"

这声音穿越王宫的层层宫墙，传进了院中正在为花园除草的王后蕙离耳中。她随手拿起一枚草叶打了个结，凝神注视了一会，脸上的神色渐渐沉重——那枚草结占卜的结果，果然是大大的不祥。

崔嵬的声音渐渐消失了，蕙离忽然觉得身上一阵发冷。她匆匆走出自己多日不曾离开的宫院，推开了杜宇午睡的房门。

睡梦中的杜宇似乎极不安稳，皱着眉头，鼻尖上也有细细的冷汗。蕙离忽然想替他擦一擦脸，身形刚动，杜宇便蓦地醒了过来。

看着杜宇见到自己的惊异神情，蕙离有些不太自在，简短地道："陛下让开明君把神庙里的神官们怎样了？他们一直在向陛下求情呢。"

"哦，根据阿灵在楚国做了多年巫祝的经验，神庙里不再需要那些不事稼穑、只会察言观色的神官了，便让他们自食其力去。"杜宇仿佛要说服蕙离一般又补充了一句，"倡农的旨意刚刚下发，朝廷总要表达一点决心。"

"朝政的事情，我是不过问的，陛下想怎么做都可以。"蕙离浅淡地道，"只是方才那个神官叫声凄惨，我忍不住过来问了一问。"

"阿灵不会把他们怎么样的，他是个善良的人，我相信他。"杜宇仿佛又想起了梦中的情形，揉了揉额头，掩饰般地对蕙离道："你这些日子还好吧。"

"很好，多谢陛下关心。碾冰会常常来看我。"蕙离说到这里，与杜宇客气地相对一笑，径自回自己的宫院中去了。

她提碾冰做什么？杜宇暗暗有些心虚，拭去额头上的冷汗，收了自己设在宫门处用来抵挡群臣进谏的结界。

"阿灵，你把崔嵬他们安置到哪里了？"僻静的偏殿中，杜宇有些疲惫地问站在自己书案前的鳌灵。

"所有人都去参与修建湔江水渠，至于崔嵬——"鳌灵不动声色地续道，"臣杀了他。"

"什么？"杜宇的身子猛地一僵，手指无意识地紧紧扣住了桌面，难以置信地望着面前容色沉静的男子。

"陛下若是不满，大可治鳌灵专行之罪。"鳌灵说到这里，恭恭敬敬地跪在了杜宇的书案前。

"为什么？"杜宇试图看清鳖灵的神情，却发现鳖灵不知有意无意地将脸埋了下去，目光更是直直地盯着地面。杜宇从椅子上站起来，走到鳖灵面前，伸手想要扶他起来，鳖灵却始终一动不动。

"我知道你一定有自己的苦衷，你就告诉我吧。"杜宇不敢强扶，收了手站在鳖灵身边，恳切地问。

"因为我若不杀他，我就会死。"鳖灵生硬地说出这句话，再不多加解释。

"好吧，这件事就这样了，你回去休息吧。"杜宇知道再问也不会有结果，放弃地回到了自己的位子上。

"臣告退。"鳖灵叩了个头，爬起身退出偏殿去了。

杜宇撑住额头闭上眼睛，重重地叹息了一声。

"陛下，左相柏碌、上卿裴邳带着百官求见。"一个侍从忽然走上殿来禀告。

"让他们进来。"杜宇苦笑了一下，知道这一关迟早要过。

不出杜宇所料，柏碌等人果然是来反对迁置神官一事的，黑压压的一群人跪在狭小的偏殿中，显得拥挤而凝重。

"陛下倡农的主张，蜀国上下齐心拥护，哪怕鳖灵提出的减祀一事，既然陛下即是神人，臣等也不敢妄言。然而这驱逐神庙中的神官，实在过于悖逆！陛下也该看见，今年清明无雨，是大旱之象，分明是神界的警示！还望陛下及早纠正鳖灵的倒行逆施，获取神界的宽恕。"年逾古稀的柏碌跪在众臣之前，痛心疾首地祈求着。

"旱涝天灾并不一定为神界所操纵。"杜宇竭力为鳖灵辩护着，"何况开明君早已预测到今年的干旱，这才大力促成引水开渠的工程，让以后蜀国的农垦不受天灾的影响。"

"陛下，鳖灵为修水渠，征发民工数万，甚至把神官都编进民工队伍。蜀国国小民寡，经不起这等劳民伤财之事啊。"柏碌仍旧不甘心地弹劾道。

"修渠乃是为了成就蜀国的万世基业，一旦农业兴旺起来，何愁不国富民强?"杜宇口中自然而然地引用着鳖灵的奏对,耐下性子对众臣道,"开明君借鉴的,正是强邻楚国的策略,各位对待国事,目光还是要长远一些才好。"

"陛下此刻信任那妖人,他说什么自然都有道理。"柏碌冷笑了一声,"可是鳖灵杀害神官崔嵬一事证据确凿,陛下总无法对他徇私了吧。一个手上沾满了无辜之血的人,如何能参与国事?"

"关于此事,我会给开明君下一个特赦令,以后就不要再追究了。"看着众臣惊异之极的表情,杜宇不待他们把反对的话说出来,起身离开了偏殿。

"一个手上沾满了无辜之血的人,如何能参与国事?"柏碌义正词严的话语又回响在耳边,杜宇忍不住伸出自己的手掌,苦苦一笑——那些忠直的大臣们不会想到,自己的手上,也沾满了无辜者的血。

在望帝杜宇的一意庇护下,开明君鳖灵擅杀神官崔嵬的事便不了了之。见杜宇对待曾经侍奉过他的崔嵬之死如此漠然,在水渠工地上辛苦劳作的其余神官们便丧失了回归本位的希望。

"陛下真是一个奇怪的人呢。"朝臣们私下里嘀咕着,"不追查杀死崔嵬的凶手,却又亲自参与那个小小神官的葬礼,悲恸难禁,哀荣备至,看来,陛下对鳖灵,存的竟是惧怕之心。"

经过这件事,蜀国神官巫祝大大减少,连幸存下来的春秋两祭都草草而过,反倒是水渠的进展不断加快,纵横交错的灌溉设施如同一张网一般渐渐覆盖了整个蜀国大地,蜀国的百姓们也渐渐熟悉了那个不惜触犯天颜也要推广农耕的右相鳖灵的名字。

鳖灵拜相的第二年秋天,蜀都郫邑城内出现了一个不同寻常的乞丐。由于在饥饿中长途跋涉,他一走进郫邑城的城门便晕倒过去。好心的居民端了米粥给他喝,他睁开眼睛的第一句话就是:"告诉你们的君王,我是来送给他祥国江山的。"

左相柏碌亲自接见了这个前来寻求功名的流浪汉,得知这个人叫做冶蒙，原本是羋国国君潍繁的大臣，后来得罪了潍繁，被流放到蜀羋边境之地。冶蒙于是偷偷越过边境逃到蜀国，愿意向蜀王杜宇献出羋国详细的地图和军政秘密。

"这个人是个人才，不过我们不能留。"柏碌在朝堂上向杜宇禀报道，"蜀羋向来友好，如果被羋王知道我们收留了他的叛臣，定会引起两国纷争。"

"开明君，你怎么看？"杜宇照例问向一旁的鳖灵——不知从什么时候开始，杜宇已养成了凡事询问鳖灵的习惯，而鳖灵的言辞，也往往是杜宇最终采纳的意见。

"羋国地形险要，士兵强悍，此番若能得知他们的内情，对蜀国必定大有好处。"鳖灵沉着地回答，"至于柏相所谓的'向来友好'，不过是蜀国退让，为羋国商人提供了潲江航道而已，羋国迟早想要开辟出属于自己的航道来。所以，冶蒙前来是天赐良机，若是将他交还给羋国，岂不是断绝了蜀国招徕人才的途径？"

"开明君所言有理，至于冶蒙，就烦劳开明君安排一个职位吧。"杜宇点了点头，脸上已有疲倦之意。

"陛下三思！"柏碌见杜宇立时就要散朝离去，连忙出列大声道，"陛下此举，无异于对羋国的挑衅，早晚是要惹祸上身的啊！难道陛下就眼睁睁地看着蜀国百姓陷于战争荼毒之中？"

"就算不收留冶蒙，潍繁迟早也要打过来。"鳖灵冷冷地说，"那个傲慢自大的人，怎么可能甘心被蜀国钳制在交通不便的群山之中？"

"不用多说了，就依开明君的意思办吧。"身体有些支撑不住了，杜宇不欲再面对朝臣们不满的眼光，匆匆退朝而去。

"陛下是越来越软弱了，迟早下去，蜀国要亡在他的手里。"无人之处，柏碌对一直明哲保身的上卿裴邴道，"看来我们是要采取一点措施了。"

"我去试探一下王后的意思。"裴邴点了点头，转身往僻静的蕙离寝宫而去。

✦ 掷置黄金解龙马

夜已深，寂静的王宫中，已看不到一个走动的人影。蕙离推开窗户，望着外面天空中闪烁的星辰，眼眸被星光映照得闪闪烁烁。

如此清朗的夜，看来明天又是一个艳阳高照的好天气了。蕙离蓦地想起"好天气"三个字，不由有些心酸地笑了笑。对于干旱了一年多的蜀国来说，这"好天气"恰恰是最让人厌恶的坏天气了。

那个人，今夜想必还在那里吧。蕙离披好衣服，打开门走出屋子，挥手招来一阵夜风，轻飘飘地往宫墙外飞去。

远处神庙白色的塔尖越来越清晰，蕙离小心地降落在神庙的外墙下，生怕被神庙里的那个人发现动静。

轻轻推开虚掩的大门，蕙离如同一片羽毛一般无声无息地掠过神庙中的重重殿堂，借助廊柱的阴影默默地注视着祭坛上静止的背影。

那是杜宇的背影。

此刻，这个白日里蜀国的帝王正僵直地跪在祭坛正中，如同鸟儿的标本一样向天空伸展出他的双臂。没有人知道他在这空荡得几乎荒芜的神庙内祈祷了多长时间，他只是保持着这热切祈求的姿势，直到天边开始露出了一线晨曦，而在一旁暗暗窥视的蕙离，发梢上也凝结了露水。

可惜，即使群星在日光中慢慢收敛了光芒，整个天空还是干净得如同新磨的镜面，没有一丝云彩，更不用说一丝雨水的信息。

蕙离的心中重重地叹息了一声，看来杜宇数夜来辛苦的祈祷并没有为旱象日显的蜀国带来甘露，而他白天又要调和群臣与鳖灵的冲突，难免显得心力交瘁了。

正担心间，祭台上的身影蓦然向地面划去，蕙离下意识想要冲出来，却生生顿住了脚步。下一瞬间，杜宇凄楚绝望的话语便清晰地传入了她的耳中。

"姐姐，姐姐，你在哪里，你听得见我吗？"平日里神圣庄严的望帝此刻如同迷路的孩子一半伏在地上，力图想将自己的声音送入地下深处的冥府，"我有好多话想对你说，可是你真的完全消失了吗，连一点美梦都不肯给我？我真的快要撑不下去了，每一天都漫长得如同煎熬，姐姐你告诉我，我什么时候才能得到解脱？"

低哑的呜咽从衣袖掩住的唇中发出，让蕙离的心一阵揪痛。她拼命忍住眼中的泪水，迅疾地飘离了空荡荡的神庙，直奔自己的宫院。

"传上卿裴邴。"一从空中降下，蕙离立时对自己的侍从吩咐道。

"陛下，王后有请。"侍从恭敬地向杜宇禀报。

"她有什么事？"继续凝视着紫泥池中浅紫色的水面，杜宇冷淡地问。

"王后说她愿一解陛下的思乡之苦。"侍从似乎早已料到杜宇的拒绝，不疾不徐地回答。

思乡？她居然这么说？杜宇脸色一沉，有心开口反驳，却最终紧闭了口，不再说话。

见望帝又面无表情地望回了池水，侍从只得知趣地退下了。

思乡？想起方才侍从的话，杜宇暗暗咬了咬牙。自己真的想念那岱舆山、那紫泥海，还有那一望无际的归墟吗？不，不，那些只是表面上迷人的风景，是自己凭借记忆就可以在虚空中描绘出来的幻象，实际上，他是再也不想回去的了。就算若干年后沉没在冰洋中的岱舆山重新浮出水面，可那没有了姐姐杜芸、没有了贴心朋友的冷酷仙境，怎么还能被称为"家乡"？

轻轻摇了摇头，杜宇便欲站起身来回寝宫休息。连续几个月来夜间独自去神庙祈雨，白天一如既往地处理政事，即时是神人的体魄也会感觉疲惫。

然而，眼前微微一花，杜宇蓦地发现紫泥池的水面上渐渐映出了一个人影，长袖舒展，裙裾翩飞——竟是一个跳舞的女子。只见她时而凌空飞旋，时而凝势待发，举手投足间的神情，仿佛自知整个天地都会为之失色一般，竟有一种骄傲得惊心动魄的美。

杜宇定定地盯着水面上的影像，忽然一拂衣袖，将它碎成了粼粼波光，转身便朝蕙离的住处走去。

一把推开紧闭的宫门，杜宇举步迈入多日不曾到过的宫院中。伸手掠开扑面而来的杨柳飞絮，一个惊鸿般的身影便飞入了杜宇的视线。准备好要脱口而出的话语被生生噎在喉中，杜宇伸手扶住门框，一动不动地凝望着那犹自沉浸在自己舞姿中的人，竟一时失神。

方才在紫泥池边由最初的惊异质变而成的隐怒，此刻在见到真实的舞者后骤然化为了震撼。那样熟悉的场景，原本以为早已随着沉没的神山被永远尘封，此刻却携带着回忆的重量，措手不及地砸了过来。

"陛下?"起舞之人敏感地觉察到身边的异样，停下了舞蹈，脸色有些微微的发红。

"为什么要学我姐姐?"杜宇生硬地问。

"陛下忘了，杜芸姐姐之后，本轮到我来跳这呈天乐舞。"蕙离伸手掠了掠并未散乱的鬓发，掩饰住眼中的一丝怅然。

"哦。"杜宇应了一声。这呈天乐舞本是岱舆山在迎接天帝驾临时专呈的舞蹈，缥缈灵动不可方物，原本由杜芸所舞。当年杜芸一曲舞罢，天帝惊艳，这才有礼聘天妃的后话。杜芸出事之后，蕙离便被挑选为这呈天乐舞的舞者，可惜尚未等到天帝再度巡视岱舆山，神山便倾覆了。

"这一次，我想完整地跳完它，也想请陛下观赏。"蕙离微笑说完，并不理会杜宇的反应，踏着飘扬空中的柳絮，继续跳了下去。

杜宇没有打搅她，也不再质问蕙离将自己引来观舞的用意。尽管初时有些抵触，他还是不由自主地沉溺到这勾魂摄魄的舞姿中。看着蕙离灵畅若水的动作，拥有凡间最高明的舞者也无法比拟的飘逸与高贵，杜宇不由心中暗暗叹了一声——原来神界，也并不是一切都不值得留恋。

于是，在柳絮翩飞的宫院中，两个人一动一静，浑然忘却了时光的流逝，直到一声凄厉的大喊惊醒了沉迷在舞蹈中的杜宇。

"陛下，快去救救开明君大人啊！"

杜宇猛地转回头去，正看见一个衣衫狼狈的人拼命往自己的方向冲过来，却被宫中的守卫们奋力用长戈挡住。两个守卫架住那人的手臂把他往外拖去，口中骂道："擅闯宫禁，你找死啊？"

那人使劲挣扎着，大声朝杜宇喊道："开明君有性命之忧，陛下你不能再欣赏歌舞了！"

"放开他。"杜宇此刻才认出来，此人正是由羊国逃到郫邑，被鳖灵一意任用为官的冶蒙。他快步朝跪跄拜倒在地的冶蒙走过去，压下心中的震颤问道："开明君出了什么事了？"

冶蒙跪在地上，哽咽着道："方才左相柏碌突然派人抓走了开明君，扬言要杀害他。臣冒死前来向陛下求救，一路上却屡屡受阻，现在只怕开明君已遭不测……"

看着冶蒙凌乱的形容，显然是费了千辛万苦才将这个讯息送到自己面前，杜宇忽然转头望向一旁静静站立的蕙离，冷笑道："原来你……"话未说完，他已飞身而起，转眼间便消失在众人视线之外。

"王后，你为什么也要恨开明君？"冶蒙没有动，却忍不住向那圣洁得如同神祇的王后质问。

"我并不恨他，但也许他死了，才是蜀国最好的选择。"蕙离说着，回身走进了自己宫院，关上了厚重的大门。

伸手在自己眉心画了一个符咒，杜宇闭上眼，任由直觉引导着自己往前方飞去。没想到当他睁开眼睛时，竟发觉自己降落在蜀国律政司的大堂前。

"臣恭迎陛下！"虽然对杜宇的到来甚是错愕，高坐在堂上的左相柏碌还是瞬间恢复了清高的平静和恭谨，快步迎出大门外。

杜宇哼了一声，伸手拂开白发苍然的老者，自顾往堂内走去。

律政司大堂本就是审讯犯罪官员的所在，因此杜宇一眼看见鳖灵身上的斑斑血迹时，忍不住大喝了一声："都滚出去！"

"是，陛下。"堂内其余人等从未见过望帝发火，不由战战兢兢地退了出去。

"阿灵，他们……他们对你怎么了？"杜宇蓦地跪坐在鳖灵身边，焦急得声音都带上了哽咽。

"他们只想让我招供颠覆蜀国的阴谋罢了。"鳖灵坐在地上，神色仍旧是平淡如水，"陛下不用担心，这些血是我的侍卫们为了保护我溅上去的。"

"那就好……"对着鳖灵冷淡的神情，杜宇只觉自己的一腔关心都空落落地消散在虚空中，竟不知怎么说才好，"那你先回去休息，那些人……我定会处置。"

"陛下想要如何处置老臣？"冷笑声中，柏碌已推门而进。

杜宇站起身，控制着自己的声音力图平静地问："柏相，开明君也是朝廷命官，你怎能串通了王后私下逮捕他？"

"陛下被这妖人蛊惑，自然辨不清忠奸，因此老臣才把他带到这里，用国法律令揭穿他的真面目！可惜陛下半途过来阻拦，竟是不愿老臣将真相奉献到天下人面前吗？"说到这里，柏碌指着一旁仿佛置身事外的鳖灵骂道："逆天的妖人，正因为你的渎神才给蜀国招来了百年不遇的旱灾，只有杀了你才能挽回神界对蜀国的眷顾！"说到这里，他猛地大喝一声："还不动手！"

随着柏碌这一声大喝，虚掩的大门猛地大开，一群衣衫褴褛、披头散发之人迅捷无比地冲了进来，赫然正是那群被鳖灵驱赶去做修渠苦役的神官!

杜宇心知不好，伸手凝结出一个结界，想要把鳖灵保护起来，然而那些神官显然早已料到，排成一行阻隔在杜宇和鳖灵之间，将他们每个人微弱的灵力凝聚在一起，将杜宇的法术阻住了一瞬。

面对神人的震怒，数十个神官竭尽全力，确实只能阻住一瞬而已，然而就是这一瞬之间，已足够神官们身后的卫兵举起刀剑，刺向端坐在地上神情漠然的鳖灵。

眼看着七八柄刀剑同时刺穿了鳖灵的身体，杜宇大叫一声，倒仿佛那刀剑刺穿的是自己的身体一般。他猛地一吐神力，顷刻将阻挡在前方的神官和卫兵们抛了开去，闪电般冲到了鳖灵面前，扶住他即将倾颓的身子嘶声叫道："阿灵!"

"不劳陛下操心……我很好……"鳖灵不动声色地推开杜宇的扶持，自己撑着地面慢慢爬了起来，淡淡笑道："这些凡人，哪里杀得了我?"

杜宇和屋内东倒西歪的众人都怔怔地看着鳖灵，看着他伤口上的血迹渐渐止住，最终恢复得再没有一丝痕迹。

"原来你杀了崔嵬大人，就是为了吸取他的灵力!"一个神官蓦地叫了出来，泪如雨下，"早知如此，我们一开始就该联合法力趁早杀了你!"

"崔嵬那点法力算什么?"鳖灵微微一笑，"就算柏碌没有迂腐到要依据律令来处置我，也轮不到你们这些神界的走狗来挟制我。"

听了这几句话，杜宇心中已是一片通明。昔日鳖灵的灵力在岱舆山时即被神界封印，因此他才会无力得如同凡人，如今他借助崔嵬的灵力为钥匙，自行解开了封印，凡人自然无法伤他分毫。只是这一切他守口如瓶，连自己也没有瞧出一点端倪，倒是白为他担心得肝肠寸断了!

左相柏碌艰难地从地上爬了起来，跪在杜宇面前："陛下，老臣甘愿担下擅杀大臣的罪名。只愿老臣之死能唤回陛下一丝清醒，切莫将蜀国的大好河山断送在妖人手中!"说着,柏碌拾起一把地上的断剑,就朝自己脖颈中划去。

"柏相不可!"杜宇迅速抬手,将断剑从柏碌手中夺下,心中闪过的竟是初到蜀国时,柏碌如何不厌其烦地为自己介绍蜀国政务的情景。他转头看向一旁站立的鳖灵,目光中带了一丝不忍之色。

鳖灵岂会不知杜宇的心思,当下顺水推舟跪下道:"陛下既然心中不忍,便请赦免了柏碌的罪吧。"

"阿灵,我……"杜宇知道鳖灵心中有气,却不知如何安抚于他。

"陛下是蜀国的主宰,鳖灵只是一介贱民,陛下不用事事都顾及我的感受。"鳖灵生硬地回答着,最后总算给了杜宇一个台阶下,"反正,他们也无法伤及我的性命。"

"好吧。"杜宇刻意忽略过鳖灵口中的嘲讽之意,对柏碌道:"柏相年纪大了,从今天起就在家好好休养吧。其余参与此事的人,只要保证再不犯事,一律不予追究。"

"也要我保证么?"蕙离站在柳絮飘飞的宫院中,手中握住那半枚玉石符印靠在廊柱上,有些苍凉地微笑着。

"陛下是这么下旨的,不过王后肯定不在此范围内。这个蜀国,本有一半是王后的天下。"上卿裴邴躬身道,"此番鳖灵顺理成章地总摄了左右二相的职位,大权在握,王后可对臣有什么指示?"

"裴卿安心辅佐望帝陛下就好,鳖灵虽然骄狂,却也没有真正做出什么危害蜀国的事。"蕙离平静地道。

裴邴的眼中掠过一片失望的神色:"王后……"

"不用说了,望帝陛下现在根本不会见我的。"蕙离勉强笑了笑,"我已经吩咐了宫人,明天就搬到城外的离宫去,裴卿好自为之吧。"

"王后，你真的忍心看着妖人鳖灵一步步地逆天犯上吗？"裴邳颤抖着身躯跪了下来，"王后，陛下已经糊涂了，你不能也……"

"陛下不糊涂，他知道鳖灵在做什么。"蕙离缓缓抽身离去，留下一句裴邳无法理解的话，"其实鳖灵做的事，就是望帝陛下不敢实现的心愿。"

十一　中藏祸机不可测

"好好的粥，全给你泼到地上，还有脸再来讨？"赈济司前，一个司粥的小吏不耐烦地推搡着刚从地上爬起来的少年，大声嚷道，"都像你这样，老子就伺候你一个人得了！"

"是他们撞了我，不是我故意把粥泼掉的……"少年带着哭音哀求着，"求求您再给我一份吧。"

"刚才耳朵聋了没听见吗？一人一份！"小吏蓦地看见那少年枯瘦污秽如鸟爪的手扯住了自己的衣袍，一阵恶心，抬脚便向他踹了过去，"要死滚远一点！"

少年本已饿得有气无力，哪里躲得过这一脚，霎时如同一根折断的枯枝一般，重重地向身后的石墙砸去。

人群中，杜宇皱了皱眉，正想施法护住那少年，却已有一人稳稳站在石墙之前，伸手轻轻扶住了那少年的身体，口气中带着一丝愠色："相国怎么吩咐你们的？你忘了么？"

"冶大人饶命！"那小吏一见此人，吓得扑通跪在地上，不住叩头。杜宇认得，来人正是鳖灵新近提拔的中大夫冶蒙。

"把相国当初设立赈济司时说的话再说一遍！"冶蒙阴沉着脸，威严地命令道。

"相国谆谆告诫，百姓乃是蜀国之本，赈济灾民并非朝廷施舍，而是如……回报父母平日……供养之德……"那小吏结结巴巴说到后面，已是体如筛糠。

"亏你还记得相国的话。"冶蒙冷笑了一声,向身后从人吩咐,"杖他四十,革去赈济司的差事,永不录用。"

在小吏的哀求痛呼声中,冶蒙的目光扫过在场所有战战兢兢的赈济司官吏,一字一句地道:"若再有不遵相国之命、欺压百姓者,就不再是杖四十那么简单了!"

"多谢大人,多谢相国!"众百姓见状,无不感激涕零,纷纷拜倒在地。

杜宇本是捏了隐身诀,此时见冶蒙手段干练泼辣,赈济司一派井井有条,更不欲现身,转身而去,眉目间的忧悒一闪而过。

蜀国的旱情已经持续三年了,连湔江的水都快干涸,浅浅的江水瑟缩成细细一脉,透出凝练的烦闷。江畔的土地豁着一道道嗷嗷待哺的裂缝,无语地祈求着上天,如同还没有来得及爬到赈济司,就倒毙在路旁的饿殍。蜀国原以渔猎为主,农耕方倡,国库本不充盈,即使朝廷已采取多项赈灾手段,大面积的饥馑仍无法避免。

杜宇息了隐身诀,慢慢地走在这片死气沉沉的大地上,心头蓦地涌起一种不知何去何从的茫然。破碎的土块在他脚下发出喀喇喇的脆裂声,那是饥民挖掘草根后留下的痕迹。伸手抓了一把坼裂的土块,杜宇就势跪在了地上,盯着头顶不肯隐去的骄阳。那一缕缕光线如同一根根灼热的钢针,刺得他无可遁形,他忽然冷笑起来,站起身一挥衣袖,一片乌云升腾而起,如同一袭黑幕向太阳遮去。然而转瞬之间,那黑幕就仿佛被万把金刀割裂,碎成丝丝缕缕,随风飘散。

没有用,他所有的努力都没有用。杜宇有些疲惫地放眼望向黄褐的地平线,赤红的阳光衬出了一个人的剪影,这身影让他瞬间想回避,却身不由己地走了过去——荒凉的原野上,再没有其他的人影,似乎这样就可以欺骗自己,整个天地间,只剩下他和她。

"陛下……"碾冰抬头微笑地看着杜宇,那么自然那么纯洁,让他一时竟有些隐约的愧疚。

"不必多礼。"杜宇停下来，看着碾冰转回头，继续温暖地望着那个躺在她身前奄奄一息的饥民。她明净如玉的手，轻轻握着黑瘦污秽如鸟爪的枯指。

那饥民睁着毫无光泽的眼睛，瘦骨嶙峋的脸上最为显眼的竟是两排焦黄的牙齿。看他神态，已然无法感知身外物事，却依旧不肯咽下最后一口气，手指紧紧握住唯一可以抓牢的东西，指甲已经掐进了碾冰的肌肤。

然而碾冰却没有挣脱，任由他死死地握着，直到死去。

杜宇呆呆地在一旁凝视着碾冰，那样圣洁的神情，如同金光普照中救助众生的神女。幻想之中，他只愿自己便是那个饥民，可以用生命来换取她的一丝温暖。可惜，这些年来，他只是偶尔在礼节性的场合见过她，每一次见面对他而言都意味着之后长时间的恍惚与自责。

"陛下……"碾冰放开死去的饥民的手，合上了他茫然睁着的眼睛，向杜宇施了一礼，有些羞涩地解释着："我既然无法在生时帮他些什么，只能让他死的时候能够舒服一些。"

"我知道。"杜宇一时不知如何开口，尴尬地沉默了一会，勉强问了一声："开明君还好吧？"

"还是和以前一样忙，今天去江源巡视修渠工程了。"碾冰有些忧心地看了看翡翠般湛蓝的天空，"这三年一直不下雨，他心里着急得很，经常几个通宵都不能合一下眼。"

"开明君太过操劳了。"杜宇有些歉意地说，"你一定要提醒他注意身子，若是累出病来，叫我如何心安。"

"他说陛下是他的朋友，他就算为陛下而死也是愿意的。"静了一会，碾冰忽然道。

杜宇"哦"了一声，一时竟不知如何回答才好。似乎有一缕阳光照在了他清寂的心原上——原来在鳖灵循规蹈矩的君臣奏对之后，仍然有一份旧时的情谊静静地沉淀着。

"他提过你们以前在岱舆山的事，好像你们都很调皮呢。"碾冰的神情，似乎已没有方才拘谨，轻轻笑道，"他总是吹嘘他多么勇敢，其实呢……"她停顿了一下，终于低着头笑出来，"这么大的人，看到打雷闪电还要发抖，非要我握着他的手……"

杜宇的脸色顿时有些苍白，当年翔风台上的一幕又清楚地浮现在脑际。这么多年来，那记忆不但没有消释，反而越发地清晰，仿佛窖藏了多年的酒，饮一口胸中便灼热似火。

"陛下，贱民柏碟求见!"一个苍老却依然矍铄的声音从远处清晰地传了过来。

"我们走。"杜宇烦躁地皱了皱眉，瞥了一眼跪拜在远处的前任相国柏碟，向碾冰吩咐。自从鳖灵颁行了减少祭祀牺牲数目并废除人牲的法令后，随即又宣布奴隶为家主垦荒务农十年以上者可以成为平民，只需定期向原家主缴纳一定贡赋即可。于是罢官在家的柏碟就成了反对减祀释奴的贵族大臣的领袖，屡屡在朝中兴起围攻鳖灵的局面。让杜宇每次朝会都如同置身蒸笼，为鳖灵捏了一把汗。好在这种反对的声音慢慢被鳖灵提拔的新吏掩盖下去了。

"陛下……"柏碟眼见杜宇走开，情急之下甩手扔掉手中拐杖，合身扑过来叩了一个头，声音洪亮地道："请陛下速将鳖灵治罪，恢复祭祀旧制，以平天怒，救我蜀国百姓!"

杜宇没有答言，却正看见碾冰掩不住的关切焦虑神情，他淡淡地朝地上须发皆白的老者道："我知道了，你回去吧。"

"陛下，鳖灵是妖人，他是来篡夺陛下江山的啊!"柏碟说到这里，见杜宇已不耐烦地又要走远，越发大声叫道："鳖灵为相以来，大肆收买人心，结党营私，架空陛下的权力，陛下如果再放任不管，只怕……"

"陛下……"碾冰焦急地低声道，"我夫君不是那样的……"

"我知道。"杜宇看了她一眼，终于克制着移开了目光，口气轻松地道，"其实他喜欢什么，我都会给他的。"

"蜀国三年不雨，请陛下杀臣以平天怒。"鳖灵拜服在地上，镇静地说。

"阿灵，"杜宇赶紧伸手扶他，"那些人的话，不要放在心上。"

"可是流言不平，民心不稳。"鳖灵固执地不肯起身，仍然伏地道，"若蜀国灾荒不去，内乱又生，一旁虎视的𢃸国势必乘虚而入，陛下一定要早做决断！"

杜宇心头一凛，一时没有答言。鳖灵所提到的𢃸国在蜀国南部，神界指派的国君正是濮繁。由于两国国界并无明确划分，蜀𢃸之间的边境摩擦不断，似乎濮繁的心思，正在于夺取蜀国的湔江航道。而鳖灵也对杜宇提过，如果能尽取𢃸国的南中丰腴之地，无异于为蜀国平添一座巨大粮仓。如此看来，一场战争对于双方都只是时机的选择问题。想到这里，杜宇无奈地叹了口气："当务之急，还是缓解目前的旱情。"

"陛下是神人，难道不能去请求天帝降雨么？"鳖灵似乎鼓了很大的勇气，才把这个在心底盘桓许久的问题问出来。

"没用的。"杜宇有些悲哀地朝鳖灵笑了笑，没有再解释下去，然而一种无助的绝望感觉却慢慢笼罩上了他的心。"不用再回来了。"天帝最后对他说。那时倔强天真的少年并没有意识到，这句话意味着天帝已不再理会他的祈求，而蜀国也成为被神界抛弃的地方，以至于他三年来每夜在神坛的祈求都徒劳无功，反成了他自己心中的耻辱。

"那我们只有一个办法了。"鳖灵没有追问下去，沉思着说。

"只要能让蜀国下雨，什么法子都可以试试。"杜宇说到这里，忽然担忧地望着鳖灵憔悴疲倦的面容，又加了一句，"可是不许你牺牲自己。"

"多谢陛下关心。"鳖灵礼貌地笑笑，"希望陛下答应，将以柏碌为首的一帮贵族朝臣都交给我。既然他们念念不忘恢复人牲，我便杀了他们做人牲来祈雨！"

"阿灵！"杜宇震惊地望着面前神态平和的鳖灵，随即收敛心神，追问了一句，"这样做，固然除去了内乱的根苗，可你能保证下雨吗？"

"我试试调动西海的雨水。"鳌灵道，"不过即使下了雨，饥荒也无法马上缓解，还是要防范群国入侵。"

杜宇点了点头。做了数年相国的鳌灵已越发显露出领袖群侪的才能，完全脱去了当年岱舆山小小仆役的影子，说出的话让杜宇已经很难反驳。望着鳌灵告辞出宫的身影，杜宇一时有些失神。也许除了自己，别人真的很难相信眼前这个气度沉稳的人居然会在雷电交加的时候惊恐战栗，如同荒原上无处可逃的柔弱的麋鹿。

鳌灵的方法果然灵验，当前任相国柏碌为首的一百余名反对派贵族被当做人牲送上祭台后，随着祭台上汩汩流下的鲜血，漫天的乌云也渐渐沿着渝江蒸腾而起。随后，在蜀国百姓喜极而泣的跪拜中，一场透雨降落在蜀国境内。

站在祭台上亲自主持人牲仪式的杜宇也在这场不知滋味的大雨中跪了下去，失去了身后黄罗伞盖的遮蔽，他的脸上沾满了雨水，也掩盖了眼中滚滚而落的眼泪。先是崔鬼，然后是一众官员，不知以后为了自己的私心还要牺牲掉多少性命？抬起自己的双手，杜宇仿佛看见上面沾染的血迹又深重了几分，不管大雨怎么冲刷也无法洗去。原来无论自己怎样委曲求全，息事宁人，都不可避免地陷入了一个泥淖，越是挣扎陷入得越深，渐渐就要窒息了。

"陛下，"一个哀凄的声音在杜宇身边响起，"我夫君去西海已经十日了，如今雨已至，他却音讯全无，还望陛下大发慈悲，将他寻回来吧。我怕……他有什么意外……"

杜宇抹去脸上的水珠，正看见同样在雨中淋得透湿的碾冰，正满怀期待地看着他。

"你别担心，我这就去把他找回来。"杜宇将碾冰扶起，触手轻微的柔软让他如遭电击一般缩回手去。不敢再与碾冰多加对视，杜宇一提衣襟，迎着漫天的大雨朝渝江飞去。

沿着乌云涌来的方向，杜宇很快便找到了鳌灵的身影。此刻的鳖灵俯卧在湔江之畔，半截身着黑袍的身体还浸泡在波浪荡漾的江水中，竟就这样睡着了。

当杜宇轻轻降落在鳖灵身边时，鳖灵醒了过来。他吃力地爬上岸靠着一块岩石坐好，看着双眼犹自发红的杜宇冷笑了一声："你是怪我太狠了吧。"

"谢谢你带来的雨水。"杜宇没有回应他的问题，低声道，"快回去吧，碾冰在担心你。"

"不是我不想回去。"鳖灵侧过头无力地靠在岩石上，"带着那片乌云跋涉了万里，总该让我歇歇吧。"

听着鳖灵语声中的倦意，杜宇不由有些后悔自己的莽撞，低下声气道："那你睡吧，我在这里等你。"

鳖灵没有答言，然而就在杜宇以为他睡着的时候，鳖灵忽然突兀地开了口："我这次回西海，看到了小五的家人。"

遥远的记忆之潭蓦地掀起波澜，杜宇脸色一时有些发白："他们……还好吧？"

"还好，神界取得驮山巨鳖后，就暂时放松了对桀骜的西海族人的压制。西海王城正在重建，虽然比不上以前的规模，但好歹是在不断完善了。"鳖灵垂下眼，似乎魂魄又遨游回了那曾经被称为奇迹却又毁于神界之火的家乡，让杜宇不敢惊动。

"他们问我小五的情况，我说他很好，在人间某个国家过着平凡人的生活，还娶妻生子。"鳖灵转了个话题，轻轻笑了一笑，仿佛是在嘲笑自己的谎言，"他们将信将疑，不过还是宁可信了。现在的西海经历过劫难，又恢复了以前繁荣安和的生活，我不想他们再承受一些遥远的痛苦了。"

"阿灵，你做得对。"杜宇诚恳道。

"你看，如果没有神界，生活本来应该是美好的。"鳖灵忽然伸出手，接住天空飘来的一阵雨丝，嘴角再也压抑不住得意的笑容，"我不信我们就一定要臣服在神界的脚下。"

杜宇看着眼前的雨帘，将自己和鳖灵分隔在两边，心中生起一阵怅惘。他走过去在鳌灵身边坐下，就像他们小时候一起坐在岱舆山的紫泥海边一样："阿灵，我给你讲一个真实的事情吧。"

鳌灵转头审视地望了望杜宇，没有反对，也难得地没有故意疏远和杜宇的距离。

杜宇深深吸了一口气，平静地说下去："很多年前，凡间唐国的国君怠慢了神人，神界便在唐国国都中降下了传染性极强的瘟疫。一夜之间，国都中无数人染病死去，引起了居民的极大恐慌，纷纷要逃离沦为巨大坟场的都城。就在这个时候，一个凡人站了出来，说服唐国的国君封锁了所有都城城门，断绝都城与其他地方的往来，将瘟疫牢牢地控制在了城内。与此同时，这个凡人凭借一个女神的帮助，顶住都城中居民的谩骂和刺杀，苦心寻找祛除瘟疫的方法。

"整个都城就在地狱般的恐惧和死亡中撑过了一年，无数人死于瘟疫，但也有一部分人煎熬着活了下来。就在国君再也支撑不住，派人捉拿这个凡人，要用他的血来向神界请罪时，对抗疫病的药剂终于被这个凡人研制了出来。站在准备杀死他向神界请罪的祭台上，这个凡人用他的药治好了城内所有患病的人——用他的行动宣布了神界的力量并不是无法抗拒的……"

"神界的力量本来就不是无法抵抗的。"鳌灵听到这里，微微抬起头，坚定的表情中有一丝骄傲。

杜宇垂下眼睑，苦笑了一声："瘟疫虽然止住了，神界的怒气却发泄在了这个胆敢对抗他们的凡人身上。他们抓住了他，把他关到冥府最黑暗的底层去，即使那个一直帮助他的女神舍身相救，也没有改变他最终的命运……"

"我知道你说的是谁了。"鳌灵打断了杜宇的话，站起身来不打算再听下去，"我现在不再是脆弱无力的凡人，我不相信我和他会是同一个结局。"

话既然说到了这个分上，杜宇已不便再说下去。心中积梗着曾经影响了杜芸一生命运的往事，两个人无言地各自驾起云头，齐往郫邑城而去。

还在空中，杜宇便看见了密密麻麻跪在湔江边的人群。他们虔诚的赞颂如同风声一般传到高空之中，他们感激的眼泪如同雨点一般打湿身下的泥土——那是杜宇即位之时也不曾享受的隆重而真诚的礼遇。不过这一切，杜宇明白，都是奉献给救民于倒悬的丞相鳖灵一个人，自己这样的人，根本不配获得这些膜拜与荣光。

默默地闪身在一旁，杜宇望向人群之上坦然接受欢呼的鳖灵。此刻鳖灵金色的眼眸微微含着笑意，黑色的衣袍在和风细雨中灵动飘扬，竟比他辅佐的神人君主更像一个神祇。

旱灾既解，丞相鳖灵的名声迅速在民间传播开来，而他清算政敌时凌厉刚毅的手段更让朝中大臣和贵族敬畏有加，不敢直撄其锋。

十二 神血未凝身问谁

雨后尽管及时补种秧苗，两年的干旱还是让蜀国国力受到了严重的损害。因此当牂国国君潍繁率兵北侵时，没有受到有力抵抗已经不是意料之外的事情。两个月间，牂国三万军队从南中一路势如破竹，直逼郫邑城下。

"王后的琴声真好听，可望帝陛下为什么不喜欢呢？"城外的离宫中，碾冰站在蕙离身边，奇怪地问道。

蕙离停了手，望着身旁女子纯净得没有一点杂质的眼睛，淡淡地笑道："他不愿听这曲子，正如同刻意不见你一样。"

"为什么？"碾冰好奇地问。

"难道开明君没有告诉过你么？"蕙离细细打量着碾冰秀丽的眉目，"你和望帝的姐姐长得非常相似。"

"难道夫君当时救我，也是为了这个原因吗？"碾冰明如秋水的神情忽然蒙上了一层阴影。

"别多心，开明君现在对你不是很好吗？"蕙离和善地笑道，"我接你来住两天，他就三番五次借故探望——你看，他又派人来了。"

"王后取笑了。"碾冰红了脸，又羞又喜地看着鳖灵的亲信冶蒙带了几个从人，走入了蕙离的别宫。

"参见王后。"冶蒙施了一礼，神态郑重地向蕙离道，"羊国军队已经攻入城中，陛下请王后到神庙内相见。"

"郫邑城破了？"蕙离吃了一惊，"怎么没听见动静？"

"上卿裴邴作了他们的内应，偷开了城门。陛下不愿多造杀戮，因此我们的守军也未作抵抗。"冶蒙恭敬地回禀。

"陛下叫我去，是想动用金杖，与潍繁对决么？"蕙离早弃了琴弦，站起来边走边问。

"也不完全是。"身为中大夫的冶蒙跟在蕙离身后，回答道，"臣带人抓住了裴邴，可陛下说裴邴是王后的人，他不便处置。"

蕙离的脚步明显地迟滞了一下，唇角挂出了一丝苦笑："难为他到现在还能分这么清楚。"

"冶大夫，开明君还平安吗？"碾冰不无担忧地问了一句。

"现下还好。"冶蒙犹豫了一下，向碾冰笑了笑，"有陛下保护他，夫人大可放心。"

一行人出了离宫，直趋城中的神庙。一路上蕙离不再发一言，神态也十分安详，反倒是碾冰同路旁懵懂的百姓一样，一时不能相信蜀国的存亡已在此一线。然而鳖灵的安危随着方才冶蒙的回答却沉沉地挂在了碾冰的心头，她恍惚记起羊国出兵的借口中好像就提到过鳖灵，一种无法摆脱的忧虑让她的手指不由战抖起来，直到蕙离轻轻握住她的手，宽慰地笑道："别担心，望帝是他的朋友。"

到得神庙外侧，只见数千羊国士兵簇拥着轻袍缓带的潍繁，站在大殿前的空地上。而大殿门口，只有稀稀落落的一些蜀国兵士守卫。

"陛下在大殿里，他在门口设了结界，羋国人一时无法进去。"冶蒙赶上蕙离的脚步，顾不得碾冰从后面追上来，"王后小心，臣只能在外面接应。"

蕙离点点头，念动了久已不用的蹑云诀，如同一道银光穿过了大殿外的结界。身后，似乎有一道灼热的目光射过来，蕙离回头，正看见气宇轩昂的潍繁明如秋日的笑意。

"参见王后！"跪在地上的裴邴眼见蕙离到来，恭谨地磕下头去。

蕙离望了望杜宇负手而立的背影，他身着白袍的躯体仍旧透露着一种冰寒的拒绝的气息，让蕙离的眼睛也渐渐冷了下去。她转头望着裴邴，冷笑着说："裴上卿，你该拜见的，应该是你的新主人吧。"

"为臣绝没有背叛两位陛下的意思！"裴邴大声回答，神态居然十分镇静，"羋国国王与陛下都是神人，封地和帝位都是上天指定，岂是随便就能夺去的？臣只是看不惯妖人鳌灵祸乱朝纲，欲借羋国军队清君侧罢了！可叹望帝陛下到现在还不肯交出鳌灵，难道真要看到整个蜀国落入羋国之手吗？"

"到目前为止，开明君并没有做错什么。"蕙离眼角的余光忽然瞥见神殿的阴影里，正站着一身黑袍的鳌灵，突兀地让她心中一凛，却仍然接着说下去，"做错的是你，裴上卿。"她手一拂，已将挂在墙上的一柄青铜剑取下，抛在裴邴面前，"你自裁吧，你的家人不予追究。"

"王后！"裴邴惊诧地望着蕙离，那惊诧渐渐地变成了愤懑，"你为什么一定要帮望帝？蜀国不是他的，是你的！臣早就知道，王后一个人就可以举起代表蜀国王权的金杖，却偏偏隐瞒过去！……"

"住口！"蕙离不再看裴邴，却径直走到鳌灵身前，淡淡笑道，"开明君，我猜你们暗中早已安排了对付羋国和潍繁的计谋，现在可以让我知道了吗？"

"不敢隐瞒王后。"鳖灵恭敬而刻板地说，"䍷国三万军队一路径取郫邑，以为驱逐望帝后就能以神人之威统领蜀国。陛下暗中早命沿路守军示弱诱敌，小战即降，因此濮繁虽不费吹灰之力兵临郫邑，实际上却早已孤军陷入了蜀国腹地。此刻各地援军正陆续往郫邑赶来，只要我们此战能除去濮繁，那么不光郫邑之围能解，顺带还可以把失去天命国君的䍷国纳入蜀国版图。"

"这样冒险的计谋，是开明君的主意吧？然而你没料到裴䣱竟然私开城门，坏了你的计划。如今援兵都还在半途，郫邑的形势是真正危急了。"蕙离向鳖灵说着，却淡淡地向杜宇看了一眼，发现他正盯着那根神案上的金杖，若有所思。蕙离转回头，正望着鳖灵的眼睛，"而且你忽略了最重要的一点——濮繁也是神人，谁能够杀死他呢？"

"王后圣明。"鳖灵躬身一礼，并不多言。

蕙离心里暗暗地叹了一口气，走到神案前，伸手拿起了金杖。

杜宇看了她一眼，没有阻止，只是默默地和她一起往殿外走去。

"一定要杀了濮繁么？"蕙离忽然问。

杜宇的手犹豫了一下，终于握住了金杖，无奈地点了点头："不杀濮繁，他就会杀了阿灵。"顿了一顿，杜宇又道，"我自己动手，与你无干。"

与我无干？蕙离心底苦笑了一下，却终于没有出声。

"蕙离，你还要帮他吗？听说他对你可是冷淡得很啊。"濮繁轻飘飘地站在一抹虹光中，更衬出超凡脱俗的尊贵气度，"干脆赶走杜宇，你做我的王后吧。"

"濮繁，何必要如此相逼呢？"蕙离站在大殿门口，看了看身边的杜宇，又望了望眼前的濮繁，"大家都是神人，有什么必要拼个你死我活？"

"蕙离，你还是和当年在岱舆山一样幼稚。"潍繁冷笑着，看见鳖灵从大殿里出来，垂手站立在杜宇和蕙离的身后，"我不先下手，难道等着蜀国去吞并我吗？你是神人，心清如水，可有些妖邪野心可大得很呢。"

"既如此，我把蜀国让给你便是。"杜宇知道此刻形势已危如累卵，有些疲倦地说，"但你不能伤害开明君。"

"鳖灵那个西海的妖奴，这些年在蜀国培植了那么大的势力，不除去我能睡得着吗？"潍繁笑了起来，"杜宇，现在你没有和我讨价还价的余地了。既然我不能杀你，你就老老实实地滚远一点吧。"

"如果我把蜀国的权杖交给你，你就真的让我做王后吗？"蕙离似乎考虑了一会，微笑着问潍繁。

"那是当然。"潍繁郑重地道，"那金杖只有你才能举起，自从天帝觉察了杜宇的异心，实际上是把蜀国交给你了。杜宇对你无情无义，众叛亲离也是咎由自取。"

"我知道。"蕙离笑了笑，不去看杜宇苍白的脸色和蓦然松开的手指，持着金杖向潍繁走了过去。

"你看这代表蜀国王权的金杖，上面的纹饰多么漂亮。平常人永不会知道，在咒语的催动下，它能够发挥多么伟大的力量。"蕙离的话语，带着一种甘甜的魅惑，让潍繁情不自禁地向那金杖望去。只见原本就金光粲然的权杖越发光华流转，上面雕铸的鱼鸟仿佛有了气韵一般，那带着神秘笑容的人头像更如同活物，把在场的所有人的目光都吸引了进去，无法自拔。

忽然，金杖一晃，似乎把周围的空气都搅成了一片金色的漩涡，让众人眼前一片昏花。忽听一声愤怒的暴喝，那片金光如同摔碎的陶器震裂成细小的碎片，连横亘在大殿前的那抹虹光，也一起销蚀无影。

"我竟然会相信你……"潍繁低头看看插入胸口的金杖，伸手想去抓蕙离的肩头，却因金杖太长而够不到。金杖的光芒在他体内不断扩散，他的身躯已慢慢变得透明。

"潍繁，对不起。"蕙离长袖一挥，弧状的薄雾罩住了整个神殿和众人，把群国军队密集的箭雨纷纷弹回。她无奈地向潍繁笑了笑，随即低下眼去，"只有神人才可以杀死神人，我只好动手。"

"你还是想维护杜宇和他的同党吗？"潍繁伸手抓住胸前的金杖，不肯放弃，"我死了灵魂能得到天帝的接引，重新开始我永生的生命，可你呢——你触犯了天条，你死后灵魂将永堕冥府，不得超生！你心爱的杜宇不会来陪你，你将一个人面对那无穷无尽的黑暗和虚空，为你今天的愚蠢行为永远地懊悔！"

"我顾不得了。"蕙离闭上眼，不忍去看潍繁临死时的表情。然而她口中默默地念动了咒诀，金色的神杖上光芒暴涨，穿透了潍繁的身体。

"我不能让杜宇来承担这份罪名。"蕙离看着潍繁的灵魂慢慢脱离了躯体，终于抽出了那根能够杀死神人的法器，低声道。摧动金杖的神力耗费了她太多的力气，蕙离疲惫地挂了金杖，缓缓转过身，向杜宇笑了笑。

"小心！"杜宇蓦地伸出手指，一道银芒直朝蕙离身后刺来。蕙离一惊之下，已发现垂死的潍繁竟然奋起最后的法力，凝聚成无形的利刃，朝鳌灵站立的方向射去。

"杀一个贱民，天帝不会怪罪的！"潍繁笑着说出这句话，挣扎的灵魂终于完全脱离了躯体，直冲入云霄之中。

杜宇阻拦不及，眼见那道无形的气流已逼到鳌灵面前，而他却无法看见，浑然不知眼前发生了什么事情。杜宇只觉心中一痛："我最终还是无法保全他的性命！"

然而就在这个时候，一个身影蓦地从人群里冲出，正好帮鳌灵挡住了潍繁的临死一击——却正是欢喜地奔向丈夫的碾冰！

杜宇只觉得周围的世界轰鸣着远去了，他的眼中只剩下碾冰惨白的脸和蓦然垂下的手臂。一种狂热的疼痛让他恨不得立时冲到碾冰身前，然而另一种清明的神智却蓦地拽住了他的脚步——

碾冰是鳌灵的妻子，她是为了救自己的丈夫而死，自己就算再痛彻心扉，也绝不能表现出那种非分的情感。苦苦支撑起局外人的从容，杜宇慢慢地走了过去，伸手搭上了碾冰的脉搏。

"她死了。"鳌灵轻轻地说，声音居然非常平静。他抱起碾冰，转身往人群外走去。

"她死了。"杜宇重复了一句，怔怔地望着鳌灵的背影，仿佛又看到了初次见面的那个黑衣少年，不堪重负地在虚浮的沙地上挣扎前行，终于踉跄着倒在地上。死寂的沉默中，杜宇忽然大步向神殿里走去。

"你要做什么？"蕙离心里涌起一阵不祥，伸手抓住了杜宇的衣袖。

"这里就拜托你了，善后的事情可以让冶蒙处理。"杜宇回头看了看蕙离，一向冷漠的目光里带上了感激和歉意，"我到冥府去把碾冰的魂魄追回来。"——是的，当日没有救得了落水而死的小五，此番他再不能眼睁睁地看着碾冰死去了！

蕙离的眼中闪过了深重的担忧，然而她最终只是平静地道："小心。"

黑暗，只有黑暗。

虽然以前无数次地幻想过冥府的情形，这种无边无际，无始无终的黑暗还是让杜宇遍体生寒。自从借助神器进入了地底的冥府，那无法抗拒的黑暗就如同一只只扼住他咽喉的手臂，从四面八方逼近、附体、最终侵蚀进他的信心和神智。

杜宇深深地吸了一口气，虽然冥府中空洞得连空气也不剩下，这个动作还是帮助他震慑了心神，凭着神人的直觉向黑暗的最深处飞驰而去。无数缥缈的魂灵从他的面颊上拂过，如同棉絮一般被无形的巨手撕扯得越来越稀薄，最终融解消散在无尽的虚空中。

"碾冰，碾冰……"杜宇心头默念着这个名字，即使在无人处，也是第一次放任自己深重的爱恋。他能感觉到碾冰的魂灵正在自己身前飘荡，可是自己默默无言却刻骨铭心的情感，那魂灵却永远不会感知。

猛地伸出左臂，杜宇揽住了碾冰那缕薄弱的逝魂，感觉就像漫长的黑夜中，捧住了清晨第一缕乳白色的阳光。他一边掉头向外飞去，一边暗运法力，在指尖点亮了一朵火星。杜宇知道，只有在冥府里点燃一点亮光，死去的魂灵才能够聚集着不被黑暗所吞噬。

前方的黑暗似乎永无尽头，杜宇一边飞驰，一边侧头细细地打量着那缕透明的魂魄。人间的岁月中，他一直不敢正视碾冰的面容，倾听她的声音，因为她是鳖灵的妻子。只有在冥府的黑暗里，他才可以放弃一切顾忌，全心全意地挽住她，凝视她，把他若干个不眠之夜的相思化为指尖的亮光，护送她脱离这令人窒息的虚空。

不知过了多久，眼前仍旧是一片无望的黑暗，然而杜宇指尖的火光却已慢慢微弱下去。杜宇心中一惊，知道自己的灵力此番损耗过巨，已渐渐枯竭，恐怕已不能支撑到脱离冥府。他焦急地望着臂弯中碾冰的魂灵，徒劳地想把她挽紧一点，可是他指尖的光亮，终于再无法与四面八方涌上来的暗流争夺。

碾冰，我终于还是留不住你么？杜宇绝望地望进眼前沉重的黑暗，悲伤地喃喃道，"姐姐，你说我终于会找到自己的幸福，可我却无力挽留这幸福啊！"

远处一朵亮光闪烁了起来，光芒映照到正渐渐稀薄的魂魄上，复又把她逐渐聚拢。杜宇惊喜地随着那亮光往外飞去，隐约可以看见一个苗条的轮廓，正指引着他离开无际的冥府。

"是谁在帮我？"杜宇大声问道。

没有回答，却有隐隐约约的歌声从前方传来——

扬之水，白石皓皓。
素衣朱绣，从子于鹄。

既见君子，云何其忧？

……

这歌声如此熟悉，撩拨起杜宇无数尘封的回忆，忍不住追问道："姐姐，是你么？……"

仍然没有回答，可是歌声却慢慢低沉下去，终于湮没无闻。杜宇眼见那朵闪动的光亮也越来越黯淡，知道对方的灵力也已消耗殆尽，可是眼前的黑暗却依然那么浓重，让人看不到边际。

碾冰的魂灵又逐渐淡去，杜宇感觉得到四周的黑暗如同一只只巨手，正拼命要把那魂灵扯回冥府的深处。他使劲地挥舞着手臂，试图驱散那令人窒息的黑暗，却觉得自己的力气都耗费在虚空里，没有一点作用。碾冰的魂灵，终于从他手中一点一点地流失而去，这种失去的感觉如同一只钢锯，来来回回地切割着他的心，让他几乎要丧失最后的力气，跪倒在这片无法战胜的力量中。

"只要还有人和自己一起坚持，便什么都可以承担。"临别时杜芸的话语，忽然清清楚楚地回响在耳际。看着前方又勉力摇曳而起的微弱火星，杜宇一咬牙，一朵荧蓝色的璀璨的火花已从他右手中燃起。他举着那火花，拼尽全力向上飞去。

眼前出现了一道金光，那是金杖散发的光芒。杜宇松了一口气，终于可以离开那令人窒息的黑暗了。他沿着金光往上，回到了郫邑城的神殿之中。

"快……把这魂灵封回身体……"杜宇勉强把那缕透明的魂灵交到蕙离手上，就再也站立不住，跌倒在地上。

蕙离面色苍白，看见杜宇的半边身体都被鲜血染红，却没有多问一个字，只淡淡地说了句"放心"，就转身而去。

杜宇的右手仍旧紧紧地握成拳，腾出的左手捂住了肋下的伤处，然而鲜血还是不断地从他的指缝里涌出来。他无力地伏在地上，一动不动，可他的脸上终于露出了舒缓的笑容。

蕙离支撑着回到神殿时，杜宇已经昏睡过去。她轻轻掰开他始终紧握的右手——掌心中，是一截烧剩的肋骨。

身体仿佛陷入了幽深的海水中，最后一丝阳光也在眼角消失，杜宇睁大了眼睛，视线却被前方黑压压的一堵"墙"完全遮挡。他尝试着伸出手，想要推开那给自己带来窒息般黑暗的障碍，触手却是一片冰凉与坚硬。

寂静中有什么声音响了起来，嘤嘤嗡嗡地，如同鬼蜮的低泣，又似乎蚊蚋的嘶喊，听得人心里一阵阵发寒。杜宇惊恐地四下张望，却找不到这声音的来源，这声音倒像是——从自己的脑海深处中传出来的！

猛地意识到这一点，绝大的恐惧立时笼罩了全身。杜宇拼命想转身逃离这诡异的世界，却发现自己根本无法动弹，只能眼睁睁地看着面前黝黑坚硬的"墙"破裂看来，从里面涌出一股股浓稠得如同墨汁一般的鲜血，顿时铺天盖地地将他淹没……

心里猛然明白了一切的缘由，杜宇伸出手，想要遮掩住脑海中越来越响的凄厉的悲鸣，却在越来越浓烈的血腥气中向下沉去。"对不起对不起对不起……"他想要大声叫喊，口一张却被汹涌而来的血气堵住了声音……

"阿宇、阿宇……"远远地，似乎有谁在温柔地呼唤着他，又似乎有人轻轻地握住了他的手，让即将沉没到万劫不复的深渊中的人蓦地生出了勇气。姐姐，是姐姐！残留的意识中猛然闪过这个最亲近的称呼，杜宇长长地抒出一口气，睁开了眼睛。

"陛下，你醒了。"蕙离苍白的脸在杜宇眼中渐渐清晰，带着一丝温柔而疲惫的笑意。

原来刚才不过是幻觉而已。杜宇收敛住仍旧激荡的心神，猛地坐了起来："碾冰她……没事了吧？"

"没事了，开明君正在照顾她。"感觉到杜宇下意识地抽出了原本紧握的手，蕙离垂下眼，撑住手中的金杖站了起来，朝外面吩咐道，"陛下醒了，用软轿送陛下回宫休息。"

"不，我想去看看……开明君夫妇。"杜宇也勉强站了起来，右手握成拳掩住肋下，用衣袖遮去了手心中的秘密。

"你对我的话，总不会完全信任……"虽然知道这个想法有些偏激，蕙离却依然忍不住低低地叹息了一声。掺杂着委屈的无力感骤然袭了过来，她用力撑住金杖，想要平静地走出去，眼前却顿时一片黑暗。

"你怎么了？"杜宇见蕙离无声无息地倒了下去，心中不由一震，快步走上去将蕙离抱了起来。

"王后刚才救开明君夫人的时候就已经疲惫不堪了，却一定要赶着回来救护陛下……"一旁的侍女哽咽着回答。

"蕙离，你叫我如何对你才好……"杜宇心里长叹了一声，盯着蕙离因为灵力消耗过剧而毫无血色的面庞，眼眶渐渐一片湿润。

十三 网丝漠漠无形影

蜀羕之战，以羕王濮繁的暴毙结束。在蜀相鳖灵指挥下，蜀国不仅尽收羕国土地，还兴师远征，收服了众多周边小国。到蜀国全盛之日，国土以褒斜为前门，灵关为后户，峨嵋为城郭，渝江为池驿，汶山为牧场，南中为园苑，称为"天府之国"。

"看看我给你带了什么来。"杜宇把一架百子风铃挂在窗前檐下，轻轻吹了口气，风铃便发出叮叮的悦耳之声，"成日待在这里，真怕你闷坏了。"

"陛下每天都来看我，我怎么会闷呢？"蕙离细细地凝视着他，微笑着和声道，"这些日子，我的灵力正慢慢恢复过来。"

杜宇坐在蕙离的床边，不无担忧地望着她苍白的面色和脆薄如纸的身体："都怪我，当日明知你搬动金杖已近力竭，不该还让你耗费灵力去救碾冰……"看着蕙离一如既往温和宽慰的微笑，杜宇心头舒缓开来，"还没告诉你呢，在冥府的时候，我居然遇见了姐姐，若没有她，只怕我根本坚持不下来。"

"嗯。"蕙离微笑着应了一声，随口道，"每次看到碾冰，我就会想起杜芸姐姐呢。"

杜宇蓦地抬头看她，却并没有看出任何揶揄讥刺的意思，也就笑笑没有接下去。然而他自己心中却明白，一开始关注碾冰或许是因为她与杜芸的面貌相似，但后来想起她，却总是一幅看不清面貌的侧影，温暖地慈悲地握着垂死之人干枯如鸟爪的手。那温暖与慈悲仿佛阳光一般，让他在噩梦连连的黑夜中品尝到混杂着痛苦的欢喜和希望。

可是，她终究——是鳖灵的妻子。而他的妻子，蕙离，近在咫尺，却又远在天涯。

想到这里，杜宇忽然道："以前是我对不起你。等你好起来，我就离开蜀国，你才是蜀国的真正主人。"

"不……"蕙离忽然轻轻地压住了他的衣袖，"难道你不知道，我愿意把一切都交到你手上么？"

杜宇轻叹了一声，垂下眼去，避开了蕙离失望的询问的目光。蕙离的心意，他自然能够体会，却从来都有意无意地回避了去。"你知道吗，我恨所有岱舆山的神人——包括我自己。"

"因为开明君么？"蕙离苦笑了一下，"我也憎恶神人的冷漠，可是——"她犹豫了一刹那，终于鼓起勇气说出来，"开明君的心思，真的很难捉摸啊。特别是你现在灵力受损，对他更要小心……"

"别说了！"杜宇腾地站了起来，走到百子风铃下，看着那铜铸的鸟喙一下一下地啄着永不可破的铜罩，发出叮叮当当的杂乱声响。"当年正是一瞬间的怀疑和背弃让我愧疚到今日，如今我断不会再对他生疑了！"杜宇的声调，从高亢中慢慢缓和下来，"别人尽可以怀疑他斥责他，可我不希望你也和别人一样。"

"对他的亏欠，总也弥补得够了……"蕙离的叹息，含着怜爱的责备。

杜宇疲惫地吸了一口气，似乎有什么承受不住的秘密要脱口而出，却又生生堵了回去，"不，我欠他的，永远也弥补不了。"

还欠了他什么呢？蕙离没有问，望着他恍如玉石雕琢的侧影，一种淡淡的怅惘浮现开来——如果不是因为感觉亏欠了自己，这个人还会每天都来后宫探望吗？

"臣有要事求见陛下！"一个声音忽然在门外响起。

杜宇转头，正看见新近由中大夫擢升上卿的冶蒙，躬身立在檐下。"什么事？"杜宇有些惊异地问，若非异常大事，鳖灵已可自行决断，断不会差冶蒙到离宫来禀告。

"相国请陛下速到湔江大堤！"冶蒙并未言明，可杜宇已经从他惶急的神情觉察出事态的非同小可。杜宇向蕙离点点头，示意她放心，带着冶蒙出宫而去。

蕙离从床上探起身子，目送着他的背影消失在重门外，唇边牵起一丝欣慰的笑意。"我不希望你也和别人一样。"细细咀嚼着杜宇这句话，蕙离从怀中掏出那只半圆形的符印，晶莹的玉玦上光影流动，把曾经冷寂的心思一点一点温暖开去。

湔江发源于昆仑弱水渊，自郫邑城外绕玉山而汇入长江，向来是蜀人赖以为生的重要水系。自蜀王杜宇提倡农耕以来，湔江两岸修建了众多长堤和沟渠，灌溉了天府之国无数良田沃土。

杜宇登上湔江大堤的时候，相国鳖灵正屏退了从人，独自一人凝视着滔滔江水。江风吹拂着他的黑袍，溅起无数浪花拍打在他的身体上，然而他整个人却如同礁石一般寂然不动。

"阿灵，怎么了？"杜宇蓦地见到鳖灵脸上的忧色，吃了一惊。鳖灵眼中的金光仿佛完全熄灭了，只余下灰烬一般的黯淡和无望，那是杜宇从来没有见过的表情。

"三个时辰中，湔江的水上涨了一倍，到今天夜里江水就会漫出大堤。"鳖灵凝视着脚下的水面，努力镇静地说，"照这样下去，几天之后整个郫邑，甚至整个蜀国都会变成一片汪洋。"

"难道发生了什么古怪？"杜宇惊异地向湔江上游望去，只看得见一浪接一浪的江水，静悄悄却又不可阻挡地涌过来、涌过来。"我去上游查看，你在这里等我。"杜宇忧心忡忡地看着不置可否的鳖灵，掉头驾云朝西飞去。

从天上望下去，蜿蜒的湔江如同一尾蠕动的青蛇，泛着一波波银白的粼光。在那粼光起源的地方，杜宇降下云头，落在江边。

"果然来了。"一个熟悉的声音说，然而那短短几个字中，杜宇却听出了无数纷繁芜杂的情感。

白衣的老者坐在江边，辟水青兕温顺地伏在地上，轻轻舔着前爪。似乎不经意地，老者随身的葫芦歪倒在地，一股细细的水流不断地倾泻进湔江之中。

"鸣奇仙长！"杜宇忽然明白了其中的缘由，快步想走到老者身边，却猛地被无形的结界阻在三尺开外。"潍繁是我杀的，我任由您处置，但请放过蜀国的其他人吧。"

"我并不要谁偿命，潍繁的魂灵已经转生他处。"鸣奇仙长如同一个垂钓良久的人舒展了一下身体，淡淡道，"只是我的孙儿到死也没有得到的土地，我便帮他毁去。"

"仙长！"杜宇知道自己的法力根本无法与鸣奇抗衡，急道，"你这样做，天帝也不会答应啊！"

"蜀国早就是被天帝抛弃的地方了。"鸣奇目光犀利地笑道，"先是你，再是蕙离，都不肯顺从天帝的意旨，现在又怪得谁来？"

"要怎样仙长才肯放手呢？"杜宇索性问道。他的脸上没有什么表情，然而藏在袖中的指尖上，却渐渐聚集起一点银芒。

"我不会放手的。"鸣奇笑着拍了拍身边的葫芦，"如果你也不肯放手，就回去想办法抵抗湔江的洪水吧。"

杜宇没有答言，只是猛地抬起了手指，霎时一道银光如同闪电一般穿透了结界，击向那不断放水的法器。一瞬之间，整个葫芦如同被镀上了一层银粉，发出眩人眼目的光亮，刺得杜宇的双眼一阵灼痛。他连退数步，终于撑住一方岩石稳住身形，左手不由自主地捂住了肋下。

"蚍蜉撼树。"鸣奇仙长冷笑一声，跨坐着辟水青觅飞身而去。然而那倾倒的葫芦，却仍然留在结界中，汩汩地流动着对无能者的嘲笑。

太阳神羲和六龙的金车已经隐没进淡红的帏帐，司星的神人一颗颗地擦亮了天上的星辰，把它们缝缀在逐渐铺开的夜幕上。

杜宇躺在湔江畔，闭上眼，又睁开，眼前的一切还是有些模糊。他自嘲地笑了笑，想与岱舆山众神之长的鸣奇斗法，真是自不量力。

"陛下！"一个声音惊异地响起，"陛下你怎么了？"

是碾冰。杜宇支撑着坐起来，向呆立在面前的碾冰笑了笑。看到平日超凡脱俗的望帝躺倒在烂泥里，任何人都会感到惊奇吧。

"陛下的衣服都湿了，再不换恐怕要生病。"碾冰焦急地向四周张望，"冶蒙把郫邑城所有的居民都迁到朱提山去了，此时恐怕连宫中也没人了。"

"我是神人，怎么会生病呢？"杜宇忍不住笑起来。至于衣服，那是归途中灵力不济栽下云头，恰好掉在江水里弄湿的，这么狼狈的事还是不要说出去的好。"这里很危险，你怎么不随大家去朱提山？"

"我夫君还在这里，我是来找他的。"碾冰的神态复有些羞涩，"陛下看见他了吗？"

"阿灵还在这里？"杜宇不无担心地向四周看了看，黑沉沉的大堤上，空无一人。只有轻微的夜风拍打流水的声响，单调沉闷地传过来，让人心里一阵一阵地发紧。湔江的水逐渐漫至堤面，薄薄的水流已经开始浸透两岸的田野，时间再也耽搁不起了！"你快走，我去找阿灵。"杜宇向碾冰吩咐道。

"不！"碾冰脱口喊出这个字，继而发现这样对蜀王说话实在不敬，连忙恳求道，"陛下，我一定要找到我的夫君，我不放心他一个人！"

"他会照顾自己的。"杜宇仍旧试图说服碾冰脱离目前危险的境地。

"不，他并没有外人看起来的那么有力。"碾冰的语调渐渐伤感起来，"还在楚国的时候，别人都因为他异于常人的眸色而歧视他，欺侮他，他却根本没有反抗的力气。那个时候他曾对我说，他有一个好朋友会来救他的，可是等了那么些年，却依旧没有人来救他。后来他不再提起这件事，性子也越来越孤介，越来越不相信别人，可是我知道，他还是害怕孤身一个人的……"

杜宇后退了一步，试图抓住什么东西来掩饰自己身体的战抖——阿灵在楚国的那些年居然是这样过的！可那个时候，自己只是懦弱地躲藏在对往事的悔恨里，又何尝帮到他一点？直到他走投无路，投入江水之中来投靠自己……

"所以，无论是生是死，我都要找到夫君，和他在一起！"碾冰说到这里，一贯温柔的眼睛中也迸发出了星辰般璀璨的亮光。

杜宇看着她，那样坚决那样明亮的眼神，只为了她的丈夫而点燃吧。他深深地吸了一口气，压下胸中的疼痛，平静地道："那就跟我来。"

登上大堤，可以看见奔流的湔江水在前方的玉山处拐了一个弯，拥挤着往下游涌去。此时此刻，连碾冰也可以看出来，如果没有横亘在河道中的玉山的阻碍，江水就能加快向下游泻下，汇入长江，缓解郫邑大堤的汛情。

杜宇默默地站好，敛住心神，虽然明知道自己法力微薄，却不得不拼力一试。他伸手指定远处的玉山，念动了移山诀。

碾冰移开数步，生怕扰乱了他的心神。只见一缕星星点点的银芒从杜宇手中射出，如同一群络绎不绝的萤火虫，向夜幕中越发突兀巍峨的玉山飞去，瞬间织就一张纯银的细网，笼罩了整个山体，异彩缤纷，煞是美丽。

碾冰被眼前奇异的景象看呆了，她目不转睛地盯着玉山，似乎看得出整座山峰被那闪烁的银网托起，一点一点地向一旁挪移了位置，让出更加宽阔的河道。欣喜的笑意情不自禁地浮起，碾冰正想闭目感谢上苍，却猛地发现那银网的光亮倏忽黯淡下去。她用力掩住口堵住了惊呼，看着那光亮如同风中之烛，刹那的寂灭后又奋力摇曳而起，几起几落，终于——无可挽回地熄灭在黑暗之中。

身后传来一声低沉的呻吟，碾冰猛地转回头，正看见杜宇使劲捂住心口，口中鲜血喷洒而出。"陛下！"碾冰大是惊骇，冲上去扶住了杜宇摇摇欲坠的身体，"陛下，你怎么了？"

虽然咬牙承受着移山诀的反噬之力，杜宇终于还是不得不承认自己已回天乏术。体内的灵力已被他推动至枯竭，此刻只觉身体脆薄如蝉蜕，立时便要片片散去。闭目忍过撞击胸口的反噬之痛，缓过一口气，杜宇蓦地感觉到碾冰手掌的温度，虽然隔着衣服，却清晰地传过来，让他全身不由自主地轻轻战抖，张口轻呼："碾冰……"

"陛下，我在这里！"碾冰浑未注意杜宇眼中瞬间点亮的热望，只扶着他焦急地四顾，希望能找到一个干燥的地方让他坐下。然而涌动的湔江水依旧一波一波地漾上堤岸，江畔田野已泥泞如沼泽，哪里还找得到落座之地？

杜宇任由她扶住自己，暗中只盼能与她永远站在这齐膝的水中，再不分离。心旌摇荡之际，心头却猛地一紧，仿佛有什么比江水还要冰冷的东西射了过来，刺得他下意识地一把推开了碾冰的搀扶，逃也似的跌坐在水中，一口血呕在衣襟上。

杜宇知道，那是鳖灵洞察的眼神。

"夫君，你在哪里？你出来啊。"碾冰仿佛也感觉到了鳖灵的存在，急切地朝空无一人的夜幕尽头呼喊。

"这里危险，你快回朱提山去。"鳖灵的声音，忽然响起。

"不，我要留在这里陪你！"碾冰惊异地四处张望，却丝毫看不见鳖灵的身影。

"快回去吧。"鳖灵的声音中透出了些许疲惫，"如果明天早上看不见我，就不必找我了。"

仿佛被这句话冻住，碾冰直挺挺地站在大堤上，没有动，也没有出声。良久，方才轻轻道："你知道我会一直找你的。"说完，她转身向着朱提山奔跑而去，竟不回头。

杜宇垂着眼，碾冰飘扬的裙角在他眼角的余光中飞逝而过，他却已不敢再望上一眼。过了一会，他慢慢地从水中站起，面对波澜涌动的江面道："阿灵，你出来吧。"

哗哗的水声中，江面仿佛水银一般向四周泻落，一抹乌沉的背甲缓缓从水中浮出，金红的眼珠带着自嘲的笑意："我的真身，和你设想的一样丑陋吧。"

杜宇看着眼前岛屿般庞大的巨鳖，立时就想脱口而出"你不丑"，却终于老老实实地回答："我只在第一次见面的时候远远望见过你的真身，后来……我从来不愿设想你原本的样子。"

巨鳖冷笑了两声："在你们这些神人眼中，西海鳖族自然是丑陋的妖物了，却不知在我们西海，鳖族是神，而你们却是妖。"

"阿灵，我们不要再提这些吧。"杜宇恳求一般地道，"在蜀国这么多年，我们早就和凡人没有任何差别了！"

"谁说没有差别？"鳖灵继续冷笑着，"即使住在下界，你依然是神，依然是蜀国最高的主宰，这是永远无法更改的事实。"

"可我——一直是你的朋友啊。"杜宇说着，向巨鳖走上了几步。

鳖灵矜持地退后，搅带起一片响亮的水声，嘲讽的语气终于不再掩饰："你是我的朋友吗？哈哈，如果不是为了和潍繁斗法赌气，你当初会屈尊与我结交？如果不是把我看做低贱的妖奴，你会眼睁睁地看我为你揽罪受刑？如果不是因为害死了我的父母，你会这样急切地要我也承认你是'朋友'？"

"阿灵——"杜宇慢慢地开口，艰难地吐出多年来骨鲠在喉却又无法言说的愧疚，"我知道我对不起你，如果不是因为我的任性和失职，你的父母就不会被龙伯国的巨人杀害……"

"你知道什么？知道你眼中腥湿的卑贱的怪物就是我的父母吗？"鳌灵有些失控地打断了他的话，"可你知道被人硬生生地剥去背甲是怎样的感觉？四肢都泡在自己的血水里，头颈可笑地伸缩着，却是连一点声音都发不出来……"

"请不要再说了……"杜宇虚弱地闭上了眼，然而鳌灵口中血淋淋的一幕却如同每晚的噩梦一样真切地浮现在眼前。正是由于当年放任地在归墟中漂流而忘了给岱舆山的巨鳌喂食，在海水中苦苦支撑的鳌灵的父母才会冒险去吞食龙伯巨人的钓饵，让杜宇从此以后再也无法坦荡地与鳌灵金色的眼睛对视。良久，杜宇才吃力地道："其实这些年来，我一直在等着你从我这儿取走你想要的一切，因为我根本无颜来乞求你的原谅……"

"我想要的一切？"鳌灵金红的眼睛，正正望到杜宇身后的黑暗中去，"我想要的，不过是初到岱舆山时那一眼平等温和的目光，不过是濒死的时候被人紧紧握住的温暖，不过是父母能够得到尊重和善待的慰藉，可是这些，都因为你而被黑暗吞噬了！"

原来——阿灵心中所在意的，是自己的姐姐杜芸啊！猛然醒悟到这一点，杜宇却立时冒出一个让自己羞愧自责的念头来：那么——在阿灵心目中，碾冰是否仅仅是一个影子？

"水势还在上涨，陛下请回去吧。"鳌灵似乎冷静了下来，口气又恢复成平日的恭谨刻板。

"你有办法遏制这洪水么？"杜宇诚恳地道，"或许我可以帮助你。"

"我现出真身，就是要决开玉山和下游阻挡了河道的山峰，那样即使水势再大，也能顺流引入长江大海。"岛屿一般庞大的巨鳌转过了身，缓缓沉入磷光破碎的水中，"这种笨重低贱的工作，陛下还是不要参与的好。"

杜宇苦笑了一下，明知道自己已经神衰力竭，他居然还说出这样揶揄的话来。看来，彼此之间的裂痕，尽管自己刻意去掩盖、去弥补，但终究蛰伏在那里，默默地等待着吞噬掉一切努力的时刻。

"陛下，你……是个好人。"巨鳌的最后一句话回荡在杜宇耳边。

"好人"，仅此而已。杜宇后退了一步，几乎站立不住再度跌倒在水中。是什么时候，他也曾这样评价过自己？可是那时怎会像现在这般，体会出这"好人"二字的深层寓意？原来自始至终，自己在他的眼中不过是个好人而已，空有荏弱的善良，却从来对一切阻碍束手无策，甚至没有抗争的勇气。无论在西海、在岱舆山，还是在蜀国，自己从来都只是一个无能的看客，永远不可能真正帮助到他什么。当自己带着天生的优越感同情他补偿他的时候，真正受到鄙视的却是自己。

低沉的轰鸣从远处传来，在江面震荡起巨大的波纹。坚固的玉山仿佛变成了水中的沙堆，半边山体迅速地坍塌下陷，破碎的岩石被一双黝黑的巨爪从江底推出，在原野上慢慢堆积成一座新的山峰。而湔江上游的浪涛，则更加顺畅地从新劈宽的河道中奔涌而下。

杜宇抬起了头，杳远空茫的天宇中，仿佛有一双眼睛正静静地看着下界的一切。那深不可测的目光如同太阳的光辉，无所不在，无法逃脱，然而远处默默埋首于碎石泥沙之中的背影，却如同阳光下的影子，镇定而固执地不肯隐去。当鳌灵把强加的命运变成了他自己的义务，轻蔑地承担起一切职责，他就已经在嘲笑着神人的无能和软弱。

杜宇低头看了看自己，星光下，灵力衰竭的身体仿佛透明一般，连一点影子都无法留下。

一夜之间，湔江下游阻碍了河道的十七座山峰被尽数向外挪移开去，一度拥塞在郫邑城外的洪水带着滚滚波涛，安然地汇入了长江。次日清晨，在高山上躲避了一夜的蜀民陆续返回他们泥泞的家园，许多人惊愕地发现了同样的异事——被决开的山壁上，残留着硕大无朋的带血的爪印。

因此，当昏倒在湔江边的蜀相鳖灵被人发现时，蜀国臣民开始相信，正是因为相国虔诚的祈祷，上天才终于派下神兽，解救蜀国于灭顶之灾。

十四 提携玉龙为君死

"不用惊动开明君。"杜宇跨进相国府的大门，止住了婢仆们的跪拜，"我看看他就走。"

独自走进相府内宅，杜宇熟稔地跨进了鳖灵静卧养病的房间。每次探视他都是静悄悄地站上一会，然后不留痕迹地抽身而出，甚至吩咐相府的仆从不要对鳖灵提及。

这次也是一样。

鳖灵依旧在沉睡，平静的表情似乎与清醒时并无二致，可杜宇却看得出，他的眉头，正难以觉察地微拧着。凭借神人的直觉，杜宇知道鳖灵遇上了某种为难的事情，连睡梦中也无法释然，然而他却无法亲口询问。

默默地站了一会，杜宇转身向门外走去。

"参见陛下。"碾冰不知何时出现在门口，笑盈盈地看着他，"陛下屡屡过来探望我夫君，臣妾不胜感激。"

"不必多礼。"杜宇面无表情地回答。自从在湔江大堤上被鳖灵察觉了自己的失态，他已更加刻意地回避着碾冰。

"臣妾有要事回禀，陛下请随我来。"碾冰欲在前面引路，却见杜宇迟疑着不肯跟上，展颜一笑，伸手扯住了他的衣袖，"怕什么?"

杜宇心中有些踌躇，脚步却自然而然地跟随而去，怔怔地任碾冰把他引入一间房中，看她掩上了房门。

"这里还痛么?"碾冰关切地问着，手掌却轻轻地盖上了杜宇的右肋。

杜宇慌张地退了一步，却感觉到一阵暖意从碾冰的手中传来，让他渐渐丧失了力气，竟然无法把她推开。"碾冰……"他惊异地看着她，想要询问，却陷入了她似笑非笑的神情中，眼睛不由自主朝着她温柔似水的眼眸望进去，望进去，脑中一片恍惚，竟无法自拔。

"我的命是你救的，我的人你也尽可以拿去……"碾冰的手，勾住了杜宇的脖颈，在他耳边羞涩地呢喃。

熏人欲醉的气息如同甜蜜的罗网覆盖了杜宇，让他死命支撑的神智一点一点崩溃殆尽。此时此刻，他再也看不到，再也听不到，只有怀中温暖的柔软的身体，让他心甘情愿地沉迷在令人晕眩的情欲中，摒弃所有的一切，只留下他和她。

"碾冰……"他反手抱住她，重复着这个让他在罪恶的快乐中沉沦的名字，"碾冰，我要你和我在一起……"

"陛下，我是有夫君的呢。"碾冰故意叹了一口气，手指拂过杜宇的脖颈，轻轻扯开了他的衣领。

"阿灵爱的只是你的容貌，我爱的却是所有的你……"手指开始不由自主地在碾冰身体游移，杜宇口中吐出了让他一直羞愧自责却盘桓不去的念头。清明的理智如同火山峰巅的积雪，顷刻被压抑了若干岁月的熔岩焚烧无影，让他再也无法思考。

"陛下，放开我！"碾冰轻柔的纠缠忽然变成了坚决的抗拒，猛地推开错愕的杜宇，退后几步慌乱地整理着凌乱的衣衫，羞愤的泪水盈满了眼眶，"陛下，你怎么能……"

碾冰惊骇愤怒的目光如同一道闪电，被抛离阻隔的神智霎时回到了杜宇的脑中。他缓缓地侧过头，正看见敞开的房门后，静静地站着面色苍白的鳖灵，暗黑的影子曲折着铺进房中，淹没了杜宇所有的表情。

"陛下，臣告退。"鳖灵嘶哑地吐出这几个字，转身向外走去。他蹒跚的脚步让杜宇很想扶他一把，却终只能眼睁睁地看着他跌跌撞撞地扑倒在门廊上，又紧张得有些滑稽地迅速爬起，消失在层层叠叠的楼宇中。

最后的决裂，原来来得这么容易。

"哈哈……"死一般的沉默中，杜宇忽然爆发出癫狂的大笑，抢出门去。

碾冰抬起头，看见一片云彩悠悠降下，托住杜宇急速地飞离了相府。然而那撕心裂肺的笑声，却仍然隐约地从空中传来，直到大颗的雨点纷纷跌落，让凡人误认为那笑声不过是云层后滚动的闷雷。

"潍繁，谁也救不了蜀国了。"碾冰轻轻地笑着，向隐身在身边的辟水青兕吩咐道，"你现在应该去帮鳖灵一把了。"

扫一眼锦帐中犹自昏睡的女子，碾冰满意地转身离去，慢慢幻化成鸣奇仙长清癯傲岸的背影。

"宇自知能不足治国，德无以服众，今依尧制，禅蜀王之位于丞相鳖灵。"望着自己亲手写下的最后一道诏书，杜宇狂乱的心绪稍稍平复下来。他取出符印在诏书上盖下，那晶莹的红光便染活了每一个微微扭曲的字体，如同一道道目光凸现出来，审视地嘲讽地盯着他，让他不敢对视。

走吧，走吧，事到如今，还有什么颜面再占据着蜀王的位置，面对鳖灵失望到空洞的神情？将诏书和符印留在大殿的桌案上，杜宇站起身，慢慢地向外走出。

"望帝陛下，您要到哪里去？"

杜宇抬头，看到远处身披重甲的冶蒙，站在一众士兵之前，冷笑着望过来。那有恃无恐的神态唤起了杜宇几分昔日的尊严："冶蒙，你意欲何为？"

"奉相国之命，废蜀王杜宇。"冶蒙一挥手，身后的士兵分散开去，占据了王宫的每个角落。

终于还是把你逼到这一步了啊。杜宇苦笑了一声，尽管知道这一切都是自己的错，却仍旧无法遏制心底越来越浓重的苦涩。"难道你们不知道，再多的凡人也奈何不了我吗？"

"军队要对付的，不过是那些对你愚忠之人。"冶蒙直视着杜宇，"这些年来相国为蜀国日夜操劳，求天雨，赈民生，拓疆土，驱洪水，哪一个蜀国百姓不为他焚香祈福？而你的才具德行，虽然相国隐忍不言，你自问配做这个蜀王吗？"

杜宇的面色愈加苍白，无才无德，就是鳖灵给自己所下的定语么？可是，鳖灵并没有错，从一开始，错的就是自己，无能而卑劣的自己。

"你来，还想要什么呢？"所有的意气都在一瞬间消释了，杜宇疲倦地问。

"代表蜀国王权的金杖，请陛下让王后交出来吧。"冶蒙有恃无恐地道。

"王后？"冶蒙的话忽然提醒了杜宇，这个蜀国，本已完全属于了蕙离，那自己又有什么权利决定王权的归属？想到这里，杜宇淡淡地笑了笑，"王后的选择，不是我可以决定的。"

"这么说，陛下是不愿意退位了？"冶蒙此刻万料不到禅让的诏书正躺在殿中书案上，只一味按照预定的计划实施下去，"不过王后心系陛下安危，一定愿意用它交换陛下的。"

杜宇微微冷笑，心中默默念动了蹑云诀，霎时一片云霞从天飘降，即刻便可驭他飞离这是非之地。然而，还没等飘到他身旁，那片云霞竟渐渐化为一道白线，被人生生吸去。顺着白线的轨迹望上去，杜宇看见了辟水青儿隐在云雾后的唇齿。

"交出金杖，你们就可以走了。"冶蒙的话语仍旧传来，杜宇却无法回答了。一股股浓重的青雾从辟水青儿的口中喷出，聚集成一支支凡人无法看见的利箭，将杜宇淹没在这箭阵的最底层。尽管奋力摧动起自身残存的灵力与之抗衡，那青色的利箭仍旧不断穿透了杜宇的身体。

僵持了一会，杜宇的表情已越发僵硬。每被一支青箭射中，他身体的感觉就麻痹一分。七窍仿佛被那密集的青光完全阻塞了，所有对外界的感觉也越来越浑浊，只有依旧清明的意识，在无法阻挡的恐慌中苦苦支撑。

"陛下，考虑好了吗？"冶蒙莫名其妙地看着面前发呆的杜宇，催促着。

"金杖给你们。"随着由远而近的语声，蕙离出现在杜宇身边。她握着一人高的金杖，白色的袍服随风飘扬，仿佛一面挂在金杖上的白幡，口气似乎一如既往的温和，却让冶蒙不由敬畏地退开了一步。

"放开他。"蕙离抬起头，向半空的辟水青兕道。然而那神兽却恍如未闻，一偏头，口中青雾朝蕙离喷来。

"凭你也想困住我们？"蕙离轻蔑地笑了笑，目光转向了直立在箭阵中的杜宇，手中的金杖忽然焕发出无与伦比的光辉。那光辉如同一个从天而降的剑圈，顷刻斩断了袭向杜宇四周的利箭，笼罩着他一点一点地消失在众人面前。

"不——"

随着破碎缥缈的余音，杜宇的身影在虚空里消失无形，仿佛从来不曾在蕙离幽明的眼眸中真实地存在过。当周围的一切在原本模糊的视线中纷纷远去，杜宇只看见蕙离舞动着金杖，逆着青练一般的箭雨向辟水青兕飞去。

没有光线，也没有声音，甚至感觉不到身体的存在。只有眼前残留的影像，带着那一点金光，劈开来自斜上方的威压。

杜宇的心沉了下去，他知道为了将他罩入这安全的结界，蕙离需要耗费多大的灵力。他试着想要挣脱出去，却如同魇住了一般无法动弹。

"我原本以为，既然神人有永恒的生命，我就可以一直等待下去。"蕙离的声音，忽然穿越了结界，清晰地响在杜宇的脑海中，让他想起她最后的神情——含着泪，却又带着笑。"是我求天帝把我们安排在一起的，只是怕你着恼，一直不敢告诉你啊。"仿佛在苦苦支撑着什么，蕙离温和的声音有轻微的振荡，"我没有别的可以给你，只有守候的耐心而已。不过现在，我死后要拘禁在冥府，就不能再等你了，宁可永远也等不到你……"

"不，你是为了我才触犯天条，我一定会下来陪你!"杜宇无法再听下去，然而他口中的呼喊却根本不能传递到结界之外。

猛地咬破了手指，杜宇用血在身边画起了符咒。他不顾一切地画着，连绵不断的血红的符咒挂满了蕙离用意志凝成的结界，那是用一种坚持对抗着另一种坚持。炽热的情绪燃烧着他，让他不能分辨自己坚持的原因，是感激，是愧欠，还是想要挽留住最后一点温情的愿望?

所有的符咒在一瞬间焕发了生命，结界如同阳光下的泡沫，刹那破裂开去，让杜宇不由自主地从空中坠落。坚实的大地呼啸着迎面扑来，然而杜宇却没有改变姿势，以最直接迅速的方式向那个白衣的身影坠去。越来越近了，他甚至可以看见，驱赶了辟水青咒后，蕙离仰望的脸上那温柔的表情——含着泪，却带着永恒的坚忍的微笑。

突然，黑暗的大地坼裂出巨大的缝隙，钻出长蛇般扭动的黑烟，攀住了蕙离的全身，要将她拖入无尽的冥府之中。杜宇猛地张开双臂，挽住了蕙离的腰肢，使出全力向前方即将坠落的太阳奔去——只要有光，就可以抗拒冥府的黑暗。

他像那个名叫夸父的愚蠢的凡人一样飞驰着，试图追赶上那明亮的光源，只知道自己再也不能失去。可是羲和的龙车却无法挽留地消失在地平线后，惨淡的晚霞中，死亡的力量锲而不舍地缠绕过来，渐渐带走了蕙离脸上的生气。

"你等我。"拥着自己的妻子，杜宇忽然坚决地说。

"不要来冥府，不管是因为愧疚还是因为爱……"蕙离的声音中带着梦幻一般的甜蜜，"我心里喜欢的，是以前岱舆山上阳光一样乐观自信的阿宇……"透明的灵魂在无数无形的手臂中挣扎着，终于脱离了身体，被拖入了黑暗的死寂的冥府，然而纯净喜悦的歌声，却穿越噬心的悲伤，从地底不断传来:

浩荡的江水啊，
礁石皎洁如月。
白衣上绣着朱纹，
跟你来到这里。
既然能够见到你，
还有什么可忧虑？
……

脚下大地的裂缝渐渐愈合，沉闷地关闭了一切声音一切影像。杜宇恍然记起了什么，抱着蕙离的尸体跪倒在地，一滴泪水缓缓从眼角滑下。

原来，那日在冥府中拼尽全力为他点亮火花，指引他走出黑暗的，不是姐姐杜芸，而是蕙离——他从来刻意去逃避的妻子。只因为，她见证了他所有不堪回首、不敢触碰的记忆。

窸窸窣窣的感觉如同萌动的春草摩擦着他的手掌，杜宇低了头，正看见无数的根须和枝条从蕙离的身体上勃发而出，扎入大地，伸向苍穹，舒展开一倾碧绿的叶片和洁白的花蕾，让人可以预见在明日的阳光下，将展现出怎样无与伦比的美丽。

蕙离的身体，在杜宇手中逐渐变成了一株岱舆山的碧轩树。

杜宇抱紧了树干，把脸埋进那宽和的枝叶中，慢慢伏倒下去。尽管曾经祈求不惜任何代价来赎回内心的安宁，可真的失去一切时，他才发现有的代价并不是自己承受得起的。

十五　恨血千年土中碧

又是来到了西山。

当玉山倾塌的半边山体在湔江畔形成这座新的山峰时，鳖灵就随口把它命名为西山。蜀民为感鳖灵治水之功，乃在西山上修建了为鳖灵祈福的生祠。

出身于西海王族而又饱尝奴役之苦的阿灵，应该比自己懂得如何做个好国君吧。默默地从祠堂门口经过，杜宇坐在了通往湔江的山道边，周围景物映在眼中，竟似失了生气一般萧瑟。远处的湔江水滚滚向下游流去，如同很多宝贵的东西，失去之后就永不再来。

微微挺直了脊背，杜宇忽然开口："是不是一定要我死，他们才会还给你自由？"

他的身后，鳖灵金色的眼睛黯淡下去，勉强笑了笑："不，我只是来送你离开蜀国。"

"不用了，我自己走就好。"杜宇苦笑着站起，朝前方走去。

鳖灵跟上来，静静地说："山下的渡口处，我为你造了一个贯星槎。"

"多谢开明君，不，开明帝。"杜宇神色如常，心中却不知是什么滋味。阿灵总是什么都考虑得周到，生怕他灵力不济捏不起蹑云诀，便专门造了那贯星槎助他离开。只是离开之后，他能到哪里去？

两个人一前一后地走着，却都已默默无言。这个情景，让杜宇想起了当日在岱舆山送鳖灵离去时，那一段几乎被内疚窒息的路程。如今，一切都已挑明一切都已解决，为什么自己还会感到心碎得几乎失去力气？

停泊在渡口的贯星槎出现在了杜宇眼中，越来越清晰，多年前一起乘舟泛海的记忆也如同布景一般浮现在脑海中，明亮的单纯的快乐衬得现在的心绪更加黯淡。

"没料到在蜀国也可以找到碧轩树。"鳖灵似乎费了很大的劲才打破了面前的僵局，"你现在可以乘这木筏漂流到银河的最深处去了，还记得吗，那是我们共同的理想。"

怎么会不记得？杜宇轻轻地笑了笑。飘摇的波浪中互相扶持的感动和温暖，让人直可以跪下来感谢上苍的恩赐。"只要还有人和自己一起坚持，便什么都可以承担。"可是，心中珍惜的人却一个又一个地远去，到头来，还是只剩下他自己独自面对永恒的孤寂。

"阿灵，你还有为难的事对吗？"杜宇看穿了黑衣男子眉目间隐隐的烦忧，尽量释然地笑着，"如果我还剩下什么可以帮你的，就尽管拿去吧。"

"没有！"仿佛自卫一般，鳖灵断然否定了杜宇的话，"你没有什么可以帮我，我不需要借助神界的力量！蜀国从此也再不会有任何神人！"

这才是鳖灵真正的想法吧，这种隐忍已久的愤懑，一直作为优越的神人高高在上的自己是无法领会的。杜宇伸手抚摸着贯星槎削磨得光滑的木桨，低声道："可是，神界的力量就像阳光一样无所不在，你又怎么能躲得过呢？"

"如果神是光，我便是影。光越强，影便越暗。我已经下令把金杖和其他神器都埋到三星堆的地底去了！"鳖灵发誓一般地说，"没有人能逼迫我，让那些神山都像岱舆山一样，通通沉没到北极的海沟里去吧。"

杜宇有些吃惊地望着他，此刻才意识到，一旦驮负归墟神山的巨鳖服役期满，就会轮到鳖灵去继续那六万年才得解脱的苦役了！尽管他拼尽全力想摆脱这屈辱的宿命，但以他的能力怎么可能与整个神界对抗？

"那个日子还早着呢，你快走吧。"鳖灵用尽量平静的声音说，转过身，藏在衣袖中的手已紧紧地握成了拳。

杜宇不再坚持，跳上贯星槎，一撑碧轩树枝做成的木桨，顺着湔江向下游漂去。远远地回头，鳖灵的背影依然凝固了般一动不动。

"陛下，请等一等！"岸边，一个身影顺着湔江大堤跑动着，大声呼喊。

不用看，杜宇也知道那是碾冰。他侧过头，手指紧紧地握住了贯星槎的木桨，没有回答。贯星槎继续沿着江水漂去，离奋力奔跑的碾冰越来越远。

"陛下，请救救蜀国吧！"碾冰焦急地呼喊着，竟不顾一切地跃入江水，奋力朝贯星槎游来。

杜宇暗暗摇头，虽然此前碾冰反常的举动引他失足成恨，却终不忍心看她独自在水中苦苦支撑。他把手中木桨递到碾冰身前，将湿淋淋的女子拉上了贯星槎。

"我不知道夫君和陛下之间发生了什么，但现在蜀国危在旦夕，请陛下留下来想想办法吧……"尽管冷得浑身发抖，碾冰仍是固执地恳求着。

她竟然什么都不知道？凝视着面前女子清澈无瑕的眼睛，刻意封闭的记忆中种种耐人寻味的蹊跷慢慢凸现出来。"究竟出了什么事？"联想起此前鳖灵眉间的郁色，杜宇追问。

"请陛下随我上岸。"碾冰焦急的神情有了一点缓和，却仍然不等贯星槎完全靠岸，就抢先踏上了狭长的原野，"陛下你看……"

湔江两岸土壤肥沃，自蜀国朝廷大力提倡农耕以来，蜀民已陆续开垦出万顷良田，引水灌溉的沟渠更是交错纵横，滋养出"天府之国"的富庶。然而此刻杜宇面前的土地，却仿佛被什么东西掠去了生机，所有的植物都变成了垂死的焦黄，软弱地倒伏着，让人如同置身于死气沉沉的坟地之中。

"一夜之间，蜀国所有的土地都变成了这样……"碾冰跪倒在大地上，抓起一把风化成沙的泥土，哽咽着说不下去。

"因为灌溉的水中施了法术。"杜宇转身望进碧绿的湔江，粼粼的波光不断晃动，最终组成了鸣奇仙长微微冷笑的脸。

"潍繁得不到的土地，我便帮他毁去。"

杜宇笑了，就像以前杜芸面对众神的非难时所做的一样，笑得温和，却透出淡然的轻蔑。他伸出手指，让先前咬破的伤口中滴下一粒血珠，渗进了脚下毫无生气的土地。

仿佛一颗石子投进水平如镜的深潭，血珠迅速地沿着泥土的缝隙渗透，淡淡的红光涟漪一般向四周扩散开去，形成一个方圆一丈左右的圆圈。

碾冰惊喜地欢呼了一声，看着圆圈内的庄稼渐渐被灵气染绿，重新抖擞着枝叶挺拔而起，在四周沙漠般死寂的荒芜中，更显出这绿色的鲜活灵动。

杜宇欣慰地笑了笑，更多的血珠从他的指尖滴落到土地里去，仿佛春风一般赋予了周围土地跳跃的生命。神人的血，本就可以增强咒诀的威力。

"别忘了，湔江的水滔滔不绝。"鸣奇仙长冷淡的脸在水中复又消散成流动的水纹，"我倒要看看你能坚持到什么时候。"

碾冰担忧地看了一眼杜宇，却从他脸上看出一种镇定的坚决的神情来。第一次，碾冰真正地意识到，面前这个一向随和得有些软弱的男子，是值得她尊敬和信任的神。她紧赶几步，跟着杜宇向前面更加辽阔的土地走去。

"我不接受你的施舍。"鳖灵迎面走了过来，"凡界的命运不需神人来承担。"

"这只是你的意愿。"杜宇笑了笑，"不是蜀国的。"

"我就是蜀国。"鳖灵冷冷地道，"还要我再重复一次么？蜀国不欢迎任何神人，也不需要任何神迹！"

"夫君！"碾冰不解地奔上去，"可是你有什么办法呢？"

"禁止从湔江引水灌溉，从别的河道修渠引水。"鳖灵握住了碾冰的手，诚恳地道，"相信我，最多撑过这一年，明年一定会好的！"

杜宇苦笑了一下，干瘦枯黑如鸟爪一般的手，倒毙在爬往赈济司道路上的饿殍，那数年前蔓延的饥荒所带来的一切痛苦，难道还要再来一次？如果一个人的尊严需要千万人的幸福乃至生命来殉葬，那究竟应该被称为尊严还是暴戾？一念及此，他不再理会鳖灵，走开几步，掌沿在手腕上一抹，一道鲜血如同彩虹一般洒落在大地上。

"你走，不要以为神人的一点点恩惠，下界就要奉献驯服和膜拜！"鳖灵冲上来，想迫使杜宇回到贯星槎上去。

"别再固执了，你一个人无法与神界对抗。"杜宇闪身避开了鳖灵，手臂一扬，腕间的血如雨点一般洒向大地，"我来帮你。"

"我来帮你。"初到岱舆山的时候，当头砸下的玭瑁箱将他的脊骨几乎压断，是谁伸出了手，笑着说出这句让他几乎落泪的话？可是，那张扬的容光中，究竟隐含了多少居高临下的悲悯，让他无数次在真切的欢笑后耿耿于怀？终于，瞬间的感动被久积的怨恨埋没，鳖灵再顾不得在碾冰面前隐藏自己的身份，手臂暴长，巨掌朝杜宇挥去："我的命运不用任何人插手！"

杜宇猝不及防，跌出老远，手肘撑了一下，竟没能站起来。

"阿宇——"鳖灵蓦地收掌，一时间悔愧无极，朝他冲上两步，又顿住了。

"终于肯这样叫我了。"杜宇站起身，笑着走上来握住了鳖灵的手腕，"我知道你并不是真的恨我，姐姐早就说过，阿灵是一个善良的人啊。"

"胡说！"鳖灵眼见杜宇安然无恙，分明是示弱来欺骗自己，立时便要抽身而去。不料杜宇的手中仿佛具有巨大的吸力，他一挣之下竟没能挣脱。感觉到自己已经无法动弹，鳖灵惊怒交加："你在干什么？"

杜宇没有回答，然而站在一旁的碾冰却可以清楚地看到，杜宇握住鳖灵的手已渐渐变成了黑色。那黑气仿佛活物一般顺着他的手臂上升，渐渐弥漫了他苍白的脸孔。不一会，杜宇整个人已仿佛变成风化已久的青铜塑像，透出黝黑到透明的光泽。

"你不可以！"鳖灵猛然醒悟他在做什么，却仍旧无法挣脱他铁钳一般的双手，"我长生不死，还有几万年的时间来想办法逃脱那宿命的苦役啊！"

"那样的抗争，代价太大了……"过了良久，笼罩在杜宇身上的黑气终于慢慢淡去，他睁开眼，微微喘息着笑道："对不起，我破除了你的灵力，你以后就是一个凡人了……"

"混蛋，为什么要用禁术？"鳖灵难以置信地盯着他，悲哀地看着他眼中的生气正渐渐涣散，"你难道不知道，你马上就会死么？"

"一旦长久地盘踞在权力的巅峰，就是睿智如天帝也会违背自己的初衷啊。"杜宇放开了鳖灵的手腕，慢慢躺倒在恢复了生机的大地上，吃力地笑道，"权力就是迫使别人违背自身的意志，我怕你，最后也会变成一意孤行的暴君……"

"陛下不会死的！"一旁的碾冰终于忍不住冲过来，跪坐在杜宇身边，却求救一般拉扯着呆立的鳖灵，"陛下是神人，他不会死的，是不是？"然而她的声音忽然惊恐地顿住，怔怔地看着杜宇的身体一寸一寸地融化消失，泪水无声地滴落下来。

神人的血肉一点一滴地渗进了被湔江水浸润的土地，复苏的绿色如同波浪一样席卷了整个蜀国大地。碾冰闻见了江离草和野山药的清香，她不忍地偏头靠在了鳖灵肩上，感觉得到夫君的身体也在微微地战抖。

即使闭上眼，杜宇也能看到头顶的苍穹上，巨大的天门正轰然而开，一道金光灿然的阶梯如瀑布一般垂挂下来。只要他的灵魂顺着这阶梯去到万物之始的虞渊，他就可以忘却所有的烦恼，沐浴重生。然而，那个神界，他是不会再回去了。

抬起手，杜宇握住了鳖灵的手掌，把它交到了碾冰的手中。他相信这个女子善良宽厚的心地，一定能最终消磨掉鳖灵心中残留的怨恨和偏执。

"可是湔江的水滔滔不绝啊！"蓦地想起鸣奇仙长冷硬的宣示，碾冰的焦虑脱口而出。

"我以永生的沉沦来抗衡一切法术。"奋力吐出禁忌的咒诀，杜宇的声音渐渐如盛夏的水渍一样消释无形。

"阿宇——"久远的亲近的称呼，终于再次从鳖灵的口中吐出，他伸手想要挽留住杜宇的存在，然而手掌所触之处已是空空一片。

"蕙离，我终无法用全部的灵魂来陪伴你。"

这是鳌灵和碾冰最后听到的杜宇的话语。身为凡人的他们无法看到，当整个身体完全消融后，那缕阳光一般的灵魂如何避开了宽广的天梯，挣扎着分裂成两段，一段坠入了冥府，一段渐渐凝聚成一只黑色的精卫。

尾 声

"父王，你看杜鹃花上停了一只杜鹃鸟呢。"小小的孩子拉扯着父亲的衣襟，"它在说什么啊？"

"它在说'布谷'。"鳌灵回过头，笑着看了看身边的妻子。神界的碧轩树和精卫鸟，如今在蜀国都叫做杜鹃。花鸟同名，那天上地下依偎在一起的灵魂，也应该感到安慰吧。

"可是，它的嘴为什么在流血呢？"孩子奇怪地睁大了眼睛，"它有什么伤心的事吗？"

"没有。"鳌灵笑着抚了抚孩子的头，"它的心里，是幸福的。"是啊，杜鹃啼血，入土无痕，只要神界的阴影还笼罩在人们心头，杜鹃鸟就永远盘旋在蜀国的天空。然而它曾经以为失去的，却依然存在，它想要全力守护的，也依然永恒。不管天上地下，不管是长久守望还是执手偕老，只要还有人在一同坚持，就是一种幸福。

碾冰轻轻地握住了鳌灵的手，望进他漆黑的眼眸，嫣然一笑。

> 任凭世界转变
> 迅如云影变幻，
> 一切完成之物
> 归根回到太古。

怀抱古琴的神灵，
唯你先前的歌声
超脱转变与进程，
更久远，更自由。

苦难没有认清，
爱也没有学成，
远在死乡的事物

没有揭开面纱。
唯有大地上的歌声，
在欢庆，在颂扬。

——里尔克

附　录

《蜀王本纪》：

有一男子，名曰杜宇，从天堕至朱提。有一女子名利，从江源地井中出，为杜宇妻。宇自立为蜀王，号曰望帝，治汶山下邑曰郫……荆有一死人名鳖灵，其尸亡去，荆人求之不得。鳖灵尸随江水上至郫，复生，与望帝相见，望帝以为相。时玉山出水，若尧之洪水。望帝不能治水，使鳖灵决玉山，民得陆处。鳖灵治水去后，望帝与其妻通，暂愧。帝自以德薄，不如鳖灵，委国授鳖灵而去，如尧之禅舜。鳖灵即位，号曰开明帝。……宇死，俗说云宇化为子规。

《列子》：

渤海之东，不知几亿万里，有大壑焉。实惟无底之谷，其下无底，名曰归墟。八纮九野之水，天汉之流，莫不注之，而无增无减焉。

其中有五山焉：一曰岱舆，二曰员峤，三曰方壶，四曰瀛洲，五曰蓬莱。……所居之人皆仙圣之种，一日一夕飞相往来者，不可数焉。而五山之根无所连著，常随波上下往还，不得暂峙焉。

仙圣毒之，诉之于帝。帝恐流于西极，失群仙圣之居，乃命禺疆使巨鳌十五，举首而戴之，迭为三番，六万岁一交焉。五山始峙而不动。

而龙伯之国有大人，举足不盈数步而暨五山之所，一钓而连六鳌。合负而趣，归其国，灼其骨以数焉。

于是岱舆、员峤二山流于北极，沉于大海，仙圣之播迁者巨亿计。

《十洲记》：

又有火林山，山中有火光兽，大如鼠，毛长三四寸，或青或白。山可三百里许。晦夜尝见此山林，乃是此兽光照，状如火光。取其兽毛，以缉为布，时人号为火浣布也。……若有垢污，以灰汁浣之，终无洁净；唯火烧此衣服，两盘饭间，振摆其垢自落，洁白如雪。

惠 胜

◎九哥儿

一

惠胜和师父惠遵到达三危山顶的时候，太阳落下去了。天上布满鱼鳞云，一片一片，映得通红。

他们的身后，是一片广袤的沙漠，最后一阵微风有气无力地吹动了一下，抚平了他们的脚印。空气中充满暮春的宁静，风住了，就能听到水声。惠胜往下一看，原来山脚下流淌着一条宽阔的大河，河边长满芦苇，夹杂着硕大的野生牡丹，有人把河水引到旁边的空地，种出了一池菱荷。

"师父，这便是莫高么？"他们在宕泉河畔濯足洗面的时候，惠胜问师父，可是师父从鼻子里哼了一声，惠胜便不敢言语了。他低头看看河水，水里有一个枯瘦的老和尚，那么老，似乎白衣上的褶皱也昭示着他的年轮。还有一个他，圆圆的脸，紧紧的眉，水波流动，他的脸上也长出了许多皱纹。

师父带他走入二层的一个洞窟，那窟正中是宽大的立柱，东西壁上各有一间小室，正好供他和师父冥想坐禅。白泥已设好，佛龛也已开完，就等着惠胜往上画画了。

惠遵嚅动了一下干瘪的嘴唇，便无声地坐入小室中，开始打起坐来。惠胜呆呆站了一会儿，洞窟里充满草泥味，他的心空空的，便想尿尿，于是他走了出去，暮色是紫的，波光粼粼，像一层银箔。

他尿尿的时候，侧头一看，洞窟旁攀着一枝忍冬，一朵银花已开。夜的白光四下流淌。一只幽蓝的蜻蜓飞在白色野牡丹之上，仔细一看，却不是牡丹，而是塔林下埋葬的死去僧人与工匠的头骨。

天地是这样的宁静，这样的美丽，叫惠胜秀气的双手都战抖了。他回到窟内，点起油灯，便猴子一样攀到窟顶，开始作起画来。

平棊上他用红色颜料先描出第一个藻井，水池莲实，双叶忍冬，人字披上画五瓣莲花，他一朵接着一朵地描着，也不知自己画了多久。他只知道待穹顶快要画完的时候，他感到如此地疲倦与瞌睡。恍然之间，他像是回到了南朝的家乡，于是他便在四角画下垂帐纹，帐幔垂下，遮住了他少年安详的梦境。

二

下午的时候，炎热的空气忽然起了一阵骚动。窟外响起了零乱的脚步声，便听有人兴奋地压低声音说："东阳王来了，元大人来了！"

这是七月的敦煌，太阳毫不留情地倾泻下炎浆，但是窟内依然保持着凉爽。惠胜小心地每日汲水浇那枝忍冬，现在它显得茂盛而茁壮，依稀搭建出一个阙形龛顶。惠胜十分高兴，他打算用忍冬花纹来装饰他已描好的佛背光——此前没有一个僧人这样想过，他们的佛光，千篇一律地呈现出单调的土红色。

他将脸贴在粗糙的墙壁上，闭目沉思，忽然窟外传来恭敬的低语："惠遵师父在么？"接着洞口暗了一下，有几个人走了进来。为首的一个戴高冠，穿大袖丝袍，系博带。那丝袍是那么长，以至于他身后还需跟一个侏儒，专门为他托起袍摆。

此人正是瓜州刺史，东阳王元荣。他大约四十岁年纪，身材瘦削高大，面容十分隽秀，只是却有一个红彤彤的鼻子。他身后还跟着一个同样神气的年轻人，戴皂巾，窄袖衣，小口裤，手里拿着一只镶玉马鞭，正不耐烦地在软靴上敲着。接着又进来一个女子，惠胜害羞地垂下头，没敢多看。

惠遵师父便从冥想中睁开了眼睛。

"听闻惠遵师父修行精深，信士元荣特来讨教一二。"元荣开口说道。

惠遵摇了摇头："东阳王并不是不通佛理，有什么需要我老和尚教的呢？且坐而论道，又如何能入兜率天宫？不如多做些功德吧。"

"正是，正是。"元荣点头道，"弟子功德倒是做了不少，前日我已命造《无量寿经》一百部，《摩诃衍》一百部，《内律》五十卷，并《贤愚》、《大云》等若干，唯愿元祚无穷，帝嗣不绝，四方附化，国丰民安，也愿弟子自己所患永除，四体休宁，只是……只是不知为什么，弟子心中仍然不安得很。"

那老和尚便道："这些功德自然是好的，只是却不够——东阳王可有常观想念佛？"

元荣又点了点头。惠遵却说："除去口诵佛名，亦要心念佛光明，佛神力，佛智慧，佛本愿，才可达到菩萨境地。我听说东阳王您好美酒，亦爱美色，想来没有多少时间能禅定观佛吧？"

东阳王的鼻子似乎更红了，过了半晌，他才含混嘟囔了一句："嗯——这个……"

惠遵便垂下眼睛，不再言语。

元荣回过头，对身后的一对男女说道："法英，阿彦，你们可有什么要问惠遵师父的？"原来身后跟着的是他的女儿与佳婿。

那女子在窟内随意走了走，她脚步沉重，窟内都回响起阵阵回音。惠胜忍不住偷眼看了看她，原来是一个丰腴的女子，水滴一样脸庞，面颊上停着两朵红云。她丰厚乌黑的头发绾成一个大髻，垂在脑后，坠得她的头微微后仰，平添一种骄傲的神情。她走过惠胜身边的时候，他闻到香汗温热的味道。

她撅了撅嘴："父亲，我饿了，天又热，我们还是快些回去吧！"

元荣看了看他肥胖的女儿，这是与他的审美完全违背的另一种生物。"倘若在南朝，长成这样，真要被人笑死了……"他这么想着的时候，就叹了一口气。

像丝袍的来，这些丝袍又无声地退了出去。

黄昏的时候，莫高窟的外面刮起了一阵狂风。这些风倒灌进洞窟，这些洞窟就变成了巨大的埙，发出呜呜的悲声。惠胜走到洞口，流云旋转，他看到宕泉河上一朵又一朵的白色牡丹，就好像那女子一样，怎么可以这么轻盈，却又如此沉重。忽然这些牡丹花被风撕碎了，花瓣在天空飘散。他想起小的时候，母亲告诉他，风神叫飞廉，飞廉的背上有翅膀，飞廉掠过竹林，就好像弹起了箜篌一般，会发出美妙的乐音。

"此地的飞廉，想必太强劲了吧！"惠胜这么想着，便走了回去。他把自己重新悬在顶上，在藻井的一角画了一个兴高采烈的飞廉，飞廉鼓着双颊，吹了一口气，于是满墙风动，天花乱坠。

然后月亮就上来了。月亮一上来，风就收了。

老和尚惠遵忽然睁开了眼睛，他爬出小室，对惠胜说："你跟我来。"便走了出去。

月光把他们的影子拉得长长的，他们蹚过河水，走到对岸的塔林之中。

他命惠胜捡起一只头骨，问道："惠胜，惠胜，我来问你，这是何人骷髅？是男是女？缘何命终？"

惠胜低头看着那只骷髅，在他赭红色的布满细小裂口的手里，那只骷髅显得莹白如玉。他出神地想着："若附有肌肉，这该是一个英俊的胡人，或许可以画一幅胡人驯马图，再给他一撇墨黑的胡子，像汉隶一样……"他这样胡思乱想的时候，便听到惠遵咳了一声。

他赶忙道："师父，这是男人骷髅，并非女子……再多的，我……我就不知道了……"

惠遵接过头骨，握了一会儿，便低声道："善哉，善哉，他是饮酒过多而死的啊。"

惠胜不明白为什么师父带他来此，又为什么有此一问，可是他不敢多嘴，只双手合十，低声颂了一句佛号："如汝所言——阿弥陀佛。"

青蛙起劲地叫着，像一部鼓吹。

他们走回洞窟的时候，惠遵便不让惠胜画画了。他命他坐在另一座小龛里，禅定观想。惠胜的脸有些红，他想这段时间他确实太沉迷于画画了。但是就像师父说的，功德是一样，倘若自己不禅修，将来又怎能入兜率天宫呢？于是他闭上了眼睛，可是他的眼中仍然不断出现一朵一朵的水纹云纹，依稀有美妙的香气传来，叫他有些面红耳赤。他只好睁开眼，惠遵坐在他对面，结跏趺坐。他觉得师父有些像那些退相的天王，神情悲苦，皮缓意弛。这使他忽然想道："西天的仙人也并非不死的，那么，寂灭之后又会怎样呢？"他不敢想下去，闭上眼睛，也不知过了多久，便迷迷糊糊地睡了过去。蒙眬之中，似乎师父的大手摸了摸他的头，原来他的头发已经长出来了。

三

元荣死了。

他的死是这样的：据说有一天，他的宫里来了一个神秘的道士，那个道士有八百岁，曾在始皇帝的宫里炼丹。元荣虽不崇道，对长生不老术却很痴迷，于是便高兴地与他宴饮。道士喝两盅，他也喝两盅，道士喝一壶，他也喝一壶，可是道士总是不醉。元荣喝啊喝啊，就把自己喝死了。

据说那道士在喝死了元荣之后，就变成了一个大酒瓮。又据说，那道士原来是元荣的女婿邓彦送到宫中去的。

这些事情也不知是不是真的，反正现在的情形是瓜州没有了长官。惠胜有时候能看到骑兵远远掠过；又有一次，他看到一百对白衣的挽郎领着巨大的棺椁，缓缓前行，他们的衣服在空中飘飞，好像羽人一样，要引导东阳王的灵魂进入极乐世界。

但是这一切并没有改变惠胜的生活，他仍然细心地照料那蓬茂盛的金银花。现在荷花也开了，他长时间凝视着它们，观察花瓣是怎样地倒垂，花蕊是如何地轻薄，莲实又有几个突起。然后他便开始自己画荷花。他画的荷花叫人惊异地高挑、纤弱、单薄，像是它们本身投在地上的影子。他还画了一个执花的比丘尼，她也像南朝的幻影，神情娇怯，面颊上停着两朵红云。

唯一的改变是，他不再在晚上作画了。现在他白天画画，每到晚上，师父都要他禅定观想。他长时间地坐着，有时能迷迷糊糊地进入空灵的境界。在这个时候，他便惊奇地发现自己飘在空中——不，自己不在空中，可是自己又在空中。他看到飞蛾扑动着翅膀穿过他的身躯，便想，师父是否也在这洞窟的某一处，盯着自己看呢？于是他赶忙抬头四望，却只见师父的肉身，于是惠胜又想，他和师父就像两个透明的水泡——那么当他们碰撞的时候，灵魂会不会碎裂呢？这个想法让他吓了一跳。下一刻，他就发现自己又回到了肉身之中。

然后有一天，元法英又来了。

父亲的死似乎并没有对她产生太大的影响，她甚至更丰腴了，肤色晶莹，只是脸上失去了笑容。这次她依然穿着轻薄的大袖襦裙，手臂上挽着的飘带被风吹动，肉色隐隐透了出来。她的身后跟着三个侍女，每人的手里都捧着一个宝钿盒子，其中两个小巧玲珑，另一个却显得异常沉重。

她愁眉不展地对惠遵说："师父，此次是为我父做功德，愿画弥勒佛一尊，并二菩萨、二弟子及供养菩萨二十区，愿亡父神游净土，永离三途，往生妙乐，还登正觉……"她说到这里就叹了一口气，然后转头道："阿健，你过来。"

就有一个粗壮的侍女捧着那个大盒子放到惠遵面前，打开以后，惠胜看到里面满满的银钱，也不知有多少。法英瞥了惠胜一眼，问道："这是三千钱。小师父，够了么？"

惠胜的脸突然红了，他慌乱地点了点头，阿健抬头看看他，掩口偷笑起来。

元法英却没有注意到惠胜的失态，她只是无精打采地训斥道："你又傻笑什么！"她看了看惠遵，可是他仍如佛像一般，一动不动。等了一会儿，她才叹了一口气，对惠胜低声说道："那么便拜托小师父了。"说着不再停留，直接走出了洞窟。

惠胜很好奇另两个侍女的盒子里装着什么，他的疑问很快得到了解答。元法英的嗓音从外面传了过来："——阿丑，我的糖酥酪呢？……阿媚，酒梨子你莫要碰洒了。"这叫惠胜忍不住莞尔一笑。

晚上，当惠胜打坐的时候，他便在心中默默盘算该怎样画这些图像。他要将弥勒佛造成一尊秀骨清像，像东阳王那样风姿纯粹，他还要把胁侍的菩萨造成……造成什么样子呢？他不知道。他胡思乱想着，过了好一会儿才发现原来他其实是在想象中一件一件地剥落元法英的衣服。这个发现叫他又是惶恐又是激动，可是他无法停止自己的想象，于是一个美丽的女子出现在他面前：一个半裸的菩萨，下溜的肩膀，像元法英不胜飘带似的怯弱；乳房，他要画两个美丽丰厚的圆；还有她鼓起的小腹，像春水中的旋涡，她的圆润的腰肢，她的随风飘摆的羊肠裙；然后是她骨骼秀丽的一双长脚，她的天真的脸，低垂的眼睛，他要为她的长眼长鼻馋唇饰以最纯粹的莹白色；她的三珠冠，她的璎珞，她的飘带，她的长耳，她举手起舞，从腋下散发出的迷人的香气……这尊菩萨似乎在走向他，用她野蜂般毛茸茸的嘴唇挨擦着他的肉体。惠胜感到心烦意乱，却又意动神驰，似要堕入地狱，又似乎正在走向天堂。

四

一枚星星镶嵌在幽深的天空里，洞外传来模糊的低喊："惠胜——惠胜小师父在么？"

惠胜睡得迷迷糊糊的，过了好一会儿才清醒过来。他答应了一声，从温暖的洞窟走到外面，不禁打了一个寒战。

他的面前站着三个影子，惠胜闻到她们身上的清寒之气，不禁有些迷惑，便往后退了一步。

正在此时，那个格外胖大的黑影瓮声瓮气地笑了——"阿健，怎么是你？"惠胜失声叫了起来，"难道是公主……公主有什么别的吩咐么？"

阿健摇了摇头，道："咦，奇怪，我们便不能来找你么？"

惠胜感觉自己的脸红了一下，像一颗红染料滴入黑水之中——所以没有关系，没有人看得见。

"伸出手来。"阿健道。

"什么？"

"你伸出手来。"

惠胜不知道该怎么拒绝，所以只好温顺地伸出了左手，随后他感到自己的手被一双妇人的手抓住了，那双手又粗糙又柔软，正不停捏弄着他，叫惠胜觉得恼怒和害怕，又有些……他的脸将东方染红了。

"啊哟哟，你这个风流的小和尚！"那健妇低声笑了起来，随后惠胜感到自己的手中落入了三块钱币。

"给我们三个，各画一幅供养人像吧。"阿健身后跟着的阿丑说道。

"啊……"

惠胜觉出一阵巨大的失望，他没有意识到自己其实是在想原来她们真的不是公主遣来的——可是公主又为什么要在清晨遣自己的侍女过来呢，所以其实并没有什么值得失望的。他这么想着的时候，几个女子也沉默了，过了一会儿，阿丑怯生生地问："可是……可是不够么？"

惠胜摇了摇头。他从阿健的手里抽出自己的手，施了一礼，斯斯艾艾道："姐姐们嘱托，小僧自然不会不画，便请姐姐们先回去吧，等画好了，姐姐们再与昌乐公主一同来看。"

阿媚颤巍巍问道："然则惠胜师父不需看清我们再作画么？"

惠胜抬眼看看她，想来她是侍女中最美貌的，今晨她也打扮得最漂亮：大袖衣服，头发绷得紧紧的，眼角口腮俱是厚厚的胭脂。因为害怕掉色，她说起话来面部显得十分僵硬。惠胜赶忙敷衍道："看清了，姐姐们快请回去吧！"

太阳快要出来的时候，惠胜还能看到沙漠里三个踽踽独行的影子。惠胜张开了手，他的手里原来是三枚波斯银币，因为用得太多，年代太久，银币已经发黑模糊了，依稀能辨认出上面刻着星月，还有一个鼻子高高、神情讥诮的王。

"所以并没有什么是值得失望的。"他失望地想着。

惠胜跑到宕泉河里去洗澡，因为他觉得周身有一股太柔软的倦怠。河水太清澈，逝者如斯夫，不舍昼夜，可是冲不掉他隐秘的欲望。

然后师父就来了，他对惠胜说："你随我来。"随后他们蹚过河水，走到对岸的塔林之中。

他命惠胜捡起一只头骨，道："我要看看你的修为精进了没有——我且问你，这是何人骸髅？是男是女？缘何命终？"

惠胜凝视着骸髅的双眼，他出神地想着："若附有肌肉，这该是一名英勇的战士，或者应该画一幅狩猎图，他扬弓搭箭，而一头美丽的花鹿，正举目哀哀望着猎人……"于是他对惠遵说道："师父，这是一名骑兵，他是在战争中死去的啊。"

愈发苍老的惠遵道："善哉，善哉，如汝所言。然则他将往生何处呢？"

骷髅意味深长地凝视着惠胜，似乎是在叫他闭口，于是惠胜摇了摇头。惠遵接过头骨，握了一会儿，低声道："此人生前持戒完备，当投生在人道之中。"

惠胜仍旧不明白为何师父有此一问，可是他不敢多嘴，只双手合十，低声颂了一句佛号："阿弥陀佛——如汝所言。"

他们走回洞窟的时候，惠胜在壁脚画起了画。他画了三个供养女子，都穿着宽身衣裙，好像三枚随风飘来的苍耳。惠胜到底没有想起来她们的五官眉目，因为歉疚，他郑重其事地在白壁榜子上写下了她们的名字。他转头的时候，发现师父正盯着他作画，又或者师父并没有盯着他，他的严厉的双眼只是穿过他，盯着往世与来生。惠胜的脸红了："师父，我画完便去禅修——马上就去。"他大声说道，可是惠遵并没有回答他。

五

元荣死了两个月之后，他的儿子元康也死了。

据说有一日他与内弟同去狩猎，一支吐谷浑人的暗箭要了他的命，敦煌人又一次失去了自己的长官。但是没有关系，他们仍有昌乐公主，以及她漂亮的丈夫邓彦。朝廷内宇文泰忙着收拾自己的政敌，无暇问及遥远的边疆，邓彦便这样顺理成章地当上了下一任瓜州刺史。

过了不久，便有一群天竺人来到敦煌，这群人引起了大家的注意，因为他们的骆驼上并没有琉璃与珠宝，他们的身后也没有大象和孔雀，他们无声无息地进了城，在多宝寺前的空地上搭起了帐篷，随即便宣称他们是瓜州刺史请来的，即将奉献给大家整整三日三夜的狂欢。

狂欢的时候，惠胜也去看了。那是九月的一个大风天，他走了整整一夜的路，才赶到敦煌城。他的白衣上落满黄沙，可是大家见到这样一个俊俏的沙门僧，都向他合十敬礼。

兰若前的广场上人山人海，有一个天竺人将脚弯到头顶，再把头从两脚之间伸了出去，就这样用双手站着，据说已经坚持了两天一夜。译语人说，这个天竺人宣称自己不过是一枚法螺而已。他见惠胜好奇地盯着他看，便神情轻松地朝他扮了一个鬼脸。

然后惠胜便在空地旁的高处见到了宝车内的元法英。他一见到公主，便明白自己实在并不是来看戏的，而是来见她的。他很想告诉元法英，佛陀已经画好了，而在所有的菩萨当中，她元法英是最美的一尊。

但是公主并没有理会他，她斜倚在锦垫上，点了点头，一个天竺人便被带到了她面前。他双脚交叠，坐在地上，随后点起了一支巨大的烟斗。他吸啊吸啊吸啊，浓烟蜷缩在他的身体里面，使他渐渐飘了起来。随即他用腰带将自己绑在树上，整个广场都安静了，数百双眼睛齐齐盯着他看。

他用浓烟画了一场天宫盛宴：巨大的莲花宝池，池中渐渐长出一朵妙荷，弥勒佛站于其上，手结根本印；随后亭台楼阁筑起来了，那些楼阁上站满了菩萨，或欢喜起舞，或凝神谛听。他不断向外吐着烟，于是停留在空中的飞天也被画出来了：有的手捧莲蕾，细腰丰臀，双脚像那天竺人一样垂在脑前，这是西域的折腰伎；有的反持琵琶，长裙裹脚，身材修长，这是中原的乐舞伎——是这样地逼真，以至于空地上观看的人都大声鼓噪起来："佛祖显灵啦！佛祖显灵啦！"

这是真的，因为从天空飘下了馥郁的香花。

弥勒佛说法正到欢喜处，忽然天竺人嘴里吐出一道火星，直射入图画当中，一场大火随即烧掉了所有的幻象，那些飞天像黑蝴蝶一样，而大火里的弥勒佛——他的珠髻上冒着火苗——的面目很快模糊了，转眼之间他檀木一般的尸体便从空中掉了下来。

众人"哎呀"一声大喊，这喊声是如此巨大，以至于广场上扬起了一阵狂风，这阵风带来了铺天盖地的巨浪，淹没了大火，在众人头顶不祥地晃动。人群开始惊骇地喊起来，那些黑压压的、不见天日的、阴险的水，空气像透明的薄纱，逐渐承受不住水的重量，忽然裂帛一般巨响，所有的水都翻倒下来。

人们发出绝望的喊叫，惠胜一定也喊了，他的恐惧是如此真实，以至于他的脚像生了根，一动都不能动。他吃力地转头看看元法英，发现她也如众人一般在仰头看着天空，不同的是她的脸上没有惊慌，她只是神情专注地凝视着，似乎是在渴望那水将她淹没。广场上的风吹起她绣着百子的飘带，使她像一朵巨大的蒲公英球。在惠胜闭眼之前，他觉得她马上便会被飘带托起，被那些婴孩带去遥远的天宫。

"公主……"惠胜叫了起来，他的喊声像一支箭，射向元法英，她抬起头，朝人群里投过迷惑的一瞥。

众生寂然。

然而他们等待的灭顶之灾并没有降临——当人们渐渐睁开双眼，而母亲松开被她们搂在怀里的孩子的时候，他们才发现他们的四周不过是阵阵下窜的烟气而已。广场的四角零零落落有了欢呼之声，逐渐汇集成巨大的鼓噪，那个天竺人被声浪震翻在地上，一边咳嗽，一边咯咯咯地狂笑起来。

六

现在洞窟里充满了流动的线条，包括莲花忍冬飞天供养以及佛陀说法胡人百戏的所有画面，都被惠胜细细描摹在墙壁上，于是便到了收割颜色的季节。

无须——说明他是怎样采集那些丰富而绚烂的色彩的——施于肌肤上的淡粉色，饰于指尖的银白色，以及敷在飘带上的金箔。他像拨动琴弦一般拨动那些幽蓝的蜻蜓，于是蓝色粉末纷纷落下，这些高贵的颜色正适合填入他画的莲花之中，而霞光是佛祖右袒的袈裟，菩萨的眼眉口鼻则用白垩重笔描画，她们个个显得妩媚风流。

　　他还需要青色，并且很快就找到了这种颜料。在深秋最后一朵迟开的荷花中，他看到了一枚沉睡的莲实——或者说，那并非莲蓬，而是已半化成小童的化生：他只有一个圆圆的头颅，总角结束，眉目疏淡，黑色的阔嘴露出狡黠的微笑。

　　惠胜走了过去，轻轻扑住了这枚化生，他被惊醒之后，便不高兴地在惠胜的手里挣扎起来，并且发出吱吱的叫声。

　　"惠胜！"惠胜听到师父叫他，便回过头去，将双手别在身后。

　　惠遵显得更加衰弱了，他所有的毛发似乎早已停止了生长，唯一不断长出来的，是他的皱纹。他颤颤巍巍地朝惠胜走了过来，逐渐走到水流中央。惠胜叫了起来："师父，天寒水冷，我们还是快回岸上去吧。"

　　岂料惠遵摇了摇头："无妨，这怕是我最后一次沐浴了。"

　　惠胜感到非常难过，可是他不知道应该如何安慰师父——或者毋宁说，他不知道应该怎样安慰自己。师父坐了下来，清澈的流水荡涤他的白衣，惠胜出神地看着白衣上的涟漪与光圈，他同时也在水中看到了自己。他惊奇地发现，仅仅半年工夫，自己已变成了一个瘦削的青年。

　　那么半年前，暮春里，那个圆睁眼睛的少年——以及那个少年的时代——就这样被流水带走了。惠胜的心中感到恍恍惚惚，似乎是一阵痛苦，以及怅然若失，以及空虚，以及不知如何自处，以及羞耻与憧憬。为了隐忍，他抿着双唇，嘴角便显出了两条纹路。

　　惠遵叹了口气："惠胜啊惠胜，你且和我说说你手中之物的来龙去脉吧。"

"啊……"

"便是你手中的化生啊。"惠遵提醒道。

惠胜闭上了眼。现在那个小东西猛烈地撞击着他的手掌，像一颗惊慌的心。他不明白为什么师父要问他一个如此浅显的问题，可是他不敢不回答，便张口道："化生既非男女，亦无始终，无生老病死，无嗔怒思觉，无……"

"那么往生西方极乐，是化生在何处呢？"惠遵打断了他。

惠胜的脸红了，过了好一会儿，他才勉强答道："师父，便是托生于莲花之中。"

师徒二人不再言语，下午温煦的阳光照耀着他们，远远可听到翠鸟的啁啾。惠胜闭上眼，一下一下地感受着那莲花化生。他忽然觉得自己的感官和命运也像手里的小恶魔一样，无法被自己左右——可是师父却可以，慈祥的师父。于是对孩童年代的张望结束了，他的心里第一次起了成年人的情绪：委屈与嫉妒，羞愧与不服，敬爱与憎恨，渴望教诲却羞于启口——以及另外两种冲动：捏死他，或者放了他。

"放了他吧！"惠遵叹了口气，打断了他的怔忡。

惠胜没有回答。过了一会儿，他松开了手，那枚化生便像受惊的蚂蚱一般，弹跳向天空，随即便扑回了水面。

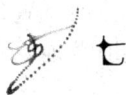

七

"师父……"惠胜羞愧地开了口，可是他的话却被惠遵打断了，后者轻描淡写地摆了摆手："没有什么大不了的——现在你过去，卜最后一次休咎。"

那是因为在化生落水之处，慢慢浮起了一个骷髅。它在水中浮沉，似乎有些犹豫，也许因为羞耻，或遗憾，碧绿的水草如卷起的衣袖，遮掩住它的面目。

惠胜走了过去，将骷髅捧在手里。惠遵问道："惠胜惠胜，我来问你，此人是男是女？缘何命终？"

惠胜道："师父，这是一个女人啊，她是在生产的时候死去的。"

惠遵点了点头："善哉，善哉，如汝所言——那么她又将往生何处呢？"

惠胜仔细摸了摸那个玲珑而胆怯的头骨："师父，她当投生于畜生道中。"

"惠胜，为何如此？我不明白。"

惠胜用手指在羞愧的头骨上叩了叩，它发出空空的响声，似乎在说："空空，空空，虚空的虚空……"他抬起头，注视着师父，而师父也注视着他。

"现在，你扶我上岸去吧，我有些冷了。"惠遵道。于是小沙弥温顺地抛下了骷髅，向师父伸出了手。他们走回岸边，让金灿灿的阳光晒干衣服和身体，远远传来麦子的香味。在此期间，老人躺了下来，他要惠胜将他的头抱在怀里。过了一会儿，惠胜无声地哭了，他的面前，芦花开始四处飘扬起来。在最后的一刻，惠遵扬起手，在徒弟的头顶轻轻地摩了一摩。

"阿弥陀佛。"他说，于是天色渐渐暗了下来。

八

野水交山根，一只寒鸦缩在芦苇上，一动不动，雪簌簌地落着。

因为天色太暗，惠胜在洞窟里点起了油灯。他将师父平日打坐的小龛填了起来，于其上画了一尊白衣佛。这是以惠遵为蓝本的一尊美丽的佛像：长而尖的双耳，额上白毫，眼目低垂，眼睑上亦打上白翳。这使得师父的双眸显得空濛而深邃。师父还有年轻的胸膛和方大的脸庞，惠胜心想师父在兜率天里一定就是这样的：伟岸，肉质而宁静的嘴唇吐出的话语都会变成摩尼宝珠。

他揉了揉眼睛，往后退了一步，打量着眼前的洞穴。现在一切都做完了——尽管他一再拖延，反复修改——洞窟里充满浓重和纯粹的色彩，一不留神，你会觉得这些色彩会像蝴蝶一样，轰隆一声，全部飞走。

那么现在一切都做完了，这叫惠胜觉得茫然。他垂着手，呆呆凝视着洞外灰白的天空，天空像一块画布。忽然画布的一角出现了一张大脸，这张婆罗门似的扁平苦恼的脸叫惠胜吓了一跳。

"惠胜……"那张脸轻轻地叫着他，"……惠胜小师父，是你么？"

"啊，原来是阿健……"惠胜仔细端详了一下才认出她来，"怎么是你……难道公主她……"还没有说完，惠胜便难过地停住了口，因为他忽然意识到其实元法英在几个月前就已经难产而死了，据说因为太肥胖，而婴儿也太巨大。但是大家私底下都这么传说，那是因为羞愧与遗憾：大家说元法英早就知道父亲与兄长之死，她只是没有出言阻挡，这样，她的父兄便来找她索命了。

阿健像一只毛发凌乱的狗，她抖着身上的雪，在洞外踟蹰。惠胜感到一丝振奋，因为虽然阿健是丑的，但是他已经几个月没有说过话，也没有碰到认识的人了。并且阿健是从元法英身边来的，也许她的身上还带着她的印记，于是惠胜开了口："阿健，进来吧！"

阿健于是走了进来，她的神情也像那些被主人逐出家门的犬，胆怯而温顺。

"我，我来看看我的画像——你还记得吗？我们三个请你为我们各画一幅肖像。我，阿丑，还有阿媚——你还记得吗？"她呆呆地说。

妇人很快便找到了墙角她们三人的画像，于是走了过去，蹲下来仔细看着。她们排成一排，侧着身子，由一个比丘尼引导。阿健很高兴地看到阿媚并没有更美，而她自己也不见得比阿丑更丑，所以当她回过头来的时候，她紧绷的嘴角终于露出了一丝笑容。

"那么，这个是公主啰？"她指着供养人像上面的菩萨问道。

惠胜点了点头。这几个月来他一直避免注视这尊美丽的菩萨。他曾经用战抖的双手画她的血肉，在师父死了之后，他便赎罪——或赌气一般不再与她四目交接了。如今他重新打量起她，这让他觉得温情脉脉，仿佛隔着琉璃看到的青色树林。为了不使自己再次陷入感伤，他问道："阿丑和阿媚怎么没与你一道过来？"

阿健愣了一下："你不知道么？她们都殉了公主了。"她压低声音说道。

"啊，那你怎么……"

洞窟的温暖让阿健打了一个哆嗦，她眯着眼睛看了看惠胜："因为我机灵啰……"说罢她就嘎嘎地笑了。过了一会儿，她凑近惠胜，推心置腹地说道："小师父，还因为我不是处女，而那边是需要纯洁的处女去侍奉的——你懂么？"

惠胜没有躲避，他盯着阿健，阿健也看着他。在火石电光的一瞬间他像是与她达成了某项密谋，而两人都对此缄口不言。他不知道为什么。可恶的成年，让一切都埋藏在心底任其发酵散发出微妙的腐烂气息的成年。

很像是一只终于缓过气来的乌龟，阿健开始试探着伸出了四肢。她摸了摸惠胜的脸："夏天的时候见到你，你还是个白胖的小和尚，现在你倒老了三十岁。"她说道。

惠胜垂下了眼睛，没有动弹。奇怪的是，仅仅一刻钟前，他还以虔诚的手描绘师父，他认为红尘里没有什么是值得他抬眼的，因为他早已发誓将用青灯与苦修来忠于自己的爱情和信仰——虽则将两者放在一起似乎显得矛盾，然而现在他的心里竟怀着恶意的激动。他有些迷惑，不知道哪个他才是他，或者其实这些都不过是他罢了。

于是天渐渐地黑了。

惠胜觉得极度地愉悦，又极度地罪恶。他极度地憎恨自己，而这反而增添了他极度的快活。所有发生过的一切都是极度粗鲁的，而在他的生命之中，他早已习惯了极度的淡雅。那些喃喃自语的佛经与永不停止的雨滴，在南朝，僧衣中含蓄的水分，那些沉吟的佛像与师父平静的目光，在边疆，夕阳下婉转的沙漠。他以为这就是快乐，而这也就是生活。原来生活中存在另一种快乐，隐秘的爱情在几个月前已经教会了他品尝某种钝痛的快乐，那么现在他体会到了另一种快活，说不出的快活，舍弃道德与戒律，违背初衷与誓言，在上空愉悦地盯着自己如此轻易受到诱惑。心底的轻颤：停止吧，停止吧！而肉体加倍享用盛宴。一个声音说："你背叛了她！"另一个声音却在反驳："这等小事如何称得上背叛？"一个声音说："师父教你怎样？"另一个声音说："那么在这一次之后吧！"快乐，快乐！越绝望，越快乐！

而当一切都停止时，敦煌仍在下着寂寂的大雪。天已经完全黑了，白雪反照出微弱的银光。阿健坐了起来，这个刚才仍在耀武扬威的妇人收起了自己的爪子，安静地靠在惠胜胸前。她的乳房像累累垂下的瓜果，散发出甜熟的气味。

"让我带你看看我画的图画吧。"惠胜突然说道，随后他抓起阿健的手，强迫她站了起来。两个赤身裸体的人站在穹顶之下，在他们的头顶是天堂。

"这是什么？"阿健懒洋洋地问道。

惠胜只需瞥一眼便能将那幅画的来历说出来，"鹿野苑初转法轮，"他说道，"说的是释迦牟尼涅槃之后第一次说法，在鹿野苑——你能看到他脚前卧着的两头母鹿么？"

"那么这一幅呢？"

"这是须达努太子本生故事。"

"这个呢……"

"这是五百强盗成佛图。"

"啊呀，他们的眼睛被剜去了么？"

"正是！"

这是微妙比丘尼缘，这是睒子本生，这是西王母与东王公，这是力士，是飞天，是药叉，是射鹿的猎人，是驯马的胡人，是野猪带着六子嬉戏，是天鹅在湖中浮游，是水纹，是云天，是生机勃勃的人世，是风流快活的天堂。

"而这是降魔变。"惠胜闭着眼睛，指着东壁一角说道，"魔女试图引诱佛陀，她的头发，我画的是蛇，你能看清么？"

阿健走了过去，仔细端详着，随后她笑嘻嘻地回过了头："与我长得有些像呢！"她骄傲地宣布。

惠胜闭着眼睛，无声地笑着。现在，他对自己说，我们来到了最后一幅。

"那么这一幅呢？"阿健问道。

"你说的可是降魔变旁的那一幅？"

"嗯。"

惠胜缓缓答道："那是沙弥守戒自杀图。"

"啊……"

在阿健开口阻止他说话之前，惠胜极快地接了下去："沙弥的母亲，在荠菜生长的春天，送他去剃度，他的师父为他说法，他以为天花乱坠了，而那不过是暮春的柳絮而已——多么迷人的天堂哟！他想，而师父说：'惠胜，你若敬三宝，持八戒，便能与佛共享兜率天。'随后他和师兄弟一个接着一个出去化缘。在富贵人家的门口，这个年轻的比丘遇见了一位少女，美丽而淫荡的大家闺秀说：'我父我母都出去了，小师父，你进来吧，让我们共享无上的快乐。'……"他的声音像一阵香烟，袅袅消散在空寂的洞窟里。

"那么后来呢？"阿健问道。

"后来……后来这个小沙弥感到如此地失望，以至于他用刀切开了自己的胸膛，师父火化了他。最后，他的尸体变成了一块散发着香气的紫檀木，而我们可以用它来造一尊绝妙的佛陀。"

　　两个人都沉默了，长长的沉默，长得足够惠胜回忆自己短暂而平淡的一生。而当他做完这件庄严的事情之后，他的目光重新落在了阿健脸上。在微光里，他忽然觉得她的脸像智者一样高深莫测。

　　她清了清嗓子，发出谶言一般的问语——又或者那不过是他心灵的反射——她的低语像风："惠胜惠胜，你就是——你会是这个小和尚么?"

　　惠胜没有回答，他只是望着她，望着她，望着她，望着她，望着她。

　　"我不知道。"他终于说。随后他闭紧了嘴，嘴角显出两道深深的纹路。

　　而或许下一刻，他的身体便会像昙花一样，消散得无影无踪。

再见悟空

◎圣者晨雷

一　斗战胜佛

> 鸟挣脱禁锢它的笼子，在蓝天下快乐地飞翔，它以为它获得了自由，实际上它不过由看得到的笼子飞进了看不到的笼子罢了。
>
> ——《悟能日记》

"斗战胜佛如何了？"

雄浑的男音在大雄宝殿中响起，虽然有着万千化身，但在这金碧辉煌的大殿之中，他永远只会以这个形象出现。

"那猴子整日大叫失眠，一点也没有佛的仪态。"广目天王如是回答。

如来睁开双目，面露微笑，道："毗留博叉①，你记着，要称他为斗战胜佛，历经九九八十一难，他已经成佛了。"

---

① 广目天王的梵名。

广目天王合十称是，思绪却飞回了五百年前的灵霄宝殿。

"你们就是四大天王吗？玉帝老儿躲着不敢见俺老孙，却派你们来送死！"张牙舞爪的猴子以凌厉无比的杀意盯着四大天王，天上人间都争相敬奉的四大天王在他眼中，不过是群土鸡瓦狗罢了。

伴着思绪，他的肩上又开始隐隐作痛——那是被死猴子哭丧棒扫过的地方。他清了清嗓子，道："总是让斗战胜佛闲着恐怕会闲出病来，不如为他找一个差事吧。"

深邃的目光一闪，如来微笑未变："大慈大悲观世音菩萨认为呢？"

用净瓶中的柳枝拂了拂自己的衣角，观音向前迈了一步，躬身行礼："当初我佛以无上法力，令斗战胜佛皈依佛门，实在是无量功德，我佛大智大慧，洞察古今未来，对于如何安置斗战胜佛，亦自早成竹在胸……"

大殿中四大天王十八罗汉脸上都不动声色。等到观音长达三炷香的祝词说完之后，如来道："传斗战胜佛。"

"佛祖找俺老孙来有何事？"不知是长期失眠还是当年熏出的红眼病依旧没好，斗战胜佛孙悟空瞪着火红的眼睛直视着如来。

"斗战胜佛，如今你已经是得悟大智慧的佛了，在佛祖面前不要再像个野和尚一样自称'俺老孙'、'俺老孙'的。"观音不失时机地说。

"菩萨教训得是。"孙悟空——斗战胜佛合十向观音行礼。

"我现在是佛了，过了九九八十一难终于是佛了，我终于熬到了现在。"斗战胜佛如是想。

"当年的那个天不怕地不怕的齐天大圣孙悟空已经不在了，现在只有斗战胜佛孙悟空了。"广目天王如是想。

"在佛祖面前又维护了他，当又算我一件功德，这只臭猴子最好能多惹些麻烦，这样我就能多积些功德，早一日脱去菩萨的帽子，成为真正的佛。"观音如是想。

"即使是你，也是我掌中玩物，天上天下，唯我独尊。"如来如是想。

"好消息好消息，我们总算又可以去找人打架了！"斗战胜佛将这个消息带给了他的两个师弟，净坛使者猪悟能、金身罗汉沙悟净。

但两位师弟的反应远没有想象中的热烈，猪悟能只是冷冷哦了声，照旧专心致志盯着眼前盘子中的苹果，沙悟净连哼都没有哼一声，只是转动着手中的人骨念珠。

"八戒——哦不，净坛使者，佛祖令我们再下人间扫除妖魔为世除害，我总算可以出去透透气，总是闷在这须弥山上，害得我整晚失眠，梦中尽是潮汐的声音。喂，你有没有在听？你在做什么？"斗战胜佛发现净坛使者并没有听他说的话，伸手习惯性的要去揪他耳朵，但又缩了回来。他现在是佛了，他的一举一动，都要像一个佛。

做什么，就要像什么。

"别烦我，我在思考。"半晌，净坛使者才懒洋洋地回答。

"什么……你在思考？你也会思考？"斗战胜佛几乎不敢相信自己的耳朵，狂笑了起来，这一笑足有半个时辰。

"笑够了？那我接着笑吧。"金身罗汉在斗战胜佛笑停了之后，也狂笑起来。

斗战胜佛吃惊地看着这两个师弟。"疯了。"他喃喃道。

"都疯了。"净坛使者喃喃地补了一句。

二　疯了

因为地球是圆的，所以即使是完全背道而驰的两条路，最终你仍旧会回到起点。

——《悟能日记》

梦中。

海浪在礁石间轻轻激荡，此时的海宛若一个温柔的母亲，正哼着平和的小曲，轻拍着她的孩子。

巨大的岩石耸立在海边的悬崖上，它似乎是在等待着什么，又似乎是在聆听着什么。自大海形成之日起，它便立在这里，一动不动。

"潮汐的那边是什么？"岩石想。它没有眼睛，看不见潮汐的那边是什么；它也没有耳朵，听不见潮水的那边传来的声音；但它可以从潮汐拍打礁石的震动中感觉到，在潮水的那边传来的亲切的信号。

"要是能看看那边多好……要是能听听那边多好……要是能到那边去多好……"岩石如此想。

于是，它感觉到自己在发生变化。

"又是这莫名其妙的梦！"

斗战胜佛大叫着从梦中惊醒，每次梦到这儿时，他都会被惊醒。

"死猴子，又发瘟啊？"同宿的净坛使者条件反射般嘟哝着，侧过身面向里墙，不一会儿，巨大的鼾声在屋中重新响起。

斗战胜佛忽然觉得净坛使者骂他的词语异常亲切，自从取经成功之后，当面称他都是斗战胜佛，连齐天大圣这个称呼他都忘了，只有净坛使者还偶尔会骂他"死猴子"、"贼猢狲"。

斗战胜佛忍不住伸手想去扯净坛使者的大耳，但当他看到黑暗中对面金身罗汉闪亮的眼睛时，又将手缩了回来。

"能吃能睡真好。"他讪讪笑着，轻声向金身罗汉说。

"能吃能睡就好。"金身罗汉悄悄改了一个字。

"妖怪们，佛爷我来了！"

下了须弥山的斗战胜佛仰天发出长啸。

净坛使者扛着钉耙，盯着手中的苹果，自下山起便没有言语。金身罗汉不说话是正常的，但净坛使者竟然也沉默，着实令斗战胜佛奇怪。

"你又怎么了？"斗战胜佛问，"那个苹果你要么扔掉要么吃掉要么给我吃实在不行给金身罗汉也行，有什么好瞧的？！"

"别烦我，我在思考！"

"思考？"斗战胜佛又忍不住狂笑起来，"你能思考什么？思考你取经的时候藏在耳朵里的银子吗？思考那个长得和你相当的高老庄高小姐吗？思考你手中的苹果好不好吃吗？"

"我在思考，一个没有了金箍棒的孙猴子，还能怎么样？"净坛使者一口将手中的苹果吞进了肚子，"还不是和这个苹果一样被人吃掉！"

斗战胜佛呆了一呆，道："没有金箍棒，佛爷我还有佛法，这天下还有哪个妖精能在佛爷的佛法面前猖狂？"

净坛使者冷冷一笑："就凭你的那点佛法？连我都打不过。"

斗战胜佛大怒："要不要现在试试？"

净坛使者双手握住钉耙："试就试，谁怕谁？"

"你们两个要打的话，就滚到佛祖面前打去！"一直在反复数着人骨念珠的金身罗汉不耐地道，"还没见到妖精，自己先打起来了，你们两个可真够争气！"

听到佛祖之名，斗战胜佛紧握的双拳又松开，道："待会儿佛爷就赤手空拳捉两个妖怪给你们看看，让你们知道佛法无边的威力。"

没有理会他，金身罗汉向着净坛使者道："净坛使者，你不要再思考了，思考对于你的大脑来说实在太累，思考这种累人的事让更强的人去做就行了。你已经成正果了，就应该像某人一样，不要思考，这是我给你的忠告。"

"你不是说要赤手空拳捉两个妖怪给我们看的吗？"净坛使者

讥嘲地盯着斗战胜佛，"去呀，显显你的佛法本事吧。"

斗战胜佛横了他一眼，大踏步走向前面的山洞，凭感觉，他就知道这里面有妖精。他一脚将山洞门踢得粉碎，大声道："出来吧，妖精们，佛爷今天要超度你们。"

一群小妖手忙脚乱地跑了出来，斗战胜佛不屑对付这类小角色，历来这类小妖都是由净坛使者与金身罗汉收拾的。因此，他傲立于洞前，对围着自己的小妖们视而不见。

"是一个瘦和尚，雷公脸的瘦和尚！"小妖们叽叽喳喳嚷着，并没有急忙冲上来，"臭和尚，你想找死吗？跑到这青云洞来了。"

"叫你们最厉害的妖怪头出来两个让佛爷揍。"

"臭和尚，就凭你一个人？"

斗战胜佛愕然回头，却发现原来在身后的净坛使者与金身罗汉都不知到何处去了。不在也无所谓，还省得碍手碍脚。他又道："叫你们最厉害的妖怪头出来让佛爷揍！"

小妖们全都笑了起来："你以为你是谁啊，揍我们大王？不要以为你长得像雷公就自认是孙悟空了。"

"我就是孙悟空，当年的孙悟空，如今的斗战胜佛。"等小妖们笑声渐平，斗战胜佛平静地道。

小妖们全都安静下来，紧接着又是一阵狂笑。

"孙悟空？没有紧箍，没有金箍棒，没有虎皮袄，穿着袈裟挂着念珠念着阿弥陀佛的孙悟空？"

不知为何，斗战胜佛忽然觉得对小妖们的这几句话异常恼怒，他大叫一声，挥拳打破了笑得最猖狂的一个小妖的鼻子。其余小妖纷纷扑了上来，各种兵器纷纷击向他的身体。

斗战胜佛冷冷一笑，这种程度的攻击对他根本构不成任何伤害，他毫不躲闪接连挥出双拳。

但令他吃惊的是，小妖们的攻击虽然未能伤害他的身体，却让他感受到久违的疼痛感。

令他更为吃惊的是，他对小妖的打击远没有他想象的那么强，他可以将小妖们击飞，但片刻后被打倒的小妖便会爬起又扑了上来。

"这个世界疯了！连妖精都不正常了！"他想。

三 梦想

　　每个生命都有自己的梦想，就连毛虫也梦想着有一双彩色的翅膀，如果没有了梦想，生命和一条咸鱼没有什么分别。

——《悟能日记》

"这个世界疯了！"五花大绑的斗战胜佛喃喃地对冷冷看着他的青云大王道。

"果然是孙悟空，化成灰我也认识你！"青云大王端视良久，咬牙切齿地道，"你还认得我吗？说，你还认得我吗？"

斗战胜佛呆呆地盯着他："认得，认得，你就是豹头山黄狮怪手下刁钻儿，你还有个伙计叫古怪儿，原来几年不见你也当上大王了。告诉你一件事情，这个世界疯了！"

青云大王哈哈狂笑："原来你还记得，原来大闹天宫的齐天大圣还记得，原来受封斗战胜佛的孙悟空还记得，记得我们这样的小人物，记得我们这样不堪一击的角色。当年你用定身法将我定住，可曾想过你也会有今天？"

"这个世界疯了……"斗战胜佛痴痴地道。

"大哥，把你的肩膀借我用一下。"站在一旁的黄云大王——当年的古怪儿几近呻吟地道，"我受不了啦，借你的肩膀我昏倒一会儿。"

当黄云大王倒在青云大王的肩膀上时，斗战胜佛奇怪地道："这个世界真的疯了，还有人，不，还有妖精说晕就晕的……"

青云寒光四射的眸子笼罩在斗战胜佛的猴脸上，缓缓道："你知道他为什么晕倒么？"

"为什么?"

"因为你曾经是我们的偶像,是我们的梦想!"晕迷过去的黄云忽然抬头道,但很快又将头垂了下去接着晕迷了。青云将目光移向了洞外,移向不可捉摸的远方。

"你不要做梦了,你是妖精,妖精,而且你是最最普通的小妖精,你的任务和使命,就是为了给某个拯救世界或公主的英雄做配角,配角,而且是配角的配角!运气好的话你会有两句台词,运气不好的话你还没有出声,还没有做出动作,你就会成为一团肉饼,这就是你的宿命。你可以不满意它,你也可以大声抗议,但你永远无法摆脱它。"

妖精老师如是教训在课堂上走神的古怪儿,古怪儿不知道这是自己第几百次被老师教训了,每当这个时候,他本能地选择了最恰当的反应,晕倒在坐在身旁的刁钻儿身上。

"老师你说的不对。"刁钻儿接过了古怪儿惹起的事头,站起来大声道,"我们是妖精,是小妖精,而且是没有什么后门与关系的平民小妖精,但平民小妖精就不能出头吗?我不信,这个世界上难道没有一个小妖精能够打破宿命的约束吗?"

老师高高举起的教鞭几乎已经落在了刁钻儿的头上,又轻轻移开,老师苍老混浊的眼睛中突然射出锐利的光芒。

"有的,曾有过那么一个小妖精,他反抗了,他一己之力便将执行宿命的天庭捣得天翻地覆,他现在甚至向宿命本身挑战。我老了,不能见到他与宿命分出胜负的那一日了,你们一定可以看见,只要你们在那之前不要被哪个英雄杀死。"

"那个小妖精是谁?"古怪儿将头从刁钻儿肩上抬起,向往地问道。

老师的声音低沉下来,仿佛怕被虚空中的神灵听见,说出了那个名字:"齐、天、大、圣、孙、悟、空!"

一个名字,在两个年幼的小妖精心中,悄悄播下了种子。这颗种子也许永远不会长成大树，但只要条件适合，它便会坚定而顽强地发芽。

"你杀死了孙悟空，杀死了我们的梦想，因此，你必须得死！"

青云淡淡地为斗战胜佛判了刑，但黄云又抬起头来道："不，留着他，我们有用处。"

青云不解地望着自己的兄弟："这样的废物，留着有什么用处？"

黄云脸上露出讥讽地笑意："无论他是不是齐天大圣，他都有一张孙悟空的脸，有着斗战胜佛的身份。这么多年来，像我们这样梦想见到孙悟空甚至打败孙悟空者，比他身上的猴毛还要多，既然他已经是废物了，我们为什么不废物利用一下？"

青云领悟了兄弟的意思，眼中闪出光芒，道："而且要好好利用一下。兄弟，如果你要晕倒的话，就再晕倒吧……"

黄云的神志却异常清醒："不，现在我不能晕倒，我要做第一个单挑打败齐天大圣、斗战胜佛、孙悟空的小妖精。不凭借任何法宝，不凭借任何外力，就是我和他！我的名字，一定会被记录进妖精的史册！"

"救，还是不救，这是一个问题。"净坛使者盯着手中的苹果，缓缓地道。

"你以为我们现在该去救大师兄吗？"金身罗汉目光炯炯。

"现在去救，救出的只是斗战胜佛，而且是一个战败了的斗战胜佛；现在不去救，死猴子恐怕会被那些恨之入骨的妖怪们虐待而死。要救，只能救齐天大圣、大师兄孙悟空，至于斗战胜佛，我宁愿他死。"目光没有变化仍旧注视着苹果，猪八戒仍旧缓缓地道，"如果你愿意，可以把我的话转达给如来。"

"你知道了……"金身罗汉缓缓站起，禅杖入手，他可以感觉到久违的温润，但坐在地上的猪八戒无边的杀意，已经令他骨子里都觉寒冷。

身形没有动，猪八戒周身发出的杀意，却远远超过了他担任天蓬元帅之时的最强力量，他道："我早知道了，只有猴子那样没有脑子的东西才看不出你是如来安排在我们中间监视我们的人，虽然猴子已经这样了，如来还是对他不放心吧。"

金身罗汉勉强笑了一下："佛祖他可不知道，你现在比那只猴子还要可怕，你准备怎么样？杀我灭口？"

猪八戒道："杀了你他也一样会知道，而且，你也不是那么好杀的吧。虽然我没有猴子的火眼金睛，但你想在我面前扮猪吃老虎，那是不可能的。"他顿了顿，又疯狂地笑了起来："因为我是猪，我就是猪！"

金身罗汉也仰天大笑，他的姿势并没有什么改变，但人却似乎完全换了一个，自信，坚定，豪迈，他张嘴大笑，仿佛天地都被他吞吐入怀，就连他的身躯，都似乎变大了一倍。

笑声渐定，金身罗汉忽然问道："最后问你一件事，你为什么总是盯着苹果？"

猪八戒将苹果塞入嘴中，嚼碎吞下："因为苹果圆圆的，比较像月亮。"

　

斗战胜佛喘着气在地牢中坐下，虽然刚才的搏斗对他的伤害并不大，但他仍觉得疼痛，这种感觉，自从在太上老君的八卦炉中炼过之后，他已经很久没有过了。

他记不起这是自己的多少场搏斗了，自从黄云大王向天下群妖发出飞云传书，邀请妖精们来挑战齐天大圣、斗战胜佛、孙悟空以来，他每天都得同几十个甚至上百个妖精搏斗，一对一决斗。

当然每次他都是失败者。每一次决斗之后留给他的，不过是一身痛苦。

"为什么会这样？佛法无边啊，为什么我会这样？"刚开始时他偶尔还会思考这个问题，但世事总是如此，伤害得多了，伤口反而不会觉得痛楚，如果这时停止了伤害，人反而会觉得不习惯，因为此时，人已经麻木了。

"他们又打你了？"盲女问。也许是因为没有必要，也许是因为故意羞辱，青云黄云没有派小妖看守他，负责看守、更确切地说是照顾斗战胜佛的，是一个盲女。在黑暗的地牢中斗战胜佛虽然看得一清二楚，但对于这位失明的人类少女来说，有没有光是无关紧要的。

她的问话也无需回答，因为她是个聋子，为了不让她同斗战胜佛交流，妖精们刺破了她的耳膜。

但人是聪明的，她虽然听不见，却可以从斗战胜佛的反应中得知他的想法，人与人的交流，最重要的不是看与听，而是心灵的感觉。

"这些挨千刀的妖精！"盲女用温热的布轻轻盖住斗战胜佛的小腿，她在那个地方摸到了温暖的血迹。虽然用湿布敷着伤口只会加深创伤的痛苦，但斗战胜佛并未拒绝。盲女又歉然地道："我不是说你，我是说那些妖精，他们会遇着报应的，但愿他们明天就遇上齐天大圣孙悟空。"

"是斗战胜佛。"虽然明知她听不见，斗战胜佛仍为她纠正。也许是害怕黑暗与寂静，盲女的话比较多："你一定听过这个名字吧，我爷爷说过，天底下的神仙妖精都怕他，只要是神仙妖精犯了错，他都绝不会放过。我爷爷亲眼看到过他在这里打败黄狮精，这些害你的妖精迟早会遇到他的。"

斗战胜佛无语。

四　暗夜阳光

伤人最重的，不是无边的暗夜，而是太阳遗忘在暗夜里的那一束光箭。

——《悟能日记》

斗战胜佛几乎是渴望地望着站在面前的巨人。

虽然他失去了几乎全部的力量，但那一双火眼金睛，却是任何人无法剥夺走的。因此他一眼便看出这个巨人的原形，巨灵神。

"哈哈哈哈，原来是只毛猴子！你认得我么？"巨灵放纵地笑着。来到人世间剿灭妖魔，一直是他最喜欢的事情，因为作为一个低级的神灵，他在天庭中无论见了谁都得毕恭毕敬连大气都不敢喘，但在人世间这些小小妖魔面前，他可以尽情地挥洒自己的情感，也只有这时，他才可以找到自己是一个神明的感觉。

猴子没有理会他放纵的笑声，只是反复打量眼前这个高大的神灵。自从他弃去那个拘束他且羞辱他的"弼马温"头衔，扯出"齐天大圣"的旗号之后，这是第一批来讨伐他的天神，在天上的时日很短，他还不认识眼前的这个巨神。

巨灵神没有看到猴子如他所愿般战栗畏服，相反猴子是用一种毫无敌意的目光上下打量着他，于是忍不住再次大喝："你在看什么？"

"我在看你。"猴子认真地道，"看你的鼻子。"

巨灵忍不住摸了摸鼻子："我的鼻子有什么好看？"

猴子非常认真、非常坦诚而且非常关心地道："你的鼻孔太朝天了，下雨天雨水会流进去的，你最好做一个鼻套子。"

那是怎么样一种声势？你听过十万天兵天将与十万妖精同时狂笑的声音吗？猴子一句话便让原本杀气冲天的战场变成了狂笑的海洋，每一个神仙或妖精都忘记了战斗，整个天下充满着他们的笑声，无拘无束的笑声，甚至于有些神灵想绕到巨灵身前来看看他的鼻子是不是真的会接住雨水。

巨灵的脸上却惨无人色，唯独他笑不出来，猴子带着笑意的声音在喧闹中仍清晰地传入他的耳朵："不要痛苦，你一个人的牺牲却让那么多人欢乐，你应该感到高兴才是。"

初次见面时的场景在巨灵心中如电般掠过，他镇静自若地看着眼前充满期望的斗战胜佛，自从那次被笑之后，他的脸上再也没有愤怒的表情，即使有人同他开玩笑又提到了他的鼻孔，他也只是淡淡一笑。

这个世界上有些问题，不是发怒或者其他激烈的反应所能解决的，相反，等待与忍耐是最好的防御。

"记住，打赢了就可以，千万不许打伤齐天大圣、斗战胜佛、孙悟空，在你之后，还有许多人等着同他单挑呢。"青云一面接过巨灵递过来的出场费，一面再三叮嘱。虽然他反复要求，但仍然有两个功力比较低的妖怪收不住手，打伤了斗战胜佛，这可是他最不愿意看到的。自从飞云传书以来，斗战胜佛已经为他赚取了无数的法宝与道术，曾经是三界最可怕的孙悟空，现在是他最宝贵的聚宝盆。

斗战胜佛用充满期望的目光盯着巨灵，虽然巨灵不是什么非常厉害的神将，但如果要救他出去，是没有太大问题的，至少可以把他被擒的消息带到天界，天界与天竺向来是互通情报的，这样佛祖就会派人来救他了。

当他看到巨灵毫无表情的面容发生变化时，他的心沉了下去，相反的是，一种彻骨的寒意自深处升起。

巨灵咧开了大嘴，放纵地笑了起来，五六百年来，他从没有这样笑过，笑得这么舒畅，这么痛快淋漓，以至于周围观战的妖怪们都被感染，发出巨大的哄笑声。

"救我……"虽然心冷了，但斗战胜佛仍勉力吐出这两个字，内心深处还有着一线希望。

巨灵的笑声逐渐停止，巨大的右手一伸，揪住了斗战胜佛，一只手便将他高高举起，然后左手夹着沉重的破空声，狠狠勾在斗战胜佛的胸腹间，巨大的撞击将猴子击得高高飞起，直上半空，又重重跌落在地上。

挣扎着爬了起来，斗战胜佛喃喃道："你……怎么能这样？"

巨灵闷雷般的声音响起："不要痛苦，你一个人的牺牲却让那么多人欢乐，你应该感到高兴才是。"

当斗战胜佛像一块木头般被扔进地牢中时，盲女虽然听不见，却可以感觉到同以前不同。

"可怜的家伙……"盲女轻轻抚摸着斗战胜佛的伤处，轻轻叹息着。见到她以来，斗战胜佛没有听到她为自己的盲目而叹息过，没有听到她为自己被妖精刺破耳膜叹息过，听到她每次叹息，都是为了他。

"我是可怜的家伙……"斗战胜佛的神经虽然几近麻木，但他仍然忍不住差点笑了起来，一个又盲又聋自身难保的人类弱女子竟然称他，斗战胜佛、齐天大圣、孙悟空为可怜的家伙！

更令他苦笑的是今天同他单挑的对手。

巨灵神，哼哈二将，哪吒，托塔天王，二十八宿，九曜星官，赤脚大仙，张、葛、许、丘四天师……几乎天宫中所有武将，都变化成妖怪将他痛揍。

"原来他们如此恨我……我一定会到如来佛祖面前去告他们一状，一定会让他们好看！"斗战胜佛暗自发誓，但转念又想："不，当年师父取经成正果，途经九九八十一难，现在他们一定也是变化来测试我，世间一切，原本是空，出家人不应如此轻易动嗔，阿弥陀佛！"

盲女的安抚令他逐渐放松下来，内心也逐渐平静。盲女轻声哼着小曲，虽然她自己无法听见，但她仍唱着，在她轻柔的小曲声中，斗战胜佛逐渐进入梦乡。近来虽然身居地牢，他反而一直没有梦到大海，没有梦到岩石。

地牢里的宁静被粗暴的脚步声惊破，盲女摸到栅栏的震动，意识到危机的到来，刚刚休息的那个妖精又要被拉出去折磨了，她猛然站起，坚定地摸到了牢门口。

牢门打开，跳跃的火光中，青云的脸出现。

"出来吧，今天加班，有一个大财主来了。"青云没有理会阻碍于前的盲女，用一种不似妖精更像人类中守财奴的口气对斗战胜佛说。

"我不让你们带他走！"不知是哪来的勇气，盲女大声对着妖王说，灯光下她空洞的目光闪烁着，但她脸上的表情却是坚定的。

青云一把将她推倒在地，伸手扯住被惊醒的斗战胜佛，又一脚将刚爬起的盲女踢倒在地。

"你们这样做，会将他折磨死的。"盲女似乎不舍自己在黑暗中这唯一的也是同样不幸的伴侣，发出大声的却是徒劳的诅咒，"你们有一天会遇到齐天大圣孙悟空的！"

"她说什么？"站在青云身后的黄云惊觉般问道。青云哈哈大笑起来，这个问题根本无须他回答，盲女便又连续重复了几遍她的诅咒。

黄云也笑了起来，他大步走向盲女，盲女似乎也知道危机来临，畏缩地向后退了退，但背后就是洞壁，盲女支撑在洞壁上，大声道："你们一定会遇上齐天大圣孙悟空的！"

黄云无法再向前，因为斗战胜佛站在了他的面前，他可不愿意此时揍斗战胜佛，只是淡淡一笑，转身来到青云面前："大哥，借你的肩膀一用，我要晕一会儿。"

斗战胜佛对着他的背，没有看到他眼中闪出的妖异光芒。

片刻之后，只比死尸多一口气的斗战胜佛又回到了地牢。

黄云亲自拿着一个肉香四溅的盆子来到他面前，微笑道："今天辛苦了，给你补一补，明天还要接着打呢。"

斗战胜佛机械地接过盆子，喝了口汤，他的脑子中却完全麻木了，刚才同他单挑的，竟然是广目天王。

当他被痛击倒地再也无法爬起时，广目天王在他耳边轻轻地道："佛祖说了，这个世界上再也没有什么斗战胜佛了，永远永远！臭猴子，你认命吧！"

没有什么打击比这个来得更重，他知道广目是佛祖的亲信，广目所说一定是佛祖的意思。现在，他被一切抛弃了，绝望已经将他整个淹没。

不，还没有完全淹没，他想起盲女。自从盲女照顾他开始，他在心中就暗暗发誓，一定要让盲女自暗夜中见到阳光，一定要使盲女在寂静中听到歌声。现在的他虽然暂时还办不到，但只要他出去，他一定能想办法，他甚至已经想到了如何去找药师佛为盲女治疗。

无论如何也要出去，他大口将盆子里的食物吃完，他需要体力。

这时黄云悠悠的声音响起："味道还不错吧，你有多久没吃过人肉了？"

这时，斗战胜佛才发现，本应该在地牢中等着他的盲女不见了。

他的心冰冷，胃开始抽搐。

五　解脱

世界上什么最有力量？不是无坚不摧的神兵，不是金刚不坏的防护，不是一瞬间能将星星粉碎的法力，而是爱与恨的力量。如果，一块石头也学会了爱和恨，那么，它就是最强大的。

——《悟能日记》

"我累了。"八戒淡淡看着失去禅杖的金身罗汉，钉耙在空中划了个漂亮的弧线，又回到了他的肩上。一个苹果，不知何时出现在他的手中。

大口喘着粗气，刚才眼中的恐惧已经逐渐消退，金身罗汉并没有离去。他缓缓坐在地上，躺了下去，动作缓慢得像一个已经朽迈的老人。他将目光投向浩瀚无穷的宇宙，投向隐隐约约的星河，不知何时起，天色已晚了。

"我原本是人，为求长生不老而修道。"良久，金身罗汉缓缓道，"后来我成仙了，我原本要挣脱这世界的束缚，在天地星海之间逍遥自在，却不料被玉帝召去做了个卷帘大将。"

猪八戒任他自言自语，仍旧端视着手中的苹果。

金身罗汉也没有收回目光，他梦呓般地言语，让他自己也回到了过去。

"原来，当了神仙也有烦恼，人的烦恼还可以以死来解脱，神仙的烦恼呢，永无休止之日……人人都说神仙好，可是那时，我忽然发现我开始妒忌起人了。成了神仙，拥有强大力量，能够跳出生死轮回的我，竟然会妒忌起人了，哈哈哈哈……"

狂笑中，金身罗汉泪流满面。

"你只是烦恼，可有人却比你有更多的苦闷，后悔。"猪八戒将目光从苹果上移开，也投向浩瀚苍穹的一角，那里，一轮弯月正静静挂着，一如千百年前。

"碧海青天夜夜心……"在他心中，反复咀嚼着这句，那个在月亮上的仙子，现在是否也在咀嚼这枚苦涩之果，是否为一而再再而三的重复错误而后悔呢？

"但我胆小，我懦弱，我没有什么重要的神仙关系做后盾，我不敢拒绝玉帝的命令，我日日夜夜要为西王母揭帘放帘，为的是能保持这神仙的身份，保住这千古不坏的修行，直到那一日，齐天大圣大闹天宫……"

金身罗汉的声音慢慢高了起来："我才知道，神仙，是可以这样做的，是可以这样畅快这样自在这样无拘无束的！我，也要这样！"

"但是，你只能在梦中这样！"八戒冷冷地惊破了他的思绪。

"是的，我只能在梦中才有自由。"金身罗汉咬牙切齿，"我只有梦中才有自由，这只不过因为我是一个小神仙，是一个平民神仙，我没有关系没有后台没有依靠，有的只不过是一个神仙的虚名！"

"后来的事我们都知道了。你陷入了自由的梦中不能自拔，甚至白天也精神恍惚，打碎了西王母的一只花瓶，就被玉帝杖打八百贬下流沙河，还每七日用飞剑刺你几百次……"八戒的话语声几乎不带任何感情，似乎这样的遭遇他已经习惯了。

"我也知道你的事。"金身罗汉将目光收回投注在八戒身上，"你调戏嫦娥，玉帝亲手打了你两千锤，并让你投胎于猪……"

八戒对着月亮嘿嘿冷笑起来："这只是你所知道的，你还有不知道的……"

黄云冷静地看着在地上、在呕吐物中挣扎的猴子，看着他一面抽动，一面呕吐，先是刚吃下去的人肉，接着是胃液，然后是血。

"你果然是我的梦想，连吐起来都与众不同。"黄云轻轻地说，强烈的气味让他更加兴奋，"正因为你是我的梦想，所以你死只能死在我手中，我会给你安排一个最适合你的死法，比如说，呕吐而死……"

猴子没有回答也无法回答，剧烈的呕吐让他蜷成一团，他的四肢徒劳地挣扎，想抓住什么，但什么也没有。

黄云右脚踩在他的脸上，虽然猴子无法说话，但他可以感觉到猴子内心深处的绝望与痛苦，这，大大增加了他的兴奋感，他缓缓用力，将猴子的脸压在地上，哈哈大笑起来："记住，你也不过是个小妖精，什么齐天大圣！什么斗战胜佛！什么孙悟空！你也不过是个平平常常的小妖精！你，永远永远无法摆脱宿命的摆布！"到最后，他的声音变成了狂吼，但在狂吼深处，却是无边的恐惧，无边的无奈，无边的黑暗。

猴子或许听见了他的狂吼，"咯咯"轻吟，便不再动了，整个地牢中响起的，便只有黄云狂吼后的回音。

良久，在外边看守牢房的小妖见到黄云神态自若地走了出来："去把那只死猴子扔了。"

"你和猴子一样。"

八戒终于收回了目光，并将之投在金身罗汉的脸上，那张刚才还哭过笑过的脸，现在已经平静下来。

"你头上看得见的金箍没有了，可在你心中却套上了一个无形的金箍，可怕的是你根本无法感受到它的存在，所以你也永远不可能摆脱它！这一句话，我想对猴子说很久了，现在，我把它说给你听。"

"我明白，我明白……其实我败给你时，我就明白了。"沙僧沉重地点头，"自由自在，是任何神仙佛祖都不能给你的，只有你自己，才能为自己夺取自由。"

"希望猴子现在也能明白，其实这一切，原本是他教会我的。"八戒轻轻叹息道。但在这同时，一种冰冷的寒意掠上了他们心头。

他们无法感觉到猴子的气息了，猴子，已经死了。

八戒抬起头，目光又聚在弯月上，轻叹变成了长叹："本来以为可以唤醒他，有了他，我们一定能打破这天命，让世上万事万物都能按着自己的选择存在，而不是什么神仙佛祖与天命在决定他们的未来，只有这样，才会有真正的自由。现在……"

"现在……"沙僧也长叹。

迎着弯月的光芒，八戒的眼神开始凝聚，炯炯的目光自他双眸中射出，这一刻，他忽然似乎变得异常高大。沙僧望着他，不知为何他的身影与记忆中大闹天宫时的孙悟空的身影重叠在一起，令他难以分辨出哪一个是八戒，哪一个是悟空。

"现在，即使没有猴子，我也必须一战！"八戒低低但坚定地道，月亮的光华似乎全被他吸取，他的全身竟然发出隐隐的白光。

"你为什么会这样……"沙僧吃惊地问。

"为了向那个人证明，宿命，天意，都是可以打破的！为了让她知道，我们的命运，是可以由我们来掌握！"八戒又缓缓补充道，"为了证明，爱，可以改变一切！"

回望愕然的沙僧，八戒脸上露出半喜半怒的表情："让我告诉你真相，调戏嫦娥的不是我，是玉帝自己。"

"我怎么……终于死了吗？"悟空略带解脱地看着黄云踩着自己肉身的脸，又随抬死猴子的小妖们离开了地牢。

当死猴子被扔进山涧时，他围着自己的尸体徘徊良久，不知自己该如何是好。当他在自己的尸体边坐下时，他甚至不知自己该迈出哪一只脚。

"是先迈左脚，还是先迈右脚？"他问自己。当他终于决定先迈右脚时，牛头马面站在了他的面前。

"好久不见了，齐天大圣、斗战胜佛、孙悟空！"牛头狰狞地笑道，"我们等你很久了，自从上次你大闹地府起，我们就一直在等你，等你被宿命带来的这一天，说实话，我们都有些等不及了。"

"我跟你们走，也许转世投胎对我来说是个不错的选择，至少不用再在这里为先迈左脚还是先迈右脚而伤脑筋了。"悟空道。

马面笑起来似乎要可爱得多："先等一下。"

悟空吃惊地看到，牛头与马面猜起拳来，马面胜了，然后马面微笑着向他走来："在带你去地府之前，有件事我们想先办了，让我们成为地府中打败齐天大圣、斗战胜佛、孙悟空的最早的人吧，你说怎么样？"

悟空惨然看着走近的马面："我可以选择吗？"

"反正你已经打了那么多场，也不在乎多加这两场，你说是吗？"马面笑容不改，但声音阴冷，"因此，你没有选择。"

重击与他的声音同时击中了他，孙悟空仰面后飞，重重落在地上，却没有发出丝毫声音。

"成了鬼魂，却还知道痛啊……"悟空想，他闭上眼睛，等待着紧接而来的打击……

"打够了吗？现在可以带我去转世投胎了吧？"看着打累了坐

在自己尸体上休息的牛头马面，悟空道。

"转世投胎？你还想转世投胎？"牛头狂笑着，"你的命运决定了你永远将成为一个孤魂野鬼，没有任何希望。其实，即使你去转世投胎，也不会有任何希望，这天下有谁不是在命运的安排下运转，有谁有过什么希望？"

孙悟空目送牛头马面离去，缓缓倒在地上，身上的痛楚如海浪般阵阵袭来，但他的头脑却越来越清醒。

"死了，也无法解脱，这就是命运的安排。活着时在命运的支配下无意识地活动，死后还要被剥夺希望，这就是命运的安排。"

海水的声响在他耳边响起，眼前似乎出现了梦中的场景。

那海，那石，那潮汐。

六 觉醒的光

这个世界上有些事情就是这样，我们知道答案，却不知道问题是什么。

——《悟能日记》

若有若无的桂花香味，在广寒宫中弥漫，突突的伐木声使得这月宫更加宁静而寂寞，正如居住在月宫中的人。

吴刚将斧头举起，又重重劈了下去，再高高举起……如此反复。他已经在此徒劳了千万年，他不知还要如此徒劳多少个千万年，对此他也毫不关心。他只是尽力举起斧头，一遍又一遍地砍向这不断重生的桂花树。他的姿势优美而有韵律，即使他自己也在这伐木声中睡着了，但他的动作不会停止，在他可以想得到的未来，也永远不会停止。

也正是因此，他没有看到天蓬元帅来到了月宫。

天蓬没有进入广寒宫，他只是来到院墙的一角，悄悄坐下，随着吴刚的节奏，静静地等。这么多年以来，每当无月之夜，他便会悄悄来到这里，静静地等下去。

他在等什么？是小楼轻纱后那同样静静的身影？是偶尔会传来凄婉的歌声？是隐隐约约却沉重地击在他内心深处的叹息？

他自己也不知自己在等待什么。天空中有月亮的夜晚，他会站在天河边，企求太阳早些落下而月亮早些升起，而没有月亮的时候，他便会悄悄来到这里。

那个人知道他的到来吗？有时他也自问，但这并不重要，重要的是，他在守候，在等待。

纤纤的手指轻轻撩起窗纱的一角，嫦娥习惯性地向墙的那一角望去。

"他……"嫦娥又迅速地将窗纱放下，心却如窗纱般波动起来。"他在……"半是喜悦，半是惊惶，随着这轻声叹息搅动了她的心绪。从什么时候开始自己在意起这个傻傻坐着的神仙了呢？她记不起来了，唯一记得的是，那一双眼睛。

那不是一双其他男子的充满情色欲望的眼睛，那也不是其他男子故作正直拼命压抑的眼睛，那是一双有神的而且清澈如天河之水的眼睛。每当嫦娥接触那双眼睛中温柔的目光，她的心便会跳个不停。为什么会这样？难道经过千万年前的伤心事，这颗古井无波的心仍旧还会火热地跳动？

同样的场景重复了多少次，在将来还要重复多少次，天蓬不知道，嫦娥也不知道，一个静静地等，一个静静地躲，都不过是因为吴刚偶尔会自言自语的那句话。

"天命难违。"

海在脚下澎湃起来，像沸腾的水。

巨石感觉到海浪震动传来的信息。

"来吧，到这边来吧。"潮汐轻轻地呼唤着巨石。巨石忽然觉得满心欢喜，他听到了一个声音在自己体内怦怦作响。

那是什么？那是声音吗？那是什么声音？那是我心跳的声音

吗？我是谁？我怎么了？我是从何而来的，我又将要向何而去？

巨石可以感觉到自己体内的变化，他惊喜地等待，等待这变化的终结。

潮汐每日将海那边的问候带来，又将他的问候带去，渴望与忍耐之间终于不能平衡，他不能等到变化的终结。那一天，巨石击碎了自己，他跃出来了。

海浪欢笑着卷向这新生的生命，他赤裸裸来到这世间，他欢呼着跃起想去拥抱这天空、这大地、这海、这一切。

在海水中，他看到了自己。

他还是只猴子。

于是他狂叫起来。

猴子从地上一跃而起，他是被自己的狂叫声惊醒的。

"我怎么了，做了个奇怪的梦？"他将身体投入山涧溪流，清晨水的凉意将他从晕沉中唤醒，也逐渐恢复了他的记忆。

他静静地注视着水中的自己。

"我又活了……"

"你又活了……"

老人悄无声息地出现在他面前，红润如婴儿的脸上浮现出浅浅笑意，这笑意。猴子是那么熟悉，但猴子突然发现，自己记起了许多事，却忘记了一些最重要的东西。

"我是谁？"猴子问。

"孙、悟、空。"老人如当年为猴子取名时那样，缓缓地道，当年为猴子取名时的记忆瞬息间同时在两人心中掠过。

"师……父……"猴子艰难地压抑住自己的感情，伏倒在菩提老祖面前，"是你救了徒儿？"

菩提注视着东方山顶泛出的光明，天就要亮了。他道："不，救你的，是你自己。"

那一天天蓬仍然静静坐在墙角等待即将到来的未来。

那一天嫦娥仍旧悄悄坐在窗后躲避即将到来的未来。

他们都没有看到，玉帝与几个亲信护卫，悄悄进了广寒宫。

"你还在思念那个灰飞烟灭了的后羿吗？"玉帝柔和的声音打破了小楼中的寂静，受惊的嫦娥将脸上的绵绵情意一瞬间收起。

"你有了永恒不灭的青春，你有了万劫不逝的美丽，你有了世人瞩目的身份，但你没有幸福的笑容。"一面用柔和的声音敲击着嫦娥的心，玉帝一面带着迷人的笑容向她张开了怀抱，"现在，我要给你幸福。"

如果不是那个人千万年来痴痴地等待，自己还能抵挡住这种诱惑吗？嫦娥不敢想，一瞬间她忽然体察到了幸福。

被人等待的幸福。

于是她绽开千万年来第一次真正的开心的幸福的笑容。

樱唇轻启，玉帝脸上迷人的笑容却逐渐消退。

"不。"

玉帝几乎不敢相信地看着这个拒绝自己的女子，千万年的寂寞难道还没有让她屈服？

他恼怒了，顺着嫦娥的目光，他大步来到窗前，一把将隔开嫦娥与天蓬千万年的窗纱扯下，他向外望。

外面是愤怒回视的天蓬。

"原来如此。"玉帝的面色变了，笑容又浮现在他脸上，他回望嫦娥。

"你已经得到了幸福，那么，你就必须为你的幸福付出代价。你愿不愿意还给我你的青春、你的美丽和你的身份？"

嫦娥的脸一瞬间如纸。

她望着同样苍白如纸的天蓬的脸，三个人都寂静无声，都在等待她的回答。

只有吴刚伐木的声音"突、突"一下又一下敲击在三人的心上。

良久，她摇了摇头。

"天命难违。"这是天蓬听到的她对他说的第一句话，也是最后一句话。

"因为你的心中，还有着强烈的爱与恨，所以你没有死。能救你的，只有你自己的求生意识。"菩提端详着自己的这个弟子，"你的恨，你已经找到；你的爱，你还未找到，所以你只不过活了过来，仍旧没有力量。"

猴子仔细看了看自己瘦弱的手："我的力量，我的力量怎么了？"

菩提苦笑："你过于信任如来，却不相信自己的力量，你以为可以依靠佛法，却把自己的力量献给了佛祖。"深深看着猴子，菩提又道："认识你自己。"

猴子仰望着老人，老人的身影逐渐模糊，缓缓消失在空气中，老人的声音却在山谷中回荡不已。

"认识你自己……"

猴子陷入深思，忽然他觉得这样思考，对于他久未思考的大脑来说太累，于是，他想起了八戒的思考方法。

他从树上摘下一只桃子，痴痴地盯着。

"原来如此。"沙僧良久后只说了这四个字。

八戒炯炯的目光逼视着他："我不怪她，我只是想向她证明，只要有爱，天命也可以逆转，命运也可以打破。"

沙僧苦笑："那么，你首先就得打倒执行天命的神仙佛祖。"

八戒转过身去，大踏步走。"既然猴子已经完了，那么，就只有靠我自己了。"

沙僧站了起来："我同你去。"

"等一下。"

一个女子清脆的声音在二人耳边响起，声音响的地方，蓝色的光如水波般向四周散开，接着又聚在一起，聚成一个蓝衣女子。

"你们去，不过是送死而已。"蓝衣女子淡淡地道。

这是何等特别的一个女子！八戒与沙僧无法用形容女子的美或丑来修饰她，晨风中浮动的长发闪着暗蓝色的光芒，沉静的眸子里反射出的也是如晴空的色彩，见到她的一瞬间，连八戒都几乎忘记了月亮。

最让他们吃惊的是，这个女子给他们的感觉，是如此的熟悉。

七 目光

从诞生的那一天起，我们就在寻找，寻找究竟什么才是自己，当我们找到的时候，也就是我们失去自己的时候。

——《悟能日记》

太阳悄悄爬上了山头，第一缕阳光射在猴子的身上。

"认识我自己……"仿佛是被这阳光照亮了心扉，猴子忽然知道自己该做什么了。

"我要回去。"

于是猴子踏上了向东行进的道路。

没有完全恢复力量的猴子，自然不会知道，冥冥空中，有无数双眼睛注视着他，但他能够想到，向东走，是一条比他西游前来还要危险的道路。

"原来你还没有死……你还想挣扎吗？"如来盘膝于莲座，在冥想中，他看到了猴子穿山越岭的身影，在他看到的同时，思维的波将他所见的同时传递给了观音。

观音的笑容丝毫未变，千万年来她一直相信着高高坐在莲花座上作无畏印的人，她深信，这世界上一切终究飞不出他的手掌心——六百年前是这样，六百年后仍是这样。现在，是她考虑如何利用这机会为自己积些功德的时候了。

"我佛大智大慧，洞察古今未来……"观音又以她那长达三炷香的祝词为开始，最后，她道："请让木吒前去降伏妖魔。"

如来微笑："不用我们……"

"你为什么要阻拦我们？"

八戒从这神秘女子出现瞬间的惊愕中恢复，他将视线又移到一个苹果之上，再也不望这女子一眼。

"你以为，一个人的力量可以击破天命吗？"蓝色女子高昂起头，周身散发出无可比拟的自信。八戒与沙僧忽然知道为什么对这个女子如此熟悉，她那种自信与六百年前齐天大圣孙悟空站在灵霄宝殿前的自信一模一样。

"你想试试吗？"八戒将苹果送入口中，单手握住钉耙。

两人都没有什么特别的动作，但沙僧无法不被这两人发出的强烈战意挤压后退，一步、两步、三步……汗水自他额头滴下，虽然不处于战意正中间，他仍旧感到无边的恐惧。

战意形成的狂飙中的两个人却傲然而立。

蓝色女子手轻扬起，指作拈花。

一条蓝色的带子出现在她的手中，紧接着便化作了漫天蓝色的光影，如四海里的碧波全涌向八戒。

巨大的压迫感仿佛化作了实体，八戒瞪着眼前这一片蓝色，想将它完全看透。

九齿钉耙以一道优美的弧将漫天蓝影扯裂，力量向四周迸开，掀起了一阵狂风，将周围的草木吹折，碎石掀起。伴随着八戒的大吼声，钉耙如巨爪横扫。

但漫天蓝影又很快弥合，势如雷霆的钉耙像是击中大海，所有的力都被传开，而被这力掀起的海浪卷向了八戒。

出其不意的逆袭将八戒庞大的身躯卷起，周身传来被海水淹没般的巨大压力，这压力如海潮般不断袭来，似乎可以将处于压力中心的一切都挤压得粉碎。但这对于八戒没有什么用处，他非常熟悉水性。

他原本就是，天蓬元帅。

什么时候才能回到故乡？

猴子望着一重又一重的群山，有力量时，这样的山他可以一口气翻过一万座，而今，他却只有望着山叹息。

上空传来巨鸟扑击的声音，猴子抬头举目，一只山鹰正低低地掠过山顶，在空中，它是自由的。

猴子从枝头摘下些嫩叶，胡乱塞进自己的嘴里——这张嘴，吃过天上的蟠桃，饮过瑶池的琼浆，也吞下了地牢中那唯一照看他的盲女，而今，晚秋未凋尽的嫩叶便足以让他觉得鲜美无比。要回到远在东胜神洲傲来国花果山的故乡，体力是极为重要的。

空中滑翔的鹰冷冷看着下面树上的小点。

这是一只猴子，虽然猴子并非鹰所喜爱的食物，但在这个季节里，有猴子吃也算不错了，更何况这只猴子看起来比一般的要大许多。鹰并不着急，它要的是一扑必中的机会。

猴子没有意识到危险，当黑云一般的巨鹰尖啸着俯冲时，他几乎惊呆了。

这雷霆万钧般的下扑气势，这一击必中的下扑姿势，这义无反顾的下扑决心，让他想起，自己曾经拥有过的力量。

猴子发出凄厉的惨叫。一瞬间他身上的毫毛全部竖了起来，但这既不能吓住鹰，也无法获得它的同情。

鹰的利爪如刀般斩向猴子要害，但就在此时，鹰发出了悲鸣。

猴子瞪大了双眼。他知道有人救了他，他四处搜寻那个用法术救了自己的人。

"师父吗……"他问。

回答他的是一阵狂笑。

喘息略微平静，八戒的目光如箭。。

蓝色女子依旧平静如水，手中蓝绸带子在风中轻轻飞舞。

无法从她的目光中看透什么，对手如大海般深不可测，又如蓝天般清晰透澈。

八戒再次举起钉耙，这次他用了双手。他曾以为除了大闹天宫时的孙悟空，没有人再能让他双手对敌，但眼前这个蓝色女子，却迫使他不得不用上全力。

钉耙没有带任何风声，只是缓缓地，像是有什么东西在阻碍一般向蓝色女子天门压了下来。空气在钉耙下似乎凝结，吱吱做声，升起冉冉的雾气。

蓝色女子凝视着钉耙，额间终于渗出汗水。

八戒的目光逐渐变得炽热。

如果当年认识到这点，如果当年知道这点，那个玉帝还能从自己身边将嫦娥夺走吗？一瞬间，他的思绪穿透了时光，逆流到六百年前。

"天命难违。"嫦娥决然地望着天蓬。

整个月宫，整个苍穹都似乎在崩溃，大地在碎裂，烈焰在奔腾，海水在咆哮，这一切都在天蓬的心中。

但他的目光却平静下来。

玉帝脸上的嘲意丝毫没有刺激到他的内心，伴随着嫦娥那一句话，他的心，已经碎了，再厉害的打击，都不可能伤害一颗已经碎成无数片的心。

"你退下吧。"玉帝不愿意让人觉得自己是个肚量狭窄的神，因此他淡淡地道，虽然他脸上的嘲意已经明显地警告了天蓬。

沉默。

"你快退下吧!"玉帝重复了一遍，他还补充了一句，"这是朕的命令。"

朕的命令，即是天命。这句话是玉帝没有说出来的。

依旧沉默。

愤怒的玉帝再次打量着眼前这以沉默对抗天命的男子，顺着这男子的目光，他看见嫦娥用一种他从未见到过的眼光正凄婉地看着天蓬。

无奈、羞惭、爱怜、绝望、渴求、温柔、决然……

从来没有人用这种目光看过自己，从没有想到目光能同时表达如此多的情感，从来没有像这一刻一样，让玉帝觉得无力。即使是孙悟空大闹天宫打上灵霄宝殿之时，他仍旧相信自己能获胜，因为，天命如此。但此时，玉帝却觉得无能为力，这个久居月宫的女子，为何不肯将这万种柔情的目光投向自己？

苦笑浮上了玉帝的脸，原来，执行天命的自己，在天命面前也不过如此。

"来人……"他缓缓道，"天蓬借醉调戏嫦娥，给我带走！"

天蓬没有反抗，也无法反抗，他不过是一个中等的神仙将领，绝不会是玉帝近侍的对手。更何况，嫦娥的目光阻止了他。

他就这样几无知觉地被拖走，他的意识仍旧停留在嫦娥的目光里。

巨灵狂笑着，望着猴子。这一次他没有变身，猴子在他面前是那么渺小，渺小得他一伸手便可以将他捻碎。而猴子在山鹰攻击下的狼狈与畏惧，更令他觉得有种前所未有的满足——这种满足是他在天上做一个低级的神仙难以得到的。

猴子仰望着巨灵，没有做声。

巨灵的狂笑平息："你又在看什么？"他对猴子的平静很奇怪，这个面对着一只鹰尚且几乎破胆的猴子，这个前不久还在青云洞被自己痛揍的猴子，这个仍旧弱不禁风毫无用处的猴子，面色竟然如此平静，平静得似乎自己根本不存在。

"我在看你的鼻子，你的鼻孔太朝天了，下雨天雨水会流进去的，你最好做一个鼻套子。"猴子的回答一如六百年前。

意料之中的答案也带来了意料之中的反应，狂笑从无数天兵天将嘴中发出，巨灵愤怒回视，却发现笑得最响的，是他不敢得罪的人。

哪吒。

于是巨灵也跟着笑了起来，虽然每一声笑声都像刀一样刺在他的心里。

笑声中他向猴子伸出巨灵之掌，笑容无法掩去他愤怒如火的目光，而猴子的目光平静如水。

一瞬间思维回到了六百年前，当思维恢复时，形势已逆转。

蓝色女子的蓝色带子蛇般昂起，卷住了八戒的手臂，他的手，再也不能向下压下一分一毫。

"不要动用你的天罡变化。"蓝色女子从毫无表情的八戒脸上看出了他的心意，"对于我，你的天罡变化是没有任何用处的。"

世界上的事，有没有用处，只有试过才知道。蓝色女子的话音刚落，八戒的身影突然胀大起来，片刻间便超过了山。

但蓝色的带子仍紧紧缠着他的手臂，他变化，带子也变化。

蓝色女子拉了拉带子，巨大的八戒变成了一块巨大的山石，压向她的身体。

蓝色女子眼中闪出一丝不忍，伸出左手，伴随"破"一声轻咤，食指弹出。

看出危机的沙僧拼命掷出了禅杖。

禅杖横亘于八戒与女子之间，轻轻一声响，又掉在地上。女子这一指给禅杖挡住，而八戒也现出本相。

女子收回了蓝带，八戒呆呆看着自己脱开束缚的手。

超过了大闹天宫时孙悟空的力量，仍旧是如此不足为恃，难道天命，真是如此不可战胜的吗？

"你是谁？"沙僧抹去汗水，无力地问。

"如果你们愿意，"女子的目光仍如蓝天般清澈，"就叫我潮汐。"

八 认识自己

有一个人，是每天我们都要见到的，但有的人到了进坟墓的那一天，还想不起这个人到底是谁，这个人，就是我们自己。

——《悟能日记》

巨灵捏住了猴子。

"拿开你的脏手。"

猴子平静如水的目光令巨灵觉得不安，他不太明白发生了什么，这个半死的猴子为什么还如此镇静。

"我要捏死你——"巨灵决定给猴子这一慈悲的死法，痛苦不会延续很久，但会比较难看。在天宫中，他的力量向来是被别人使唤来使唤去的，但在这里，他可以按自己的心愿使用自己的力量，这让他非常满足。

巨大的挤压力量使得猴子的血全部冲向脑门，似乎血液就要冲破血管，冲破皮肤。周身的骨骼发出可怕的咯吱声。

"还是要死吗？"猴子心中黯然。

巨灵看到手中的猴子不再挣扎，于是又发出狂笑，从他张开的阔嘴里发出阵阵臭气，喷向猴子。

"要死在这样的家伙手中？要如此窝囊地死去？要从此就向命运屈服？"疼痛反而让猴子更加清醒，是死前的回光返照吗？

"认识我自己……我是谁……我是孙悟空吗？我是孙悟空之前我又是谁？我是孙悟空之后我会是谁？"无数个问号将他的思绪又带到了花果山。

"想起来了，我原本是一块石头……"千万年来的往事如梦般在他的脑中一闪而过，他闭上了眼睛。

巨灵的手指用力，但他觉得自己似乎是在捏着一块石头。

孙悟空缓缓睁开双眼："拿开你的脏手。"

巨灵吃惊地看到自己的手指一根根被孙悟空折断，然后是海浪般汹涌而来的痛苦，狂笑变成了哀号。

哪吒惊奇地看着这变化，这个猴子又变成了孙悟空吗？死了的人还能复活？被佛祖夺去了力量的人还能恢复？天命决定的事情还能逆转？

他还不是孙悟空。

疯狂的巨灵旋风般的斧头下，他只能狼狈地躲避，他并没有完全恢复。

哪吒忽然觉得有趣起来，这一切让他回忆起过去的自己。当年自己也是死后以莲为肉以藕为骨复活的。这个猴子走的道路与自己当初如出一辙——只是最后的选择不一样。

人在命运的支配中，有时可以选择，是服从还是违抗。当初如果自己选择的仍旧是违抗天命，结局会是怎么样？

"我也是一个妖精，一个普通的妖精。"潮汐平视八戒，"因此，你大可不必担心我会替天命阻止你。"

八戒目光凝聚在手中的苹果上，默然无语。

"我希望我们能合作。"潮汐提出一个无论从哪方面来看都无法拒绝的建议。

"不。"八戒目光没有离开苹果，但脸上浮现出似有似无的笑，低声但很坚决地拒绝了提议。

"为什么？"

八戒没有回答，嚼碎苹果吞下，他闭起了眼，没有理会潮汐。

一起反抗天命？即使你是真的想反抗天命，但有谁知道我们在此相遇本身是不是天命的安排？谁知道我们的一切行动是不是早已命中注定？

潮汐愤怒地看着八戒，住口不再说话。

闭着双眼的八戒与沙僧却又产生了那种熟悉的感觉，为什么这个女子让他们觉得如此熟悉？她的力量她的气势都让他们觉得熟悉，熟悉而亲切……

蓝光闪过，潮汐的身影逐渐消失，但这同时，八戒和沙僧几乎同时叫出声。

"等一等……"

我们在生活中是不是总有要等等别人或请别人等等的时候？我们是不是会因为一次等待的不耐而让心中留下了永远的遗憾？我们是不是因为一次等待的欺骗而在心中烙上永不愈合的伤口？或者，我们一生干脆就是为了完成一次长时间的等待？

身体已经在千里之外的潮汐心中掠过这奇怪的想法。当初那个人不就是没有等一等而落得个形单影只？而自己也不正是为了多等一等而错失了机缘？究竟是天命让我们犯了错误，还是我们自己的选择造成了错误？我现在的选择结果又将是正确还是错误？

蓝光流转，潮汐又回到了八戒与沙僧身边。

她看到的是完全不同的八戒与沙僧。

巨灵的斧贴近了猴子的脑门。虽然没有他想见的猴子跪地求饶的场景，但巨灵已经很高兴，这种高兴让他右手指折断的疼痛也似乎好过了些。

他没有听到哪吒轻蔑的哼声。

猴子双手合十，夹住了巨灵的斧刃。被佛祖抛弃的猴子以一个标准的向佛祖合十行礼的姿势救了自己。

"认识……我自己！"猴子的大喝声中，巨灵的斧脱手飞出，直冲碧空。

"认识……我自己！"哪吒不知为何很想反复咀嚼这一句话，于是，他轻声念了出来。

巨灵瞪目盯着眼前这小小猴子。猴子在一瞬间压倒性的力量，让他想起当年金箍棒曾经给他带来的窒息般的压力。他几乎要以为这是梦了，那个大闹天宫的孙悟空，又回来了吗？

猴子仔细打量着自己的双手，刚才那是自己的力量吗？

巨灵庞大的身躯悄悄向后移动，他想起当年孙悟空的棍子，想起在青云洞中自己对他的虐待，这令他不得不让自己庞大笨拙的身躯尽可能离猴子远一些。

"我究竟是谁？"猴子与哪吒几乎同时问出这个问题。

猴子茫然环视着周围的天兵天将，忽然大声地问道："我究竟是谁？"

火焰闪过，哪吒的火尖枪从猴子破烂的袈裟中穿过，将猴子挑起，猴子可以感觉到枪尖传来的炽热，也可以感觉到枪尖气机传来的轻轻颤抖。

"不管你是谁，你都得死。因为这是天命，天命是不可违的。"哪吒原本红润的脸有些白，他大声地一字一句地对猴子说，也是在回答自己。

猴子目光依旧，火眼金睛盯着哪吒："是这样的吗？真的是这样的吗？"

火尖枪突然回收，紧接着一瞬间又是急吐，每一枪都贴着猴子皮毛穿过，枪尖的火焰几乎要将他的毛皮烧焦。伴随着疯狂的突刺的，是哪吒愤怒的叫声："是这样的！这个世界，原本就是这样简单！"

如果是这么简单，那你为何在心中会有痛苦会有挣扎？那你为何会想起多年前的恨事？你为何为想起那海边的少女？

那是什么时候呢？几百年前还是几千年前，为什么我会沉睡如此的久？为什么我会在这么长的时间里都不能记起？

那天天气真好……天与海，都是碧蓝的，海风拂动你的发，你的笑容比阳光还要灿烂，你的声音比仙乐还要动听，你在沙滩上轻快地奔跑，细小的浪花在你脚下翻起，连海水的鼓动都为你而轻柔，整个世界都充满你的气息，自由而快乐。

为什么我要追逐你？为什么我不能早些追上你？为什么黑色的浪掀起来时我会惊呆？为什么龙太子与巡海夜叉的狂笑会将你整个淹没？为什么我再见到你时，你只是一具冰冷腐烂的尸体？

巡海夜叉的头被敲碎了有什么用？龙太子的筋被抽了有什么用？这一切，这一切都不能换回你的笑了；这一切，这一切都不能换回你的歌了。我只能永远把那一天在内心深处收藏，每一年每一月每一天每一时，反反复复，直到地老天荒。

可是后来呢？后来发生了什么？师父说你死了是天命，爹爹说龙王来报仇是天命，佛祖说龙王报仇时杀死了那么多无辜百姓还是天命……天命难违，最后我选择了服从天命。为了天命，我割了肉剔了骨换了这莲花身；为了天命，我能变成妖精去青云洞打那没有还手之力的猴子；为了天命，我把你是谁都忘了；可为什么今天，我会想起呢？

认识……我自己？

"你能认识你自己么？"

哪吒目光炯炯。在他的目光下，猴子依旧茫然。

"不知道。"

火尖枪向天高举，腾腾的烈焰围绕着枪尖跳跃，这些跳动的火的精灵也感受到一种变化，跳动得格外绚丽。

"让开。"哪吒大喝。

十万天兵惊愕地看着他。

"乘我的风火轮，去寻找你自己吧！"哪吒大喊，脚下的风火轮将猴子高高托起，直冲蓝天。

"让我看看，当初我没有选择的那条路会有什么结果吧。"这句话哪吒没说出来，那一年海边的一幕再次在他脑海中浮现。

浑天绫如虹般冲破天兵的阵势，紧随其后的，是被风火轮托起的猴子。

望着向自己围拢过来的天兵天将，哪吒长长吸了口气，火尖枪重重刺入地面，一瞬间，在他周围腾起了烈焰。

"天命，来吧！"

九 心

仔细侧耳倾听吧，在天与地之间，无数精灵在唱着自由的歌，但只有有心的人才能听得清。

——《悟能日记》

檀香的烟雾将宝殿装点得隐隐约约，宝殿里的无数张脸都在似隐似现的烟雾下，显得正气凛然。

低声的梵唱在大殿中漾起微微的回音，如来低垂着眉，也如其他人般拨动着念珠，口中喃喃念佛。

别人念佛是为了求得如来保佑，如来念佛又是为了什么？

"求人不如求己。"

梵唱的合鸣、檀香的迷离、宝像的庄严，形成了一种无形的力量，牢牢笼罩在大殿中每一个神佛的心头，形成强烈的信念。

每个人心中都平静如水。

如来低垂的双眉挑了一下，一直在注意着他的观音眉头也轻轻一皱。众神佛感受到这前所未有的变化，都睁开了双眸。

浅浅的笑意浮现在如来唇边，他必须压制住自己的痛苦与惊诧，他，是这个大殿中一切信心之源。

"今日为诸位说大乘最胜王经，若人欲得最上智，应当一心持此法，增长福诸功德，必定成就勿生疑。若求财者得多财，求名称者得名称，求出离者得解脱，心定成就勿生疑。"雄浑的男音在大殿中嗡嗡作响。

一段经诵完，如来又垂下了双眉。此时，猴子正夹住巨灵之斧。

"刚才那股强大到直接牵制了我对猴头禁制的力量，是谁？"

观音也合上双眼，眼角余光在旃檀功德佛脸上一扫。

旃檀功德佛没有任何表情。

"悟空，师徒一场，能帮你的就这一点了。"

潮汐惊讶地看着八戒与沙僧，而八戒与沙僧也同样惊讶地看着潮汐。

"这两个不人不妖不仙不佛的家伙，怎么一瞬间就变得这样了？刚才他们的气息还是那么消沉，现在为什么如此昂扬？还有，他们的目光为什么这样可怕？"

"这种力量，我想起来了，正是这种力量，一模一样的力量，难怪会对这个女子如此熟悉，这是因为我熟悉她的力量。"

八戒炯炯的目光上下打量着潮汐："你是……死猴子？"

潮汐几乎晕倒。

"你这个臭猪……我怎么会是猴子？"

沙僧的目光也如八戒般兴奋："一定是大师兄的鬼魂借了一个女子的身体，难怪她开始说自己是一个妖精，大师兄本来就是个猴妖！"

"我、不、是、猴、子！"潮汐几乎想杀了这两个怪物，一个女子，无论她的身份是神是妖是鬼是人，都绝不允许有人把她当做猴子。

想起自己不该这样死盯着一个女子，八戒的目光移向天际，月宫的那个女子会不会怪自己有片刻没有思念她呢？当年一别时，自己用目光向她承诺，不论什么时间什么地方，都会念着她的。

"至少，你身上的力量，与猴子的力量一模一样。"他冷冷道。

潮汐的脸色顷刻间惨白。

"你们是说，"她一字一句，"你们见过，拥有和我同样力量的人？"

"嗯！"八戒与沙僧用力点头。

"你们是说，那个人是你们的大师兄？"

同样的回答。

"你们是说，你们的大师兄，是一只猴子？"

在八戒与沙僧回答之后，潮汐便几乎晕了过去。

等了无数年，从大海形成的那一天起，不，仿佛从天地分开的那一天起，自己在痴痴等着的，就是一只猴子？

想了无数次，夜夜日日千思万想的，就是一只猴子？

梦想与他一起并肩打破天命，让所有一切都同自己般自由自在的那个人，竟然是个猴子？

"天命如此……"潮汐苍白的脸上浮现出苦笑。与天命为敌者，天命必罚之？

"多告诉我一些，你们师兄，那只猴子的事情。"

风鼓起破烂的袈裟，钻入猴子怀中，轻轻抚着猴子的毛皮。群山在脚下飞逝，白云在面前掠过，淡淡的水汽很快便将猴子全身都洇湿。

猴子深深吸了一口气，又长长吐了一口气。

无数往事也如这云般掠过。

山之后，是浩瀚无边的万里烟波。海那边，是魂牵梦绕的家园故国。

有多长时间没有看到花果山？猴子无法回答自己。

不知为何，泪水突然盈满了猴子的眼眶。五行山下五百载光阴里，他没有哭过；西天路上九九八十一难中，他没有哭过；青云洞中的凌辱折磨时，他也没有哭过；但到了家乡边上，为什么他会哭？

风火轮低低自浪尖上掠过，海鸥低鸣让开了天空，猴子的泪水一滴滴落在海面上，溅起微微的涟漪，但很快就被海浪掩盖，了无痕迹。

每一朵浪花都在欢腾跳跃，这些海的精灵大声喧哗着，后浪拥着前浪，前浪引着后浪，大自然的神奇力量让它们跳动不已，永不停息。它们忽而聚成群山，忽而散作珠玉，忽而直冲九霄，忽而一泻千里。它们自由地无拘无束地欢腾跳跃着。

垂首看着浪花的猴子，忽然也有了要同它们一起跳跃的冲动。

"来吧。"浪花大声召唤。

"去吧。"海风轻声鼓励。

猴子对着海风张开了自己的双臂，仿佛要拥抱这天空，这大海。

海与空的气息缓缓注入他的身体。

猴子脚下的风火轮的光焰突然减弱下来，一闪一闪，紧接着完全熄灭，碎裂，坠入大海。

猴子也随着落入大海。

"哪吒完了。"这是他入海前最后的念头。

"李靖，你教的好儿子！"

玉帝冰冷的目光盯着托塔天王，这个地位很高的神将如闻丧钟的恐惧令他心中稍觉快慰。八十一级的白玉阶下，李靖正战栗着跪在那儿。

"臣该死，臣该死！"顾不得平日的威严，李靖拼命磕头，"臣已亲手将叛逆哪吒收入镇妖塔，还请陛下降罪。"

冷冷的笑意在玉帝心头浮起，这个看起来神圣的神仙，这个表面上正直的父亲，为了自己要再一次牺牲自己的儿子了。既然如此，那就遂他愿吧，也好让所以神佛人鬼妖都知道，逆天命者，必不得好死。

"既是如此，那朕就给你一个大义灭亲的机会。"望着噤若寒蝉的神仙们，玉帝的目光逐渐残忍，"由你为监斩官，亲自于斩妖台斩杀叛逆哪吒。"

太乙真人白眉一展，便看见玉帝如冰的目光转向自己，他只是轻轻颤了下唇，便不再做声。

灵霄殿里回响的只有李靖磕头的声音和他感激涕零的谢恩声。

"要他亲手杀死自己的儿子，他还必须谢恩……这就是天命的威力。"玉帝轻轻吁了口气，哪吒不足为虑，现在令他担心的，是那只猴子。

天命的主宰权确立以来，这只猴子是唯一一个屡次与天命不符者。

"二十八宿听令。"

短暂的惶惑转瞬即逝，玉帝的神色又恢复平静，平静而庄严。

"你是谁，为什么会有大师兄一样的力量？"

眼睛盯的是苹果，说话却是对着潮汐。

蓝色的带子迎风飞舞，潮汐笔直地站着，没有像八戒与沙僧那样找个地方随意坐下，她将目光投向遥远的东方，投向浩瀚的时空。

是从开天地起吗，还是在开天地以前，自己就痴痴立在那里，无知无觉，不会累也不会轻松，不知风霜也不知雨雪？

又是从什么时候开始，海水在脚下澎湃？这些活着的精灵，这些永不停息的精灵，它们是快乐的，它们是欢笑的，它们是自由的。

"海的那一边，浪的那一端，会是什么？"自己无数次想问大海。

可是自己无法问，自己只是一块石头。

"要是能动能看能听能说，那该有多好……或者请海那一边浪那一端的来看看我……"

潮汐将自己的心意带走，后浪传给前浪，前浪引着后浪。

潮汐又将海那一边浪那一端的心意带来。

"原来……那里，也有一个我……"

怦怦的声音在自己体内响起。为什么自己会有这种温暖的感觉？为什么自己开始觉得立在这里很寂寞？

那怦怦作响的是什么？是我吗？

浪花告诉自己，那是心在跳。

潮汐依旧欢笑着，将对面的心跳声传来，又将自己的心跳声传去。两颗心，隔着大海，用相同的步律跳动。

"我们一定会有自由，我们一定能像海浪般自由，我们一定能像潮汐般快乐地在一起。"

对面的心托潮汐说。

"与其立在这里相望万年，不如在你的肩上好好哭上一晚。"

自己的心托潮汐说。

✦ 再见悟空

男人与女人，在没有关系的时候总想发生某种关系，但当某种关系发生后，又巴不得从来没有任何关系的好。

——《悟能日记》

海浪簇拥着猴子，将他轻轻托起。

猴子舒展四肢，自由自在地浮在海面上，而没有沉入海底。

对于自己的这种能力，猴子也觉得惊奇，他甚至忍不住将头浸入水中，在水中睁开双眼，想在碧蓝的海水中看透这一切。

浪花翻滚，刺激着他周身，猴子觉得非常放松，非常放松，缓缓地，他睡着了。

"我要去海的那一边，看看那里有什么，看看是谁在托潮汐向我转达无尽的心意。"

花果山，海边的巨石被这种想法煎熬着。自从他有了"心"以来，这个渴望就缠绕着他，潮汐不断将海那一边浪那一端心的跳动传来，每过一日就使得这渴望加深一分。

但巨石知道自己体内的变化，这变化还在进行中，他还没有进化成最完善的形体，他必须等待，久久等待与忍耐之后，才是永恒的自由。

那一天，潮汐将自己的心声带去："我们一定会有自由，我们一定能像海浪般自由，我们一定能像潮汐般快乐地在一起。"也将对方的心声传来："与其立在这里相望万年，不如在你的肩上好好哭上一晚。"

海和浪的彼端传来的心声让巨石再也无法忍耐与等待下去，即使形体的进化并未完成，他仍然突破了自己的束缚。

巨石迸裂，他跳了出来，但他还只是一只猴子，而不是人。

睡梦中，浪花将她们记载的记忆悄悄注入猴子身体。

睡梦中，猴子可以在海的咆哮声里听见自己的心跳声。

"怦！怦！怦！"

猴子静静地听着自己的心跳，似乎有什么在阻碍心的跳动，但猴子仍努力听着自己的心跳。

隐约中，另一颗心的跳动声在猴子耳边响起。

两颗心开始共鸣。

这共鸣中，猴子的记忆完全苏醒。

七色的光芒自海中腾起，整个天空都被这瑰丽的七色染得华丽无比，空气中的精灵为这异彩而齐声歌唱，歌唱形成的波向九霄之外传去。

猴子缓缓睁开眼，闪闪的金光自他的眼中射出，他仿佛是初次见到这世界般，好奇地打量着。似乎是为了让他能清楚地看这个世界，海浪开始在他身下凝聚，在他身体发出的七色光芒辉映下，一团巨大的浪花在空中绽开，将他高高托起。

"怦！怦！怦！"

潮汐可以感受到自己心脏的跳动，这种跳动已经很久没有了，最后一次这样的跳动，应该是在六百年前。

另一颗心在远方，以同样的频率跳动，时间与空间，力与能，神仙妖佛，都无法阻挡这两颗心的共振。

这个世界上，有什么能阻止两颗相爱的心？

激动瞬间将潮汐开始的失望一扫而光，那个人，那个在八戒与沙僧口中已经死去了的人，他的心与自己的心，在一同跳动。

只要他活着，就算他是只猴子，那又怎么样？

只要能和他在一起，就算他是只猴子，那又怎么样？

斩妖台。

血与汗水浸透了破烂的莲花战袍，哪吒惨然望着提着诛妖剑走上台的父亲。

李靖怒视着这个儿子，他要哪吒死得明白，死得服气。

"你这畜生，差点连累了全家！"

哪吒脸上抽搐了一下："是连累全家还是连累了你？"

李靖忽然觉得不敢看这个濒死的儿子，虽然他满是血污的脸上射出的视线并不严厉，但李靖觉得，在儿子的目光下自己的心无处可藏。

"天命如此！"李靖无法多言，只能说这四个字。

他的声音如此之轻，几乎只能用来说服自己。

诛妖剑阴冷的光芒闪过。

与身躯分开的头颅忽然睁大了双眼，炯炯盯着天的一角泛起的七色光芒。

"天命如此吗？"他将这最后一声永远掷给了李靖。

李靖惊恐地望着天际泛起的七色光芒。

"那是什么？"

玉帝的脸又变得苍白而无血色，这个问题，其实他无需答案。

"是妖猴的妖气。"

千里眼牙齿在打战，这种充沛于天地的自由自在的光芒，让他回忆起当年的事情，他原本以为，当年之事，将永远作为记忆而不会重现。

剧烈的冲击让如来几乎无法在莲座上端坐。

这种心灵上的震荡，除了他自己别人无法体会，一直在注视着他的观音却可以感觉到他的痛苦。

"这怎么可能，他怎么可能挣脱我在他心中设下的禁制？"

复杂的情感浮上了他的心头，自出生时指天画地"天上天下，唯我独尊"以来，他第一次感到，自己也无能为力。

观音也从未见过他神色如此复杂，也从未感觉到他思维之波如此混乱。

"四天王。"如来雄浑的声音在大殿中响起。

浪尖上的孙悟空傲然挺胸。天与地，日与月，星与晨，光与影，世间一切仿佛都在他面前欢呼，世间一切都在为这自由无拘的孙悟空而歌唱。

"筋斗云！"

浪尖的水汽蒸腾而起，凝结成一朵雪白的云彩，孙悟空翻上筋斗云，随着他心念的流转，筋斗云以无可比拟的速度，飞向花果山。

"我孙悟空，又回来了！"

天地间都是他的狂啸，声音雷霆般震撼着一切，所有的东西都咯吱作响，仿佛承受不了这狂啸声中的力量。

花果山便在脚下。

孙悟空痴痴地盯着这个地方，这个自己作为一只猴子生存过挣扎过成功过也失败过的地方，亲切而又陌生，他恨不得将花果山的一切都收入脑海之中，同记忆中的往事一一对应。

但他还有更重要的事情要去做。

筋斗云越过当年那块巨石耸立的悬崖，向着海的那一边飞去。

海的那一边，那颗心的跳动，为什么会让自己感到如此亲切与温暖，为何会让自己周身充满力量？

恨，可以让人活下去；爱，则让人更有力量。

八戒与沙僧的心也在激动地跳着。

那股熟悉的气息在远方又一次出现，即使相隔万里，他们也能感觉到，这种自由自在无拘无束的气息，这种力量，是天与地之间万事万物生生不息的力量。

眼前这个叫潮汐的女子，她同大师兄一样，也有这种力量。

可现在她的脸色为什么会如此复杂？

不仅仅是激动，也不仅仅是渴望，不仅仅是担忧，也不仅仅是畏惧……而是千万般情绪的微妙结合。

八戒的心瞬息回到了当年，月宫中嫦娥的目光，不也是这般复杂微妙吗？

蓝色的光闪起，潮汐的身影开始幻化。八戒与沙僧也驾起了云。

"见他，还是躲着他？"

两种完全不同的力，使得潮汐心中分外痛苦，但这是一种幸福的痛苦。

痴痴立着望了千万年，痴痴等着想了千万年，痴痴梦着寻了千万年，当所有的结果就要摆在面前，为何心却跳得这样猛烈？为何有个声音在劝自己不要去见这一面？这一生这一世，为的不就是这一刻吗？

光影逐渐散去，流光在最短时间里，将潮汐带到了海边。

熟悉而亲切的海浪声仍在不停地传递着信息。

悟空的心跳得更加热切起来。

那个一直站在海对面，一直跳动着的心，那个说"与其立在这里相望万年，不如在你的肩上好好哭上一晚"的心，会属于一个什么样的人呢？

悟空不敢继续往下想。自嘲的微笑浮上了他的面庞，原来这世界上，还有他都不敢想的东西存在。

海岸近了，他热切地将目光投向岸崖，那里，只有一块碎裂的巨石。

落在碎石之中，悟空默然环视周围，他迟疑地伸出右手，轻轻抚摸着其中的一块。碎石在阳光下，温暖而润滑。

悟空长长叹息，不知是失望还是庆幸，除了碎石，什么也没有看到。

他回头。

两颗心从来没有如此近地跳动。

"怦！怦！怦！"

潮汐看着眼前这个人。

他果然是只猴子。虽然与一般的猴子比，他的身形要高大，他的毛发要光洁，他的神态要自若，他的眼神要有力，但无论如何，谁也无法否认，他真的是一只猴子。

剧烈跳动的心中涌起了巨浪。

"这是天命吗……我们违抗天命，天命便在我们之间划出距离？"

悟空看着眼前的这个人。

她竟然是个人。她美丽，泛着蓝光的长发在海风中飞舞，深蓝色的目光像天空般纯净，复杂而微妙的神态让她显得略略有些惶惑，这惶惑又使得她令人怜惜。

强烈的失落感从悟空内心深处涌出。

"她是一个人……而我，是一只猴子。"

忽然间，两人觉得，两颗心从来没有距离这么远。

十一　误解

再强大而坚定的联系，在误解面前都脆弱得不堪一击。

——《悟能日记》

二十八宿降落在花果山上。

方才天上的异象也让他们心惊肉跳，曾经历过六百年前的神仙，都知道那意味着什么。

两种恐惧在他们心中交织，冒着与恢复力量的孙悟空正面交战的危险去花果山，或者是回去被玉帝处罚，他们必须做出选择。

他们不约而同选择了去花果山，这与其说是畏惧玉帝的天命，还不如说是他们相信孙悟空。那个猴子是讲理的，只要能说明自己的苦衷，最多是挨两下皮肉之苦，而不会有生命危险。

天命则不会讲理。

二十八宿这时已经将自己在青云洞中痛揍猴子的事情忘了。

生命中总是如此，记忆力的选择性，使我们会忘记对自己不好的东西，而只记得有利于自己的东西。

花果山上没有孙悟空的气息，这让二十八宿多少松了口气。玉帝给他们的旨意是扫荡花果山，而不是去找孙悟空打架，在天宫这么长时间，这种挑字眼的功夫早就练到家了，大家对此心照不宣。

"必须在猴子回来之前，将这里扫荡干净。"二十八宿内心深处达成了史无前例的一致。

于是，雷与火，风与烟，一瞬间便将花果山吞没。

悟空垂下目光，不再望着潮汐。

如果以人类的眼光来看，潮汐并不是绝色的女子，她暗蓝色的长发更令她显得有些奇异。但悟空固执地认为，她是一个美丽的女子。

"她不但是个人，而且是个美丽的女子，而我，是一只猴子。"

潮汐看着冷冷站着不出声的悟空，千万年来在心底无数次设想的第一次见面，却是如此冷漠，难道他不懂得自己一直在等他，无论他是人还是一只猴子吗？

"天命如此……我们本该按着天意老老实实站在海边相互对望，却想与天命对抗，结果虽然我们得到了自由，但天命让我们的心不能再在一起……"混乱如麻的思绪在潮汐心中翻腾，她禁不住轻轻叹了口气。

只是轻轻地叹了口气，但这叹息声却如重锤击中了悟空的心。

青云洞中盲女看护他的经历在他心中浮起，盲女知道他是妖精，却没有把他当做妖精，而这个等待了千万年的人，却用一声叹息对待他。

他仰起头狂笑起来，泪水在他眼中转了几转，终于没有落下来。

潮汐皱着眉看着他放肆地笑着，笑声刺耳。

良久，孙悟空的笑声仍未停止。

潮汐打断了他的笑："我……是潮汐。"

孙悟空没有看她，将目光投入海中："我是孙悟空。"

期待千万年的见面，平淡如水。

远处，八戒与沙僧惊愕地看着这一幕。半响，八戒来到水边，看着水中自己的影子。

一只猪的影子。

冰冷的感觉将再见悟空的激动一扫而空，八戒仰望长空，发出沉沉地长叹，那个他一直在回避却总缠绕在内心深处的疑问一下子有了答案。

"即使……我战胜了天命，嫦娥还会对一只猪有感情吗？"

闪闪的红光映射在他的脸上，苍白而疲倦。

沙僧将目光从他的脸上移向红光的来源，海的那一边，火焰的光芒将半边天空染红。

广目的心情分外沉重。

没有人比他更明白孙悟空未死的原因，青云洞里孙悟空最后望着自己那种死去般地茫然，现在一定被刻骨铭心的仇恨代替。

谁能在恢复了力量的孙悟空的仇恨之火下全身而退？

"汝等前去助二十八宿扫荡妖猴，我自有安排。"看出了广目的迟疑，如来温和一笑，广目却从他的笑意里看到了一丝令他害怕的神色。

广目垂首。"天命……天命前我又能如何?"他将心里的那一丝迟疑掩蔽得更深。

四天王之首持国天王回视了广目一眼,响亮地应了声"是",面色依旧平静。

四天王离去后,观音合十:"我佛法力无边大慈大悲……"

"这就是天命的威力,为了迎合天命,每一个仙佛都必须尽己所能……即使是猴子,也不可能战胜天命,逆天命行事只能让他加速灭亡。"如来一如往昔微笑着听她长达三炷香的祝词,心却完全游于物外。

"……为了尽快将妖猴消灭,"观音总算转回正题,"弟子愿领木吒前去助战。"

如来的目光变得深邃:"不必了,我自有安排。"

"我的安排万无一失,因为我就是天命……"如来心底转过这样的念头,但随即一丝阴影便掠过。

"在猴子心中下的禁制,原本也该万无一失……"

世界上真有万无一失的安排吗?

孙悟空狂呼:"筋斗云!"

通红的天际让他从冷淡的僵持中回过神来,他知道烈火在哪里燃烧。

花果山,他的脑海中只有这个念头。

花果山,他刚才经过,阔别百年还没有仔细探望的故乡。

花果山,自从他诞生,神仙妖魔多少次扫荡却仍旧不弃他不舍他不因为他是妖精而歧视他也不因他是斗战胜佛而逢迎他的故乡。

自己给花果山带来过多少次灾难?山中的孩儿们又被自己连累了多少次?这几百年来,他们是否还在等待那个与他们狂笑与他们戏谑与他们玩耍与他们一起自由自在无拘无束的"大王"?

当他看到已成焦土的花果山时，方才在眼眶中打转的泪水，终于流了下来。

现在还不是流泪痛哭的时候。

水帘洞……水帘洞……那是唯一的希望。

他飞快地接近水帘洞，却又害怕接近水帘洞，事实和真相，是世界上最可怕的东西，没有见着的时候，人还能保有希望，见到的时候，就什么也没有了。

水帘洞在前，他却无法感受到生命的气息，一瞬间他觉得自己异常虚弱，即使失去力量被困于青云洞之时，也没有过的虚弱感吞没了他的心。

他回首，八戒与沙僧远远跟着他。

"她竟然没有来……她竟然没有来……我走得这样急，难道她不明白这对我多重要吗？"比虚弱更冰冷的气流涌起。

"他竟然什么没有说……他竟然什么也没有说……他就这样跑了，难道他不明白我一直在等着他说'跟我来'，难道他不知道只要他这样说一声，我就会永远永远随着他不管他是人是神是妖是猴？难道他不但外表是只猴子，连那颗心也是颗猴子的心？"

潮汐咬紧牙齿，压制着自己跟随八戒与沙僧冲过去的冲动。

海风忽然猛烈起来，卷起她的长发，也卷走了她的心。

"没有活的。"

水帘洞外八戒扫视周围，愤怒也从他的心底涌起，连一棵草都没有留下，这样的手段也是"天命"？

上天有好生之德？

沙僧苦笑，眼前的一切令他想起这样一句话。

自由自在活在天地之间，原来是这么难。连一棵树一根草无知无觉顺应天命地活着，也是这么难。

"思考是一件痛苦的事情，但思考是唯一不被天命支配的选择。只有思考，才能证明你是自由的。"八戒缓缓说着，这是对沙僧回答。

悟空穿过水帘，动作比六百年前初次穿过时要轻松自如，心却比六百年前沉重万倍。

他知道迎接他的将是一个什么样的场面，但他仍强迫自己进去。

无数各类动物血肉模糊地摊在地上，像一地乱草。

大步来到内洞正中，那里，几个猴类的尸体仆倒在一张大石磴下，手仍紧紧抱着石磴的一角。悟空恍惚中似乎看到他们临死前在自己的石磴前，带着哭泣与痛苦，向着自己，这个他们甚至根本没有见过的"大王"哀告和诅咒。

洞壁已经被火焰与鲜血染红，残损的肢体、破碎的内脏和仍在燃烧的余火将地面铺得难以插足，空气中弥漫着肉被烧焦的油脂味。

思绪瞬间回到了青云洞中，自己吃了盲女，那个暗夜里给自己阳光的女子。

那种冰冷与抽搐的感觉，使得悟空张大嘴，发出无声的长啸。

用尽全身力气，却没有一丝声音的长啸，除了"毕剥"的火声，悟空可以听见自己的心在狂野地跳着。

"杀!!!"

无声的狂啸变成有声地呐喊，悟空以前所未有的速度，从水帘洞中穿出。

十二　重复

蜜蜂在不断重复着自己的行为，我们很容易在蜂箱前看出这一点。可是如果跳出自己来看人的生活，我们会发现，我们和蜜蜂一样，不断重复着自己。

——《悟能日记》

潮汐仰面向天，任泪水在脸上尽情流淌。

悟空在的时候，无论如何她也不肯流下眼泪，悟空消失在她的视线当中，她却再也无法控制住泪水。

"为什么他一点儿也不解风情？难道他已将千万年等待中的无数誓约忘记？"潮汐默默感受着悟空的气息突然间升向高空，心中一片混乱，不知该如何是好。

千万年的相思愁绪，全部化成泪水，要为那个不肯回头的人流尽。

为什么要为他流泪？

明明在心里一千遍一万遍地提醒自己，为他流泪不值得，可是不争气的泪水却仍旧如泉，难道这是在多年的等待中自己欠了他的吗？

爱情总是没有任何理由的，对于人是如此，对于妖与仙，也是如此。

爱情又总是在一次又一次，重复着已经出现过无数次的错误。

孙悟空以前所未有的速度飞行。

他心中剩余的只有花果山的惨状，他唯一的选择只能是让造成这一切者尝受这一切。

筋斗云势不可挡地冲散了二十八宿，星宿们用惊恐绝望的眼光看着孙悟空。

怒火仿佛有形一样将他们烧着，令他们感觉到痛苦。

"大圣……大圣……你听我解释……"井星喃喃欲语。

"不必多说！"孙悟空厉声打断了他，"你们以为还有解释的必要么？"

看着二十八宿慌忙组成阵势，孙悟空发出尖锐的呼啸。

井星面色已经惨白如鬼："大圣，你总要讲些理才好。我们是上命所差，不得不行……"

"上命？"孙悟空停止了啸声，"什么上命？那个装腔作势的玉帝的命令？还是你们私心的命令？我讲理，我讲理！我讲的理就是你们得为自己的行为付出代价！"

"不必多说了，奉佛祖之命，我们前来助二十八宿捉拿妖猴。"持国天王的声音与身影同时出现。

广目悄悄躲在后面，他不敢正视孙悟空，他知道孙悟空将会用什么样的眼光盯着自己。

但令他更为不安的是，孙悟空根本没有看他。

小人物总是以为自己十分重要，却不知道一只跳虱再如何用力，也不可能撼动大地。

孙悟空无视的轻蔑使得广目心中又愤愤不平起来，他又移到一个比较显眼的位置，大声道："妖猴，还不束手就擒！"

孙悟空没有理会他，广目可以感觉到二十八宿用一种悲哀的眼光看着自己，他无法忍受这种被人忽视的屈辱："妖猴，你的金箍棒还在东海，你没有棒耍还能怎么样？"

没有金箍棒的孙悟空还算是孙悟空吗？

孙悟空终于将脸转向广目，狰狞地笑了笑："广目，你的眼睛可以看很远，你的心却只能看到一寸的距离，因为你的愚蠢，我要说声，谢谢你。"

孙悟空的金箍棒不在身上！二十八宿悄悄松了口气，取经以后孙悟空的金箍棒就交给了佛祖，谁也不知放在哪儿，没有金箍棒的孙悟空，可怕程度至少要减一半。

广目却吸了口凉气，为图一时嘴快，他将佛祖的秘密泄露出来，为什么每次面对这猴子，自己就会有这种冲动？

持国面沉如铁，轻轻拨动琵琶，"铮铮"的激昂之声笼罩住了天空。

"看来来得正好。"八戒看了看有些迟疑的沙僧，"一切有了开头便会有结束，我们开了这个头，就必须有个符合这个开头的结束。"

沙僧没有做声，握紧了禅杖，无论是在天宫还是西天，他都不算是高级的神佛，这些人的实力与身份都远在他之上。虽然他有所保留，但面对这样众多的对手，还有大量天兵天将，他仍有些紧张。

八戒向东方天际深深一瞥，那里一弯残月缓缓升起。

"看吧，无论你会不会把感情给一只猪，但我的感情全部属于你。"

钉耙与他肥大臃肿的身躯一起冲向二十八宿。在他身后，是沙僧。

离孙悟空最近的房星房日兔惊愕地看到，自己的兵器在孙悟空身上如同没有任何作用般弹开，接着胸口一紧，便落入孙悟空手中。

左手提着不断挣扎的房日兔，孙悟空的眼神在离他比较近的几个星宿身上打转，每一个星宿都狂舞着兵器做明知无效的挣扎。

娄金狗看着孙悟空右手向自己胸口抓来，却无法躲开，二十八宿的阵势，早已因房日兔的失手瓦解，娄金狗只觉心口一紧，被孙悟空揪住自己的战甲提了起来，但对方只是嘟哝一声："你太重，要减肥。"便又将他扔了出去。

持国的魔音更急，却无法对孙悟空产生影响。孙悟空再次伸出右手，揪住了腾空欲起的毕月乌的脚脖子，掂了掂道："正好左右一般重。"

望着眼里尽是恐怖之色的对手，孙悟空大笑："不过是群土鸡瓦狗罢了，这么多年，你们还是没有长进。"

两个星宿在他手中拼命挣扎，却无法摆脱成为孙悟空兵刃的下场，孙悟空挥舞着他们砸向其余星宿，众人无法避开只能用兵刃来挡，一开始时房日兔与毕月乌还可以哀请同伴不要用兵器，但片刻之后，他们便无法再做声了。

天兵天将无法挡住一个超过大闹天宫时孙悟空能力的猪八戒和一个下定决心的沙僧，溃散几乎是片刻间的事情。

孙悟空看着如避死神般远离自己的星宿与远远高声呐喊而不

敢上前的四天王，将手中房日兔与毕月乌的尸体扔掉，哈哈大笑。

"没有金箍棒，我仍旧是孙悟空！"他想，但心中无论如何高兴不起来。

为什么自己的力量越强，自己却越觉得没有意思？为什么心里总是觉得少了些什么？是因为没有感觉到那心跳吗？是因为自己再有力量，也不可能改变一个事实？

自己是猴子，而她是人。

持国敏锐地发现了孙悟空心中的变化，琵琶声渐变。

急风暴雨的琵琶声中孙悟空的神色逐渐呆滞起来，他在这紧凑的音乐之后，听到了无边的空虚与无奈。

"我怎么了？"他用力摇了摇头。

驱散天兵的八戒忽然感到一种强大而隐秘的力量在一瞬间扩张。

他与沙僧惊愕地回头，看到多闻天王在孙悟空上方忽然伸出了手，一瞬间那手化作了一座巨大的山脉，向孙悟空临空压了下来。

"如来……"两人心中同时出现这个名字。

六百年前，孙悟空便是被这样一只手收服。

六百年后，这样一只手又向孙悟空压下。

历史，是不是总在重复着过去？

蓝光一闪。

十三　容纳

嫉妒实在是一种奇妙的心理，与其说是不能容忍别人超过自己，还不如说是不能容忍自己不如别人。可是，如果连你自己都无法容纳自己，那么别人又怎么能容纳你？

——《悟能日记》

蓝光一闪。

仿佛是九霄云外伸出的蓝色丝带，在如来五指化作的巨大山脉之下卷住孙悟空的腰，将他从五指的森森气势中拉出。

多闻天王身上的那种宏大力量一瞬间消失无踪。

双目微红的潮汐一眨不眨地盯着她手中带子另一端的孙悟空，孙悟空惊愕地望着仍不肯松开带子的潮汐。

"我已经失去过一次，"潮汐神色平静，"所以我不会再失去一次。"

孙悟空的脸上一瞬间有了光泽，但很快就黯淡下去。

他看着腰间的蓝带。

"这世上有太多拴人的东西，狗被绳子拴着，马被笼头拴着，人被命运拴着，我，要被这带子拴着吗？"

"你是想拴着我像拴着一只宠物，还是想拴着我去演猴戏？"孙悟空低低地呢喃。

几乎难以相信自己的耳朵，潮汐无力地松开了长带。她试图说些什么，但她的骄傲让她什么也无法说出。

"相爱，就是互相伤害？"八戒的脸上露出苦涩的笑容，在潮汐对悟空说话的那一刹那，他几乎想立刻去月宫问问嫦娥是否也曾有过这种念头，但悟空冷冷一句话，如冰水淋头。

"他是猴子，这是事实；我是猪，这也是事实……"

冷眼看着天兵天将狼狈逃走的沙僧仰天长吁了口气。

"二师兄，我终于做到了，"低沉的声音与他轻快的心情恰恰相反，"我也可以按照自己意愿去活着，再也没有谁能够约束住我。"

八戒盯着天际的弯月，心中忽然觉得异常彷徨，自从看透天命之后，他从未有过如此的困惑。就连胆敢挑战天命的潮汐与悟空在天命造成的差距前都不能自已，那个屈服于天命的嫦娥，是否能够接受这个事实？

"那个女子……"如来的脸色，第一次变得如此苍白。

这不仅是因为刚才寄灵于多闻体内发出了倾力一击，更因为那个将孙悟空从他的手中拉走的女子。

"为什么她的出现我们全不知道？为什么她能将孙悟空从我掌中救走？"与这个突然出现的女子相比，猪八戒那惊人的气势与力量反而成了次要的事。

"观音尊者，"他阻住观音即将开始的祝词，现在不是听这个的时候，"去查一下那个女子的来历。"

低沉的梵唱又重新回响，如来的脸色逐渐恢复正常，他的身心完全融入时间的流束，进入涅槃寂静之中。

"诸行无常……"旃檀功德佛心中升起感慨。

天命本身，是不是也是一种无常？

大海是广阔而雄壮的，即使是火眼金睛的孙悟空望去，也无法看到海的尽头。

八戒与悟空迎着海风向东方望去，方才在空中看到的弯月，此时才在海面上缓缓升起。

"海真大。"八戒轻轻叹息着，月亮和星星好像是从海里出来的一样，太阳也是如此。

"海真大。"悟空也轻轻地叹息，偷偷看了眼远处蓝发迎风乱舞的潮汐，又垂首看了看自己在海中的影子，月光下，海水的波动虽然让他的影子变得扭曲，但仍旧是只猴子的影子。

"什么东西在海里，都只是一个小点，但我们知道，天比海还要大。"八戒的目光转到天海交界处，月亮从那里升起。

"天比海还要大。"孙悟空轻轻地重复着，又忍不住去瞄了潮汐一眼，当他发现潮汐正要将脸转过来，他又赶紧板起脸低下头。

"但是，有时候我在空中时，会觉得自己能将整个天空和海洋都纳入胸中，我真的有这种奇怪的想法。"

"我有这种奇怪的想法。"孙悟空依旧重复了一句．。

八戒没有看他，他本身也不过是在自言自语："能将天空与海洋揽入怀中又有什么用？我依旧是只猪。"

孙悟空仍然重复："我依旧是只猪……"

八戒不满地瞪了他一眼："别跟我学，你这只死猴子。"

孙悟空终于醒悟过来，苦苦笑了一下："是，我是只死猴子。"

沙僧坐在礁石上，将脚伸入海水中拍打着，海水轻柔地抚摸着他的脚，将丝丝的凉意传入他的身体，他缓缓闭上眼。

"对于我来说，不管你们是猪还是猴子，"他反复思量后，道，"都是我的师兄。"

八戒与悟空同时望着他，师兄弟三个中，只有他是人。即使外表看来他或许更像个妖怪，但他是个人，仅这一点，就足以让八戒与悟空嫉妒。

"你们的心胸能容下海洋，能容下天空，却容不下自己。"沙僧言语如剑。

玉帝平和地看着残存的十余个星宿。

即使心中痛骂无数遍无能之辈，他也明白凭这些人，根本不是孙悟空的对手。就连如来寄于多闻体内发出一掌，也徒劳无功，怎么能怪二十八星宿。

于是他脸上露出难得的笑容："这一切都是天命，诸位辛苦了，这战失利不能怪你们，赶快下去休息吧。"

对于战败者适当的鼓励才是兵法之道，也是权谋之道。

众星宿压抑住心中的怒火，退出了灵霄宝殿。

"如果以为自己懂的别人不懂，那么这个世界上的聪明人未免太多了。"大逆不道的念头在他们脑海中闪过，"天命……我已经受够了。"

"如果你们都无法容纳自己是猪或者是猴，那么你们怎能希望别人容纳你？"沙僧依旧没有睁开双眼，他将目光投向自己内心深处，缓缓地道，"最能让人困惑的，只有人自己的心。"

悟空几乎用一种全新的目光看着沙僧。

当局者迷，旁观者清？

悟空忽然跳了起来，大步走向潮汐。

沙僧睁开眼，八戒的目光凝聚在那轮弯月上。

"月中的人儿，是否也听见沙僧的话？"八戒长长吸了口气，一只苹果出现在他的手中，他的目光没有离开月亮，苹果缓缓送到嘴边，细细嚼下。

发生在我们身上的有些事实，无论我们如何困惑，都是无法改变的。

既然如此，那么就接受它，如果你自己都不能接纳自己，那别人又如何接纳自己？

远处，孙悟空与潮汐见面后，第一次如此对视。

"给我时间，我会接受，我是一只猴子这个事实。"没有道歉与誓词，孙悟空平平淡淡地说着，月光下他的眼睛亮得晃眼。

潮汐忽然又有了哭的感觉，这才是那个在海的彼岸浪的那端向自己传递无数等待与期望的心……

她使劲点了点头，没有再控制泪水，让泪水尽情地流淌，在心爱的人面前流泪，这也是一种错误吗？

孙悟空伸出毛茸茸的手，想为她拭去泪水，伸到一半又停滞了一会儿，终于落在了她的脸上。

"我是猴子至少有这样一个好处，为她擦拭眼泪时不用手绢。"

海底阳光无法照射之处，金碧辉煌的水晶宫闪着光芒。

龙宫的大门敞开着，里面依旧灯红酒绿，水族们对海面发生的一切似乎一无所知。

孙悟空怀着多少轻松了些的心情，走进了水晶宫。

没有任何阻拦，一路上的水族精灵们仿佛根本没有见到他一样，各自寻着乐子。

东海龙王敖广只是向推开歌舞的水族走来的孙悟空举了举酒

杯，便仍欣赏着歌舞。

"你倒过得快活啊。"孙悟空发出由衷的感慨，这条龙似乎什么时候都在享受，永远没有困惑。

"如果不思考的话，你也可以过得很快活。"老龙将酒一饮而尽，"一切烦恼困惑，都是由心产生，让你的心休息休息，这样你便不会痛苦。"

摇了摇头，将老龙王言语中的诱惑远远甩开，好不容易找到的自己，怎么能轻易又失去。"我的金箍棒。"孙悟空直奔正题。

"在老地方，自己去拿。"敖广并没有再劝说，他老迈的沉睡已久的心中，一个低低的声音在呐喊："随他去吧，天命也好，还是其他什么也好，都不如你现在拥有的一切，保护好现在你的一切，才是最重要的。"

孙悟空欲走，敖广将混浊的目光投向他："出来的时候，别忘了打破点东西，对了，看哪个虾兵蟹将不顺眼就顺手打一下，别打死就行。"

看着孙悟空惊讶的眼神，敖广露出一种暧昧的笑意："我得有些东西向玉帝和佛祖交代。"

恶心的感觉刹那间自孙悟空胃中翻涌而出，这条老奸巨猾的龙！

几乎同时孙悟空下定决心，等会儿出来的时候，一定要顺手打一下这条老龙，别打死就行。

于是，金箍棒以出乎敖广以外所有人意料的轻松，回到了孙悟空的手中。

十四　地府

该专门为傻瓜设定一个节日，这样，世界上所有的人就都有一个节日了。

——《悟能日记》

地府，阴沉如昔。

望着微笑着向自己走来的孙悟空，牛头马面步步后退。

曾经连转世投胎都不成的孙悟空，曾经做了鬼魂也被自己痛揍的孙悟空，虽然他脸上的笑容很平和，但只要想起那一天对他说的话，牛头马面便无法压制心中的恐惧。

"大圣……大圣……听我解释……"

孙悟空对这种千篇一律的话没有丝毫兴趣。

上命所差、军令难违、一时糊涂等等只要想得到的借口，虽然明知道这种借口连自己都不能说服，却仍旧如救命稻草般抓着不放。

人鬼仙佛都是一样，总是在不断为自己寻找借口，也总是生活在无数个借口中。

"告诉我，那个盲女的下落，我要带她走。"

心已冰冷的牛头马面忽然觉得有了一丝希望。

"我们领您去见判官，他对盲女下落最清楚，大圣请这边走。"

"即使死了，也得不到解脱。"孙悟空默默回想当初死去的境遇，当冥府前暗红的血光将亡灵们引来时，他们也被剥夺走了最后的希望。

然后他就看到判官惊恐的眼神。

"大圣……您怎么来了？"一面向远远躲在一旁的牛头马面投去怨毒的眼神，一面又得在孙悟空面前摆出谄媚的笑容，即使是孙悟空，也不得不佩服他能同时摆出两副面孔。

每个人都有两副面孔，我们总是摆出一副的同时隐藏着另一付。

"我是不是也有？"

思考不能中止孙悟空做该做的事："盲女。"

判官吃惊地抬头："哪个盲女？"

孙悟空的声音有些急躁起来："还有哪个盲女？"

与其说是突然想到，不如说是被孙悟空咄咄的目光吓出，判官喃喃："是那个青云洞中的盲女？她已经不在这儿了。"

孙悟空冰冷的目光盯着正在流汗的判官："在哪儿？"

"她已经转世了，因为她在大圣危难时曾助过一臂之力，所以她被转世到东土富贵人家……"判官飞快地说。

"原来如此。"孙悟空的目光开始缓和，"拿来。"

判官向一边挪了一步，莫名道："大圣要什么？"

几乎一瞬间，孙悟空的目光又锋利如剑："生死簿。"

判官几乎瘫倒在地上，他最担心的事情仍旧不可抗拒地来临。

"天命……如此……"忽然奇怪的想法从他脑海最深处翻腾出来，所有这一切，是不是都是天命？当一个人将天命结束之后，是不是一切都会完结？甚至，像他这样忠心不二维护天命者，当天命注定他的任务结束，也会被天命毫不留情地抛弃，就像……就像……

就像那个盲女。

判官觉得自己非常冷静。

自成为地府判官以来，他从来没有这么冷静过，甚至可以记起他曾经经手过的所有案件。

包括第一起案件中哪一个收受了多少好处，包括在十殿阎王每年三四次的生日里送的贺礼，包括上界神仙时不时来巡视时大型宴会中的每一道菜……

这便是天命……

判官一边令孙悟空吃惊地笑着，一边摸索出一本账簿。

于是，孙悟空像被点着一般跳了起来。

"魂飞魄散！你们让她魂飞魄散！"

所有阴森的鬼气所有肃穆的氛围所有真实或虚幻的庄严与正义，都在孙悟空的金箍棒下土崩瓦解。

"没有谁能审判她，没有谁有权让她魂飞魄散，没有谁有资格令她万劫不复！"孙悟空的咆哮从阴森的地府直传入九霄云外的天庭，从暗黑的地狱散播到祥云环绕的西天。

"只有她有资格审判你们，现在就是她的审判！"

十殿阎罗早就不知躲到哪儿去了，也许在自己疯狂的攻击中烟消云散。

孙悟空环视周围，他觉得还不解恨——那种让他从死亡中又挣扎着复活的恨。

于是，他看判官奇迹般在他面前，还活着。

"天命……自由如你，也只是在天命中挣扎。"判官无畏地望着悟空，他明白了。

"这一切都不过是天命罢了，神仙佛祖，妖魔鬼怪，天与地间的一切，都不过是在天命注定的轨迹中行走罢了！"判官对着悟空怒吼，"现在天命要我们完蛋，但你也不可能摆脱天命，你所做的一切，也不过是在行使天命，你自己，也就是天命！"

"你太吵了。"悟空冰冷的目光盯着判官，金箍棒挥起。

判官虚弱地倒在血中，他第一次发现，鬼魂也会流血。

能思考者，皆会流血。

然后他听到，孙悟空平静的呼吸声。

牛头马面如痴呆般看着这一切，既不敢阻拦孙悟空，也不敢逃走。

他们看着孙悟空来到面前，金箍棒变成一根针，放回了耳中，他们长出了口气。

"打了这么久，我累了。"孙悟空面带微笑向他们走来，"不过，反正已经同那么多人打了，也不在乎多两个人。"

瞬间牛头马面的心经历了由充满希望到绝望的过程。

孙悟空挥了挥手，然后他们就重重摔了出去。

"再见。"他们看见孙悟空向他们招手，接着便消失了。

牛头马面忍不住相拥哭了起来，即使是在天命之中，能够存在，真好。

十五 迷惑

不要以为自己看透了一切，将你的眼光投向更广阔的地方，你会发现，原来自己所坚持所困惑的，不过是那么一点点而已。

——《悟能日记》

潮汐没有问孙悟空去做了什么。

自由的本质是一种尊重，即使是为了爱，也不能剥夺自由。爱他，尊重他，即使明知他在欺骗，也要毫无迟疑地信任他。

有的人为了爱可以抛弃一切，甚至包括自由与尊严，但潮汐知道，孙悟空绝不是这样的人。

她自己也绝不是这样的人。

孙悟空面色平静，失去了的，无论如何哀悼与嗟叹，也不可能挽回一点点。盲女的遭遇事实上他早就想到，但他仍去了地府，这不过是为了那暗夜阳光般的最后一线希望。

有自由，才会有希望。

有了自由，最后的希望消逝，便会有新的希望诞生，就像海的那一端扶摇而起的太阳。

"下面该做什么?"潮汐打破了平静，挣脱了心灵枷锁的人，总是最活跃的。

将判官最后的呐喊与盲女一起封入记忆深处，悟空将眼光投向沙僧。

"要么去看看玉帝的胡子是不是全掉光了，要么去看看如来的头上是不是多了几个包。"沙僧昂然地说。他现在以为，最爱摆出严肃脸色的玉帝，如果能将胡子拔光，和一个全身腥臊的太监不会有什么两样；他还认为，如来一头的卷毛，比起头发来更像是某个伪君子被人用砖头或棍棒砸出的疙瘩。

最神圣者，便是最卑劣者。

现在是向这些神圣而卑劣者清算的时候了，他们已经有足够的力量为自己打破天命。

"不。"

当三人的眼光转向八戒时，八戒轻轻地说了声。

"现在还不是时候，也许我们可以挣脱天命，为自己寻求到自由，但最后会怎么样？又一次招安？又一次封圣？还是又一次……轮回？"细细思索着，八戒斟酌了一下字句。

悟空不由得再次打量着这个猪头的师弟，他那个硕大的头颅在封闭多年的思考里，到底想到了些什么？

没有回答自己的问题，八戒又开始看着一个苹果，目光逐渐恍惚："潮汐第一次遇见我们时，为什么要阻止我们去？"

"你以为，一个人的力量可以击破天命吗？"潮汐缓缓重复着那天的话，"悟空，你曾经试过的。"

悟空眼前一阵迷离，六百年前大闹天宫仿佛在昨。

青云洞中，大大小小的妖怪们来来往往，似乎又一次与齐天大圣、斗战胜佛、孙悟空单挑对决的盛会在召开。

事实上也相差无几，东胜神洲、西牛贺洲、北俱芦洲、南赡部洲四大部洲有点能耐的妖魔几乎都聚于此。各种各样的形状，各种各样的声音，各种各样的能力在一起，以至于黄云一连晕倒三次才为这次大会取了个"四洲异仙群英会"的名字。

再动听的名字都掩饰不住一个事实：群魔乱舞。

自从最大限度利用孙悟空为他们换取无数法宝奇术后，青云与黄云自信已经超过了大闹天宫时的孙悟空。

伴随着力量的，便是野心。人是这样，妖魔也是这样，于是他们召开这次大会。

当青云从来参加大会的妖魔口中得知，孙悟空不但复活，而且恢复了力量时，他匆匆来找黄云商议。

"二弟，那个猴子又恢复了。"

说了这一句，青云就习惯性地将自己的肩膀移过去给黄云靠，正好在黄云晕倒之时枕住了他的头。

　　片刻之后黄云抬起了头，他的眼睛中发出诡异的光芒，每当看到这种诡异的光芒时，即使是青云，心中也不由得冰冷。

　　但他不得不问清楚："二弟，你说那个猴子会不会来找我们麻烦？"

　　诡异的光芒变成了冷冷的笑意："会，当然会，但是，那将是很久以后的事了。"黄云将略有嘲意的眼光投向了青云，"这是我们的机会，我们要好好利用。"

　　青云脸上露出不解："虽然我们不怕他，但他来找麻烦为什么还是个机会？"

　　黄云移开了目光："他如果急于找我们的麻烦，那他早就来了，那个猴子的性格我们还不清楚吗？他不来，是因为他有更重要的事情要做。"

　　青云陷入深思："那么……机会从何说起？"

　　黄云不耐烦地摇头："大哥你记住，这个世界上，有人适合用手，有人适合用脑，用手的人不要勉强去用脑，思考对于他们来说太累。"

　　青云站在群妖之中，环视着向他欢呼的妖魔们，这一瞬间，他心中充满了自己是一个英雄的感觉。

　　他刚刚将黄云拟好的讲稿背了一遍，但并不很明白讲稿那华丽辞藻下说的是什么。当年在妖精学校里，他学得很努力，但总是学不好，而黄云则一点都不努力，却总能学得好。

　　他明白的是他慷慨激昂的背诵让这些妖魔们欢呼雀跃，虽然这些妖魔中绝大多数也肯定同他一样听不懂，但只要看到他背诵之前展现出的力量，这些妖魔就该知道怎么做。

　　强者为王。

　　"既然我们比愚顽的人要强，那么我们就应该统治他们，而不是躲藏到偏僻的山野；既然我们不比天上的仙佛弱，那么我们就应该同他们一样居住在云间，而不是龟缩于山洞。我们要求平等，我们要用自己的力量去取得平等！”

我们向别人要求平等的时候，是不是忘记了也应该给别人平等？

这样的想法，当然不会在青云简单的头脑中闪出。

大会因为一个特殊人物的到来而进入高潮。

“报——大王，”小妖上气不接下气地跑进了洞中，跪倒在青云黄云面前，“太白金星来了。”

不知所措的青云向身旁的兄弟看了一眼，刚好看到为这个消息而晕倒的黄云眼中又闪现出诡异的光芒。

“那个女子如同猴子一样，诞生于海边巨石。”

三炷香的祝词之后，观音将潮汐的来历向如来禀报。

“观音尊者辛苦了。”如来声音依旧，心中却失去了往时的宁静。

他垂眉看了看自己的手掌，那个女子，用一种他所不熟悉的力量，击破了他布下的结界，将孙悟空从他五指化成的山脉下救走。这个女子甚至于这个女子的能力，他都不担心，他担心的只是，这个女子的力量，为何是如此奇异，既像是悟空那种自由自在无拘无束的力量，又有着些许不同。

这令他觉得困惑。

“遍识周天之物如我者，也不熟悉这种力量。”如来掌作无畏印，四周的梵唱让他的心又恢复宁静，究竟是这些仙佛信仰他，还是他依赖于这些仙佛？他缓缓闭上眼，进入阿黎耶识①。

“如果，我们以为凭借力量就可以打败天命，那么，失败的一

————————

① 阿黎耶识又译为阿赖耶识，在玄奘学说中即是指含藏世界的本源，是一切事物得以保持的自性和本源。

定是我们。"

"即使我们将玉帝与如来全部打倒，那又能改变什么？天命依旧存在，我们也不过是在天命中挣扎。"

一时间，潮汐的话语将判官的呐喊从悟空记忆中唤醒："现在天命要我们完蛋，但你也不可能摆脱天命，你所做的一切，也不过是在行使天命，你自己，也就是天命！"

悟空努力摇了摇头，将这令他觉得不安的话语甩开，目光又回到海面上，那里，几只海鸥在波涛中寻觅着食物。

"我们该怎么做？"四人都默默无语。

孙悟空的目光追逐着海鸥轻快掠过浪尖的轨迹，像海鸥般的生命，自在地生活在这天地之中，但为什么还有这不可知的天命在冥冥中控制一切？

"我们是不是太在意天命？是不是还有比天命更值得我们关注的东西？"

悟空在内心深处问着大海。

大海的波涛仍如以往，自由奔放，汹涌不止。

八戒痴痴盯着苹果。

"看来思考得太多，对于我来说确实很累。"他想，"嫦娥，你能不能告诉我，天命……我真的看透了天命吗？"

月宫中的嫦娥，斜倚在小窗前，被玉帝扯下的窗帘已经重新装好，她伸出手掀起一角，向那个角落里偷偷瞄了一眼。

十六 野心

火焰中最强的恐怕是两种了：一种是嫉妒，它能让人自身被燃成灰烬；一种是野心，它不但燃烧自己，也会点燃周围的一切。如果不能控制住这两种火，那么还不如安于现状做一个平凡的人。

——《悟能日记》

青云与黄云倨傲地坐在高处，两侧是发出各式各样奇怪吼声的妖精们。

太白金星目不斜视，缓步从妖精中走过，他将心中的嘲意用平静地笑容深深掩盖，眼前的景象对他来说，并不是第一次遇上。当年他去花果山招安孙悟空时，也是一大群没有教养的妖精们在旁边雀跃，就像一群在粪坑里蠕动的蛆虫。

天地间万事万物一经产生便会拥有自己的位子，蛆虫自然也有蛆虫的去处，即使长出了一双翅膀也不过是苍蝇罢了，秋天到了还不都是销声匿迹的下场。

不过，粪坑里的蛆虫如果有这么大的个子，恐怕那个粪坑也不是随便什么人都能蹲的。

因此太白金星能够用一种异乎寻常的态度将自己的真实内心深深掩藏，表面上是谦和有礼，骨子里是轻蔑与嘲弄。

正是因为这种特长，所以每逢遇到这类工作都会由太白金星来担大任。

恭敬地对青云黄云施了个标准的同级神仙相遇时的礼——虽然在心中并不以为这样卑贱出身的小妖精会明白这礼仪的含义，太白金星用平稳而略带欢喜的声音说："奉玉皇大帝陛下之命，特来传圣旨，青云洞青云大王、黄云大王接旨。"

如他所料，哄笑声似乎要将整个大洞掀起，但太白金星面不改色，仿佛眼前青云黄云已经跪在地上焚香叩首。

"宣青云洞青云黄云两位上天听封，钦此。"

沉默，接着哄笑。

"妖精中出了个孙悟空大笨蛋还不够？"黄云笑得最响亮，"小妖精永远是小妖精，想要成为大王都只有靠自己努力，你以为这类招安再出卖的把戏我们还没有看够？"

太白金星不动声色，卷起了圣旨："二位考虑一下，玉帝打算封二位为'齐天大圣'。"

"齐天大圣！"

群妖之中涌动起不安的躁动，齐天大圣，对于一个妖精来说，这确实是最高的追求，也是无上的荣誉。

　　一切荣誉，只有享有者能安心接受，才有意义，对于一个已经死去或即将死去的人来说，这没有任何好处；与其如此，不如在生者还生死者未死之时，让他们能真正体会到尊重与平等。

　　对于注定要死的人来说，给一个"齐天大圣"的名头又有何妨？

　　太白金星心中浮起一层冷笑的涟漪，眼前的躁动正是他所想见的。

　　人为财死，在为财死的同时，这浮名虚誉是不是也成为一种致命毒药？

　　虽然明知是毒药，青云仍无法拒绝。

　　"齐天大圣，我是齐天大圣！"

　　即使身旁黄云针一般的目光也无法将青云从迷幻中刺醒。

　　群妖中已经响起了"万岁"的欢呼。

　　人与妖，在盲目崇拜强者这一点上，到底哪一方表现更为强烈？当愚蠢与盲目的烈火被强者身上的光环点燃，激动的人群发出喧哗，全然不知这火焰很快便会吞噬掉自己。

　　黄云用一种悲哀多于嘲讽的眼光环视着逐渐疯狂的群妖。

　　六百年前，当孙悟空得到"齐天大圣"的称号时，是不是也有着大群的妖怪为英雄的出现而欢呼，即使这个英雄最终要将天雷之火引向他们的头上，他们也茫然不觉？

　　黄云阴寒如冰的声音响彻了洞内："我们为什么要受玉帝的封？为什么不让玉帝来青云洞接受我们的封赏？六百年前玉帝封的孙悟空呢？六百年后玉帝又准备封谁？"

　　群妖欢腾的热力被这胜过地狱玄冰的问语熄灭。

　　太白金星第一次真正看着黄云。

　　一个奇丑无比肮脏不堪没有礼数不知羞耻缺乏教养阴沉卑劣疯狂放肆恣意妄为狗胆包天不知自量的妖精。

太白金星一瞬间在头脑中找到无数个骂这个妖精的词语。

当贪嘴的狗被人识破用心而踩了尾巴一脚，便会如此。所不同的是，狗会拼尽全力用狂吠来发泄自己的哀怨之气，而有些人则会将所有的心意埋在心底，甚至，在内心深处的骂人词句中，还不会带一个脏字。

于是，太白金星脸上的温和笑意更浓："玉皇大帝陛下上承天命下应众生，为众神群仙之主，得到玉帝陛下赏识，二位大圣未来不可限量。那泼猴孙悟空顽劣不堪，怎能同二位大圣天纵之才相提并论？玉帝求贤若渴，为示诚意，特令小仙将大圣旗号一并带来。"

金丝玉线织成锦缎，镶着的明珠与宝石在阴沉的洞中亮得耀眼，太白金星将旗帜抖开，"齐天大圣"四个字在群妖面前闪闪发光，无法抗拒的诱惑吸引住了群妖的目光。

只有黄云的声音依旧尖锐刺耳："又是一个没有实际意义的虚名吗？"

太白金星立刻明白了黄云的心意，这是一个有野心的妖精，他的野心，在以前没有一个妖精能想到。

轻蔑的笑意同时也在太白金星心中浮现，野心能让一个人上进，能让一个人学会动脑，也能让一个人烟消云散。强烈的野心可以为人在最短时间内带来无可比拟的权力，也会让人在最短时间内燃尽自己的生命之火。

短暂的迷惑像狂暴的大海，横扫了悟空他们的心。

一直以为打倒天命便是自己的目标，一直在天命中缠绕不清，自己在敌视天命之时，实际上却无法摆脱天命造成的困惑。

沙僧略略有些迟疑，但仍然说出了自己的想法："我们为什么不可以利用天命？"

众人的眼光一齐盯住了他，三双异光直闪的眸子让他有些心神不安："我是说，我们也可以以天命之名行事。我们打败天庭后，大师兄可以名正言顺地坐上玉帝的宝座，天地间所有的一切都可以由我们来决定，我们不但可以让自己取得自由，也可以给别人自由。"

更深的思考在众人心中产生。

"坐上玉帝的宝座，从此执掌天命吗？"比困惑更强烈的狂焰点燃了野心之火，权力，至高无上的权力！

潮汐发出轻轻的长喟，双眸盯住了悟空，她可以看到悟空内心的野心之火在煎熬。凭借两颗共同跳动的心，她甚至也能感觉到一个甜美的声音在诱惑悟空。

权力，至高无上的权力。

如果，悟空你还不能看透权力的背后是什么，你还值得我用永远的时光追随吗？

八戒则依旧盯着他的苹果。

轻轻的冷笑再明显不过地浮现在他的脸上。

长期禁锢后的大脑，要想真正学会思考确实不是件容易的事情，沙僧与悟空，你们能理解这一点吗？

如果不是月宫中的人月宫中的事，我又能明白这一点吗？

沙僧的神采开始飞扬起来，他逐渐提高的声音更清晰地传入八戒耳中："权力是一柄双刃剑：可以为玉帝所用，以天命之名主宰一切；也可以为我们所用，给一切以自由。"

孙悟空几乎是从牙齿间挤出的话语："我们再多想一下……"

"在思考出结果之前，我无论如何也不能等了，现在我就要去打碎玉皇大帝和他的天命！"

送走太白金星，在群妖们热烈无比的欢呼声中，青云黄云举行了隆重的升旗仪式，黄云难得地在整个仪式中没有晕倒。

"齐天大圣，我们是齐天大圣了！"咧嘴狂笑的青云用自己的每一个动作、每一个声音甚至每一个细胞向周围传递他的喜悦。当年小妖精老师在他心中播下的种子，现在已经长成了。

黄云平静地看着这面高高飘动的旗帜。

天庭允许他们开设齐天大圣府，允许他们将各路妖精编为天兵天将，同意他们对武器对法宝的要求，这一切答应得太容易了。天庭的目标只有一个，就是让他们去消灭孙悟空。

"泼猴一日在世，你们这齐天大圣之位坐得便不甚牢靠，为二位大圣计，消灭泼猴实在是第一等的要事。"太白金星在答应自己的一切要求后，几近露骨地挑唆。

我一直是为了你考虑，我一直是为了你好，因此，我怕你钱多得用不完所以才会帮你用用，我怕你朋友多得难以分清谁是好谁是歹所以才帮你调查一下，我怕你受别人的威胁所以才住到你家来保护你，我怕你一不小心做出威胁别人的事所以才用兵器指着你的喉咙……

黄云心中冷笑。

群妖不仅是为新产生的两位齐天大圣欢呼，也是为自己欢呼。

不再是妖了，我们现在是神仙了，我们也一样有身份有地位了，我们不再是人憎鬼厌的妖了，我们是受人景仰的神仙了……

他们的笑脸与青云的笑脸相映生辉。青云在开始的讲话中说要为群妖争取到和神仙一样的平等，片刻之后竟然就成了现实。

这样的平等真是平等吗？

黄云心中忽然有了一种悲哀，只不过换了个名字，这些妖精便兴奋如此，他们难道对自己是妖精就如此痛恨？神与妖的不平等，究竟是存在于事实之中，还是存在于妖精自己的心中？

无论如何，这些妖精现在会拼死感激为他们争得平等的自己。

无论如何，区区齐天大圣的位置自己还不放在眼里。

看着笑得如此灿烂的青云，黄云终于决定晕倒一下。

"大哥，齐天大圣就由你来当吧，而我要当的，是玉皇大帝！"

南天门几乎放弃了任何抵抗。

没有谁会认为自己有能力阻挡得住孙悟空，这几天孙悟空已经将天宫的征剿部队一一击溃，四个人足以让一切阻挡他们的神灵都粉身碎骨魂飞魄散。

天宫也没有什么守卫的必要了，得知孙悟空打了上来，玉帝在外甥二郎神的保护下已经"安全转移"到月宫去了。

大人物们历来如此，他们千金之躯坐不垂堂，他们为了保留机会与希望，就必须保存自己。

令太白金星惊诧的是，青云洞里的新神仙们并未出现在这里，原本他们答应前来护驾的。

西天的佛祖为什么还没有来？

孙悟空小心地踏上了大殿，同上次大闹天宫时不同，他尽量没有破坏天宫的建筑，相反还采取了一些保护措施，否则事情结束后还要修理，是很麻烦的。

八戒与潮汐站在大殿门口，目送悟空与沙僧缓缓走进大殿，两旁是面无人色的群仙。

太白金星依旧镇定，他对自己很有信心。

一步，两步，三步……

除了神仙们粗重的呼吸，大殿中回响的就是悟空的脚步声，沙僧已经停了下来，有些不知所措。

四步，五步，六步……

离玉皇大帝的宝座越来越近了，玉帝，就是坐在这个位置上执掌天命，对这世间一切生杀予夺。

七步，八步，九步……

玉帝的宝座就在面前，只要一转身就可以牢牢地舒服地坐在上面。

"玉皇大帝孙悟空万岁！"

太白金星不失时机地发出欢呼，群仙先是一滞，但紧跟着都发出了欢呼，似乎他们不是刚刚被孙悟空击败，而是追随孙悟空来此的胜利者。

潮汐的心又开始"怦怦"地沉重跳动。

猪八戒的脸上嘲弄之意更浓。

沙僧依旧在原地不知所措。

太白金星带头跪下，深深伏在地上，虔诚而恭敬。

孙悟空转过身来，缓缓坐下，一瞬间八戒很难分辨在那里坐下的是孙悟空还是玉皇大帝。

这，就是结局？

十七　桂花树的倒下

天命究竟是什么？我一直在思考。如果能挣脱心的束缚，战胜我们自己，天命对于我们存在与否就没有任何意义了。

　　　　　　　　　　　　　　　　——《悟能日记》

当风将残云送向远方时，自由的海鸥在浪尖轻轻掠起。

观音呼吸着南海海风带来的气息，心情却远没有海风那么轻松。

即使是十八罗汉四大天王再加上天宫的大群神仙兵将，也都像云一样被打散，即便是她，也不得不在潮汐蓝天般的带子间败逃。所谓强者，在更强者面前，也不过是一群可怜虫。

苍蝇。

这令观音忍不住把自己比作苍蝇，只能在远处嘤嘤嗡嗡，在真正的力量前不得不逃命。

从来没有这么狼狈过，这几乎让观音忘记了自己长达三炷香的祝词，取而代之的是恐惧。

"天命……天命的力量究竟在哪里？或者说，天命像懂得选择栖居处所的小鸟，抛开了自己这棵摇摇欲坠的老树而转到了孙悟空那个泼猴猢狲身上？"

观音轻轻一叹，"末路穷途"四个字忽然出现在她心中，她努力将阴霾驱散，将目光投向天的一角。

还没有绝望，在月宫中集结的神仙佛祖们足以让整个天地粉碎，更何况这一次佛祖如来亲自在月宫中等待孙悟空的到来，再厉害的妖魔也不可能从佛祖的手心中逃走。

希望一瞬间又将观音的心点燃，在这个时刻她怎能不在场？如果这个时候她在并且能够出上力的话，那她又可以积上无量功德，可以向佛更接近一步了。

观音驾起了云，飞向月宫。

与此同时，青云与黄云聚合了他们的队伍，赶向天宫。

黄云几乎是半倚着青云在空中飞行的，野心在伸手可及之处结出了甜美之果，这令他激动得又多次晕了过去。

"这个世界上是不是晕了的人更为清醒，而自以为清醒中的人却在梦魇中挣扎与彷徨？"

黄云冷笑着问自己，本来即使天庭玉帝没有来招安册封，他也准备去挑战恢复了力量的孙悟空，他要在全天下妖精面前证明，只有他才能真正打败孙悟空，只有他才能成为妖精的英雄，只有他才能代表妖精去夺取天命！

天庭发现了他的真实力量，这证明天庭还是有眼光的，天庭做一厢情愿的打算，这证明天庭的眼光也就到此为止。既然如此，就让天庭首先品尝孙悟空攻击的恶果，而自己就来收渔翁之利。

利用别人的人，其实本身一直在为别人利用，这便是人世间亘古不变的一条真理。

玉帝依旧高坐于上，月宫虽然没有灵霄宝殿雄奇壮美，但也依旧有一个高高在上的位子等着他来坐。

他轻轻抚摸着白玉宝座，温润的感觉让他紧悬着的心略略有些放松，他正视着坐在一侧的如来，那脸上依旧尊重且轻松的笑意也令他稍微心安一些。

"天命还在我手中，这一次不过是我们的一次劫难，只要渡过这一次劫难，我的力量与权力一定会更强大。”

玉帝与如来同时如是想，无论是东方还是西方，无论是天上还是人间，高居于上者的想法总是惊人地一致。

“只等各处天兵天将聚齐，便可以一举斩杀妖猴，夺回灵霄宝殿。”李靖大声说着没有任何意义的大话，伸手去抚摸自己的长长美髯，当手指触到胡须时才记起，在昨天同孙悟空的一战中，胡子已经被猪八戒用三昧真火烧去了大半，只剩下几根焦黄如驴尾的还可怜兮兮垂在那儿，这令他无比心痛，抚摸也变成了用力地扯动。

“如果不是各处天神纷纷下界，这一次也不会几近狼狈。”玉帝点了点头，他并没有想到“几近狼狈”与“非常狼狈”的区别，正如大人物们深沉的目光往往忽视“基本完成”实际上就是“没有完成”一样。他只想到，如果不是有大量的神仙下界，他就不会被从灵霄宝殿中赶到这儿，他就不会被迫去招安那些肮脏的低劣的妖精，他也就不会反而被妖精们愚弄一回——出这个主意的人罪该万死，他恨恨地想，在周围的人群中却没有找到出主意的太白金星。

片刻间他又想起，当初出主意招安孙悟空者，也是这个太白金星，于是，在太白金星回复说成功招安青云黄云并使之答应去扫灭孙悟空时对太白金星的夸奖立即变成了蔑视与憎恶。

凭自己的好恶而不是凭事情本身去做判断，即使天命在手又能怎么样？

孙悟空转身坐了下去。

只要坐上了玉帝的宝座，他就接过了玉帝手中的天命。他就可以执掌这世间一切的命运，少数不服从者必然被他擎起天命之棒扫入烟云。

他可以凭借天命，让世上追求真爱的人得到真爱，让世上追求幸福的人得到幸福，让世上追求自由的人得到自由。

只是，别人赐给的爱、幸福与自由，是我们所追求的爱、幸福与自由吗？

孙悟空坐了下去，跪在大殿地上的残余神仙们长长出了口气。

沙僧在跪了一地的神仙中茫然失措地站着，他不知自己该如何是好，他只知道，尝到了直着站的滋味的膝盖，是无论如何也不会再跪下。

八戒目光炯炯，似乎准备向前，他脸上那浓浓的嘲意说明了他想做什么。

潮汐扯住了他的衣袍，她的心"怦怦"跳得很急，跳得很响，甚至八戒都可以听到她的心跳声，但潮汐仍然制止了他。

"有些东西是需要他自己去面对，如果由别人来提醒，那么他永远也不可能真正摆脱天命。"

"而我，相信他。"

从潮汐无声的目光中，八戒读出了她的心事。

孙悟空坐了下去，非常舒适，也非常自然。

但与此同时，他身下的宝座碎成了无数块。孙悟空脸上露出淡淡的笑意："我太重，这个座位不适合我。"

众神仙的神经随着他站起重新绷紧了弦。

太白金星张嘴还想说什么，却被孙悟空脸上淡淡的笑容全部堵住："自由的重量太大了，没有任何座位能容得下自由，我现在明白了。"

"现在我要去告诉玉帝这一点，我想八戒你也想去告诉嫦娥这一点。"

太白金星与众神仙望着已经破碎的宝座面面相觑。

孙悟空坐碎的不仅仅是玉皇大帝的宝座，也坐碎了他们的神仙身份，他们不敢想象玉帝如果回来会对他们做什么。以前他们看到有低级神仙犯事受罚都很兴奋，现在即将轮到他们自己，他们无论如何兴奋不起来。

别人的痛苦有时会成为自己欢乐的原因，但自己要面对痛苦时，心情就会完全改变。

绝望中的人总会有办法找到最后一根稻草的，现在，这些走投无路的神仙们的稻草来了。

青云与黄云，顺利地接管了灵霄宝殿。

没有理会眼前发生的战事，吴刚的心仍全在桂花树上，他的耳中听不到呐喊与哭号，听到的只有"突突"的伐木声。他伐了千万年，也许还要伐千万年。

如来第一次汗流浃背。

无畏印、大日掌、无边的佛法，都无法在一个无拘无束自由自在的孙悟空面前施展，所有的力量在他面前仿佛不存在，各种各样的密宗禁咒也如石入大海。

"孙悟空也跳不出如来佛的手掌心"，如果成了"如来佛也跳不出孙悟空的手掌心"，那又会怎样？

金箍棒在如来弥漫于整个月宫的法力中穿行，不轻不重地敲了一下如来的头，如来的头上鼓起了一个大疙瘩。

有了第一下就有第二下，这种奇异的景象令所有的仙佛们都忘了厮杀，惊愕地看着这一切。

通过万世修行严谨试炼执守了无数清规戒律的佛祖，在孙悟空随意自由的金箍棒下，头上一个两个……被敲出了疙瘩？

清规戒律，不如，随意自由？

几乎所有仙佛心中，都涌起难以言喻的狂潮，原先信奉的一切，随着孙悟空的棒子，一下两下，化成粉末。

观音心中还升起一个更为复杂的念头："佛祖，不如，猴子？"

只有如来产生了不久前孙悟空曾有过的想法："这个世界，疯了。"

玉帝瑟瑟缩在月宫的一角，出乎他意料的，他面对的不是孙悟空，而是猪八戒的钉耙。

他的随身侍卫们早在猪八戒与沙僧的联击中逃得比玉兔还快，

他的倚仗二郎神，已经被一根蓝色的带子从头缠到了脚，同他的那只爱从后面咬人脚脖子的吠天犬捆在一起。

他强迫自己正视八戒的眼神，身为天命执行者，他不能在这个怪物面前露出怯意，尽管他缩在宽大的龙袍里的身躯在发抖。

他没有注意，他们来到了当年八戒痴痴等待的角落。

他也没有注意，八戒的眼神根本没有注意他，只是急切地渴望地又有几分迟疑不安地望向小楼。

小楼窗帘的一角，被缓缓掀起，接着整个窗帘被扯了下来。

再也没有什么东西能隔在八戒与嫦娥之间了。

八戒无法抑制住拥抱嫦娥的冲动，他丢下了钉耙，来不及从楼梯上去，直接将自己庞大的身躯掷上了小楼，张开双手，让流着泪的嫦娥好好地缩在他宽大的怀里痛哭。

能在心爱的人怀里痛哭——即使所爱者外表是一只猪，那也是幸福的。

不再面对八戒的玉帝双膝再也无法支撑住，全身几乎虚脱，他软软地缩在墙角，忽然像个孩子似的哭了起来。

"突突……"一切都静了下来，除了吴刚越来越急的伐木声。

沙僧看着吴刚的动作越来越快，过去每一斧头下去缺口随即就会弥合，而现在不会，桂花树被砍开的缺口越来越大。

"倒了倒了……"潮汐像个小女孩儿般轻轻笑着，看着桂花树缓缓倾向一侧，终于轰然倒在地上。

这，才是结局。

第七颗头骨

◎凤　凰

确实，亡灵往往是邪恶的。但它们从不掩饰自己犯下的罪恶。

——牧师皮杰罗·荷尼顿手记

一　死灵法师

灰白色的骨粉缓缓流进瓦罐里，浸入鲜血，随即变成暗红色。我小心地控制着咒语的节奏，不时向罐里扔进几只尸虫或是一根蜥蜴尾巴。这是件需要耐心的枯燥工作，也是我的任务之一，而我也习惯了每天坐在木屋前混合这些粉末，当它们从我手中洒下时，我总有一种感觉，似乎时间完全静止，只有这些灵魂——曾经或是正附着在骨粉上的灵魂，无声地呐喊着，挤撞着，坠入一尺之下的鲜血之渊。

莎娜就坐在不远处，脚边堆着一小堆箭矢，此刻她正一下一下地削着新的树枝，嘴角由于用力而微微上翘，使她脸上平添了一种冷艳神情。最近一段时间，莎娜已经不像刚来时那样怕我，但还是有意无意地和我保持着距离。我倒并不在乎。很显然，任何人都不会对一个死灵法师抱有好感，在我选择这个职业时，便永远背弃了爱与微笑。

我并不认为自己是"血狮"佣兵团中最强的死灵法师。在十七个分队中，水平超出我的至少有四位，要是算上那神秘莫测的右卫队，恐怕这个数字还要高出三倍。但对于炼制各种药剂，以及操控亡灵，我还是相当有自信的。因此我才会搬到绿泥森林的这个角落里来，负责配制药粉，并训练死亡军团和魔兽兵。说实话，这项工作很适合我。别的死灵法师，把吸取活人的血液视为最大的乐趣，而我只喜欢在森林或沼泽中穿行，收集游魂，召唤僵尸或骷髅。所以，每次卡梅斯团长命令第六分队出战时，我都会分派给副手马维茨。

我讨厌血淋淋的杀戮，相反，我喜欢让死去的生物重新活动起来。看到尸骨们在我面前颤悠悠地站起，我总有种莫名的兴奋，仿佛自己创造了什么。

也许，我是死灵法师中的异类。

远处树影似乎晃了晃。几乎在我感觉到生人气息的同时，莎娜已经引箭扣弦，稳稳地瞄向那边。我微眯着眼，面无表情地看着那个身穿黑袍的身影。

"基洛，这几天没有出去吗？"

"在炼粉。"我指指手边的瓦罐，"有事吗，克鲁诺？"

"卡梅斯团长希望得到更强些的魔兽。你知道，最近的行动越来越多，快忙不过来了。修罗席恩帝国那边又不断催我们加快速度。团长大人有点着急了哪。"克鲁诺胸前绣着一颗猩红色的心，随着话语微微起伏，让人错觉是他自己的心脏跑到了外面；红心下面绣着三滴血，颤颤欲落，充满了邪恶的味道。"有炼好的骨魂粉吗？我顺便带给他。""

在屋后窗台的木板上，你自己拿吧。"我继续筛着骨粉。克鲁诺径直走向木屋，经过莎娜身边时，顺手托起她的下巴。莎娜倏地跳起来，浑身绷紧，使劲瞪着黑袍法师，像只受惊的小母豹子。

"克鲁诺！你最好别碰她。"我的声音中含着一丝怒气，"你该知道她身上被施了搜灵诅咒。我的搜灵术和你的黑暗系法术完全不同，你根本不懂它的原理。它会要了你的命。"

黑袍法师脸色阴沉地望向我。我的黑袍和他的几乎一模一样，只不过胸前不是滴血的心，而是个咧开嘴的骷髅标记。他有些畏惧地看着这个标记，挤出一丝笑容。"何必呢，基洛老兄！我了解你的诅咒力量。我只是有点好奇。这个女孩你用了多久？三个月？四个月？以前你可是每个月都换一个的啊。"

"她的生命力更强一些。"我语调平淡地说道，"以前的失败者还有，你自己去吧。"

"多谢了，慷慨的基洛老兄。"克鲁诺眨眨眼睛，"对了，这次戈斯威山的任务你又让马维茨去了？他可是个野心勃勃的人哪，我听说他一直想取代你成为第六分队队长呢。"

"他有他的理想，我也有我的工作。克鲁诺，你还是多关心一下你的第二分队吧。""我当然会的。"克鲁诺转身走向旁边一座独立的小屋。

不一会儿，小屋中就传来女人的惊叫，夹杂着碰撞与衣服撕裂的声音，接着便是克鲁诺得意的嘶哑咆哮。于是，一连串说不清是痛苦还是快乐的呻吟传了过来，像蛇一样萦绕在我耳边。我盖好瓦罐，站起来走到莎娜身边，她紧咬住嘴唇，显然无法掩饰心中的恐惧与厌恶。

"不要管他。"我伸手指向远处一丛火红的魔角兰，"如果你死了，我会把你葬在那丛花下面，没人会来惊扰你，就连死灵法师都不能。莎娜，要知道你和她们不一样。你的生命只属于我。"

莎娜并不回答——当然她也无法回答。她像往常一样沉默着，重新坐下，继续削起箭枝，美丽的脸庞上没有任何表情。

莎娜确实和她们不同。很少有人能在搜灵诅咒下支持这么久，因为人的神经不会有那么坚强。诅咒带来的精神压力相当大，我以前的搜灵使者多数都在一个月内发疯了。她们有的已经死去，成为死亡兵团的一分子，少数几个还在囚屋里，过着没有思想的生活。通常，新的搜灵使者会定时给她们送去食物，我自己则从来不管这些事。对于我，使者只是工具，用过了就没有用了。我不杀她们只是因为不想让手上沾满鲜血。她们毕竟还是人。

　　不过，在别人眼里，她们还有可利用的地方。记不清什么时候，其他分队长开始不定期地拜访我，或隐晦或直接地提出要到囚屋里"放松一下"。他们也给我带来一些新消息，像是谁升了职，谁被暗算了，谁把某个商队杀了个精光，等等。在"血狮"这样的组织里，必须时时小心，因为你不知道会偶然得罪谁。很多人只因为在队长面前评论某个人，或是在酒馆里赌赢了几个金币，就被夜色中的利刃割断喉咙。对于我这个独居在森林中的人，随时保持消息灵通是很重要的，因此我基本上不拒绝他们来找我——只要囚屋里别闹得太厉害就行了。

　　当然，慑于我的身份，普通佣兵是不敢找我的，通常只有分队长们才会上门。现在每个星期都会有人来，特别是十三分队的尼古拉和五分队的克罗坦。尼古拉是我的同行，他的骨镯已经炼到六颗，快要晋升右卫队了。他总是板着脸不说话，和我打招呼也只是点点头。在囚屋里他是最安静的一个。克罗坦却完全相反，经常喝得醉醺醺地到这儿来，一进囚屋就大声叫嚷，疯狂发泄，像只野兽一样。有一次他不小心捏碎了辛蒂的喉咙，我去收拾，看到辛蒂浑身赤裸，胸前到处都是青紫的伤痕，莎娜正蹲在地上，仔细擦着她大腿上的血迹。那时候莎娜刚来，还不清楚这儿的事情。所有的搜灵使者，都是团里从各个村镇抢来的，并非我自己的财产，我没有权利也没有必要对她们加以保护。

　　但莎娜是个例外，她是我花八十五金币从一个贵族手里抢来的。那贵族有某种奇怪的嗜好。可以说是我救了她，她的生命理所当然归我所有。成为搜灵使者，总比被折磨得半死然后拖去喂狗要强。

搜灵诅咒实质上是在人身上放置吸取亡灵的封印。被施了搜灵术的人会带有死亡的气息，同时身体内的灵力又会自动来对抗这个法术，从而使生命潜能得到发挥。这种生死混合的双重气息，对于亡魂和野兽是最大的诱惑，依靠它，我收集的灵魂比别的死灵法师多一倍。当然，搜灵术也有副作用，就是会使受术者无法说话，除非本身的生命力能够压制住黑暗力量，否则她们将始终沉默下去，直到死亡或是疯狂。毕竟，每晚的噩梦对任何人都是一种折磨。像莎娜这样能坚持到四个月的确实很少见，她的内在生命力非常旺盛，同时也有强烈的生存欲望，这也许和她从前的生活有关。如果一个女人从小就失去父母，每天都遭受贵族们残暴的折磨，还要满足主人的各种稀奇古怪的要求，那么她的意志一定会比常人更坚忍些的。

有时我想，单以莎娜的精神力而言，如果她是个法师，我多半会考虑把她作为第七颗头骨了——和尼古拉一样，我的骨镯也炼到了六颗。这东西能让死灵法师拥有抗魔法的能力，当然你必须先取得这种属性的头骨。也就是说，如果你想对抗火系法术，就得先杀掉一个火系法师，把他的头骨处理后串在手镯上。这可不是件容易事，许多死灵法师正是为了取头骨而惨死。但是有什么办法呢？我们必须想尽办法加强自我保护能力，因为死灵法师被人攻击的危险比黑袍法师还要大——当你看到一个人手持骨杖，身后还跟着几具骷髅的时候，你肯定会先照着他的脑袋狠狠劈上一刀。

我想，这些年来我的运气还算是不错的。

二　侵入者

春天的夜晚本该清凉而宜人，但在绿泥森林里，却充满着一股潮湿阴森的味道。月亮慢慢升起，亡灵也从坟墓、洞窟中浮出来，开始四处活动。

人们总认为满月会使亡灵变得更强大，实际上并非如此。亡灵的力量通常只取决于其本身，满月会使魔兽之类的生物更加疯狂，但对于亡灵则毫无影响。只不过，月圆的时候，人会更加敏感，从而有更多的机会感受到亡灵的存在。所以，问题其实在于人这一边。

今晚正是这样。月光使我无法入眠，而今夜的行动又需要我先好好休息一下。躺在床上翻来覆去折腾了好一阵，我终于放弃了睡觉的念头，披上件外套，走出屋子。

莎娜的窗口黑漆漆的，没有一点光亮，里面隐约传来木板床的响声，越来越大，像是用铁铲剔骨头，让人全身发麻。我正要回屋去，莎娜屋里突然冒出一声尖叫，随后木门被大力撞开，一个曲线玲珑的躯体蹿出门外，趴在树桩上不住地喘息。我皱皱眉，从衣袋里取出一只药瓶。

"没事了，那都是梦，只是梦罢了。来，深呼吸。"我拔去瓶塞，递到她面前。安神药粉的橘子味飘荡在空气中，莎娜渐渐平静下来。她打了个寒战，转身回到屋里取了件旧袍子，又走了出来，完全不顾我的注视。

"不必睡了，反正一会儿就要出发。"我的目光落在她纤巧的身体上，借着白亮亮的月色，我甚至可以看清她皮肤上细小柔软的绒毛。她在树桩上坐了下来，头发如同栗色的瀑布垂向肩头，修长的腿伸向旁边的木制弓托，把足趾搭在弓弦上，灵巧地拨弄着。柔和的夜风从她那边吹过来，带着一股清淡的人体香气。看来噩梦的影子还没有消散，她的睫毛还在微微颤动。我想安慰她几句，又发现这似乎没什么必要，便转头去看树林中的雾气。

从表面上看，这里并没有什么特别。几间简陋的木屋，窄小的空地上堆满了木柴、铁架、斧子、瓦罐，一根粗绳横在两根桩子之间，晾着几件旧衣服，另一头挂着没来得及剥皮的死狼。随便什么人来到这儿，都会认为这是普通的林中猎手，离群独居，靠双手过着简朴的生活。桩子前面还有几块碎骨头，围成不规则的圆圈——很少有人能注意到它们，更不会想到其中的意义。就在我看着它们的时候，圆圈里闪起了微弱的绿光。

亡灵不会轻易来打扰我，野兽当然更会离这儿远远的。不过有些穿越绿泥森林的旅行者会从附近经过，灵骨环正是为此而设。以这儿为中心，树林中布置了一个生物侦测圈，任何生物只要进入这个范围，灵骨环就会有反应。就像现在，我立即知道至少有七个人向这里走来，其中有一个或是两个女性，队伍中还有魔法师。

对方速度很快，没过一会儿，树丛中就冒出两个大块头，全都穿着简单耐用的钢制护甲，刀鞘和短斧碰在腿上叮当作响。后面的家伙腰间悬着短弓，右边小腿外侧凸出一块，看来是个盗贼。两个女人一边轻笑着低语，一边用细剑拨开树枝。走在最后的人一身白袍，领口和袖子上隐约镶着银边，右手挂着一根木杖，杖头水晶映着月色，光亮夺目。

然而吸引我目光的是那个大胖子——他走在两个女剑士中间，不时伸手拍拍女人的屁股，每当这时候他的大肚子就要颠一颠，几乎要把镶金的软甲崩开。他的脸和其他胖人——比如说许多贵族——一样，像两只小水袋挂在鼻子两侧，肥厚的肉褶足有手指那么宽，不过总体来说毫无特色，只有那双小眼睛在粗重的眉毛下闪着寒光，露出一丝凶狠的气势。我对这双眼睛依稀有点印象，好像在哪里见过，但一时却想不起来。

"嘿，老兄！"佩刀的男人比我高出一个头，嗓门也特别大，"借个地方住，我们都累了。"

"我没有多余的屋子。"

几个人相互看看。胖子走到我面前，仔细地打量着我："那么，我们就在这空地上休息一下，生堆火暖和暖和。"

"五十金币。"我摊开手掌，丝毫不理大汉在旁边怒视我。五十金币足够在任何一个繁华城市住进最高档的酒馆，外加一顿大餐，或者供四口之家的农民过上一年。我不想和他们浪费时间，只希望他们自动离开。等会儿我要和莎娜出去，我可不想把家交给这帮旅行者。

"一个。"胖子从袋里掏出一个金币，"我的朋友，要讨价还价也不能太离谱啊。拿着这个，再给我们取点木柴来。"

"离开这儿。"我冷冷地说。那两个大汉瞪起眼睛，握住武器就要冲上来，却被胖子拦住了。这时候他的目光突然落到一边的莎娜身上，脸上顿时掠过一丝兴奋和渴望。显然那个盗贼也看到了莎娜美丽的面容，于是附在胖子耳边悄悄说了些什么。

"啊！我的朋友，你的要价确实有点高。我们手头并不宽裕，你看十个金币如何？"

我不再理他，示意莎娜进屋去，任那胖子在背后"十二"、"十五"地叫。

"亲爱的朋友，我很理解你想改善生活的心情，但我们是去打魔兽的，你一定也被那些讨厌的生物搞得很头疼吧！你看，我可以出到十八……"

"你们怎么还不走？"

胖子眼中似乎掠过一道寒光，但立即被满脸的笑容淹没了："好吧！为了明天的战斗，我们需要充足的休息，多花点代价也是值得的。那么就五十金币好了。"

这倒是我没料到的。我转头看去，莎娜仍然坐在树桩上，淡蓝色的眼睛如同湖水般清澈，看不出任何波动。

"那么……就这样吧。"我勉强答应着。既然对方同意了我的条件，我就不好再反悔。于是我坐在另一根树桩上，暗自思索该怎么赶走他们。如果回屋换上黑袍，他们就会立即明白我的身份，也许会退走，但更可能扑上来杀了我。再说这也没有必要，施个什么法术吓走他们也就行了。我不想跟他们直接对抗，看起来这几个人也是久经战斗的好手，队伍组合也很有威胁，要是在他们身上耗费太多法力的话，今夜就没法去捉金眼魔狼了。

正在我思考的时候，几个人已经围坐下来，开始生火。胖子取出一瓶酒朝我走来："朋友，能认识你很高兴。来和我们喝一杯吧？另外，能不能请那位小姐帮我们取点食物呢？"

莎娜一动不动，只是飞快地扫了我一眼。

"我这儿没多余的食物。我也不喝酒。"

"不，不，亲爱的朋友，你一定要尝一尝。这可是从陶比隆迪克带过来的好酒啊！你可能知道，陶比拉王国不光是以魔法出名，连酿酒的技术都是一流的。这是首都埃西斯特产的酒，据说用魔法处理过，味道绝对醇厚，还有驱魔的功效，非常难得呢！嘿我说，拿个杯子来！"胖子挥挥手，那个盗贼便取出一只小杯。胖子小心地斟满酒，双手端到我面前。

我嘴角泛起一丝冷笑，接过杯一饮而尽，顺手抹了抹嘴。两股奇异的热流在胃里窜动，像是不安分的小老鼠，我按住肚子，倒了下去。

"这药还真够劲儿，一下子就解决了！"大汉扯着嗓子使劲笑着。胖子也得意地笑起来。"那当然！蜘蛛粉加上青陀花，就算是狮子也得睡上一天！我一直对你们说，能不动武力就尽量不动武力。用脑子解决，才是最好的办法哪！"

我听见莎娜猛地站起，然后是搭弓的声音。

"嘿！嘿！漂亮的小姐，不要乱动！这丫头身材真棒，再加上这脸蛋，至少能卖六十金币。这回收获不错嘛。去看看屋里还有什么值钱的东西！"

杂乱的脚步从我身边经过，空中响起魔法的吟唱。急箭破开空气，又随着一阵疾风飞向远处，刀、剑和斧子铮然作响。"捉到了！哈哈，让我先摸一下这……这，这是什么！天哪，快救救我！"

我坐起身，冷酷地瞧着他们。七个人全都呆在那儿，惊恐地望着脚下——白骨嶙峋的怪手从地下冒出来，紧抓住他们的小腿。

没人敢再动弹，甚至连呼吸都停止了。

"卑鄙的家伙，我没时间理你们，你们倒先对我下手！"趁他们发愣的时候，我迅速吟出咒文。对方有七个人，其中还有魔法师，不用强力法术是难以取胜的。虽然吸魂术过于阴毒，但再阴毒也比不上他们的心肠吧。我双手交握，绿雾自地而起，眨眼间便吞没了七个人的身躯，雾中隐约现出无数磷光，不断黏附在腿脚、手臂和脖颈上。这几个人连话都来不及说，便急剧战抖着萎缩下去，逐渐干瘪，皮肤上现出骨节的形状。

"正好死亡兵团里还有空缺，我就不为你们举行葬礼了。"我走向莎娜，"行了。咱们准备出发吧，耽误不少时间了。"

一股热流突然从我脖子边掠过，射进柴堆，立即燃烧起来。我倏然转身，迎视魔法师扭曲的脸。

"你……你是死灵法师！"

"现在看出来已经迟了。"我看着他胸前的护身符，"光明守护？那么试试这个吧。"

白骨利矛带着风声和冰晶相撞，与此同时，魔法师的身体凭空消失，又出现在十几步之外。正在他庆幸自己成功逃脱时，致命的藤蔓悄然缠住了他的全身。

"你们来这儿干什么？告诉我，我也许会放了你。"

魔法师慌乱地挣扎："请……请别杀我！我们是要去皮泽城，胖子是我们的雇主，他在那边有生意要做。放了我吧，我保证不会再来打扰你！我马上就回北弗兰德，再也不出来了！"

"原来你是从北弗兰德王国来的……"我仰起头，望向夜空。星光此起彼伏，默默闪烁，似乎有一张清丽优雅的脸在空中浮现。我沉思片刻，抬起双手："好，我放你回去。"

藤蔓盘绕着缩入地下。魔法师并没有转身逃开，却愣愣地盯着我的右臂。那里有两条极深的伤疤，一条暗红，一条焦黑，从肩膀直伸到手腕。"你是……"他忽然惊叫起来，"你是五年前偷尸体的人！"

我脑子一热，血液呼呼地流动着。突然我大笑起来："光明神殿的驱魔队？"我咬着牙说道，也不等他回答，便吟出一串咒文，无数磷火迅疾闪出，悬在空中飘浮不定，像是许多恶魔的眼睛。魔法师惊慌地握住护身符，转身奔去，磷火在他身后不远不近地追赶着。眼看他就要逃入深林，一支箭飞射而出，直直地穿透了他的后心。

我看了莎娜一眼，没有说话。莎娜自然知道，亡灵逼他逃去的方向上有什么东西在等着。她毕竟远离人世只有四个月，还对人们存有一份同情，不像我，早已心如铁石。被千万只尸虫钻进身体，啃噬肌肉、大脑，亲眼看着自己全身溃烂脱落，那种恐怖实在无法形容，相对而言，倒在一位美女的箭下，该算是种幸福的死法了。而且比他的同伴都要幸福得多。

甚至可能比我都要幸福吧，我想。身为死灵法师，我死去的时候一定是苦不堪言的。

三 号哭洞穴

在赶往坟场的路上，莎娜一直低着头，似乎有点心不在焉。我不知道她在想什么。也许，几个月来与人世隔绝的生活，使她对人产生了莫名的亲切。我在刚刚来到绿泥森林时，也会不时怀念城镇的繁华喧闹，不过时间久了，便也习惯了孤独的生活，每两个月才到镇上采购一些必需品。实际上，相对于人心的狡诈，亡灵固然可怕，却更好相处——我是说，对亡灵，你只需要拥有足够的法力，用不着绞尽脑汁，动用心计。

"莎娜，刚刚你都看到了，人可以如此卑鄙。其实人才是这个世界上最可怕的生物，你想想那天要把你买走的那个贵族……"我忽然停了口。莎娜立刻取下弓箭，以为我发现了什么目标。

"不，没什么东西。我是想起了刚才那个胖子是谁。莎娜，你可能没印象，那天买你的时候他也在场，还出过价……"

没错，就是他。那天我在镇上买完东西，经过一间酒馆，看到有个地主正在出售女奴。这种事我本来毫无兴趣，但是那个女孩子吸引了我。死灵法师对于人的灵气非常敏感，我一下子就感觉到她身体内的生命力比一般人强得多。如果作为搜灵使者的话，她是很难得的。一瞬间，我决定把她买回来。

价钱喊到四十金币，就只剩下那个胖子和一个贵族了。我插了进去，把五十金币扔在桌子上。胖子在六十金币时退出，贵族则继续和我对垒。不过我只有八十五金币，还是从一个旅行者尸体上捡来的。所以当贵族出到九十的时候，我也退了下来。我不愿在街市上运用法术强夺，那会暴露我的身份，另一方面，我觉得被贵族买走对这个女孩子应该比较好。做侍女总比做女奴要强。

但这时我听到人群的议论，才知道这贵族的特别嗜好。他喜欢吃人肉——当然这只是人们私下的传言——尤其是年轻的女性。他活生生地割下她们的肉来做菜，剩下的喂给他那十几条猛犬。于是我又转了回去，在那贵族的耳边悄悄说了几句话。知道我是死灵法师后，他的表情真是让人印象深刻，脸色白得几乎透明，瞬间又变成骇人的青色，舌头在嘴里打起转来，只会发出几下"啊"、"啊"声。他立即带着手下逃走了。就这样，莎娜跟着我回到了绿泥森林。

莎娜说了一些她的经历。八岁时父母双双死于高利贷商的皮鞭，此后莎娜就一直在各个地主、贵族或是人贩子手里辗转，受过无数欺凌、污辱、虐待，白天要和男子一起干活，晚上则沦为主人泄欲、出气的工具。在看到我屋里那些白骨时，莎娜确实被吓了一跳，但她显得很坚强。我想，她看过的那些悲惨的事，恐怕要比白骨更为可怖吧。

我让她洗了个澡，换过衣服，才注意到她手臂上的累累伤痕。我想她对人世该不会有什么留恋了，便对她说了搜灵使者的事。我特别强调搜灵使者不仅要面对战斗的危险，更会面对巨大的精神压力，并征询她的意见。其实世俗的逻辑里，既然把她买回来，就可以随意处置，而我身为死灵法师，更不会按照同情和怜悯来行事。我只是不愿强迫而已。出乎意料，她答应得很痛快，并且说她由于多年艰苦劳作，身体素质很好，也曾亲手射猎野兽，所以对于战斗并不害怕。至于精神压力，她也习惯了。说实在的，还有什么压力比得上被人欺骗、践踏呢？

不久以后莎娜就成了我的新搜灵使者。我发现她对于弓箭确实很熟悉，很快就成为一个娴熟的射手了。战斗时她给我很大支持，这一点是以前的搜灵使者无法做到的。

这几个月来她始终没离开过森林，我以为她已经抛弃了人世的生活。不过现在看来，她对于"正常"的生活还有所怀念——在她心底一定还有对美好日子的向往。不像我，对人早就不存希望了。如果她再在残酷的人世生活几年，一定也会变成我这样的。只不过，我想她不会再有机会去体验了，因为她已经成为搜灵使者。

而搜灵使者的生活使她承受了很大的痛苦……经常被亡灵侵入身体，那些魂灵会在人脑中留下恐怖的痕迹，令人每天都被各种噩梦缠绕，而时时面对坟墓、尸骨，也绝不是一件愉快的事。也许莎娜曾经有一点感激我，但自从她失去语言的能力后，眼中便不再有当初的神采，而代之以一种冷漠。我想，现在她对我更多的是恐惧吧。

莎娜忽然停了下来。我望望四周，荒野中散乱分布着无数墓穴，青绿色的磷火四处飘荡，月光此时有些暗淡，大地一片惨白。这是死灵法师修习的好地方，但我的目标并不在此。不远处，几块岩石中露出一个阴森的洞口，夜风吹过，洞中便发出"呜呜"的怪声，像是悲惨的哭喊。这正是号哭洞穴，金眼魔狼的老窝。

"开始吧。"我说道。金眼魔狼的魔力在午夜最强，得提早把它解决掉。我找了块石头坐下，看着莎娜一件件脱去衣服。紧身束甲解开了，胀鼓鼓的胸衣露了出来，然后是平坦光滑的腹部；

雪白的大腿光洁晶莹，闪着玉一般的光芒，连同小腿构成一段美妙的曲线。我毫不怀疑会有许多男人甘愿拜倒在她身前，亲吻她的足尖，尤其是此刻，她的皮肤上由于寒冷而起了无数细小的疙瘩，脚在鹿皮战靴里不安分地扭动。她看了我一眼，回身抓起弓箭，束在脑后的栗色长发像马尾一样摇晃着。

我跟在莎娜后面，小心地走进洞穴，并和她保持三步的距离。地下又湿又滑，周围一片黑暗，我手中的短杖勉强可以照见道路。几团磷火缓缓飞舞，那是亡魂在游荡。它们全都围着莎娜，偶尔接触到她的身体，便立即消失，每当这个时候，莎娜就会轻轻战抖一下。回去以后，我会把这些亡魂从莎娜身体里取出，再用咒语禁锢它们并收藏起来。我得注意莎娜吸收亡魂的数量，否则她会因为体内黑暗力量过强而死。

脚步声在寂静中显得格外刺耳，偶尔传来清脆的滴水声，像死神在胡乱拨弄琴弦。死亡之曲，我脑中忽然蹦出这个词。这些忽高忽低、时远时近的滴水声，真像一支死亡之曲。据我所知，进入号哭洞穴的探险者没有一个活着出去，他们或是被魔狼吸干血液成为干尸，或是在恐惧和痛苦中被亡灵扼杀，一路上那些盖着铠甲的尸骨就是证明。我甚至能恍惚听到他们临死前的惨号，仍然回荡在这带着硫黄味的腥咸空气中。

黑暗中忽然响起一阵摩擦声，像用石头划过铁板。很快地，声音变成一种低沉的敲击。我举高短杖，淡绿的光芒映出另外一条通道，几乎在此同时，一团黏糊糊的巨大肉体"唰"地从那儿挤了出来，几条触须高悬在石壁顶端，似乎在判断猎物的位置。

这可是我没有预料到的事。巨蠕虫是一种智力低下、行动迟缓的生物，若是剑士，只要迅速砍掉它的触须，就可以让它立即丧失战斗力，但莎娜是个弓箭手。巨蠕虫头部的坚硬甲壳能挡住大多数武器，此刻它的身体又缩在通道里，莎娜很难伤到它，而我又必须保存力量对付金眼魔狼。我正在犹豫不定，一支箭已经射上了那怪物的头部，立即被弹落在地。

"别惹它！"我叫道，随即拉住莎娜向前飞跑。风声带着恶臭从背后袭来，令我脊背发凉，触须一下子甩在石壁上，黏液和水滴溅了我一脸。我们跳跃着躲避，几乎摔倒，杂乱的风声不断在头顶呼啸。眼看就要脱出触须的活动范围，我手中突然一震，莎娜猛然悬到半空。

"该死的家伙！"我高声咒骂着。触须像蛇一样缠住莎娜，在岩壁上撞了几下，便向甲壳后的嘴中送去。我没有时间再考虑，举起短杖，念出了咒文。

肢解术比碎裂术更为消耗魔力，不过效果也非常好。巨蠕虫痛苦地抖动着，甲壳和触须都开始破裂，我想它的身躯一定也裂开了，因为从通道的缝隙中涌出了大团的黏液。莎娜重重摔在地上，挣扎着拽开触须，爬了起来，我急忙过去扶住她。

"只是外伤，还好，不算太重。"我一边说一边撕下衣襟为她擦去血和黏液，然后取出药粉敷在伤口上。莎娜默默看着我，目光捉摸不定，我无心猜度她的心思，只顾在她的肌肤上忙碌着。

莎娜一定知道血灵粉的珍贵，我要花上三个月才能制出半瓶。但我并不觉得可惜。找到一个合适而优秀的搜灵使者是很难的，再说待会儿又要面对金眼魔狼，我必须保持她的状态良好。

搜灵使者虽然是工具，但毕竟也是活人吧，我想着。就算是把砍柴刀也要经常擦一擦呢。更何况——我不得不承认，莎娜的躯体几乎是件艺术品，我不愿它受到损伤。天天和死尸做伴，总需要有点什么来调剂一下眼睛吧。莎娜的身体是很少的能让我感觉到美的东西。

石厅中央，用骨粉画出的魔法阵隐隐发亮，莎娜站在里面，警惕地握紧弓箭，骨粉的强烈腥气也掩不住她身上的阵阵体香。号哭洞穴里通道错综复杂，我不想花时间去寻找魔狼，便采取了这个古老的方法。金眼魔狼对人肉味非常敏感，特别是年轻女人。它很快就会来的。

我躲在一块石头后面耐心地等待着。手腕上，骨镯中最小的一颗似乎有点不安，极轻微地颤了颤。这很正常，因为它——或者说她，曾是个神官，在这充满邪恶与死亡的地方，自然会有所反应。我慢慢抚过它凹凸不平的表面，双唇无声地念出了一个名字。

　　洛芙。是的，洛芙，我的第一颗头骨，也是五年前我深爱的女人。我从没想过会爱上一个神官，而且还是光明之神卡兰的神官。为了她，我曾冒着生命危险闯入神殿，也曾咬牙承受无数行人的唾骂、追打。我反复向祭司们解释、求肯，甚至放弃自尊流泪下跪，但都毫无用处，还差点送了命。所有的人都反对我们在一起，所有的人——除了一个叫菲尼斯的吟游诗人，他怀着同情为我唱了首歌，大意是说违背世俗的感情很难有结果。正是他的同情使我鼓起勇气再次潜入神殿，但我却听到祭司与洛芙商议如何把我骗出来杀掉。那一刻，我全部的信念都崩溃了。

　　我知道洛芙是爱过我的，不然她不会几次帮助我逃跑，还在深夜偷偷溜出城来看我。她知道——其实那些祭司也知道——死灵法师与光明神殿并非对立的阵营。光明神殿只与黑暗之神迪俄普斯对立，比如"血狮"第二分队的副队长，那个黑袍法师克鲁诺。真正的死灵法师并不代表黑暗，只是擅长驱策死尸、运用亡灵之力。但是人们从来就分辨不出这一点——一个整日与骷髅和墓地打交道的人，难道不是非常邪恶的吗？神殿祭司更不会允许神官与死灵法师在一起，他们在民众中的形象与威望，远比一个死灵法师的感情要重要得多。于是洛芙渐渐疏远了我，开始是被迫，后来是自觉，再后来，她也认为我是邪恶的了。

　　不久之后，洛芙参加了一次驱魔行动。那群大祭司就像往常一样，自己躲在后面，让年轻的神官在前边对敌，结果洛芙染上了致命的血尸毒。对于我，这种毒性虽然很难化解，倒也并非做不到，但当我请求祭司们让我去救人时，他们却断然拒绝，更派人来追杀我，却把洛芙放在一边不管。光明魔法只善于对抗黑暗

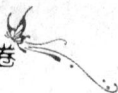

系，对这种毒性本来就不太了解，需要请专门的人来救治，而他们又有更重要或是职位更高的人需要解毒。就这样……我在神殿附近等了三天，却等来了洛芙死去的消息。于是，我最后一次潜入神殿，几乎死在里面，终于偷出了洛芙已经腐烂的尸体。我把她的头用药水处理后，作为骨镯上第一颗头骨，然后四处漂泊，直到加入"血狮"。

想到这儿，我嘴角牵动，露出一个不知是哭是笑的表情。我冰凉的手指继续滑过其他几颗头骨。

第二颗是我的搭档，一个女战士，她的长枪好几次救过我的命。但是作为一个雇佣兵，她仍然难逃命运，在皮泽城外被魔兽咬死，那凄厉的叫声仍然在我脑中盘旋，像昨天一样鲜明。从那以后，我再也不找搭档，只使用搜灵使者。她们随用随换，并且相当有效，靠着她们，我取得了四颗新头骨——四位分属地、水、火、风的法师。

只要再有一颗头骨，我就可以拥有全系魔法抗力，从而晋升"血狮"右卫队。实际上，一年前我就有这种机会。但我放弃了。加入右卫队不是我想要的生活，我只想独自行动，配制药粉，搜集灵魂，偶尔捉几头魔兽，就像现在一样。这种生活使我安心，能够专注于法术，不去想其他的什么东西。

尖厉的箭啸一下子使我清醒过来。莎娜不断射出箭矢，一只灰狼正围着魔法阵转圈。我暗骂自己竟然在这时候走神，随即戒备地握住短杖。不过那生物并没有发现我。我缩在岩石后面，看着它一次次向魔法阵冲击，泛着蓝光的颈毛由于愤怒而竖起，眼中闪着慑人的金色光芒。

搜灵魔法阵的难点在于维持平衡。魔狼每一次冲击，都会有部分灵力被魔法阵吸收，但如果感到生命力迅速耗散，这只狡猾的生物会立即逃走。反过来，要是诱饵的诱惑太强，而魔法阵的吸收不够，狼就会突破魔法阵擒杀猎物。没过一会儿我就发现自己出了失误——搜灵法阵的吸收力太高。金眼魔狼似乎意识到这是个陷阱，犹疑地转来转去，不时望向身后的通道，像要准备撤退了。

我慢慢站起，手心全是汗水。金眼魔狼是很难得的魔兽，把它和人结合在一起，可以创造出"魔狼人"，足以抵挡一个普通骑士小队，或是数百人的盗贼团。我考虑片刻，摇动短杖，吟出了解阵的咒语。

魔法阵的光芒忽然暗淡下来。魔狼立即转过头，发出令人心寒的嗥叫。眨眼间它就窜进法阵，向莎娜扑去，但在还有一步远的地方停住了。莎娜周围升起一圈火焰，蓝白色的火舌阻在狼的身前，与此同时搜灵法阵重新亮起，狼被困在一个环形区域中。

但是狼已经可以接触到莎娜的身体。如果被它咬到就会立即中毒，幸好魔狼只能用前爪伸进骨焰护圈。即便如此，莎娜也是陷入了危险，因为金眼魔狼的爪击中含有魔法。冰花与闪电不断在莎娜脚边跳动，从她望过来的眼神中，我看到了深深的恐惧。然而我必须等待法阵逐渐吸收狼的力量，等它变得更衰弱，才是我露面的时机。

不管怎么说，莎娜只是个搜灵使者，我想着。尽管她很优秀，但仍然只是一件工具，而这样的工具并不稀罕，我曾经有很多，以后也会有很多的。

没错，她只是工具而已。

魔狼突然向前一扑，在莎娜腿上抓出一道血痕。弓箭从莎娜手中落下，她张开嘴，却发不出任何声音，脸庞因为痛苦而变了形。我的行动比头脑更快，在意识到发生了什么事之前，我已经冲进法阵，短杖狠狠敲在狼的背上。这家伙迅速扭过身子，猛地将我扑倒在地，冰寒夹着电击传入我的肩头，短杖顿时脱手滚落。

我确实低估了魔狼的力量。要不是莎娜把利箭刺入它的后背，我多半要死在它嘴里了。借着狼回头的时机，我摸过短杖，吟出一个强力咒文，魔狼立即全身僵硬，不甘心地晃了晃，便倒在地上。

"手给我。"我喘息着爬起来，把莎娜的手按在狼头上。被麻痹而昏睡的狼根本无法抵抗，魔法力与灵气源源不断地流入莎娜体内。不一会儿，魔狼就萎缩成了干尸。

连续施法使我非常疲劳。我半跪在地上，稍事休息，便站起身来。"得赶快回去，"我说道，"要是碰上别的怪物，我可挺不住了。"我向通道走去，莎娜却没有跟上来。我奇怪地转过头，发现她正在剧烈战抖，眼神逐渐涣散，从眼底深处隐约泛起一丝金色。

亡灵之主啊！我知道我遇上麻烦了。莎娜已经压制不住体内的亡灵，那只魔狼的意志开始作祟，恐怕她要被魔狼之魂控制了。

我至少有三种法术可以使她立即变成魔狼人，并听从我的命令。但那不是我想要的结果。我不想。我的确要创造一个魔狼人，但不是她。

不是她。莎娜是个优秀的搜灵使者，一件很合适的工具，她总能正确领会我的意图，我几乎熟悉她的每一寸皮肤、每一根头发。我不想失去她。

那么还有一个办法。我捡起一支箭，用力划向手腕，鲜血马上涌了出来。我扶着莎娜的头，让血流过她的嘴唇，她的胃，一直进入她的体内。借着自己的血液，我施出禁锢咒文，封住了魔狼的灵魂。

这其实是有风险的。施法后我需要立即休息，但我对莎娜的心理没有把握。我不知道，当她有机会摆脱我这个主人，真正能够获得自由时，她会不会给我来上一箭。不过我想她不会这么做，因为我早就对她说过，如果我死去，她身上的搜灵诅咒就无法解除，最终会被亡灵控制，成为一具灵尸，即使躯体全都烂掉，仍然会继续在坟地中行走。那是比死亡更可怕的事。她一定会害怕这种结局的。

我渐渐有些神志不清，于是斜靠在莎娜的腿上，正好对着她的脸。莎娜微微低下头，那种捉摸不定的目光又出现在她眼底。我有些紧张地等待着。她慢慢伸出右手，按在我手腕的伤口上，除此之外没有再做任何动作。

她确实不敢杀我。我放下心来，几乎是立刻沉入睡眠之中。

四　新任务

几天之后的晚上，我接到命令说卡梅斯团长要面见我，并且指定要莎娜同行。我猜不透卡梅斯的意思，也无暇多问，因为穿过绿泥森林时我还要顺便看一下魔兽。这一批魔兽本是由我管理，因为最近忙于炼制药粉，就交给了马维茨，而他去戈斯威山之前，又把魔兽交给了他的弟子看管。就在刚才，我接到了魔兽出事的紧急汇报。

我带着莎娜在绿泥森林中央找到训练场。一个面色青白的年轻人正在铁笼边忙碌着，见到我立即迎上前来，老鼠般的小眼睛闪闪发亮。我认得他是马维茨的学徒。

"基洛队长，您好。休息一下吧，到映霞港还有好一段路呢。"他突然发现说溜了嘴，想要转移话题，但我已经觉察到了。

"你怎么知道我要去映霞港？"我紧盯着他尖瘦的脸，"是谁告诉你的？"

"这……"年轻人嗫嚅着，不敢看我，"是这样，刚才这里出了点事，我想这些魔兽是属于团里的，应该让团长大人知道，所以……我想您多半会到映霞港去见团长的。"

我心里有些不满。越级汇报很令人讨厌，但他是马维茨的学徒，我也不好多说。"算了，"我挥挥手，"出了什么事？"

"有几个人穿越绿泥森林，遇到我们的魔兽，打了一场。有三头死了，还有几头受了伤。"

我吃了一惊。这批魔兽是特地从北方迷雾森林运来的巨眼獠，非常凶猛，很少有人能打败它，何况加了嗜血魔法。仔细检查过尸体后，我又察看了受伤的几头巨眼獠，不由得思索起来。

看起来，两头是自相残杀而死，另一头很明显是被杀死的。

另外，我又发现了一些魔法痕迹。普通旅行者做不到这些。会是谁干的呢？

"马维茨知道吗？"我问道。

"知道。我第一个向他汇报的。"

我盯着他看了一会儿，一言不发地走开了。和他争论是没有意义的，再说我得赶紧去见卡梅斯。

借着灵浮术，我们迅速向映霞港前进，午夜时到了城外的小山坡。从这里望去，映霞港犹如一座豪华繁复的巨大烛台，端坐在帕提娜海前方。我留下莎娜，独自进了卡梅斯的小屋。

"基洛，近来有什么进展？"卡梅斯像往常一样坐在帷幕后面，我只能隐约看到他的影子。

"在炼制药粉。另外，我捉了一只金眼魔狼。"

我简单叙述了一下最近的工作，并且提到魔兽的事。卡梅斯似乎非常关心这件事，当我说到伤口上的魔法时，他打断了我。

"是什么样的魔法？"

"受伤的几头似乎中了'冰环暴'，那是很古老的法术。死掉的三头中，有一头看来受过光明魔法接触。"

卡梅斯沉默了一会儿，摇了摇铃。不一会儿，黑袍法师克鲁诺走了进来，在他身边是个高大的金发剑士，这个人我也认识，是克鲁诺的搭档，第二分队队长塞隆。难道最近要有什么大的行动？如果没有重要的事，各分队队长是很少正式会面的。

我很快就知道了答案。杀死魔兽的人正是第二分队追踪的对象，卡梅斯并且指示我协助他们进行拦截。我一边应承，一边暗自猜测对方的身份。我很想看一看究竟是谁能杀死魔兽，又能引起卡梅斯如此重视，不过看来是没机会了，因为我的任务只是帮助第二分队穿越森林而已。

克鲁诺和塞隆出去之后，屋子里陷入了寂静。不知怎么，看着黑沉沉的帷幕，我忽然对这个神秘的团长产生了一丝厌恶。从没有人见过他的真面目，团里更流传着许多关于他的事情，我虽然独居在森林深处，这类传言倒也听过不少，大多稀奇古怪、牵强附会，我是从不放在心上的。

"基洛，"卡梅斯突然问道，"你认识一个叫菲尼斯的人吗？"

我一愣，随即记起这个名字："是个吟游诗人。五年前我听过他的歌吟。"

"噢。"卡梅斯不置可否地应了一声。"对了，你现在的搜灵使者，叫莎娜是吧，听说她在搜灵诅咒下撑了四个月？她来了吧？"

"在外面。"

莎娜被叫了进来，紧贴在我身边站好。我似乎感到两道目光隔着帷幕打量莎娜，而她只是静静地站着，如同一尊美丽的雕像。

"唔，很好。像这种生命力旺盛的女孩现在很少见了。基洛，你为什么不让她进行试炼呢？如果能通过的话，她的潜能会进一步发挥，也能再重新开口说话了。"

"那对我没什么用，作为搜灵使者，她现在的能力已经够了。"

"对我可能有点用。"卡梅斯缓缓说道。"我的侍女不太够了。这样吧，要是她能撑过下个月，你就把她带来，我亲自安排她进行试炼。"

我像是挨了一拳，血液飞快地涌上头顶。震惊之下，我只顾机械地应声退出房间，竟没有过多留意莎娜的眼神。后来我才记起，那时她的眼睛忽然亮了起来，像两团跳跃的火焰。

我在树林中堆起一个简单的祭坛，然后布置好魔法阵。第二分队的佣兵戴着护符，一个接一个走上去，在雾气中飞向远方。靠着亡灵之力，他们可以迅速穿越森林，到达多林河边，并在那儿设下埋伏。灵浮法阵并不需要我来维持，只要发动它并注意保持平衡就可以了，不过在护符上书写咒文还是让我疲惫得很。克鲁诺站在我身边，神色有些焦急。

"什么时候去取骨龙？"

"再过一会儿。莎娜已经先回去准备了。"我回答。

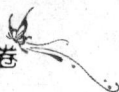

"但是灵浮术的速度……"

"不，克鲁诺，我们有更快的方法。"

我打心眼儿里讨厌这个黑袍法师，关于莎娜的事多半是他告诉卡梅斯的。我承认在"血狮"的生活使我变得自私、冷漠，但我轻易不去侵犯别人。我的一切都是靠自己的力量取得的，就算使用邪恶的手段，那也是用我的生命和鲜血去换。而克鲁诺不仅自私、贪婪，还爱占便宜，好像世上的一切都该归他所有。那两只骨龙是我心爱的宠物，即使是马维茨来借用"大眼"的时候，我也犹豫再三。这次要不是卡梅斯亲自下令，我绝不会把"毒牙"借给克鲁诺。

所以我打算稍稍让他吃点苦头。这很容易，只要在灵风术里多加一个小恶灵就行了。飞过森林上空时，克鲁诺屁股底下的树干左摇右摆，吓得他脸色惨白，十指紧紧抠进木头缝里。

"我说基洛老兄！你能不能让它稳一点儿？"黑袍法师在风声中哑着嗓子高叫。

"可我这边很稳哪！或许它们对你不够熟悉……"

我正要继续挖苦他，突然感到一股奇异的热力从头顶传来。亡灵们开始骚动，随即散开，树枝顿时失控坠下，我们来不及施法就一头栽进森林，经过一阵奋力挣扎，双双挂在树上。

我顾不得整理划破的衣服和皮肉，抬头望去，立刻被眼前的奇景吸引住了。天空中横着一道光迹，是颗流星，但却比普通流星长得多。它贯穿天穹，泛着淡淡的银光。仿佛有种摄人心魄的力量从流星那里传过来，毫无顾忌地洒向大地，我感到一种说不出来的压力。

"那是什么？"我喃喃自语。

"光明之子。"克鲁诺目瞪口呆，过了好一会儿才回答。

我的短杖被树干碰断了，无法再施展灵风术，只好用灵浮术载我们回去。幸好离住处已经不太远，天亮之前可以赶得到。一路上，黑袍法师显得心事重重，脸上现出极深的畏惧。

"基洛老兄，"他终于说道，"你知道我们第二分队要追踪的是谁吗？"见我不作声，他自顾自地说下去："那是摩里巴兰神殿的神官，要去找六神器。你听说了吗，卡梅斯其实是魔族……"

　　"那只是传言罢了。"

　　"传言？老兄，你整天待在森林里，根本什么都不知道！"黑袍法师的嗓音更加嘶哑。"黑暗封印已经裂开了，而光明之子刚刚诞生，你也看到刚才的流星了吧。但光明现在非常弱小。平衡之神预见了这件事，所以派出他的神官，想借用六神器暂时压制黑暗，等待光明成长。"

　　"以我们'血狮'的力量，要消灭一个神官并不难吧。"我淡淡地说。

　　黑袍法师哼了一声："并不那么简单，和那神官同行的还有五个人。阿拜迪恩大陆上，最强盛的佣兵团不是我们'血狮'，而是'银鹰'。现在'银鹰'的前团长正受雇保护那个神官。曾经独自一人对抗几百个强盗的半兽族狂战士也在队伍里。还有一个精灵族丫头，她手里拿着古老的里欧兰法杖……"

　　里欧兰法杖？那是九百年前大劫难的遗物，也是阿拜迪恩大陆最有名的三根法杖之一，难怪那些巨眼獠会伤在"冰环暴"之下……

　　"上一届'盗贼之王'的传人，"克鲁诺继续说道，"大陆盗贼工会里排名第三的'风之手'也和他们同行。他们还找了个向导，是吟游诗人菲尼斯。"

　　菲尼斯。这是我今天第二次听人提起这个名字。这本来应该勾起我的回忆，但不知为什么，我心里却升起一种莫名的不安，似乎有什么事要发生。我控制住情绪，使语调保持平稳，"这些和我有什么关系呢？"

　　"有什么关系？"黑袍法师大笑起来，"这是多好的机会啊！把他们几个人消灭掉，黑暗就会先于光明成长起来，那时大陆就是我们的天下！反过来，要是让他们凑齐六神器，我们就没有出头

之日了！"

"别把我扯进去。"我冷冷地说。"是你们黑袍法师要和光明对立。我只是个死灵法师，并不信奉黑暗之神。"

"别做梦了，基洛！"克鲁诺大吼。"你以为那些人会把你归入光明一派？看看你自己，一身黑袍，浑身是死尸味，手上还套着几个死人头骨！和亡灵做伴就是邪恶，谁有耐心分辨我们的不同？在人们眼里，你我是一路货！你把那些年轻姑娘脱光了像死尸一样赶来赶去，让她们在前面送死，你居然还说自己不属于黑暗一派？"

"你给我闭嘴！"我的胸膛像风箱一样剧烈起伏着，"那是搜灵术必需的程序！我从不把搜灵使者当死尸，我当她们是人！要不是有我保护，莎娜根本撑不了这么久，三个月前就该被毒蜘蛛咬死了！"

黑袍法师紧盯着我，像看着一个不认识的人。突然他咧开嘴笑起来："有意思！原来你那次中毒是因为她？死灵法师为了保护搜灵使者，竟然搞得自己躺了半个月？你不会是喜欢上她了吧，基洛老兄。可惜她就要成为卡梅斯团长的侍女喽……"

"莎娜绝不会去做侍女！"我吼道，然而我马上发现自己说错了话。克鲁诺的眼睛忽然紧缩，像两颗白森森的牙齿在眼窝里一开一合。我的怒气顿时消了一半。

"莎娜做不了侍女。"我声音缓和地补上一句，"她的生命力还不够强，没法通过试炼的。"

克鲁诺一言不发，只是从喉咙里发出几下低沉的干笑。

五　黑暗与死亡

克鲁诺带着骨龙离开时，天已经亮了。我坐在木屋前摆弄药瓶，几次错把磷粉当成骨粉倒进石臼，差点儿着火。后来我干脆把它们扫到一边，靠在木桩上出神。

黑袍法师的话使我心情很糟，但他说的是实话。自从当上死灵法师，我便成了邪恶的化身，到处遭人唾弃，他们根本不去想，九百年前对抗魔王的时候，一大批死灵法师都曾站在人类一边。人的血肉之躯无法抵御利爪和剧毒，如果没有僵尸、骷髅在前面冲锋铺路，人类战士连魔王的影子都见不到。但是几百年来，死灵法师遭受的偏见越来越深，最后竟落到被人们到处追打的地步。为了生存，死灵法师们不得不躲进深山、沼泽、荒野，少数留在城镇的也只能谎称是通灵师，从事招魂或是托梦的工作，勉强糊口。

人心就是这样自私、狡诈，当需要你时，便把你奉为英雄，目的一旦达成，英雄立刻被踩入泥坑。没错，死灵法师很多时候要运用黑暗灵力行动，但法师们从不掩饰自己的做法。而世上的人，明明在绞尽脑汁想夺取你的一切，表面上还要做得冠冕堂皇；明明存着黑暗之心，却还要用光明作掩护。侵略邻国时，总要说是"圣战"、"正义"，陷害别人时，脸上还能堆满笑容！五年前，要不是洛芙几次搭救我，我早就被钉在祭坛上烧死了。然而连洛芙最后也背弃了我，指责我堕入黑暗。爱情终究敌不过世俗。

于是我逃走了。在绿泥森林的角落里，没人会来驱赶我，我可以做自己想做的事，而大陆上的一切都与我毫无关系。就算世界毁灭，也和我无关。

我当然知道逃避是无能的表现。但我不是神，不是英雄，只是个平凡的法师。所以我选择做一个旁观者。或许有人拥有改变命运的能力，可我没有。

"如果你有这个能力和机会，你会不会尽力去改变命运呢？"我脑中突然冒出这个想法。随后我就愣在那儿，盯着树梢上升起的太阳，许久不动，直到眼睛发花。我跳了起来，在木屋前转来转去，像一只迷路的蚂蚁，无数念头在我心里翻涌起伏，我把药瓶和法术材料拿起又放下，放下又拿起。我想我必须做点什么，于是抓起木桩向石臼捣下去——然后，那些磷粉终于着起火来，

搞得我手忙脚乱。

"莎娜!"我叫道,"来帮我收拾一下!"

莎娜屋里没有回答。我等了一会儿,又叫了几声,仍然不见她出来。

或许是去砍树枝了,我想。我走进自己的屋子,拿了水桶和扫帚,一转身却发现我的法术书摊开在桌上。我一惊,昨天临走时我明明把它放在左边抽屉里了。那么一定有人进过我的屋子。我环顾四周,没有任何凌乱的迹象,也没有丢失什么东西。最后我的目光落在法术书翻开的地方。

搜灵术的解除:

解除搜灵术通常只由施法者亲自进行,方法是选取性质相反的材料来配制,并须注意咒语的次序……由于施法时所用材料的不确定性,由其他人解除搜灵术非常困难……

如果施术者死亡,其所属的搜灵者将很快成为灵尸。但若搜灵者能够经受住试炼的考验,便可压制住体内的亡灵力量。在任何一个墓地都可以进行试炼。为此,搜灵者需要一小瓶硫黄,少许蝙蝠尿,三颗磷骨珠以及一些骨粉,按下图布置魔法阵……

试炼?我急忙扑到储物架前,果然,硫黄少了一瓶,地上还洒着一些骨粉。

"莎娜!"我高叫着跑出屋外,抓起背包,一路奔入深深的密林。

呼啸的风声盖住了一切声音,我的脸被刮得生疼。我按照小恶灵们指引的方向前进,渐渐的,亡灵气息越来越重,普通人可能感觉不出来,但对于我这个死灵法师,那股阴冷而腥臭的气味几乎令我窒息。没过一会儿,碎骨墓穴那黑洞洞的入口便出现在眼前。我几乎是一头栽进了墓穴,小腿在洞壁上擦出一条血迹。莎娜毕竟不是死灵法师,根本不懂吸血恶灵的可怕。在碎骨墓穴的地下坟场，连我都必须小心行事，更何况她只是个搜灵使者。

我跌跌撞撞地奔向坟场中央。恶灵的笑声四面回响，到处都是绿莹莹的磷火。不知跑了多久，我终于到了目的地。

这是一间宽阔的石厅，足以容纳几百人。就在石厅中心，一团猩红色的雾气隐约裹着一个身体。红雾向外延伸出无数细丝，像个蜘蛛网，却又如水妖的头发一样轻轻飘动，大大小小的绿色磷光沿着细丝出入，仿佛一大群苍蝇围着腐肉穿梭。我几步跨上前去，短杖直伸进红雾之中。必须阻止莎娜的试炼，否则她一定会被吸血恶灵变成干尸。

驱逐法术立即起了效果。红雾逐渐消散，莎娜的面容现了出来。我突然感到浑身发冷——莎娜双眼紧闭，两颗尖牙从丰满的红唇中伸出来，末端还滴着灰绿色的涎水。她那闪着栗色光泽的头发，此刻竟然变成尸骨般的灰白。

"莎娜！"我伸手搭上她的肩膀。就在这时，她慢慢睁开眼睛，慑人的红光射在我脸上，几乎发出"噼啪"声。但在她掐住我的喉咙之前，我已经从背包中取出传送魔法卷轴，随手甩开，用力掷在地下。

阳光从半开的门外照进来，我身上忽热忽冷，忍不住打了个哆嗦。硬木椅子硌得我背上生疼，不过和腿上的疼痛比起来，也就不算什么了。莎娜半卧在我脚下，尖牙用力刺进我的小腿，我能清楚地感觉到血液不断向外流去。

吸血恶灵的诅咒太深太久，只有血沸咒能够对抗。对于死灵法师来说，原则上没有消解不掉的诅咒，只看自己的能力如何了。我的每一滴血液都会使恶灵的力量减弱一分，当莎娜体内的恶灵被完全消融，她就会恢复正常。

只是，我不知道自己有没有那么多血液供她吸食。

看着莎娜的白发渐渐变深，我不禁想要抚摸，却抬不起胳膊。由于失血过多，我几乎瘫在椅子里，意识逐渐模糊，唯一清晰的就是腿上的痛楚。尖锐的刺痛像电流一样冲击着我的全身，似乎

有许多小蛇在我体内游走不停，忽而左冲右突，忽而纠缠盘旋；它们使我麻痹酥软，还伴随着阵阵抽筋般的快感。慢慢的，我竟然喜欢上这种感觉，它让我非常放松，甚至有种幸福和满足感，连灵魂都在飘荡舞动。我开始享受痛苦与快乐的交替冲击，头无力地歪在椅背上。

不知过了多久，我才清醒过来。莎娜正仰头看着我，栗色长发垂在胸前，眼睛像两汪清泉，波光荡漾，映出我的人影。

"没事啦？好啦？"我虚弱的声音掩不住怒气，"谁让你偷偷去试炼的？想脱离我的控制，去给卡梅斯当侍女？休想，只要有我在，你就别想！"

我费力地咽咽唾沫，嗓子里有股腥甜味，眼前直冒金星，心脏跳动声像铁锤敲击木桩，震得耳朵直响。

"莎娜，你也太天真了。你以为卡梅斯要侍女做什么？"那些传言一句句浮现在我脑中，"他对她们施了法术，立在黑水晶花坛里，用骨魂粉掺进泥土埋上，就像栽树一样，然后在你的后腰或是肚脐上打个洞，每天取你一杯血，作为他的日常饮料！你居然还以为那是什么好差事！而我，虽然让你做搜灵使者，但却把你当成伙伴，遇到危险我还会救你……"

我骤然发出一阵长笑，随即剧烈地咳嗽起来。

"没错，一个死灵法师，居然用自己的血来救一个搜灵使者，而且当你吸我的血时，我居然还感到快乐！我都不知道自己为什么这么做！"

我笑得越来越响，最后变成一串嘶哑的鸣叫。莎娜站起来，脸上也浮起一个古怪的笑容。她无声地笑着，眼眶里却盈满泪水。

我觉得我们都要疯了。

在这个乱七八糟的人世间，想不疯恐怕都很难吧。

我在极度虚弱中睡去，醒来时已经是傍晚。我勉强撑起身子，头像要被锯开一样，疼得要命。我找了些药粉吃了，然后就去看莎娜。

看来她的情况不太好，脸上透出一块块红斑，额头火烫。我想叫她起来吃些东西，但她只是迷迷糊糊看我一眼，便又转头睡了。我知道她的生命力消耗太大，便施了个灵制术，暂时压制住她体内的亡灵，随后趴在桌边再次进入梦乡。

这一夜非常安静。外面没有一丝风，连蟋蟀和黑颈鸟的鸣声都消失了，一切都沉入死一般的静寂。好几次我忽然惊醒，只听到莎娜断断续续的呼吸，时轻时重，带着微弱的温暖气息。这使我心里很踏实。我在暗影里费力地看着莎娜的侧影，似乎有种安详的气氛涌起，如潮水般翻卷着，充塞了屋里的每一寸空间。

后半夜我出去采草药。走出门外时，我竟然对这间小屋产生了些许留恋。我没有用灵浮术，只是慢慢踏着露水行走，任凭冰凉的草叶隔着衣服拂在小腿的伤口上。黑黢黢的树丛像许多怪异的肢体，潮湿腐烂的气味刺得我喉咙发痒，偶尔传来尸骨碎裂的轻微爆响。绿泥森林的夜，像平常一样阴森恐怖，但我心里却泛着一丝温情。这感觉如同一个熟悉的影子，因为久违而显得有些陌生，围绕在我身边，挥之不去。

自从洛芙死后，五年来我从未亲近过任何女人——并非我故意压抑自己，而是长期与亡灵相伴的生活侵蚀了我的欲望。"血狮"的佣兵们经常要面对各种危险，战斗之后不论是胜是败，都需要发泄内心的压力，而囚屋中那些毫无抵抗力的女人是他们释放情绪的极好工具。但我对这些毫不关心，也并无兴趣。甚至当搜灵使者们在我面前脱去衣服，露出青春的身体时，我也从不动心。在我眼里，她们和骷髅的区别只是更加鲜活、丰满，更为赏心悦目而已。

但这次有点不同。莎娜似乎激起了我心里的某种东西，给我的平静生活带来了一丝波动。三个月前，当我为了救她而受伤时，我便知道自己已经不仅仅把她当成搜灵使者，而更倾向于当做我的伙伴。也正是从那时起，莎娜对我的态度也有所变化，她开始

默默关注我的饮食起居，于是我经常能吃到美味的蜜菇炖野兔，如果我不舒服，她不用吩咐就会自动烧些热水来。而我也更加注意她的安全，在战斗中我为她付出了更多的保护。

我想人是需要付出的，这和人的自私本性虽然互相矛盾，但确实是人性的另一面。总要有些什么东西让人来关心一下，否则人就会感到缺憾与失落，正如失去幼仔的母猴，往往会抢来其他母猴的幼仔来抱养。这是卑劣自私的人心中唯一的闪光之处吧。有一个可以为其付出的对象，人会感到快乐，不管这个对象是个人、是条狗还是一盆花草。

但这种快乐通常不会长久，正如世上那些美好的东西从来不会长存。莎娜很快就会离开我，或者死于亡灵的力量之下，或者死在卡梅斯的黑水晶祭坛中。虽然后一种情况是我不愿看到的，但在"血狮"这种组织中，违抗团长之命就等于自杀，尽管我对生死看得很淡，可也不想随随便便就死掉。能让我甘心付出生命的人早已不在了，只留下一颗头骨，还有些许回忆。

晨曦来临的时候，我爬上一个小山坡。树木从这里开始稀疏，多林河在远处奔流轰响，似乎因为要绕过森林而感到不满。幽蓝的天空逐渐变浅，隐约有一丝红光透过薄雾射进林中，与空地上的点点红色互相映衬。

火焰草是旅行者饥饿时的补充，也是配制药剂的好材料。我小心地摇下草叶上的露珠，滴在铁罐子里，随后把它们连根拔出，放进随身的布包。这项工作费了我不少时间，直到太阳高照，露水全都消失无踪。然后我又找到一株接骨木，割了些树皮，这东西治疗发烧效果很好。

白天我很少使用法术，在阳光下强制役使亡灵有可能招致它们的不满甚至反抗。所以我仍然像来时一样走回去，直到正午才来到住地附近。摸着腰边鼓鼓的药包，我不由得加快了脚步，就在这时，我忽然闻到生人的气息。我一惊，随即分辨出这是女人的气味，但和莎娜有所不同——而且还不止一个。我疑惑地停了停，便大步走向木屋。

那气息的来源就在屋前。四个衣衫破烂的少女被绑在一起，用粗铁链紧紧拴在木桩上。她们全都披头散发，手脚被绳子磨出道道血痕，望向我的眼神中满是恐惧。

看来团里又洗劫哪个村庄了，我一边想一边审视她们。这几个女孩都年轻而健康，苍白的脸庞泛着陶瓷般的光泽，很适合做搜灵使者。我静静地看着她们，突然头皮一麻——从莎娜屋里传出几声嘶哑的咒骂，那正是我熟悉的语音。

木门猛地撞在板壁上，发出震耳的巨响，我扶着门框，身体由于愤怒而微微发抖。克鲁诺尴尬地从床边坐起来，黑袍扔在一边，莎娜半裸着身子，一动不动，似乎已经昏迷。

怒火令我阵阵晕眩，眼睛像要凸出眼眶，一时间我竟发不出声音，只是用手指着克鲁诺。这家伙迅速穿上衣服，不敢抬头看我。

"你出来。"我终于从嗓子里挤出这句话。

克鲁诺闪过我身边，匆匆走出屋子。他很快恢复了镇定，脸上居然也现出一丝气愤。

"基洛老兄，何必发这么大火呢？你看，我给你带了四个来，全都是新鲜的，还没人动过。至于这个莎娜，你都用了这么久，也该拿出来让大家分享一下吧？"

放药草的布包不知掉到哪里去了。我紧紧捏住短杖，差一点把它弄断。

"克鲁诺，你犯了我的规矩。"我缓缓说道，"莎娜只属于我个人，并不是团里的财产。现在，你挑一种喜欢的死法吧。"

"怎么，你居然想杀我？为了这个搜灵使者？"克鲁诺惊异地盯着我，"就算我不碰她，过几天她也是团长的侍女了。你……"

"你这只黑乌鸦！"我吼道，"你碰了她，就要付出代价！"

"代价？"黑袍法师蓦然大笑起来，同时戒备地退后几步，"老

兄，看你那站都站不稳的样子，是受了伤吧？你还能有多大本事？既然你逼我动手，我可就不客气了。我倒想看看，那些亡魂会不会大白天出来帮助你！"

"别忘了你的黑暗法术在阳光下也要受影响！"

"那么咱们就试试，看黑暗和死亡哪个更恐怖吧，"克鲁诺伸手取出一块黑水晶，托在手上，如同一只妖异的眼睛。

我知道克鲁诺是个经验丰富的黑袍法师，而且狡诈毒辣，很难对付。如果是在夜间，我又没有受伤的话，还有些把握，但现在我确实不敢保证能胜过他。但我也顾不到那么多了，满脑子都想着要好好教训一下这家伙。显然克鲁诺也知道，即使不借助亡魂，死灵法师也仍然是不可小看的对手，因为大部分诅咒术不需召唤亡灵，况且我手腕上的骨镯可以提供有力的魔法抵抗。因此我们谁都不肯轻举妄动，只是像两只斗鸡一样互相瞪视，等待下手的时机。

那四个被绑的女孩坐在不远处，目光在我和克鲁诺身上来回移动。我不知道她们更盼望谁获胜，多半是希望我们双双死掉吧。忽然，她们全都向我身后望去，然后我就听到了那个消失四个月的声音。

"基洛！"莎娜倚在门边，双唇微微张开，眼中射出异样的神采。宛如被惊雷击中，我呆呆站着，脑子里乱成一锅粥。那一瞬间我完全忘掉了克鲁诺还在我身后，等我醒悟过来时，已经晚了。黑袍法师先我一步完成了咒文，剧烈的疼痛如刀锋般穿过我的脑袋，我的后半句咒文卡在喉咙里，眼前阵阵发黑，感到莎娜的手扶住我的肩膀，然后我就倒了下去。

六 不再沉默

冰冷的泥土让我清醒了些。地面竖了起来，树木从右向左生长，克鲁诺的黑袍上下飘动，犹如一面邪恶的旗帜。我扶着莎娜的膝盖，用力坐起身子，身体里像有无数小虫在啮咬，几乎要裂成碎片。

"基洛老兄！没想到你这么不堪一击啊。真令我失望。"黑袍法师嘲讽地看着我。克鲁诺确实是个劲敌，他的碎裂术与我不相上下，如果不是有骨镯卫护，恐怕我已经七窍流血了。我嘴唇战抖着，说不出话来。

"现在该轮到我问你了，基洛。你喜欢怎么去死呢？"黑袍法师向前踏了一步，"不过，看来你已经没法回答了。那么我来替你选吧！对于经常在夜里行动的死灵法师，黑暗梦魇应该很合你的胃口。"

莎娜轻轻抖了一下。黑暗梦魇是黑暗心灵术中最可怕的法术之一，它的厉害之处在于，受术者会产生幻觉，看到自己心中最恐怖的景象——如果你害怕亡魂，你就会看见无数亡灵逼近；如果你深爱自己的母亲，你就会看到她在你面前惨死——而且这景象会反复在你脑中出现，只要闭上眼睛，可怕的梦魇就会立刻向你袭来。这种精神上的残酷折磨会让人崩溃，直至神经错乱。在精灵族和半人马族身上，这个法术完全无效，但是人类对此却毫无抵抗力。

我几乎有些绝望地屏住呼吸。两步之外，放草药的布包散落在地上，红彤彤的叶子撒了出来。忽然我看到一样能救我们的东西——那是一只金绿色的小甲虫，正专心吸食火焰草的汁液，轻薄的翅膜泛着蓝光。

绝大多数法术都要念出咒文——但不是所有的都需要。我迅速用指甲在地上画出一个缺角的五芒星，缺口正对着甲虫的方向。我把手掌放在图形中心，另一只手紧握住莎娜的手掌，发现她手心里全是冷汗。克鲁诺的吟诵声倏然响起，几乎和我同时完成法术，然后就是一阵静默。黑袍法师冷酷地笑起来，等着我们发出恐怖的尖叫，撕扯自己的胸膛，在地上打滚。然而我和莎娜都没有动。空中响起急促的嗡嗡声，那只小甲虫飞了起来，以异乎寻

常的速度横冲直撞，正碰在克鲁诺身上。他厌烦地将它扫落在地，甲虫立即被踩得稀烂。

什么都没有发生。

我瞧着克鲁诺惊疑的表情，忽然有些想笑，而我也确实笑出来了。碎裂术的效力渐渐减退，我深呼吸了几下，摇晃着站起身来。

"你……"克鲁诺不由得退了一步，"这怎么会……"

"你的法术对我没什么用。"我伸出一只手，"事情还没完，克鲁诺。看看你脚下吧。"

克鲁诺脚底发出轻微的爆响，随即冒出几缕白烟。这么小的尸爆术根本伤不到他，但他还是本能地跳到一边，右脚踏进一圈碎骨头中——那正是我的灵骨环——于是一股腥臭味飘了起来，绿色的火苗爬上了他的黑袍。

"白骨毒焰?"克鲁诺吃了一惊，不敢用手去扑，只好捡起一根树枝胡乱拍打，一边不断跳动着，像一只误踩进荆棘丛的猴子。

"该你尝尝我的骨毒法术了，黑乌鸦。"我圈起双手，做出要施法的姿势，"再长的黑夜也有结束之时，但是死亡对于任何人都是无可抗拒的。正好我还缺一颗头骨……"

克鲁诺绝非莽夫，从不拿自己的生命做赌注，如果摸不清对方的底细，他首先想到的就是保证自身安全。就像现在，他最得意的黑暗梦魇竟然毫无效果，一时之间想不出什么好办法来对付我，而我又重新站起来开始反击，这一切显然使他措手不及。"血狮"里谁都知道我是出色的药剂师，尤其是配制毒药，他多半不想冒着全身溃烂的危险以一敌二。果然，克鲁诺开始一步步后退，目光丝毫不离开我的双手。

"等着瞧，基洛! 我会记住这一回的!"黑袍法师丢下这句话，便迅速转身闪进树林。

我稳稳地站着，直到克鲁诺的身影在林中隐没，胸口忽然一阵翻涌，心脏狂跳起来。甲虫的承受力毕竟有限，我的转移诅咒不可能把黑暗梦魇全都转给它，因此还是有一小部分法术落在我身上。现在黑暗梦魇开始发作，血光和惨叫在我脑中交织穿梭，我眼前顿时天旋地转，双腿一软，仆倒在地。

这回我是真的昏过去了。

凹凸不平的石壁上，暗绿色的磷灯轻轻晃动，如同邪灵无声的狂笑。石壁中央夹着一条甬道，从我身后的黑暗中伸出，又直直伸向前方的黑暗。我不知道走了多久，也不知道要去向何方，只是机械地迈动双腿。似乎有些声音在空中翻滚扭曲，像在召唤我前进，然而每当我迈上一步，那声音就阴险地后退一分，始终遥不可及。

我渐渐害怕起来。这里没有人，没有亡灵，没有吸血蝙蝠和洞穴蜥蜴，没有任何有生命的东西，只有一条永无尽头的路，用迷失来折磨我这个闯入者。我开始奔跑，喘息，无数次跌倒，又再爬起来奔跑，冷汗不断从脸上滴落。到最后我几乎无法呼吸，全身像散了架。突然间，一堵石墙毫无预兆地拦在面前，差点撞到我的鼻子，石墙中央有个小孔透出些许光亮。我把眼睛凑上去，看到一个巨大的祭坛，周围环绕着上千支蜡烛，坛上站着一个全身黑衣的男人，正伸手迎接他的祭品——那个身穿白袍的女人缓缓拾阶而上，漂亮的黑色卷发随着步伐颤动。她胸前挂着一件小而夺目的银制护符，形状与光泽都是我熟悉的样子。

我胸口像是挨了一拳。"洛芙！"我高声喊道。她朝这边侧过头，冷漠而鄙视地扫了我一眼，便向那个男人伸出手去。转眼之间，洛芙光洁的皮肤开始破裂，白袍渗出淡黄色的印迹，无数小虫子从领口、衣袖爬出来。我疯狂地嘶喊着，徒费力气地捶击石墙，鲜血很快涂满了墙面，双手露出白森森的骨头。这时身后传来一阵嘈杂的喊声，许多人沿着甬道向我奔来，有壮汉，有妇女，也夹杂着老人和孩子，他们手中的大刀斧头寒光耀眼。

"打死这个死灵法师！"人们吵闹着逼近，石头、手斧如雨般

朝我飞来。我惊慌地吟起咒文，白骨屏障喀喀作响，瞬间封住了甬道。人们在骨墙后面咒骂呼喝，挥起棍棒，骨墙渐渐摇动散落。我背靠石墙，浑身哆嗦，却又听到小孔中传出一声惨叫。洛芙不见了，黑衣男人正把手插进另一个女人的前胸，她痛苦地呻吟着，栗色的头发甩来甩去，看着自己的心脏在男人手掌上跳动……

"莎娜！"我猛然大叫。眼前的景象顿时崩溃，我一下子从床上坐起，急促地喘着气，像个漏气的风箱。

"你做噩梦了。"一双柔软的手按在我肩上。我定定神，慢慢平静下来。莎娜坐在床边，朝我笑了一下，却掩不住脸上的疲倦。

"你昏迷了整整一天。"她扶着我重新躺好，"都怪我，害你流了那么多血，又影响你施法……"

我摇摇头："不是因为你。是我没能完全消解他的法术。对了，你怎么能开口说话了？"

"事实上我已经通过试炼了。"莎娜小心地观察着我的反应，"这样我就可以……基洛，你怎么了？"

我咬紧牙关，尽力驱赶脑中突然涌出的可怕场面，好半天才缓过来："是黑暗梦魇。"我揉揉额头，用力揪着头发。克鲁诺的法术比我预料的更强大，我没法睡觉，甚至不敢闭上眼睛。照这么下去，用不了三天我就得发疯了。

莎娜默默低下头，十指交叉着来回绞动。过了一会儿，她忽然伸手到胸前，解开了束甲的扣带。

"你……"我惊讶地看着她。莎娜避开我的目光，迅速脱掉上衣，然后向我俯下身来。我没有力气阻止，也来不及阻止——或者我也不想阻止她。谁知道呢？我只觉得两团温暖厚实的东西压上脑门，便什么都看不见了。一股热流混着香气从她身上散发出来，慢慢传进我的体内，所到之处带着一种奇异的麻木，而那些盘踞在我心里的恐怖与战栗开始减弱，逐渐消失。

"光明法术！"我难以置信地叫了出来。也许我的鼻息使她发痒，莎娜略微抬起身子，于是我看到她胸前有个极浅的印痕。那印痕非常之淡，几乎和皮肤颜色相同，我好容易才分辨出那些古老的花纹、五芒星和魔法符号以及下端那两个优雅纤细的花体字母"L．J"。我脑中"轰"的一声，不顾一切地推开她，目瞪口呆地僵在那儿。

"你发现了。"莎娜利索地穿好衣服，"基洛，不必问我，我自己会告诉你的。听我讲一个故事吧。"

"曾经有个女孩，从小失去父母，一直在富人家里做工，每天都受着无法形容的凌辱与折磨。有天晚上她终于逃了出来，但主人马上就发现了，派出很多人来追她。慌乱之中，她躲进一片墓地，看到那儿有一间小屋，她以为是守墓人，便奔过去寻求帮助。

"没想到小屋的主人是个黑袍法师，他要拿这个女孩作为献给黑暗之神的祭品，并对她施了法术。她昏了过去，醒来时发现一位白袍女神官在屋里。那神官救了她，并且在她胸前印下符咒，说这可以抵抗黑暗法术。女神官还说出自己的名字——洛芙·金斯曼，如果以后有需要可以到光明神殿找她。

"就在那时候她们遭到了袭击。被赶跑的黑袍法师找来同伙，还带着一大队僵尸和骷髅。幸好其他神官及时赶到，女孩才逃过劫难，但那个女神官却被僵尸咬中了。女孩跪在神官身边，流着泪咒骂那些黑袍法师和死灵法师，女神官却神情复杂地摇着头，一句话也不讲。在没人的时候，神官悄悄对女孩说，自己中的尸毒怕是很难解救了，要女孩帮她一个忙：如果有机会见到她的爱人，请替她转告他……告诉他，她还爱他。"

我双眼微闭，一动不动地听着。莎娜说的每个字都像敲在我心上，某种温润而酸楚的东西渗了出来。

"女神官没能来得及说出那个人的名字。其他神官走过来，把她抬回神殿去了。那以后女孩又被捉了回去，仍然到处做工，生活和以前没什么两样。她被人肆意使唤，随便玩弄，从北弗兰德到索文尼，从这个贵族到那个商人。她就这样一天天过下去，像牲口一样——有时连牲口都不如。最后她流落到一个小镇，差点

被卖给一个变态贵族。然而，有个死灵法师把她带到了绿泥森林深处。

"她起初很害怕，以为死灵法师要拿她炼药。可是死灵法师只想让她做战斗助手。她讨厌这种工作，尤其是当她被施了法，丧失说话能力之后。她讨厌他，畏惧他，更悲叹自己的命运，不过在人世中经历过这么多年的磨难之后，她早就变得坚忍了。她挺了过来。"

莎娜停下来看看我，眼睛像星星一样，亮晶晶地闪光。

"过了一段时间，她渐渐发现，这个死灵法师并不那么可怕。他冷漠，寡言少语，天天摆弄死尸和骨头，但他在战斗时却尽力保护她，甚至为此而被毒蜘蛛咬伤。他把女人当成战斗工具，可是心里确实把她们当人看——这么多年来，从没有人把女孩当成人，更不曾有人会在她洗澡的时候把干净衣服放在窗口。她有点感动，觉得这个死灵法师内心其实并不太邪恶，至少和她见过的那些不一样。

"然后，有天早上她去收拾屋子，突然听到法师在梦中叫着一个女人的名字。她记得这个名字，这名字陪了她整整五年，它始终在她胸口上，正如那个承诺始终在她心上一样。她开始暗自留意他，观察他，不止一次偷偷检查他的东西。终于有一天，她在法术书中发现一张残破的纸条，后面的署名正是那个女神官的。她看了纸条，确信这死灵法师就是当年女神官的爱人。于是她决定履行承诺——可是她没法说话。"

我眼前有些模糊，恍惚中似乎又看到那张美丽的脸、那漂亮的卷发，还有那甜蜜的笑容。莎娜双手握在胸前，现出郑重的神情。

"基洛，现在你一定明白我为什么去试炼了。"莎娜缓缓说道，"为了防备万一，我在自己枕头下压了张纸条，把这些都写在上面。不过它现在没用了。凭光明之神庇佑，我终于通过了试炼，因此我可以亲口告诉你那句话：五年前，洛芙·金斯曼，委托我对你说，她还爱你。"

我伸手抚过骨镯，手指微微战抖，浑身沉甸甸地无法动弹。

"也许她还活着……"

"不，她早就死了，五年前就死了！"我突然粗暴地打断莎娜。洛芙已经死了，在死前她还爱着我。可是这又有什么用呢？而且，如果她活到现在，是否还会爱我呢？我想多半不会。爱情本来就是无法持久的东西，更何况我们根本不可能结合。正像当年那个吟游诗人菲尼斯所说，违背世俗的感情注定不会有结果。人们总是习惯用自己的看法衡量别人，用自己的标准限制别人，完全不考虑他人的感受。洛芙的死，使我深刻体会到了这一点。

五年来，我始终难以忘怀的不是洛芙的微笑，而是她在神殿祭司面前为我辩解的时刻。莎娜说这些年只有我把她当成人，而我自己又何尝不是呢？我在别人眼里还是人吗？在阿拜迪恩大陆上，在千千万万的人中间，只有洛芙不讨厌我、不排斥我，敢于和我在一起。她死后，我的生活信念也坍塌了。五年来我一直在麻木地生活，就这样一天天挥霍生命。其实，除了行动上更自由之外，我和莎娜又有什么区别呢？在这个虚伪、狡诈、弱肉强食的世界上，我们一样受人歧视。

"那四个女孩子呢？"

"还在。"

"去准备一下，明天我要从她们之中选一个出来。也许……我也该换个新搜灵使者了。"

莎娜无声地站起，拉开屋门。潮湿的空气一下子涌进来，远处天边隐约响起闷雷，电光耀眼炫目。我知道，绿泥森林的雨季就要来了。

"谢谢你，莎娜。"我喃喃说道，几乎连自己都听不清。

接下来的几天里，我一边休养身体，一边训练新的搜灵使者。我为莎娜解了诅咒，想要送她离开，但她却不肯回到外面。她还

像以前一样，每天练习箭术、修理短弓，偶尔也和我聊几句。闲的时候，她就去摘草菇熬汤、收拾屋子，甚至修葺屋顶漏雨的地方。我看着她忙这忙那，忽然有一种陌生感，好像这儿不是我的住处，而是莎娜的宿营地。

"为什么留下？"我问她，"卡梅斯随时都可能下令要你去作侍女的。"

莎娜沉默了一会儿："我想，你们团长不一定知道我通过试炼了。"

"但克鲁诺听到过你说话的。"我摇摇头。那个黑袍法师多半会向团长汇报，虽然卡梅斯不禁止团员互斗，反而认为这样能增强"血狮"的战斗力，但是莎娜估计是难以逃脱的。"你还是回去比较好。"我说。

"你让我回哪儿去？"莎娜扬起头问我，"再去过以前那种生活？你自己又为什么不去外面？"

"我不喜欢。"

"那你就别来劝我。"她甩甩头，转身走开了。

我无言以对，只好坐下来研磨骨粉。我想自己早晚有一天也会变成令人厌烦的白骨，静静躺在森林中，无人知晓，就像从来不曾存在过一样。

为了防备克鲁诺来报复，我增设了两个灵骨环，并且尽量不离开住地。一个星期过去了，始终没有人来，就连其他几个分队长也不上门了。我从森林中的亡灵那儿得知，前几天团里有很多人穿过森林去往西南方，估计是有什么行动。这并没有减轻我的担心，我深知克鲁诺绝不会就此罢手，这家伙一向是不肯吃亏的。

几天后的一个清晨，从映霞港来了命令。卡梅斯要我到红石洞穴中捕捉十头暴牙熊，亲自送到映霞港附近。"还有，"负责传令的佣兵说，"团长大人要您带上搜灵使者一起去见他。"他说完就一溜烟地跑了，就好像我身上有什么瘟疫。

"果然……"我一下子像是坠入冰窖，不由自主地握紧拳头。这虽然早在我预料之中，但事到临头，我还是如遭重击。该来的总会到来，谁也逃不过冷酷的命运。这个卡梅斯，到底还是放不过莎娜……

我从没想过要背叛"血狮"。这倒不是因为我对卡梅斯忠心，而是因为，离开"血狮"，我也没什么好去的地方——即使有地方去又能怎么样呢？叛逃者无一例外会交由右卫队处刑，而且是以极其残酷的方式。要知道，那群人大部分都是黑袍法师或是死灵法师。上百种令人生不如死的惨厉刑罚，在他们看来只是家常便饭！

我在木屋前走来走去，从中午一直到黄昏。莎娜像平常一样忙着打扫空地，完全不知道有什么样的厄运将降临在她头上。我了解卡梅斯的为人，如果不把莎娜交给他，他肯定要对我下手。所以，为了我自己，我就得放弃莎娜。否则我和莎娜都会死得很惨，很有可能身体用来喂养尸虫，脑袋则供魔兽吸食髓浆，而且至少一个月都不会死去——相比之下，被埋在祭坛里放血的痛苦反倒显得微不足道了。

我只告诉莎娜要去红石洞穴，其他的什么都没说。看着那整装待发的纤巧身影，我心里说不清是什么滋味。我知道，不管怎样，这是莎娜最后一次随我出征了。

七　意料之外

莎娜似乎觉察到了什么。一路上她始终沉默不语，偶尔看看我的脸色。我带着她大步穿越丛林、沼泽，一直向东，见到任何生物出现，便施出碎裂术把它们劈成碎块，丝毫不吝惜自己的法力。仅仅一个上午，我就杀死了四头野猪、一只尖鼻虎、六只角鹿和一大群黑颈鸟。我把它们割成一条条碎肉，挑些肥嫩的放进背包，其余的全都抛掉。这中间我遇到一只狼，嗓声低沉而略微

沙哑，倒有点儿像卡梅斯的声音。我毫不留情地用血爆术处理了它，连骨头渣子都没剩下。

"捉暴牙熊需要大量肉食。"我这样向莎娜解释着，虽然这理由连我自己都骗不过。

当红石丘陵出现在眼前时，我渐渐平静下来。暴牙熊非常凶猛，如果不能保持情绪稳定，用不着见到卡梅斯，我们就可能先死在这儿了。我坐在山坡上，呆呆地盯着红石洞穴那怪石嶙峋的入口，直到夕阳落山，暮色悄然降临。

"基洛。"莎娜在我身边坐下，随手揪了根草叶揉着，"我想问你个问题。"

夜晚的风吹起来了。空气逐渐变凉，寒意从地面上升起，一寸一寸吞噬了整个森林。我裹紧长袍，一声不响。

"你……对以后有什么打算吗？"

我不置可否地哼了一声，"你呢？"我反问她。

莎娜犹豫了一下："我想过真正属于我自己的生活。找个小村镇，凭手艺养活自己，谁都不知道我的来历，也没人再来欺负我。也许，我还能……还能遇到一个真正关心我的人……"

"真正关心你的人。哼，莎娜，别指望人们会真心对你好。为了金钱、权力、地位和名誉，人连灵魂都可以出卖，何况是身边的一个普通女人？任何时候你都得靠自己。轻易付出感情，一定会吃亏的。"

"可是不去付出，就永远无法得到啊。你以前不是也对洛芙……"

"别提这个名字。"我打断她，"谈过去的事没什么意义。我也不考虑将来，只看现在。"

"但你并没有抓住现在！"莎娜忽然大声说道，"你根本什么都不在乎，连你自己都不在乎！"

"你说对了！我就是什么都不在乎！"我怒气冲冲地跳起来，"我连自己明天是死是活都不知道，还说什么以后！"

"只要你想活下去，你就能活下去。"莎娜毫不退缩地迎视着我，"没有什么是不能改变的。这些年，不管有多痛苦，我都咬着牙挺过来，因为我相信自己总会有出头之日，总会找到自己的生活。基洛，我知道你不爱听，但我还是想说出来，"她转过头去，不再看我，"你对自己根本没有信心，基洛。一次失败就使你不敢面对世界。你在逃避现实。"

莎娜的话像针一样刺进我心里。我一下子泄了气，颓然坐下。莎娜走到一边，背对着我，默默地往弓上涂着獾油，不再开口。

月亮在乌云中穿行，大地忽明忽暗，风中隐约传来多林河的微弱轰鸣。我像尊石像，一动不动地坐在那儿，看着红石洞穴的入口渐渐移到月光下。

是该行动的时候了。

穿过狭窄的夹缝，一条泥浆小路出现在面前。我第一次来的时候，差点儿死在巨蝙蝠的爪子下，这种有毒的小东西是唯一可以和暴牙熊和平共处的生物，它们为暴牙熊清除皮毛下的寄生虫，自己也获得了食物来源。暴牙熊天生就具有抗毒的能力，因此对于死灵法师来说，捕捉起来比较费力——至少有四分之一的法术没什么效果。

我曾多次来到这里，熟悉道路，所以我让莎娜走在后面。泥浆在脚下咕咕作响，每走一步都要使劲拔出被吸住的靴子，这影响了我们的速度。有一次莎娜迈上几块像碎石一样的东西，却突然向下一沉，几乎摔倒。幸好这种洞穴大蜥蜴只以地鼠为食，并不伤害人类，否则她肯定要被咬伤了。

"莎娜，记住要按我的计划进行。这儿可不是轻易就能来去自如的。"

"好的。"

"不管什么时候都要照我的话做。"我再次叮嘱她。莎娜点点头，一边轻捷地扶着岩壁前进。

甬道变得宽了些，空气中弥漫着一股微热的臭气。我知道最少有三个熊窝在附近，但我没有去寻找，径直向右边转去。没过一会儿，我们来到了一个小石厅。笋状的钟乳石泛着淡淡的黄色光泽，一直伸上洞顶，交错遮掩如同树丛；在滑腻的锥柱中间，石壁上露出一个不大的洞口，几根亮晶晶的细丝垂下来，仔细观察便能发现洞中隐约有些毛茸茸的黑影在动。

我皱起眉头。没想到这里成了蜘蛛巢，这会影响我的计划。我把那个洞指给莎娜看。

"圆腹大蟹蛛毒性不强，但前爪和尖嘴很有力，我们最好不要接近。我截住出路，你用弓箭射它们。"

"可我们不是要捉暴牙熊吗？"

"忘了刚才答应我什么？"我看了莎娜一眼，便回身吟出咒文。磷粉洒向洞口，随即燃起绿莹莹的火焰，烟气夹着一股腥味。蟹蛛被惊动了，纷纷拥出洞来，但骨磷焰使它们不敢前进。弓弦声不断响起，一支支利箭刺在蟹蛛身上，从伤口渗出半透明的液体，不一会儿就流了一地。蟹蛛痛苦而愤怒地挥舞脚爪，长着细密黑毛的爪尖犹如死神镰刀；它们聚在一起，发出令人头皮发麻的吱吱声。但这改变不了它们的命运。没过多久，十几只蟹蛛便全部倒在绿焰中。

我弯着腰，小心地走进洞口。蜘蛛的体液令我脚下打滑，洞内泛着腐肉的气味，看来这群蟹蛛拿这儿当成食物储藏室了。

"莎娜，去里面看看，有没有什么东西。"我从袋子里摸出一小块碎骨头，施出亡灵之光，然后把这骨灯递在莎娜手里，"去吧，我在这儿守着。"看着莎娜慢慢走进洞穴深处，我无声地退了出来。短杖在我手中颤抖，我迟疑了一下，再次抬头望向莎娜苗条的背影。

就这样吧，我想。这是最好的结果了。我摇动短杖，泥土随着咒文开裂，一道白骨栅栏缓缓升起，直到把洞口完全封住。莎娜飞快地跑回来，惊慌地扑在骨墙上。

"基洛，你干什么！"

我长出了一口气。"莎娜，这就是我的计划。"我凝视着她，"听我说，这个洞里有条小道，通到多林河边。你从这儿出去，沿着河向上游走，最迟明天中午就可以找到村镇。然后你想去哪儿就去哪儿吧，别再回来了。"

"你！"莎娜美丽的脸有点扭曲，"你要我走？"

"没错。卡梅斯已经下令要你去见他了。离开这儿，莎娜，越远越好。我可以说你在战斗中死了。别再出现在绿泥森林，不然我会被你害死的。"我转过身去，走向来路。

"基洛！放我进去！"莎娜在我背后大叫，骨墙哗哗作响。

"别想要破坏它，莎娜，那上面有吸魂术。我要去捉熊了，你快走吧！"我头也不回地走开，步子越来越快，几乎像逃跑一样冲进通道。

"你这个没人性的家伙！自私的骨头棒子！你回来！"莎娜的叫声在洞中回荡，渐渐弱下去。我深吸一口气，握紧短杖，沿着泥浆路大步走向洞穴深处。

湿乎乎的阴风吹了过来，我脸上感到些许凉意。幽暗的水流闪动着，给岩壁投上变幻不定的光亮。地下河在这里聚成一个大潭，几乎占满了整个岩窟，黑鳞蛇不时从水中冒出来，挺着脖子横穿潭面，像漂浮的枯枝。岸边覆满苔藓，石壁上则长着鼠灰色的腐斑菌，某些地方露出水晶矿脉，无数细晶粒静静反射着水光。

我坐在一块突岩上俯视地面。不远处的潭边有块空地，沾着磷粉的碎骨头围了一圈，在暗绿色的苔藓上十分显眼，中央放着一堆鲜肉。暴牙熊虽然力大无比、性情凶躁，却有着孩子般的好奇心，陌生而新奇的东西对它们有很大吸引力。不过它们并不笨。所以我希望来喝水的熊是一群，这样就可以一举把它们擒住，要不然我就得多费不少力气了。

没过多久我就听到了沉重的呼噜声。几个大脑袋从通道中探

出来，小眼睛像两颗宝石，泛着血红色的光芒，两根大牙突出上唇向前伸出，根部有两指粗，半尺之外的尖端滴着涎水。我运气不错，这群暴牙熊有十几只，看来是个大家族。它们慢悠悠地晃着头朝潭边走去，像是美餐之后出来散步，但我知道它们只不过是刚起床——喝完水才是捕食时间呢。

领头的熊发现了骨圈，疑惑地停下来，向四周张望。我靠在石壁上，丝毫不敢动弹，整个身子都缩在黑袍下，只露出两只眼睛。以暴牙熊的灵敏嗅觉，要发现我是很容易的，不过碎骨上的腥气掩盖了我的气味。熊没有发现什么，便立刻把注意力集中在骨圈上了。头熊放低脑袋，先用鼻子嗅嗅，再伸出前爪拨拉几下，然后稍微侧过头，用尖牙挑起一块骨头向同伴展示，似乎在征询意见。这尖牙如同锋利的梭枪，可以随意刺穿对手的身体，即使骑士铠甲都不易阻挡。它们捕食时很少离开岩洞三公里以上，这对于人类来说确实值得庆幸。

我耐心地等待着。熊群围成一团，黑油油的鼻子里不断发出哼声。两只小一些的暴牙熊走向骨圈来回践踏，好像很喜欢这种游戏，我紧张地看着它们把碎骨踢来踢去，担心骨圈被搞乱，那样我的法术就要受影响了。幸好其他暴牙熊已经对碎骨放松了警惕，转向新的目标。它们摆动身体，一个接一个走向骨圈中央的肉堆，步伐从容悠闲。等到所有的熊都进了骨圈后，我立即站起身来，高举短杖。熊马上发现了我，但在它们有所行动之前，骨圈已经闪起绿光，转眼间熊群便被围在巨大的骨牢中。

白骨牢笼根本困不住暴牙熊——可是那上面还附着法术。熊怒吼着向骨栅撞去，一接触到白骨，便浑身抖动，显得很痛苦，而这痛苦又使它们更加愤怒。起初看起来熊好像要突破骨牢了，但我的法术终于占了上风。熊的生命力一点点流到白骨上，骨牢的光芒越来越强，暴牙熊一只接一只瘫倒在地。

我滑下突岩，在笼外站了一会儿。确定暴牙熊已经全部昏迷后，我搬开一个缺口，开始在熊身上施展封咒。这次收获不错，总共十三只，全都十分健壮，用来训练成魔兽是再合适不过了。我在熊掌上割开一个小口子，用短杖蘸着血液，在熊头上画出封印图形，然后把鲜血分别收进小瓷瓶，这样等它们醒来后就会听我的指挥。忙完这些后，我走出骨笼，到潭边去洗手。血像雾气一样扩散开来，随着水波向潭中心漫去；潭水映出一张扭曲的脸，面色惨白，两颊瘦削，深坑般的眼窝中是一双空洞的眼睛。我盯着这张脸看了很久，像在看一个陌生人。

我想，我和那些白骨也没多大区别吧。什么是生命？什么是生活？很久以前我也曾想过这些问题，但现在我早就不为此操心了。人早晚都是要死的，那时一切对他都不会再有任何意义，至于他做过什么，追求过什么，又有谁来关心呢？大陆的命运之轮缓缓前行，谁都无法阻挡，个人的经历和感情在历史面前实在是不值一提。

我回到骨笼中，准备施法让暴牙熊苏醒，却发现有一头熊的前掌在轻轻动弹。我一愣，以为自己看错了，便揉揉眼睛，这时身后突然"喀"地响了一声。我急速回身，顿时大吃一惊，只觉得浑身冰凉，难以自控地哆嗦起来。

骨笼的缺口被另一道骨墙紧紧堵住，而我刚才放在地上的瓷瓶，此刻已经不见了。

在我的记忆中，尼古拉从来不曾笑过，这次也不例外。他从岩石后走出来，毫无表情地隔着骨栅和我对视，黑袍上骷髅标记咧开大嘴，使他全身都散发出无法抗拒的阴森气息。

"你什么意思？"我尽力压制心里的不安。身后，暴牙熊的挣扎声越来越大了，"快把瓶子给我！"

"哼，我是第十三分队长。这十三个瓶子给我正合适。"尼古拉扬起法杖，"如果你的法术真像别人说的那么强，你可以把瓶子抢回去。"

一个念头闪电般掠过我的脑海，"是克鲁诺让你来的？"

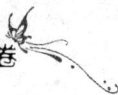

"不完全是，虽然我弟弟确实来找过我，但和你比试法术也一直是我的愿望。"

"你弟弟？"我根本没想到，克鲁诺居然是尼古拉的弟弟！尼古拉显然是早有预谋，他一定是从路上就跟了来，而我竟然始终没发觉！事情完全出乎我的意料，看来这回我真的身陷险境了。

"你这样做，卡梅斯不会高兴的。"我说道。

"笑话！你不会不知道规矩吧？互相较量可以增加战斗经验，这可是他的格言。我有六颗头骨，再加上你的脑袋，就能晋升了。失去一个分队长，能让右卫队增加一个人，卡梅斯不会觉得吃亏的。"

十三头暴牙熊全都醒了过来，有一只已经抬起半个身子。我来不及考虑，迅速吟出解除咒文。然而骨牢纹丝不动——尼古拉也发动了咒文。同是死灵法师，我们修习的法术大部分都一样，我很清楚他要做什么，而他当然也对我的行动了如指掌。

我咬着嘴唇，全力摧动解除术。这种战斗没有任何可以取巧的地方，很简单，谁的法力更强，谁就能控制住骨笼，完全是力量的对抗。问题是，我背后还有一群凶猛的大熊！就算我能逐渐压过尼古拉的魔法，恐怕也没时间了。我脑中浮现出被尖牙从后背洞穿前胸的景象，冷汗涔涔而下。

低低的呼噜声在耳边响起，似乎有股热气喷到我后颈上，我不禁全身一颤。

不要分心。必须全神贯注才行。就当那是幻觉，千万不要分心。

可我还是分心了。一串急促的脚步声在甬道中响起，尽管还有一段距离，我仍然能听出那步伐中熟悉的节奏。尼古拉飞快地转过身去，我做了相同的动作——两只红红的小眼睛就在面前，尖牙离我的身体只有三尺。

"什么人！"尼古拉大喝道。我顾不上看他，急忙伸手在空中画出致盲术的图形，再回身把法力集中在骨笼上。瞬间失明会使野兽陷入恐慌，可能会待着不动，更可能到处乱撞，把周围的活物都撕成碎片。但我必须赌一下。暴牙熊骤然嗥叫起来，其间还夹杂着利箭刺穿空气的尖啸。我左边大腿上突然传来一阵钻心的剧痛，同时白骨牢笼轰然倒塌，我踉跄着冲了两步，脸朝下扑在碎骨头堆中。一只柔软而有力的手拽住我的胳膊，把我拖到石壁旁。

"莎娜……"我低声说道。莎娜并不回答，专心地持弓搭箭，对准前方。三具骷髅排成一个三角形，尼古拉躲在后面，肩上露出半截箭尾。

"别让他控制住熊……"我忍着疼痛取出药粉敷在腿上。莎娜却不发箭，只是半蹲着和尼古拉对峙。

"你怎么不射？"我着急地说道，"从骷髅的骨头缝里能射中他的。等他施出法术，我们就麻烦了！"

莎娜使劲瞪我一眼。"我没有箭！"她压低声音说，"你那堆骨头把我的箭都毁了。现在只剩这一支了。"她越说越生气："都是你，非要在骨墙上施什么吸魂术，害得我都不敢碰！"

我艰难地侧身坐起来："莎娜，可是那上面根本没有吸魂术。你……你真以为我会要你的命吗？"

"你！"莎娜似乎想朝我狠狠踢上一脚。就在这时，熊群齐声大吼起来，震得我耳朵生疼。除了那只失明的熊之外，其余的全都转向我们俩，大脑袋向前俯着，迅速冲了过来。

"小心别动！"我伸手扣住莎娜的腰，一种温暖舒服的感觉漫过手臂，她本能地挣扎了一下，便不再动弹。暴牙熊快速接近，尖牙如同梭枪，一瞬间我仿佛身处战场，被无数骑士包围。灵浮术及时发挥了效果，虽然两个人的重量使我无法升得太高，但躲过熊牙是足够了。我们刚好从暴牙熊头顶上擦过，在岸边兜了半圈，转而向尼古拉飞去，如同一只八爪怪鸟。莎娜握着利箭，拿它像短剑一样朝尼古拉刺下去，趁他缩头的时候，我们摇摇晃晃飞进了甬道，只听到背后响起杂乱的扑击声。

这又是一场魔法之间的较量。亡灵载着我们漂浮向前，尼古拉也用同样的法术追击我们，在他脚下，被施了疾行术的暴牙熊紧紧跟随着。洞穴曲折盘旋，我只能倚仗对地形的熟悉，尽量稍稍加快些速度，但我很快就发现尼古拉对这里的熟悉程度绝不在我之下。倒吊在洞顶栖息的巨蝙蝠被惊动了，一群群地飞下来，我们简直像是在乌云中前进，还要随时提防巨蝙蝠的毒爪。

"为什么回来？"我大声问道。莎娜的声音在风中有些模糊不清。"还用说？怕你一个人死在熊嘴里。这几个月我早就看出来了，要比力气，你连十六岁的男孩子都打不过。看，要不是我回来，你就死定了。"

赭灰色的石壁不断从身边掠过，我们渐渐接近洞口。泥浆路的尽头有些灰白色的东西晃动着，在黑暗中看来像是大团的雾气。我一瞥之下，心里不由得一震，急忙拉着莎娜落在地上。

"怎么了？"莎娜抓住岩石，从泥浆里拔出鹿皮靴子，然后就呆住了。

至少有三十具骷髅、二十具僵尸堵在岩缝前，拦住了我们的去路，而身后尼古拉也已经带着暴牙熊追了上来。

终章　消失的存在

我下意识地退后靠着石壁，莎娜倚在我身边，束成马尾的栗色头发搭在我脖子上。她紧紧扶着我的胳膊，我能感觉到她胸部在急促地起伏。

"恐怕这真是我们最后一场战斗了。莎娜，死亡是难免的，但是对于你……"

"别这么说，基洛。还记得我说过的话吗？只要你想活下去，你就能活下去。"莎娜抬起头看着我，"我们曾经一起经历过很多危险，我知道你的能力。你能行。"

"但是莎娜，这一次我怕是连自己都保护不了，更别说保护你了。"

"你能行。"莎娜重复地说道，眼神中泛着信赖，"不管怎样，我们总得拼一下。"

尼古拉不紧不慢地走近，十二只暴牙熊跟在他身后，排得整整齐齐，像是久经训练的战士。他看着我们，嘴角向一边牵动，眼睛缩小了些，现出一个奇怪的表情。我这才明白为什么他从来不笑——他其实会笑的，只不过他脸上部分肌肉已经僵死了。那是接触僵尸过多，身体轻微中毒的表现。

我心里忽然浮起一个想法。尼古拉专精于驱策死尸，我则擅长药剂。如果能够用骨毒法术牵引他身体里的毒素……

"你说的对，莎娜！"我大声说道，"不管怎样，我们总得拼一下！"我迎向尼古拉，随手褪下骨镯，递给莎娜，"我等会儿要施的法术恐怕你承受不了。戴上它，可以稍微提高你的抵抗力。"

"那你……"莎娜拦住我，"你没有它怎么行？"

"是要差一些，但没关系。你比我更需要。"我握住她的手，几乎是强制她套上骨镯。莎娜似乎要说什么，却又闭上嘴，眼里隐约有什么东西闪着光。

作为死灵法师，我还从没跟死灵法师正式对抗过。骷髅们在我面前挥舞着刀剑，这些平常熟悉的家伙，现在成了我的敌人。我忽然想，自己本来是被光明抛弃才跑到绿泥森林来，而现在黑暗也把我抛弃了……摸着手臂上的两条伤疤，我心里升起一种无可归依的感觉。这感觉随即化为怒气，随着咒文扩散出去。一圈白骨把我和莎娜围在中间，无数灰绿色的藤蔓与白骨绞在一起，共同组成了一道屏障。

"你不能换点儿别的法术吗？"尼古拉讥嘲地说道。这回和刚才正好相反，我在尽力维持骨墙，而尼古拉则想方设法要打破它。骷髅、僵尸和暴牙熊全都扑了上来，骨墙同时承受着五个方面的力量，不断咯咯作响。

吸魂术对暴牙熊没用了，因为它们已经处于尼古拉的控制之

下。自然，对骷髅和僵尸施展吸魂更是毫无意义。但我的目的并不在于阻住对方，只想拖延一些时间来施法。我按住大腿的伤口，直到手掌涂满鲜血，然后迅速取出好几个瓶子，把药粉全倒在手上。咒文长得不像话，我又没有时间再来第二次，所以只有放慢速度，专心地念诵着。我全部精神都放在咒文上，沉入没有知觉的恍惚状态，仿佛整个世界只剩下我一个人，周围则是黑漆漆的无尽虚空，唯一存在的只有咒语的声音。我甚至体验不到时间的流逝——幸好它流逝得不算太快。当我睁开眼睛时，一大堆骨头和肉体刚好冲到我面前。

血红色的手举起来了。怪物们突然停下，仰望我的掌心，那个小小的符号吸引了它们的注意力。然后，符号开始脱落，一大团红色薄雾飘散开来，把它们全都罩在里面，这群家伙顿时像受了刺激，狂乱地四处冲撞。一头熊的尖牙把骷髅挑碎，另一头熊却在侧面刺穿它的身体；僵尸们或是慢腾腾地互相撕咬，或是死掐住骷髅的颈骨，以它的智力并不理解这种攻击对骷髅是无效的。

"你疯了！"尼古拉畏惧地向后退去，"你想要同归于尽吗！"我没理会他，立即搀着莎娜闪到一边。她的躯体软绵绵的，似乎全身脱力，所有的重量全压在我身上。我把她靠在石壁上，腾出手来举起短杖，忽然有件东西从旁边伸过来，敲在我的杖上，我毫无准备，短杖脱手飞了出去。

"快停止！"尼古拉大叫着，半边脸扭曲，另外半边却没有动作，像个中风的僵尸。

也难怪尼古拉如此紧张。每个死灵法师在学到混乱术时，都会被告知这个法术的危险性："……离目标尽可能远些，然后小心施法，如有必要迅速离开……禁止在不易逃脱的狭窄地带施法……禁止在被围攻时施法，除非有绝对把握脱离……"法术书上都是这么说的。想象一下被大群疯子围在中间的后果吧。受术对象完全失去自控能力，没有思想，不知道痛楚，唯一的行动就是攻击，攻击，再攻击，直到周围的一切活动物体都被劈成碎片，要不就是自己被劈碎。这确实是个危险的法术，更何况"红色混乱"是这类法术中最为强力的一种，除了深通其道的法师，没有任何种族能够逃过它的影响。

我一拳向尼古拉打去，半途砸在他的法杖上。尼古拉反应很快，对自己的处境也非常清楚，虽然他可以借助集心术对抗混乱，但只能防御，没有精力来消解，再说每个法师所用的法术材料不尽相同，他也没有消解的把握。因此他最好的对策就是阻止我继续施法并且赶快逃开。但这时两头暴牙熊冲了过来，把我们逼进圈子中央，周围乱飞的血、肉和骨头碎块像雨一样打在我们身上。

"你这个笨蛋！"我朝他吼道，"我那是灵骨冲击！"

尼古拉惊愕地张大嘴巴。刚才我本来要冲开边缘的怪物，带着莎娜逃开，却被尼古拉打断了。要知道亡灵也会受到红色混乱的影响，灵浮术已经无法施展，因此他实际上破坏了我和莎娜——也是他自己的——唯一的逃生机会。现在大家都被困在中间，再也来不及冲出去了。

我和尼古拉不约而同地双手交叉，摆出相同的姿势。身为死灵法师，我相信我们都不曾和别人如此默契地配合过。双重吟唱加强了法术效果，一圈淡淡的红色光芒立即把怪物们挡在外面。血灵护盾不需役使亡灵，它的力量完全出自施法者自身，在眼前的情况下，这是最后的自救方法了。但我们得有足够的生命力坚持到最后才行。

我踩在泥浆里，刚才溅到脸上的鲜血不断往袍子里流，大腿还在阵阵疼痛。魔法力以我的身体为中心向外发散，隔着淡红色的光幕，那些怪物们还在不顾一切地搏杀。有具僵尸的头滚落在地上，嘴巴却仍然执著地一张一合，正巧咬住一头暴牙熊的脚掌。熊痛苦地嚎叫起来，奋力把僵尸头砸进泥里，这时旁边的骷髅伸出长刀，一下子把熊的左眼连着头皮削了下来，晃晃悠悠垂在颈侧。这种惨烈的场面我只在七年前见过一回——那次是北弗兰德的贵族派战士清剿强盗，在黑夜里认错目标，毁了一座村庄。

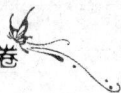

血灵护盾的力量忽然弱了下来。我觉得不对劲，急忙转过身，尼古拉正从背后勾着莎娜的脖子，法杖对着她的额头。我浑身一麻，差点跳了起来。

"你干什么！放开她！"

"还能干什么！快解掉混乱术，要不然我就拿她当盾牌冲出去！"

"你要是往外冲，我就捅穿你的后背！"我勉强维持住护盾，脑子飞快地转着。我无法同时施展两种法术，所以尼古拉必须在我解除混乱术时帮我支持血灵护盾，而尼古拉绝不会同意，他怕我趁机攻击他。

"你听着，如果你再不放开她，我就撤了护盾，咱们一起死在这儿。"

"那我就先杀了她！"尼古拉威胁地晃晃法杖。莎娜刚才靠着骨镯保护，没有陷入疯狂，但也变得神情恍惚，目光呆滞，像个没有生命的玩偶。此刻她身在护盾之内，渐渐恢复过来，想要反抗，却根本无法摆脱尼古拉的手臂。

"尼古拉，别忘了我也是死灵法师，你这一套我也懂。如果解开混乱术，我们两个都得死在你手上，要是我不听你的，还有机会为她复仇。尼古拉，"我尽量让声音和缓下来，"我们不如先坚持下去，等到这些家伙死光，你我再来决斗……"

"不！"尼古拉绝望地喊道，"你以为我会上你的当？这个女人马上就要恢复，难道我会傻到任她宰割吗？快照我说的做！"他把法杖凑上莎娜的面颊，莎娜立即惊慌地挣扎着，朝我投来求救的眼神。

"别怕，莎娜。他不敢伤害你，否则我一定会要他的命！"

"笑话！我不敢？"尼古拉狂乱地挥着法杖，手臂向外一扬。由于我们两个全都分了心，血灵护盾已经变得薄弱，他这一挥手竟然伸到了外面，一只尖牙立刻刺过来，在尼古拉肘边划出一道长长的伤口。

"该死的家伙！"尼古拉愤怒地大叫，随即吟出融魂术，隔着光幕指向那只暴牙熊。莎娜趁机用力推开他向我奔来，但她的头发还缠在尼古拉手上。两个人的身体同时一顿，便沉重地向泥浆倒下去。突然之间，一幕令人心神俱碎的场面出现在我眼前：尼古拉为了维持平衡，把法杖插向地面，正好落在莎娜的胸口。莎娜凄惨地叫了一声——我一生中从未听过女人发出这种凄惨的声音。

"莎娜！"我不顾一切地大叫起来，嗓子完全变了音。我以一种不可能的速度跑了过去，把莎娜抱在怀里。尼古拉被我吓了一跳，迅速躲到护盾的另一侧，摆出防御的姿势。但我根本没注意到他，我所有的思想都集中在莎娜身上了。

"基洛……"她双唇苍白，身躯不停地战抖，胸口汩汩流出鲜血。法杖的伤口并不太深，我有把握治好她，但是融魂术——我诅咒创造这个法术的人！它比吸魂术更加可怕，因为死于吸魂的人还有一线希望施以重生术复活，但如果被融魂术击中，没有任何法术可以拯救，从来没有。

从来没有。

我用全身的力气抱住莎娜，感到她在我胸前慢慢变冷。仿佛有无数雷声在我耳边炸响，一切都坍塌翻转，我再次体验到世界崩溃的感觉，就像五年前一样。而莎娜微弱的声音如同道道闪电，穿越黑压压的天空，直射进我脑子里。

"我去……试炼，其实……是想有个机会问你……"莎娜断断续续地说着，"不要骗我，你愿不愿……和我一起到……外面……"

"我绝不会骗你，莎娜。"我语音哆嗦着回答，"我明白你的意思……我一直不相信感情，你和我只是在这个残酷的世上……互相依赖。但我确实愿意和你在一起，把你当成我的伙伴，我的朋友，我的……"

我住了口，看着她深沉清澈的眼神。她眼中闪过一丝光亮，就像黑夜中湖面映出流星飞逝的轨迹，迅速黯淡下去，变成一团黑暗，一片虚无。

"莎娜!"我近乎狂乱地抬头高喊，声音远远传向洞穴深处，盘旋回响，似乎永无休止。不知过了多久，我才收回目光，看着缩在一边的尼古拉，还有外面互相砍杀的怪物。

好吧。我仇恨地想着。既然你们都要和我做对，那就让我把你们完全毁灭吧。我举起手掌，吟出了解除混乱术的咒文。

战斗开始了。

我从来不曾这样疯狂地发挥法力。所有的骷髅、僵尸和暴牙熊全都朝我冲来，我不知道它们还剩下多少，只知道我立刻就被围得密不透风。我赤手空拳和怪物们对抗，完全不像个法师，而像个战士，与此同时，魔法力源源不断地从我体内涌出来，冲上指尖、头发和每一寸皮肤，就像轰鸣的雷，怒啸的海。被拳头击中的骷髅立即碎裂散落，僵尸断为两截。剧痛从我身上各个部位纷纷传来，我却像是没有感觉，又施出血爆术，把手指插进一头暴牙熊口中，这生物惨厉地嗥了一声，耳孔流着血碎成几块。

尼古拉没有放过机会。我隐约听到他的吟诵声，却来不及躲避，一根白骨长矛从缝隙中刺进来，狠狠钉进我的手臂。冲击力使我晃了晃，栽在一具僵尸身上，一同倒下，背后又传来几下疼痛，我滚到一边，扶着岩石再次站起。

"基洛，既然你自己想死，就去死吧!"尼古拉在僵尸后面喊着，"没有法杖，你根本就是废物!"

汗水、鲜血混着熊的体液在我头上流淌着。"法杖!"我喷着血沫大笑起来，"谁说我没有?"我抬起右手，被暴牙熊咬伤的手指已经断折，在手掌上耷拉着。我猛地把它揪掉，捏在左手心里。强大的咒文随着血滴挥了出去，一股无可抗拒的力量从我身前涌现，如同急剧的旋风，那刺耳的呼啸掩没了一切。

灵骨之舞。

我念着法术的名字，全力催发魔力。巨大的骨棒回旋冲撞，互相交击，像个飞转的车轮，把所有东西都绞在里面。怪物们的惨叫声响成一片，无数说不清是什么的碎块四处飞溅，洞壁上瞬间出现许多奇异的图形。尼古拉举起法杖，奋力迎住骨轮，一步步退到角落里。

"基洛！不要杀……"

尼古拉的声音中断了。毒爆术在他体内剧烈膨胀，随着一声怪响，尼古拉的身体凭空消失，似乎刚才根本不存在一样——然后，一个沾血的头颅啪地落到我脚下，半边脸僵硬如石，另半边满是惊恐的表情。

我静静地站了一会儿，突然瘫在地上，双腿再也无法动弹。我用左臂撑着身子，一点点向莎娜的躯体爬去，握住她半僵的手指。

"都结束了，莎娜。我为你报了仇。"我低声说道。她手指的凉意使我慢慢平息，无边的疲倦主宰了我的身体。看着满地乱七八糟的碎块，我忽然有种不真实的感觉，似乎自己在做梦，只要一睁眼莎娜就会坐在床边，而制造这场屠杀的也根本不是我——但无论我如何努力瞪大眼睛，一切仍然和肉体的疼痛一样真实无比。

月光无声地照着，绿泥森林熟悉的夜又出现在我身边。莎娜身子很沉，我几乎抱不动，好几次差点栽倒。我沿着多林河，漫无目的，跌跌撞撞地走着，夜风缓缓拂过我的脸。

奔流的河水溅起无数浪花，浸湿我破烂不堪的黑袍。当我全身湿透的时候，我终于完全平静下来，这才感觉到全身到处是伤口，大部分还在流着血。难忍的疼痛如同电击一样袭过我的脑袋，我禁不住呻吟出声，一下子跪在泥水中，急剧喘息着，好半天才透过气来。

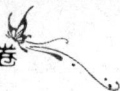

我想我应该找个地方把莎娜埋了，随即记起曾经对她说过，要把她葬在魔角兰下。我环视四周，没有魔角兰，倒有丛野玫瑰开得正盛。我摘下一大把，放在莎娜身上，顺手吮吮被刺伤的手指，不经意间瞥见远处树林里闪着火光。

多半是穿越森林的旅行者在这儿过夜，我想着。他们那里应该会有我所需要的挖土工具——于是我费力地抱起莎娜向火光走去，直到接近时才想起，我这个样子恐怕会让对方吓一跳，很可能招致攻击。我站在树影里犹豫着，忽然发现树干上有个熟悉的骷髅图形，不禁一愣。与此同时，火堆闪了闪，一个高大的身影戒备地朝我走来。

"谁?"来人低声喝道。他有着战士的强壮体魄，身上却穿着黑袍；手中没有骨杖，反而持着一根锋利的长矛。在我认识的人中，以这种奇怪形象出现的只有一个。

"是我，马维茨。"我回答着，心里掠过一阵不安。正像以前克鲁诺所说的，马维茨野心勃勃，一直想取代我成为第六分队的队长，而且他手段毒辣，绝不在克鲁诺之下。

显然马维茨在尽量压抑内心的惊讶，但他脸上还是闪过一丝波动。我努力想稳住身躯，却又觉得没有必要——就算再掩饰，马维茨也能看得出来。他的战斗经验恐怕比我还要丰富。我抱着莎娜慢慢朝火堆走去，马维茨跟在后面，脚步声有些杂乱，似乎心里颇不平静。

"队长，这是怎么回事?"在火边坐下之后，马维茨问我。

"在红石洞穴捉熊，受了点伤。"我轻描淡写地说道，"你怎么会在这儿?戈斯威山的事情完了?"

"刚回来，到驻地转了一圈，正打算去找你。"马维茨骂了一句粗话，顺手把杯里的残酒泼进火中，"那个什么神器藏在山里，我把村人全抓起来一个个地杀掉，结果到最后都没人说出来!"他愤愤地继续说下去："最可气的是，有个旅行团抢在我前面进了山，还有个村民给带路。我找了一天也找不到，没办法只好回来。

不知道团长会不会处罚我？"马维茨缩了缩脖子，显得有些畏惧。

"我看不会。这又不是你的错。如果团长要处罚你，我可以帮你说两句话。"我略加安慰地说着。马维茨眼睛忽然亮了一下，我立刻知道自己露了馅，因为我从没有对他如此友好过。他的嘴角微微牵动，不自觉地皱起眉头，像在琢磨什么主意——我对他客气正说明我受伤不轻，担心被他袭击，而在他那边看来，我伤得越重，就越是他下手的时机。

"刚才在驻地碰到二队的克鲁诺，他好像对你有点不满。这家伙最近是不是惹上你了？对了，他还说，你认识那个旅行团里的人？"

"什么意思？"我扬起眉毛。

马维茨躲过我的目光，轻轻搓着手，"就是抢在我前面的那个旅行团，里面有个女神官，一个银色头发的女剑士，一个吟游诗人……"

"怎么，你是说……"我疑惑地摇摇头。不太可能是他们，两周前他们刚刚从绿泥森林穿过，而戈斯威山在大陆西南方，最少也得两个月才能到。

"克鲁诺说那群人要去沉沦沼泽，那个诗人是向导，叫菲什么来着……我想想……对，叫菲尼斯。"

"如果真是菲尼斯，那么确实是他们了……"我沉吟着。难道是有人用法术送他们去的？据我所知，只有两个地方能提供这种帮助，一个是光明神殿，另一个是陶比拉魔法师公会，而这两个地方都是与黑暗对立的。这样看来，他们确实如克鲁诺所说，是去寻找压制黑暗封印的方法了。

"你真认识他们？"

"我以前听过那个诗人唱歌。"

"原来如此。这倒没什么，不过要让团长知道就不好了。卡梅斯太多疑。"

"随他去想吧。总之我没背叛卡梅斯。"我冷淡地说道，似乎

事情完全与我无关。

我们沉默了一会儿。莎娜的躯体已经不再柔软，有些硌手。我知道她很快就会僵硬，成为真正的尸体了。向马维茨要把铁铲吗？但如果我去挖土的话，马维茨会立刻看出我已经毫无力气了。实际上，现在随便一个孩子都能把我打倒。

"队长，有件事正想问你。"马维茨热情地凑过来，"关于骨灵咒缚，我有点不明白，能不能给我示范一下……"

我心里一沉，暗自皱了皱眉。这家伙很明显是在试探我还剩多少力量，而我体内的魔法力早已在刚才的战斗中消耗殆尽。我清清嗓子，做出不耐烦的样子："法术的奥秘只能自己去领会！我做给你看也没用，关键还得靠你不断练习，才能越来越熟练。"

"只要你示范一次，也许我就全明白了呢。"

"我很累，下次吧。"我往后一靠，倚在树上，不再理他。

马维茨干笑了两声，站起身来，在火边踱了几步。他双手一会儿握拳，一会儿放开，似乎难掩心里的兴奋。"差点忘了，我把大眼给你带来啦。"马维茨大声说道，"一点儿都没伤着。这一路上我对它可是爱护得很哪。它到那边的坟场里散步去了，只要你一叫，保证它会马上飞过来。"

"让它待着吧。"我现在无力召唤亡灵传信，更别说施展缩音术了。

"难道你不想见见它吗？听说毒牙让克鲁诺给毁了，两头骨龙现在只剩这一头啦。"

"明天再说，我困了。"我微微闭上眼睛，心里越来越紧张。

"那好吧。"马维茨站了一会儿，俯身打开背包，取出一条细毯，朝我走过来。我外表不动声色，身体悄悄绷紧。当刺骨的寒意袭向我喉咙的时候，我猛地一翻身，短剑擦着皮肤掠过。然而我没能躲过第二下——莎娜的身体滚落到一边，短剑飞快地插进我的小腹。似乎有条怪蛇在我内脏中搅动，疼痛使我浑身扭曲，脸都变了形。

"基洛！"马维茨大笑起来，"你果然已经不行了。这几年我一直在等这个机会，没想到来得这么容易！知道我为什么要杀你吗？"

我挣扎着转过脸来，面对着他。短剑上附着腐烂术，我很快就会全身溃烂。我以前曾不止一次设想过自己的结局，但却绝没想到会被副手杀死。人心的冷酷阴暗再次展示在我面前。

"马维茨，"我嘴唇哆嗦着，强自压抑体内的绞痛，"我知道，你想要这个位置已经很久了。这回你任务失败，必须想办法抹平，我正是个好工具。你可以对卡梅斯说我勾结菲尼斯，而你则及时处理了我这个背叛者。"

"哼，你倒也不傻。"马维茨居高临下地看着我，满脸都是得意。

"有了这件功劳，你就可以躲过卡梅斯的处罚。这样一来，你自然可以顺理成章当上第六分队队长。然后再和五队的克罗坦、二队的塞隆联手，克罗坦不正是你徒弟的叔父吗？你们会慢慢收拾其他分队长，把血狮的势力逐渐拉到自己手中……"

"基洛，我真佩服你。"马维茨有些惊奇地说道，"你整天待在绿泥森林里，居然什么都知道。可惜，你马上就会变成烂肉，谁都救不了你了。"他脸上露出一个邪恶的笑容，"我知道你精通法术，下手不狠点儿，恐怕你要花招，所以……"

寒光闪了两下，我的双手立即和手腕分开，掉在一边。血像喷泉一样射出来，在两边的泥土上冲出长长的痕迹。我忍不住大声惨叫，几乎昏了过去。

"这下你就不能施法了。不过我得留着你的嘴，好再听你多讲些事情。基洛，你还知道些什么呢？"我再也说不出话了。鲜血在我身下四处漫延，像个小池子，把我完全泡在里面，莎娜尸体的左腿也已经被血浸湿。我想再好好看她一眼，脖子却根本无力转动。

"再多说几句吧，基洛。我在你这儿可学到了不少东西呢。"

马维茨的声音在耳边响着，如同乌鸦的怪异鸣叫。我像是躺在棉花上，周围一切都在飞速旋转，无数彩色光点胡乱飞舞，而我的身体逐渐下沉，下沉，朝向无底的黑色深渊。我用最后一丝意识拼命挣扎着，内心燃起无边的怒火。

没错，马维茨，我什么都没了，没有双手，无力说话，体内毫无法力。但是我至少现在还活着！

是的，我还活着。那是我最后的力量来源。我记起一个法术，用心、用脑、用我整个身体默念着。古老的咒文在我体内流动，魔法图形在我眼前凝结，我的每一寸皮肤都在尽力做出手势。我拼尽全力坚持着，感到生命力迅速消逝，随着血液一滴滴向外流去，到最后我终于完全瘫软，一股莫名的轻松传遍全身。我知道这就是死的感觉——然后我就什么都感觉不到了。

"怎么，你不愿理我吗？"马维茨俯身仔细凝视了一会儿，随即抬头大笑起来，"基洛，你临死前一定很想大骂我吧！要是你还能重新活过来，你就大声骂……"

笑声骤然停顿，好像被谁猛地掐断了。马维茨僵在原地，似乎发现了极为恐怖的东西。一个苗条而矫健的身影跳了起来，匕首无声无息地刺进他的胸膛。

"你……不可能……"马维茨倒在血泊中，双手伸向胸口，喉咙里发出痛苦的喘息。他的胸腔被刺破了，每呼出一口气，嘴角都会流出片片血沫。

"没什么不可能。"我声音清脆地说着，随手捋起栗色的头发，把它甩到脑后，"这世上没有做不到的事，只要你付出够多。"

"……控……"马维茨艰难地抬起手指，用极度惊讶的眼神看着我。我笑了笑，对于他来说，刚才发生的事确实太不可置信了。

"马维茨，你的法术果然没学好。"我摇摇头，"这根本不是控尸术，我现在也不是灵尸。这是移魂。奇怪吗？没错，我的手被你砍了，而且非常虚弱，没法施咒。但是生命也是一种能源。死灵法师如果不懂血咒，就不算合格的死灵法师。我刚才正是用血液施的咒语。"

我伸手到面前，认真地看着。手腕处仍旧传来强烈的痛楚，可是眼前这双手洁白细腻，完整无缺，没有任何伤痕。我叹了口气，再次转向马维茨。

"看得出来，你很痛苦。"我柔柔地说道，"我不像你那么喜欢折磨人，所以还是尽快让你了结吧。"我边说边提起右脚，把鹿皮战靴压在他的喉咙上，无情地踩了下去，同时用力揉搓着。脚底发出轻微的喀喀声，马维茨两眼凸出，没过一会儿便不再动弹了。

我转过身，那个躯体就躺在旁边，瘦削惨白的脸上仍然带着痛苦的表情，身体两边，从断开的手腕延伸出两条长长的血迹。亲眼看着自己的尸体躺在面前，真是一种难以言说的感受，我根本无法形容此刻内心的种种古怪想法。忽然之间，我觉得这件事非常可笑。这难道是真实的吗？我真的还存在，或是我其实已经消失，现在只是在做梦呢？可是，我确定无疑地知道，死人是不会做梦的。

我仰头看着黑沉沉的夜空。无数星光悄然闪动，默默洒向大地，它们冷静地俯视这片大陆，似乎拥有无穷的智慧，却从来不肯开口。我突然高叫起来，尖厉的声音让我自己都吓了一跳。但我仍然不停歇地叫着，直到附近树林的鸟全都惊慌地飞走，直到我再也喘不过气。然后我走向死尸，沉思地看了一会儿，便蹲下身子，利落地割下了我自己的脑袋。

马维茨的背包扔在一边。我从里面找出一些药粉，还有一个大瓦罐。我用熟练的手法把药粉洒上头颅，它嘶嘶响着冒出白烟，很快便缩得又小又干。我在瓦罐里添上水，倒进另一些药粉，再把头颅扔进去，然后托着下巴，耐心等待它化为细小的颗粒。做这一切的时候，我的手臂好几次不小心蹭到自己丰满的前胸——那中间伤口已经不流血了，两边胀鼓鼓的，有些发痒。我光滑的皮肤散发出幽香，短套束甲、丝绵绑腿紧绷绷地包着身体，让我

很不习惯。

我想，这不算什么。我还有很多新东西需要慢慢适应呢。

天渐渐变得发蓝，星辰一个接一个退去。我抬起右手，这第七颗头骨串在骨镯上，轻轻晃动，从手腕边缘和我对视。我再一次笑出来，伸手抚过自己的全身，从头到腰，从胸到腹，从腿到脚，当然还有胸前那个淡淡的印痕。

我们到底还是生活在一起了，只不过是以这样一种奇异的方式。洛芙用灵魂拯救我，我的身体上也始终会带着她的印记。莎娜为我牺牲生命，我用灵魂偿还她。从前的我们都已经死去，但是并没有消失。你复活了我，我也复活了你，正像我所说的，以后我们三个将在这个世界上互相依赖，永不分开。

树林那边响起沙沙声，一个白森森的东西钻出树丛，全身没有一块肌肉或是羽毛，乍看起来像一只怪鸟的骨架。它来回扭动骨节，迟疑地走近火堆，光秃秃的头顶正中有个大洞，直对着我。我在空中画了个图形，它立即认出这熟悉的魔法力量，迅速奔过来伏在我脚前。

我想不出要去哪里。至少不会在"血狮"，也不会是任何黑暗势力，但我也不会加入光明。我就像一粒浮尘，独自飞舞，正如莎娜一直期盼的那样，去过完全属于自己的生活。

没有人知道移魂术究竟能延续多久，也没有人知道，身处光明与黑暗之间，到底是一种什么样的存在。我将会四处旅行，随意欣赏大陆上所有的美丽与丑恶，直到某一天，无法预知的死亡使我停住脚步。不过，在这之前，我还有件事要做。

我从容地跨上骨龙后背，用线条优美的双腿夹紧它的翼根。

"好啦。"我伸手指向西南方，"朝那边飞吧，大眼。我们去沉沦沼泽。"

后记　这个故事其实缘于一个游戏，就是赫赫有名的《暗黑破坏神》（Diablo II）。某一天我心血来潮，试着用死灵法师去打，发现这个人物实在太弱（也许是我技艺不精的原因吧），没办法便雇了佣兵，可是由于用女巫时一直独来独往，没养成保护同伴的习惯，结果那个女佣兵惨死在地下坟场里。说实话，听到她临死时的哀号，我心里猛地颤了一下。我玩的是旧版，没有复活功能，所以只好眼睁睁地看着她倒地，却无计可施，那一刻，我突然有种说不出来的痛伤。我第一次感到，原来游戏中也可以有真情，原来真情也可以变成游戏，原来只要有投入就会有受伤，原来人生的遗憾无处不在。

我想我必须把这个女佣兵的故事写出来。于是，经过一个月的苦难折磨，《第七颗头骨》终于出炉了。

开始我是觉得这个题材很有意思，想以此来追赶一下奇幻文学"反传统"的新潮流。却不料，小说越来越黑暗，越来越恐怖，这是我当初没想到的。中间几章在魔界（www.mojie.net）贴出来后，就有朋友说太沉重，看着难受，我自己重读一遍，感觉也差不多。希望这篇小说不会影响到年轻兄弟们的人生观，不会对世界失去信心吧。其实我自己也是很热爱生活的，只是人物在此，有点难以控制。是非优劣，光明黑暗，相信朋友们心里自有主见。

我还要真诚地、用力地、专注地、疯狂地感谢大家能读完这篇小说。

《银色流星》外传之《第七颗头骨》，至此全文结束。